魅丽文化 花火工作室

想你时雨停

白玉京在马上 著

江苏凤凰文艺出版社
JIANGSU PHOENIX LITERATURE AND ART PUBLISHING, LTD

图书在版编目（CIP）数据

想你时雨停 / 白玉京在马上著 . -- 南京 : 江苏凤凰文艺出版社 , 2020.6
ISBN 978-7-5594-4878-1

Ⅰ . ①想… Ⅱ . ①白… Ⅲ . ①长篇小说 - 中国 - 当代
Ⅳ . ① I247.5

中国版本图书馆 CIP 数据核字 (2020) 第 080315 号

想你时雨停

白玉京在马上 著

责任编辑 李龙姣 张 倩
特约编辑 丐小亥 八 柚
装帧设计 小茜设计 Miniqian Designstudio/QQ:310094811
出版发行 江苏凤凰文艺出版社
南京市中央路 165 号，邮编：210009
网 址 http://www.jswenyi.com
印 刷 湖南天闻新华印务有限公司
开 本 880mm × 1230mm 1/32
印 张 10.5
字 数 323 千字
版 次 2020 年 6 月第 1 版，2020 年 6 月第 1 次印刷
书 号 ISBN 978-7-5594-4878-1
定 价 38.60 元

目录

CONTENTS

目录

CONTENTS

序章 云山寒彻

二〇一九年一月，杭市正是深冬。

伍公山上的大雪连下了三日，几乎将人行石阶都封死，所幸盘旋而下的车道有专人及时进行消融处理，才得以畅行无阻。

但在这样的凛冬，开车来去十分危险，没人会冒险在这山路上驾驶。

令人奇怪的是，车道上，却有一辆孤零零的黑色道奇正盘旋而下。

助理文森一面心惊胆战地开车，一面忍不住从后视镜里偷窥。后排坐着的他的老板聂先生，脸色似乎非常难看，以致素来略浅的瞳仁都深邃得有些异样起来。

聂廷昀偏头望向窗外，神色凛然，不知在想什么。

他容色极盛，此刻面无表情，便只余天然的造物斧凿，越发令人不敢逼视。文森偷瞄了他几眼，连一句“这大雪天匆忙出来是为什么”都没敢问出口。

漫天雪花飘扬而下，落在山谷之间，所望一侧只有护栏环围，入目皆是冰花霜木。

聂廷昀收回视线，又听见手机“嘀嘀”响了两声，按开来看，见手机地图上红色的光标仍在附近缓缓移动，但已经越来越慢了。

他蓦地抿紧唇，拨出一串谙熟于心的号码，却提示对方忙线。

“文森。”他开口吩咐，“再快一点儿。”

“不能再快啦，聂先生，这路太滑，这个速度已经很危险了！”文森一头冷汗，心说“您不要命，我还是要命的呀”。

聂廷昀没再言语，垂眸又去看手机地图。

他出行一向一丝不苟，此刻的穿着却有些狼狈，上身穿一件黑色的高领毛衣，下身竟是一条颇有质感的条纹睡裤，脚上的棉拖鞋也未来得及换下，似乎是匆忙出的门。

片刻后，聂廷昀突然开口道："停车。"

"啊？"文森缓了一缓，道，"这个路口通人行石阶，不是下山的路啊！"

他只是重复了一次："我让你停车。"

文森当机立断刹了车。

聂先生这个人，从来是没有所谓的"雷霆之怒"的。他连生起气来，都是暗流涌动，平静之下有多少怒涛卷霜雪，绝不会让你察觉半分。

车子"嘎吱"一声在急停车道停下，聂廷昀便推门下车，连备着的羽绒大衣都忘了拿，竟然就穿着那样一身单薄甚至有点儿可笑的衣服，踩着拖鞋，大步走在还未融净的雪地里。

文森目瞪口呆，连忙抱着大衣下车，跟在后头。

聂廷昀艰难地行走在此间，因愠怒而脚步飞快，片刻就到了人行石阶路那头。

可是下一刻，聂廷昀停住脚步，仰面看着前方更高处，半晌没动。

文森跟着仰起头，这才瞧见，苍茫天地间，早被积雪覆盖，几乎看不出形状的石阶上，竟还跋涉着另一个人。

今天这是怎么了？一个个都不要命啦？

他还没来得及想明白，聂廷昀已经三步并作两步朝那人追了上去，一把揪住了她的羽绒服帽子，将她拽了个趔趄。

女孩跌跌撞撞退了好几步，"扑通"倒在冰凉的雪地里。

她双颊被冻得通红，挣扎着似乎要起身，他又伸手拽住她的衣服领子，将她毫不留情地拎到跟前来。

人怒极，竟连冷都忘了。

他双手沾满她身上掉落的碎冰和寒雪，眼睛一眨不眨地看着她。

女孩被裹在厚重的羽绒服里，只露出一张脸来，漆黑的碎发凌乱地搭在额际，衬得小脸煞白。她被他勒得一口气没喘顺，大声咳嗽起来，试图掰开他的手指。

直到此刻，她的眼神仍然平静。

她一直是这样平静地凝视他每一分情绪破碎，让他无从得知她究竟是悲是喜。

可是现在他有十足的把握，知道她这些天一定难受至极。否则她又怎会顶着风雪，连安危都不顾，孤身来伍公山找他。

想及此，他忽然便觉得解了气，松开手，任她骤然失去凭仗，跌坐在雪地上。

她摔得七荤八素，还没缓过气来，聂廷昀已经弯下身。

他与她之间是呼吸可闻的距离，温声问道："崔时雨，你不要命了是吗？"

她两只手陷进冰凉的雪里，早已失去知觉，由初时的刺痛转为麻木，仰面，便望进他色泽奇异的眼瞳。

恍若多年前，她因那猝不及防的一望，便扭转了一生的命途。

崔时雨愣愣地看着眼前的这个男人，忽地心尖震颤起来，一股酸涩涌上鼻尖，转瞬就红了眼眶。连她也没预料到，时隔多年，她会在他面前，这样狼狈不堪地落泪。

她已经很多年没有流过眼泪了。

"聂先生。"她竭力冷静地唤他，"请你让我出赛。"

他直起身，居高临下地看着她，裤兜中的手不由自主地攥成了拳。

这声"聂先生"，何等疏离，何等礼貌。

而也是这声"聂先生"，将他与她割裂在截然不同的时空里，再没有了为对方断尽肝肠的亲密无间，只余一句，相思相望不相亲。

聂廷昀俯身，将她扶起，细细地扫落她身上的雪，而后温柔地包裹住她早已冻僵的双手。

她发了愣，却见他对她淡淡一笑。

"你指望从我嘴里听到什么答案，嗯？你吃了半个月闭门羹，还没明白？就算你不要命了，巴巴地跟上伍公山来，结果还是一样。崔时雨，我觉得你是误会了什么。"

他极其温存地举起她的双手，凑到唇边哈了一口热气，看似体贴入微。可他说出来的话，字字凉薄。

"你以为我并购天英体育是为了你？你以为公司不安排你出赛是我授意的？你以为我为了看你怎样虚度职业选手的运动生涯，成为一个废人？你以为我想这么毁了你？我真是闲得可以，崔时雨。你以为，你算什么东西？"

崔时雨面无表情地任他嘲讽，慢慢垂下眼眸。

她眼睫上的霜花不知是泪还是雪化成的，随着呼吸颤动，分外楚楚动人。

他还执着她的双手，凝眸在她面上，不知不觉，敛住唇际一点儿讽刺的弧度。

他以为她会哭，会逃，会发怒，然而没有。

她静默片刻后，轻轻道："天冷，你如果开车了，上车再说吧。"

他竟没发觉，他掌心的温度其实并没有比她的高多少，一样的寒意彻骨。

文森将车开得极慢，只怕一个打滑，这一车人都要去见阎王。

"谁告诉你我在这里？"

她克制着牙关的战栗，还没从冻僵的状态中完全缓过来，脑袋嗡嗡作响，并没听到他在说什么，只是下意识地去摸自己的肩臂。

那些有过伤痛的地方，对运动员来说，稍有不慎，便后患无穷。

一只手熟稔地抚上她的肩颈，他隔着衣服确认惯有旧伤的那些关节，低声命令她抬手、动肩，末了，不带语气地询问道："痛吗？"

不经意间，两人四目相对。

她摇摇头，他便淡然自若地放开手，仿佛什么都没发生过。

指腹却仿佛还留有她骨骼的轮廓，一分一寸，都曾谙熟于心，他恍惚地走了神。

文森忽然回头说："到了，聂先生。"

车子驶进伍公山间的别馆，崔时雨跟着他下了车，四下打量。庭院中一株紫薇早已枝叶枯败，落满了雪。两人沿着石板路，穿行过横向一泓清涧，在这样的寒冬，山间竟仍有活水。

再往前，是一道抄手游廊，环围在中式别墅外，飞檐前铁马叮咚。

一进门，聂廷昀径自上楼，没再管她。

等洗过澡换了衣服下来，他才发现她仍然站在门口，这半个小时竟是一动没动。他深吸了一口气，握在楼梯扶手上的指节都攥得发白。

"去洗澡换衣服。"他说。

崔时雨固执地说："聂先生，我究竟怎样才能够出赛？"

"这件事有那么重要？"

他缓步走到她面前，抬手掀落她羽绒服的帽子，凌乱的发丝散落满肩。

她说："很重要。"

他冷静地以视线勾勒她的模样，这段时日以来，却是头一次有机会细细地看她。

她受不了这种逼视，不安地低垂眉眼，却被他用食指勾住下巴，他以很轻佻的姿态看着她。

"你要理由？理由就是我乐意。"他笑了笑，"不过我可以给你指一条明路，崔时雨。"

她终于肯看他，眼中似有光亮。

"你可以和我解约。"聂廷昀淡淡地说道，"你付给我违约金，我放你走，绝对不会妨碍你成为柔道名将。"

她眸中的光渐渐暗淡下去："我付不起。"

聂廷昀微微一愣。

这个答案并不在他的意料之中。

崔时雨当年有柔道界"女武神"之称，如今虽早过了黄金期，随着伤病积累，成绩也一日不如一日，但当年的身价也极其惊人。

这些年除了拿到的比赛奖金，崔时雨各类广告、代言接到手软，更频频在综艺节目上露面，怎会连八位数的违约金也付不起？

他想问，你的钱都用到哪儿去了？是不是家里出了什么事？

望了片刻，他脱口却是极其克制的一句："付不起，那就没办法了。"

崔时雨垂下眼睫。

聂廷昀冷静地接着说道："或者，你还有另一个选择。你乖乖待着，我照市场价付给你年薪，你也能好好生活，何苦非得打比赛？"

这话无异于刀俎鱼肉，肆意凌迟。

崔时雨只觉冷得脏腑都开始颤抖，耳际是一阵又一阵轰鸣。

聂廷昀见她脸色难看，低声唤道："崔时雨？"

她兀自出神，没有理他。

是她的错。

她魂不守舍地想，她这一生本该麻木地、行尸走肉地活着，却破天荒地得到了这么多。

她的热爱，她的寄托，她的悲欢，这些奢侈的东西，于她皆是额外之喜，又皆因他而起。

没有聂廷昀，她不会是而今的崔时雨。

所以，今天他要把这些拿回去，她本不该侥幸，或许还有万分之一的机会能令他回心转意。

太奢侈的东西，她一直不配拥有。

“你说得对。”崔时雨笑了一声，没再看他一眼，转身去抓门把手，低声说道，“我算什么东西。”

这话却莫名触怒了聂廷昀，没等她转动门把手，他就扣住她的肩头，“砰”的一声将人推到门板上。

脊背隔着湿淋淋的羽绒服，撞在金属门上，令她咬唇叫痛。

“聂……”她话音未落，他已经吻上来，冷静而粗暴。

他以唇舌肆虐着早已不属于他的领地，连她嘴角的弧度、细枝末节的反应都记得，同记忆里那个偏执又无邪的小丫头一一比照。

她没有变，一切都没有。

他将她的下唇咬破了，再缓慢地掀开眼睫，凝视她因震惊而放大的瞳孔，低声说：“抱歉。”

唯独在这旖旎时刻，他才肯放下身段同她道歉。

湿透的羽绒服被他从容不迫地剥落，待他掌心触及她肋下冰寒的温度，他才蓦地停住动作，从大梦中惊醒一般，退了半步。

她下意识地双臂交叉环在身前，呼吸不稳地看他，惊魂未定。

聂廷昀避开她清澈的眼眸，站了好一会儿，才低声道：“先去洗澡换衣服。”

崔时雨皱了一下眉，觉得疼痛，用手指一抹唇，有微红的血迹。

她摇头说：“我该走了。”

“去洗个热水澡。”他再一次重复，耐心几乎耗尽，“等你出来，我就给你一次谈判的机会。”

壁火正旺，将雪天的黄昏照得颇有暖意。

聂廷昀坐在罗汉椅一侧，膝头放着笔记本，似乎正在开视频会议。

他操一口漂亮的英伦腔，语言条理清晰，语调沉冷。他黑发稍长，却没剪，时而因动作散落到额际。他抬手将头发别在耳后，不过一个抬头的工夫，她便映进眼帘。

崔时雨穿着他的衣裤，扶着楼梯扶手，站在台阶上遥遥地望着他。

红木的质地生硬，却又带了某种温度，随着她走下去，在掌心摩擦而过。

他的眼神注视着她，和视频那头的谈话却没有中断，一分钟后，他收线合上电脑，拍了拍身侧，示意她过去。

“挺荒谬的。”他忽地淡淡道，“你为了我打柔道，又为了打柔道离开我。现在是为了打柔道回头求我——崔时雨，你折腾够了吗？”

她张了张口，似乎想辩驳，最终还是什么都没说。

他略带失望地沉默了片刻，她亦跟着沉默。

身侧的炉火噼啪燃着，摇曳的光将他的眼瞳照得忽明忽暗。

她有些出神，恍惚想起他曾在极致的黑暗里，望进她眼里，吻上她的唇。

她看到他眼中完整的自己，忽然心潮起伏，屏住呼吸。

他与她曾那般靠近过，仿佛刻进了身体，不经积年累月，不去削骨剥皮，大约是忘不掉的。最终她却也只得如今日般，直面他积蓄已久的冷漠和残忍。

她麻木的神经后知后觉地产生了难以言述的痛，以致出口时无法再以理智串联起支离破碎的句子。

“我……我求你。”

“我们来谈谈条件。答应我三件事，我给你出赛的机会，只排一场比赛。你赢了，我不要违约金，放你走，要做运动明星，要打比赛成名将，和我没半点儿关系；你输了，就再也不要提‘柔道’两个字，老老实实地等待退役。”

崔时雨不由自主地屏住呼吸。

“第一件事。那年，我和你在柔道场下的第一张合照，”他低声说，“把它给我。”

“为什么？”她有些愣怔。

她以为他不想再见到她。

聂廷昀看她一副呆呆的模样，心中冷寂。

这世上最难得的不是深情，而是纯真。人心不可测，若得一人赤诚相待，大概就是最罕有的礼物了。而这世上最残忍的，也是纯真。

心思纯粹的人从来偏执，做出的每个决定，往往绝不可逆。便如她决定同他划清界限的那一刻起，便再不会唤他一声“聂廷昀”，只余下冰凉的三个字——“聂先生”。

“我是不想见到你。”聂廷昀说，“所以你拿给我，我会烧掉它。”

她奇异的脑回路再次发挥作用，并没因他的残酷无情受伤，只是小心翼翼地道：“还是别烧了，不吉利，你……就放在看不见的地方不行吗？或者……扔到垃圾桶里也可以……”

聂廷昀一口气堵在喉头，半晌没吭声。

她意识到他又生气了，抿唇不语。

临走前，聂廷昀将她送到门口，终于问了最后一个问题。

“崔时雨，对你来说，我到底是什么？”

足下的石板上有微雪莹然，她穿着他的白色大衣，整个人像是要融进背后的茫茫风雪中。隔着步武之距，她困惑地皱起眉，看了他好一会儿，才带着不易察觉的苦涩开口回答：“你曾是我的整个人生。”

一字一句，掷地皆作金石声。

聂廷昀面无表情，猛地转身进去，“砰”的一声摔上了门。

檐前的雪被震得簌簌落下，风吹铁马，琤然作响。

文森站在一旁目睹此情此景，无声地叹了口气。

兜兜转转这些年，老板还是只为这一人风度尽失。

崔时雨回到家，便直奔书架。

相框搁在最显眼处，照片上的背景，依稀可见是某次柔道联赛，红色的横幅高悬在后头，却被前面两个人稍稍挡住了几个字。

男孩与女孩，穿着白色的柔道服，唯有腰间的带子昭示着彼此等级的差异。他与她隔着半臂之距，显然并不认识，却仍在纷乱的场景里留下了这张照片。

那时她刚练柔道不久，鼓足全部的勇气才上前请求合影。

她曾以为他永远都不会记得她。

她亦没有想过，自己会在他的生命里留下一星半点儿痕迹。

即便她曾将他视作神祇，一路跌跌撞撞地追随。

她伸手拿下相框，迟疑几秒，抬手抹去上头的灰尘。

这一瞬，仿佛隔世烟尘扑面，将最初的最初，不由分说地带到她的面前来。

那年，十五岁的崔时雨，遇见十八岁的聂廷昀。

约拿，自此遇见神祇。

第一章
人寰逢晚

二〇一四年，海市。

聂廷昀正开车驶出F大的正门，车窗外一派绿意，消解了雨的冷冽。

聂廷昀第一次听到“崔时雨”三个字，是张诚然偶然提起来的。

“我明天要攒局请客，来吗？”

聂廷昀开一辆黑色越野车，四平八稳地绕出人流密集的十字路口，上了大道，才分出神来不咸不淡地回应：“没空。”

“给个面子嘛——”张诚然在一旁大大咧咧地挠头，“好歹是请你们柔道部的女将吃饭。”

聂廷昀瞥他一眼。

他目前的确在F大柔道部挂了个部长的闲职，主要是充当招牌，吸引女选手。

毕竟聂廷昀退役前是正儿八经的顶尖青少柔道选手，又生得一张堪比明星的脸，就算走娱乐圈这条路，估计也能混得风生水起。

可他偏偏在巅峰时期退役，还进了一流学府读八竿子打不着的金融专业，让一众为了他献身柔道事业的女粉丝哭天喊地。

偶像已经转行，这柔道还要不要继续打下去？

高校柔道联赛在即，选手们为了顺利通过赛前称重，减肥控水，纷纷化身饿死鬼。

就在几天前，赛前称重结束，柔道女将相拥而泣。

于是，F大女子柔道队长邓安妮借机敲诈了隔壁散打部的张诚然，让他请客吃饭。

这种聚餐场合，聂廷昀多半不会现身，他不喜人多。

面对张诚然的邀请，聂廷昀保持沉默。

张诚然坐在副驾驶座上，“啧啧”两声：“她们真惨。我今天去体大找人，碰见崔时雨，发现她简直和饿死鬼一样。”

前方红灯，车停下，聂廷昀把手闲闲地搭在方向盘上，缓慢地重复道：“崔时雨？”

这名字，好像在哪儿听过？

“体大柔道女队队长啊。”张诚然困惑地扭头问道，“你居然不知道她？”

聂廷昀对不相干的人从来都吝惜眼神，瞟了他一眼，算是默认。

张诚然表示震惊之后，立刻打开了话匣子。

“崔时雨呀，体大女队史上最小的队长，ace（王牌）选手，现在可是当国家队预备役培养。对了，她拿少年组全国冠军那年，刚好你退役——你居然不知道？你不看体育新闻？”

聂廷昀罕见地迟疑片刻，不答反问：“你们很熟？”

张诚然挠了挠脑袋，居然有些羞赧。

他咧嘴一笑：“还行吧。认识挺久了，但是也没怎么单独相处过。这都是被我那帮瞎起哄的队员吓的，但凡我和谁走得近一点儿，就开始传些风言风语……”

聂廷昀“嗯”了一声，似乎对这个话题并不感兴趣。

安静了一会儿，张诚然旧事重提：“后天来不来？给个准话。”

绿灯亮了，车子向前，暮色罩住天地，四下有一刹那的静默。

张诚然有点儿拿不准地盯着聂廷昀的侧脸。

聂廷昀素有“艳绝大学城”的诨号，此际光景亦不负盛名。

日光镀上长睫，在眼睑处落下残影，鼻梁仿佛被雕塑家细心修饰过，窄而笔直。当他露出这副惯有的、不置可否的模样，就给人难以接近的感觉，仿佛目下无尘。

张诚然习惯了好友游离于人群之外的冷清，问这一句也是随口而已，并没抱期待。

谁料车子驶过一个街角，聂廷昀突然颔首道：“来。”

连他自己也不知道，他到底是为了“崔时雨”这三个字，还是为了这么多年张诚然罕见地开始念叨起女孩的名字来了。

放下张诚然之后，聂廷昀独自驱车往北朝江滨开。

江滨繁华江景连绵，一幢恍若中世纪古堡的建筑矗立在初临的夜色中，正是国内名气数一数二的酒店，华尔道夫。

聂廷昀轻车熟路地驶入地下车库泊车，下车，按车锁。

下一秒，仿佛有什么被定格，他维持着倏然展开眉眼的神色，良久没动。

昏暗里，唯有风拂过，听到他心内的低语。

哦，崔时雨。

他好像……想起来在哪里见过这个名字了。

两天后，大队人马在“霭云”会合。

这餐厅隐匿在华尔道夫酒店一层，迂回曲折，高冷得门可罗雀。

打柔道的一班女将鲜少进这种地方，走在幽深典雅的廊中，连声音都放轻了。

F大柔道队长邓安妮小声问：“这是谁选的地方呀？”

队花丁柔挽着她的手臂，刚好进了餐厅，在侍者的指引下落座，闻言摇头：“不知道……张诚然攒的局，应该是他找的地方吧？”

此间名为“霭云”，装潢却非中式，桌椅陈列，乃至于壁画棚灯，都简单大方，有朗朗晴日之感。

女将们饿了好些天，一上菜就迫不及待地开吃。

聂廷昀安静地扫视一圈，并没有见到生脸孔。一偏头，见张诚然正皱着眉站在旁边打电话，似乎很久都没有打通，又丧气地把电话放下，坐回来。

“有人没来？”聂廷昀不动声色地夹了一片菜叶。

张诚然头痛地道：“崔时雨，她不知怎么联系不上了。”

丁柔耳尖，听到“崔时雨”三个字，登时脸色不太对，和邓安妮对视一眼，试探着道：“人家是武痴呀，说不定在训练呢。”

武痴？聂廷昀若有所思地放下筷子。

几分钟后，张诚然去上厕所，手机随意地搁在桌上，振得嗡嗡直响也没人接。

聂廷昀嫌吵，想要把来电挂了，瞥到屏幕，却没下得去手。

屏幕上头显示着“崔丫头”三个字，聂廷昀微微眯眼，接了。

耳际传来沙沙的细小杂音，像是对方沉默而克制的呼吸。

“抱歉，迟到了，我在路上，就快到了。”不知为何，声音都失了真。

他无意识地“嗯”了一声，对方却没听出接电话的并非本尊，接着说下去：“真的很抱歉。”

聂廷昀面无表情地听着，问：“大约什么时候到？”

那头忽地连呼吸的声音都没有了，似乎是在……憋气？

她问：“你是谁？”

聂廷昀没有回答，说了一句“路上小心”就挂断了。

放下手机，聂廷昀起身离席，张诚然刚巧回来。他说崔时雨在路上，张诚然松了一口气：“太好了，我还以为她要放我鸽子！”

张诚然欢喜过后，又想起什么，招手叫丁柔：“一会儿你对战的对手要来，你俩可以好好聊聊。”

丁柔拿着玻璃杯，闻声垂下眼。

崔时雨……早有耳闻。

丁柔是四十八公斤级以华丽技术出名的选手，再加上生得娇柔如花，刚打比赛就小有名气。进了校队后，第一天带她的教练却说：“丁柔，你的路数像极了崔时雨。”

没人想要“像”另一个人，更何况是一直以来受到无数称赞追捧的丁柔。

两年来，这是她第一次排到和崔时雨对战。

她跃跃欲试地想要让所有人知道，她不是崔时雨“华丽技术”下的影子，她更不是旁人初见时一眼就认定的花瓶。

“小柔，别担心。”邓安妮低声安慰，“反正是张老大认识的朋友，她不会因为比赛跟你套话的，放心。”

“该担心的未必是我。”丁柔朝她一笑，语气中有某种笃定。

水果茶中的冰块已经化了，雾气沿着杯壁化成水珠，冰凉的一片，顺着她手掌的纹路滴下来。

她开始有点儿食不知味。

聂廷昀走出餐厅，穿过幽静悠长的走廊，一路到了酒店外。

酒店外围零零散散地搁了几张桌椅，他便坐在露天处。

不远处是江滨，有江风扑面而来。一切都暗下来，聂廷昀的视线开始漫无目的地从地面游移到街边，再举目望向远处的极高的地标性建筑大厦。

那座建筑的露天电子屏上正在播某个啤酒品牌的广告，代言人踩着滑板行走在啤酒的海洋里，字幕缓缓打出了代言人的名字：贺杞。

聂廷昀不知不觉捏瘪了手中的可乐罐。

忽然间，有一个人影挡住了那电子屏，闯进他视线里。

她穿着黑白条纹的宽松T恤，刚好盖住短裤，露出线条漂亮的一双腿。她的头发已经过了肩，松松地束在脑后，展露出完整的脸孔，脸也只有巴掌大，肤色微白，衬得一双眼漆黑幽邃，如黎明前的静夜。

静夜里倒映出他的轮廓。

他晃了一下神，才意识到她正在看着自己发呆。

看他看到发呆的人很多，可他觉得眼前这个哪里不太一样。

她眼神里有他分辨不明的胆怯。

他长得很恐怖？不合常理吧。

他把瘪了的可乐罐随手投进垃圾桶，站起身来，就瞧见她连退了两步。

那退步的动作令他觉得熟悉。

“我是不是……”他皱着眉头看她，接下来想说“是不是在哪里见过你”，又很快意识到这话像极了登徒浪子搭讪的惯用语。问句戛然而止，聂廷昀抿住了唇。

她垂下脸，小心翼翼地绕开他，推门进去。

他被冷落在门后，隔着玻璃门瞧见她在向大堂侍者询问什么，隐约间，看到“霭云”两个字。他心中忽然冒出一个念头来——这难道就是那个体大的柔道队长，武痴崔时雨？

和他想象中的体育健将的模样全然不同，眼前的小丫头像是脆弱而故作冷漠的一只奶猫，竖着尾巴，动辄风声鹤唳，其实只差被人顺两把毛。

聂廷昀后脚跟了进去，她已经问到了方向，踏入那幽深的长廊。

他不远不近地跟在后头，欣赏她攥着手指，芒刺在背又不得回身的局促。

到了门口，张诚然老远瞧见她，快步迎上来，哈哈笑道：“你可算来啦！”又瞧见她身后的聂廷昀，只觉两人之间的气氛有点儿奇怪。

他抬手揽过崔时雨的肩膀，迫她面对着聂廷昀，介绍道：“你们刚刚见过了吗？时雨，这是聂廷昀……”

她虽仰着头，像是在看着聂廷昀，却只有聂廷昀一个人知道，她的视线落在他的下巴处，压根没有对上他的眼睛。

聂廷昀在心里笑了一下，她不是害羞，只是在光明正大地无视他。

崔时雨敷衍地点头之后，坐到席末——张诚然的座位旁，开始心无旁骛地吃饭。

聂廷昀独自站在光影斑驳的拱形门口，听到侍者问：“聂先生，您有什么需要吗？”

他勾了勾唇，摇摇头，拿出手机，新建了一个联系人。

第一栏是姓氏——崔，第二栏是名字——时雨。

除此之外，皆为空白。

崔时雨愣愣地看着面前的一只餐盘，胃里有酸涩的感觉泛上来，像是喝了一大杯醋，又像是吃了特别辣的火锅，让她坐立不安，下意识地抬手按在膈肌下。

聂廷昀，真的是聂廷昀。

张诚然说了什么，介绍了谁给她认识，她只是机械地跟着点头、微笑，却一个字也没有听进去，浑身上下都在叫嚣着不安，全然不受控制。

而她所有的注意力都集中在余光处，那里藏着他高挑的轮廓。

直到余光的人影越来越近，变成了一大片阴影。

聂廷昀拉开她身侧的椅子，坐下来了。

邓安妮有点儿奇怪地看着自家老大。

聂廷昀虽混迹在女将中，却是出了名的生人勿近，不管和女将模拟对战时怎样拉扯，下了场立刻保持距离。

一开始，女将们知道聂廷昀要来给女柔道部当部长，还有些蠢蠢欲动，时间一久，妄念都被聂廷昀一刀刀斩没了。

今天来了一个外校的不速之客，他竟然没头没尾地坐到人家旁边来？

“崔时雨，你是第一次见我们聂老大吧？都说他是F大一枝花，你瞧着怎么样？”邓安妮看着对面的一男一女，佯作无意地发问。

聂廷昀偏头看去，崔时雨侧脸如画，长睫垂落，映在粉白的面上，显得有几分楚楚动人。

很会装可怜的类型。

崔时雨慌乱地眨了眨眼，说：“很好。”

众人哄笑，邓安妮也“扑哧”一笑：“很好是多好呀？问你帅不帅！”

崔时雨点点头，第二个当面问询就到了耳边，说话的竟是聂廷昀。

“崔队真是第一次见我吗？”

崔时雨梗住脖子，过了两秒才答：“是。”

聂廷昀轻笑：“看来崔队也是贵人多忘事。”

他语调不见得多冷，却仿佛有些不悦。

众人来回扫视这两人，都感觉到哪里有点儿不对劲。

张诚然没心没肺惯了，摸着脑袋道：“你见过崔丫头？见过也正常，打比赛总能碰见两次。”

丁柔睨了崔时雨一眼，慢条斯理地说：“我才打了两年比赛，就来来回回见过崔队不下五次，但是崔队是职业选手，居然说自己没见过聂老大……”

聂廷昀声名在外，想在他跟前玩什么花样的女孩都有，众人顿时明了，彼此交换了一个眼神。

聂廷昀像是毫无所觉，颔首淡笑：“崔队说没见过，那就没见过吧。”

话音落下，一时格外安静。

从聂廷昀的角度，能看到崔时雨捏着餐刀的手指几不可见地微微颤抖。

他手腕轻轻地搁在桌面，放下叉子，眼神带了点儿嘲讽。

邓安妮瞥见聂廷昀的脸色，拿手肘碰了下丁柔：“老大好像不待见武痴呀。”

丁柔抿嘴，克制住一点儿笑意，没答话。

众人也吃得差不多了，于是各自收拾准备离席。

聂廷昀等大家拿好了东西，唤侍者过来签单。

邓安妮在一边又问张诚然：“这餐饭不是你安排的吗，怎么还是我们老大结账？”

张诚然有点儿赧然：“他说自己是熟客，出面有折扣，回头我再请回来。”

聂廷昀签好单，一回身，发现人群中已经不见小丫头的踪影。

张诚然拿起手机，看到一条短信。

崔丫头：“抱歉，我有事先走，谢谢你这餐饭。”

冰凉的水扑在脸上，随着抬头面向镜子的动作，水珠滑到耳后、颈间，浸湿了领口。

她双手撑在冰凉的盥洗台上，一下一下地努力呼吸。

轰鸣声从左耳穿过右耳，声音渐渐微弱，世界终于安静下来。

她再三权衡，还是抵不住看他一眼的诱惑，莽撞地闯到他跟前来了。

这个错误，不知该怎么挽回。

她掀起 T 恤下摆擦了擦脸。

盥洗间在曲折长廊的最尽头，她方向感极差，走出来之后，从大堂到各个餐厅、店面，绕来绕去怎么都找不到正门，甚至不知不觉下到了负一层。

人流稀疏，各个店铺装修显得尤为高冷，她踌躇半晌，站在原地张望了片刻，靠近一个店面，要开口问路。

"请问……"

"两位，谢谢。"

一个沉冷低哑的声音打断了她的话。

崔时雨脑子里"嗡"的一声，她缓缓地转过头，看见聂廷昀就站在她旁边，活生生的。

侍者满脸堆笑："好的，二位里面请。"

见崔时雨还傻站着，聂廷昀歪了歪头，示意：还不进去？

她拒绝不了聂廷昀的任何要求。

崔时雨迈步跟上去，在他对面落座。

侍者拿来菜单，她瞥见"水蟹粥"几个字，眼神微微一滞，咬住下唇。

"招呼也不打就提前离席，原来是自己偷偷下来找东西吃。"聂廷昀看着菜单，眼皮也没抬，揶揄她，"你倒是会找地方，看在张诚然的面子上，总得请你吃饱，不然他白张罗这一顿饭。"

他说这些话时，语气如常，似乎没有刚刚那么讨厌她。可是……

见崔时雨低垂眼睫，也不吭声，他又问："聚餐的时候吃不下饭吗？吃东西和咽药一样。"

他一直看着我吃东西？崔时雨终于觉得哪里不对劲，皱了一下眉，抬眸看向聂廷昀。

聂廷昀放下菜单，有点儿不耐烦她的沉默，只好问道："要说什么？"

崔时雨定了定心神，才说："你有话要问我？"

聂廷昀没有回答，朝侍者指点菜品，点完合上菜单。

热茶呈上来，他先递到崔时雨手里。

"你不用这样防着我。"聂廷昀似笑非笑地看着她，"我不会动张诚然的心头好，只想问你一句话。”

崔时雨的脸色有一刹那的惨白，又很快恢复如常，她点了点头，说：“……你问。”

聂廷昀静默了两秒，缓缓开口：“两年前，你有没有去过F大承办的大学生柔道冠军杯赛场？”

水蟹粥端上来，雪白的粥里露出金黄的蟹壳，姜丝错落有致地散在周围。他将香气四溢的粥推到崔时雨的跟前，看到她拿了勺子，却迟迟不动。

聂廷昀也不知自己在等待一个怎样的答案。

是她或不是她，重要吗？

可他莫名觉得，不只是两年前的那个时刻，而是这些年来，一直有什么隐隐的线索，串联成一个模糊的人影，他摸不着，也抓不住。

两年前，柔道赛场上，他竭尽全力扛到了最后一秒，终于迎来胜利。他看见对手绝望而不可置信的眼神，裁判宣布他胜利的同时，全场的欢呼声和尖叫声几乎把他淹没。

可随即，视线里一片朦胧。

耳际有人在说话，鼻息有消毒水的味道，他努力掀开一点儿眼皮，很快又重重地合上。

教练的声音近了，远了，然后消失了。

不知过了多久，他艰难地睁开眼睛，一时分不清眼前的一切究竟是梦是真。

医务室的病床边坐着一个陌生的女孩，正专心致志地为他按摩手臂，帮他缓解肌肉拉伤的疼痛。

是护士？不对，她穿着柔道服，系着黄色腰带，是选手。可她为什么会来给他按摩？

他眯着眼睛，纤长浓密的眼睫阻隔住部分视线，因而她在他眼中是如此朦胧而失真。

然后，她仿佛意识到了什么，猛地抬眼，与他视线相撞。

“我好像醉了。”他哑声喃喃着。

她松了手站起身，连退两步，似乎是要逃走。迟疑地看了他半晌，又仿佛知道他现在意识不清，她终于开口回答：“你现在不清醒。”

“像是醉了。”他执意如此定义此刻的知觉，“可是感觉不坏。”

“没有人喜欢醉的。”女孩似乎是觉得他在说胡话，放下心来，坐回去继续为他按摩手臂，漫不经心地自语，“人们只是喜欢逃避。”

他想开口辩驳，沉重的眼皮再次垂落，视线模糊之际，仿佛看到了她离开时柔道服背后的名字。

醒来后，他谢谢教练帮他按摩手臂，教练见鬼一样地看着他：“我忙着管下个比赛的孩子，哪有时间顾你？校医没照顾你吗？”

聂廷昀蓦然噤声，有一瞬的怔忡。

女孩的轮廓，柔道服背后的名字依稀浮现。

他恍惚觉得那不是他第一次见到她。

而此刻，他终于等来了答案。

崔时雨舀起一勺水蟹粥，低垂视线，摇了摇头，语气平稳，毫无破绽。“没有。”停了停，她补充道，“两年前，我没有见过你。”

水蟹粥蒸腾出热气，熏红了她的脸颊。

聂廷昀没有再说什么，几不可见地点头，像是在说“知道了”。

她捏着勺柄，用力到指节压弯，很久才放松力道。

聂廷昀垂下眼睛，不再看她，淡淡道：“喝粥吧。”

她低下头，一声不吭地舀起粥。

粥喝了大半，她无法从余光判断他的喜怒，终于忍不住抬眼，视线交织，聂廷昀正目不转睛地看着她。

对方的瞳色在流光的映照下，令她有种被凝视的错觉。

崔时雨感觉到自己的手指在抖，陶瓷的餐具撞击出轻微的声响。

他为什么看着我？

下一刻，他站起来，朝她倾身，缩短了这一张黄花梨木桌阻隔的距离。

她不由得屏住呼吸。

他仔细地扫视过她的面容，终于开口：“你过敏了？”

她下意识地抬手，要触碰发痒的脖颈，却被抓住手腕。

她受惊般看着他，那眼神好像他是什么恐怖分子，让他只能松开手。

他的指腹擦过她手腕处的皮肤，这是一块非常柔软的、未经训练磨砺的皮肤。他有一瞬走神，又很快冷下口气，声音低低地责问：“你不知道自己的忌口吗？”

她张了张口，似乎要解释，最终却变作哑巴，什么都说不出。

场面陷入窘迫，聂廷昀见惯别有用心的女孩叽叽喳喳，头一次遇到这么一个闷葫芦，还仿佛避之犹恐不及，只能无奈地说道：“我叫张诚然回来送你去医院？”

“不用！”崔时雨回答得太快。

聂廷昀挑了挑眉，那表情似乎是在问：那你现在要怎么样？

“我……去一下洗手间。”她紧紧抿着唇，强忍着不适。

他无法理解：“去了就不过敏了？”

“我需要吐一下。”

他终于确定，无论是等她给答案，还是等她做决定，都是一个非常愚蠢的想法。聂廷昀低声说：“等我一下。”

他起身，签了单回来，见她果然乖乖地坐在原处等待，不知怎的心头一软。他拉住她的手腕，没给她拒绝的时机和余地，在她反应过来之前，已经带着她往外走了。

一路进电梯，上到二十层，他刷卡进门。

崔时雨胃里翻腾得厉害，连开口询问的力气都没有，聂廷昀把人推进套房的盥洗室。

崔时雨愣愣地看着门在眼前关上，随后，听到外间传来脚步声，和房门关上的声响。

这是……怕她尴尬吗？

聂廷昀正在电梯里等着数字依次亮起。

他觉得自己贸然将小丫头带到自己领地的举动有点儿莫名其妙。

但很快，他又说服了自己——算了，看在张诚然的面子上。

“您好，聂先生，请问有什么需要吗？”前台小姐见他直接下来询问，稍有讶异。

“我的……朋友，螃蟹过敏。”

聂廷昀想了想，要了一张便笺，写下呕吐、红疹的症状，又写下房间号交给前台。

“好的，稍后会将过敏药送到您的房间。请问需要红糖水或温水吗？”

聂廷昀点点头，看了看表，转身上楼。

他推门进房间，盥洗室里隐约传来讲电话的声音。

“封寝了？好……谢谢。”

她的话语简洁又干脆，同和他说话时的唯唯诺诺判若两人。

聂廷昀立在门口，不由得挑眉。

门内，崔时雨坐在冰凉的地面上，挂断电话。

折腾她半天的水蟹粥终于被她吐出去了，她打开空气循环，等待味道散去。

窘迫至死恐怕和现在这个局面差不多，她开始反思自己怎么走到了这个地步。

她低垂着头，有些眩晕地想，这一切好像不知不觉脱轨了。

她不该参加这次聚餐，不该同他吃这顿“加时饭”。

柔道比赛里，加时赛给人垂死之际的一线生机，也给人筋疲力尽后的绝望。

她无法预料结局会是哪个，所以纵容了自己的贪欲。

她有原罪。

门外传来低声询问，打断了她的思路。

“你还好？”

“我没事。”她的声音听起来还很冷静，紧接着咬住下唇，轻声补充道，“谢谢。”

聂廷昀转身回到客厅，打开了电视，调大声响。

几分钟后，客房服务员送来过敏药和温水，他在门边道谢，一转身，却见崔时雨已经走出来了。她额上还有微微的汗，面如白纸。

聂廷昀用下巴示意她坐下，看着她吃完药，说道：“你家在本地？一会儿我送你回去。”

崔时雨一言不发，抱着双膝蜷缩在沙发上，愣愣地看着他。

聂廷昀被看得蹙起了眉。

她的眼神专注，眼皮却疲倦地垂下来，一张巴掌脸，因数日以来的减重，呈现出略微脱水的症状，眼眶有些发暗，看起来像是随时要晕倒。

他看得出她很不舒服，手倏然抬起，又克制着落下来。

电视里开始响起十一点半的重播新闻的声音，沙沙的声响里，他和她无言对视。

他疑心她根本不知道自己在看哪里，紧接着，他猛地探出手，托住她沉落到另一侧的头。

他弯腰，维持着一个辛苦的姿势，细细的发丝掠过他的手腕。

他忽地想起古人说的一个词：螓首蛾眉。

聂廷昀骨子里有着家教浸淫的绅士风度，却绝对不是一个温柔的人。

唯独这昏黄之际，他不知怎的定格了时间，不敢动作，只怕将她惊醒。

他想了想，顺着她歪头的方向，小心地将手慢慢放下来，令她侧躺在沙发上，再缓慢地将手抽离。

崔时雨仍旧闭着双眼。

他没发现自己的脊背上出了细细的一层汗，只是松了一口气，拿了薄被盖在她身上，留下便笺，转身走了。

关门声响起后，崔时雨缓缓地睁开眼睛。

其实，在打了个瞌睡脑袋撞进他掌心的时候，她就醒了。

她感觉此时颊侧、发间似乎还残余他的温度和气味。

离得太近了，她还没有足够的心理准备打开安全区域，让他踏入。

她蜷缩在沙发里，探手拿起矮几上的便笺，上面写着："客房早餐预约在明早七点钟，没有任何螃蟹或海鲜成分，可放心食用。"落款是"聂廷昀"。

一手极漂亮的行楷字，明显是临过帖子的，有钟繇风骨。

便笺翻过来，背面是他的手机号码。

他对谁都这样体贴吗？还是……只因为他将她当作了张诚然的"心头好"？

隔天回到学校，她已经错过了晨间训练。冯媛西想要问责，见她小脸白得和纸一样，又拎着药，不由分说批准她去休息。她拗不过教练，只好回到寝室。

走上空寂的楼梯，她感觉到胃仍在隐隐作痛。午后的阳光透过天窗照落下来，她的影子曲折地落在阶梯上，一折，一折，再一折。

寝室里四下无人，她拿出柜子里的记事本，记下昨天的日期。

"我又见到他了。"她写下这么一句话。

想了想，又划掉，她接着写下一句："这是他第一次见到我，我有些害怕。"

她费尽心思见过他一千次，一万次，却不指望他能记得其中的千分之一，万分之一。

她只想成为他世界里的陌生人，或者是……有过一面之缘的陌生人。

合上本子，她伏在桌前，做了一个深呼吸，闭上眼睛。

她的鬓发间，仿佛还有他掌心的温度。

第二章
寄心如月

离柔道联赛还有两天时间，两所学校的柔道部都在加紧训练。

崔时雨将聂廷昀的便笺夹在笔记本里，拼命克制住另一样贪欲——联络他。

理智虽如此，但她强大的潜意识早将那一串号码倒背如流。

这天训练结束，堂姐崔念真说来接她吃饭，她才想起今天是她的生日。每年的生日，她例行公事般要和父母见面。在他们貌合神离的时候如此，现在各奔东西了，仍旧如此。

训练结束，偌大的场馆又只剩她一个人。收拾完道具，她走出去，外面的天色已经有些暗了。堂姐崔念真已经在车里等了她很久，终于耐心耗尽，掏出手机来给她打电话。

打了一次，两次，没人接，锲而不舍地拨了第三通，崔时雨才慢吞吞地出现在她的视线里。

她降下车窗催促："快点儿！"

崔时雨开门上车。崔念真瞥她一眼，忍不住说："一股汗味儿。"

崔时雨不以为意："没回寝室洗澡，怕你等不及。"

"不是我等不及，我的姑奶奶！"堂姐发动车子，一脸焦急，"你知道为了给你庆个生，你爹妈好不容易才聚到一起，订了包厢等你半个钟头了。"

崔时雨无意识地笑了一下，脱口道："给我庆生？"是为了让他们得到心理安慰吧？

堂姐偏头看她一眼，刚张开嘴，可是瞧见她面无表情的模样，又忽然什么都说不出来了。作为崔时雨大半个人生的参与者、旁观者，连崔念真都觉得，堂妹的爹妈在做家长这方面，的确存在很重大的失误，或者说是偏差。

包厢里，这对刚离异的夫妇，一年到头只在女儿生日这天才难得见上一面，此时正有点儿气氛诡异地聊着自己的近况。

“你在杭市的那个展，我听朋友说了，评价很高啊。”

“哪里哪里。”

“下次的画展一定邀请我，我认识一个导演，对花鸟鱼虫的国画非常痴迷。”

崔时雨的妈妈尹楠一头短发，非常干练，凭借媒体人身份混迹半个娱乐圈，能言善辩，长袖善舞。她父亲崔崇年言谈儒雅，只云淡风轻一笑。

聊着聊着，不免尴尬冷场。

这时，崔念真操着一口播音腔推门而入：“当当当！寿星驾到！”

崔时雨迷迷糊糊地被推到主位上，一系列毫无灵魂的庆生步骤开始进行。她无比顺从地照着指示吹蜡烛，闭眼睛，切蛋糕，回应生日快乐的祝福，却唯独没有偏头和坐在左右两边的父母对视一眼。

尹楠连喝了几杯白酒，后来就有点儿上头，扯着崔时雨的手絮絮叨叨地道歉：“妈妈知道，这些年你一直怨我，但是妈妈那时候不成熟，哪能想到那么多呀？有句话怎么说的，都是第一次做父母……你看今天这生日，你连个笑脸也没有……”

崔时雨心道，她到底想说什么呢？

关于家，关于父母，关于羁绊与眷恋——这些字眼和情绪都太奢侈了。

她阻断谈话：“妈妈，我从来没有怪过你，我也没有为你们伤心过，真的。”

她父母同时僵住了，用一种无法形容的眼神看着她。片刻后，尹楠起身离席：“我去一下卫生间。”

紧接着，崔崇年走到她面前，欲言又止，最后只说：“囡囡，没事的，继续吃饭吧。”

庆生到最后，虽没有其乐融融的气氛，却也还岁月静好。

坐到了堂姐车上，崔时雨才如释重负地松了口气，问道：“我是不是说错话了？”

堂姐没吭声。

“我看到妈妈哭了。”她回忆。

堂姐终于忍不住，“呵”了一声：“搁我我也得哭。我这和亲生闺女掏心掏肺道着歉呢，没等来一句安慰，亲闺女反而说根本没为这些事儿伤心过，能不难受吗？”

崔时雨有些愣怔，道：“那她希望我说什么？”

“她不是希望你说什么！”堂姐郁闷到快要爆炸了，“她根本不需要你说什么！她需要你像亲闺女那样抱着她，跟她一起哭！你懂吗，崔时雨？”崔念真吼完这么一句，车里陷入一片死寂。

车子猛地停下来，险些和前头的车辆追尾，崔时雨抓住了车顶的把手，在震荡过后，无意识地放下手来，按住胸口。

她忽然觉得无法呼吸。

堂姐又问：“像今天的这种奇葩场面，你都不会觉得伤心吗？”

“应该是……会伤心吧。”她也不确定。

崔念真叹了一口气：“你当时到底在想什么？”

崔时雨沉默半晌，低声说：“我什么都没想。”

她能想什么？即便她想，又真的有用吗？

她习惯了顺其自然，在别人看来更像一种对人、对事的淡漠。

她恍惚想起，幼年时，第一次被父母寄养在朋友家，她巴巴地站在门口，扯住母亲的裤腿不要他们离开，最终也只得忍着几乎要被掰断手指的痛楚接受突如其来的分离。

总归一切都是徒劳。

“堂姐。”崔时雨没头没脑地说，“我好像一个假的人。”

一个和喜怒哀乐隔着厚厚一层……墙壁、玻璃或是雾气的假人。

“时雨，够了。”堂姐突然红了眼眶，伸手揉了揉她的头发，“你过两天还要比赛，先不说这些了，等你打完比赛，好吗？”

崔时雨看着前方，视线里是长长的车队，尾灯的光线映进眼底，带着奇异的色彩。

比赛——是啊，她的比赛。

她点了点头，不自觉地放松了绷紧的神经，连眼神也稍稍带了温度。

希望一切能够如她所愿，乘胜前行。

周末，高校柔道联赛在海市体育馆开幕。崔时雨坐在备赛区，冯媛西握着她的手，一直不停地和她说战术。可她总是忍不住要走神。

余光处，体育馆的另一头，聂廷昀坐在教练旁边，依次和女将们击掌。

他穿一身熨帖的休闲装，白色T恤，黑色长裤，击完掌，两只手便撑在分开的双膝上，似乎在静静地听着教练说什么。

崔时雨忽然觉得一阵恍惚。

没有人知道，他的每一场比赛她都不曾缺席，那些流汗甚至流血的比赛里，她跟着哭过，笑过。

她在他永不会知晓的一隅，将曾如顽石的心脏化成波澜频起的湖水，却没奢望过他会回眸一顾。

而这一次，是他坐在观众席上。

崔时雨无法克制自己的紧张，心跳声沿着血脉、骨骼，回荡在耳中，她的视线忽然有点儿模糊起来，呼吸憋在喉头，要很艰难才能顺利完成一次吐息。

她闭了一下眼睛，再次睁开时，已经被人用力推向赛场。

眼底是明黄色的垫子，她怔了几秒，才抬起头来，看到对手气势汹汹地来到面前。

是丁柔。

巨大的屏幕上，电子钟开始倒计时。

“崔时雨，他们都说你以技术华丽取胜。”丁柔低低道，“领教了。”

她怔了一下，哨声已经吹响，丁柔挪动步伐，朝她抓来。

崔时雨扬起手，对方一抓落空，她退了半步，心狂跳起来，意识到自己乱了章法。

状态不对。

盘桓片刻后，崔时雨抓住时机，死死地扯住了丁柔的柔道服领口。

场外响起教练的声音：“稳住！时雨！”

湛蓝的布料攥在掌心，一个不留神，她也被丁柔紧紧地抓住，两个人俯下身子，开始手劲的较量。

丁柔被甩了个踉跄，这零点几秒间，未及站稳，大腿已经被崔时雨趁机勾住，猛地向上翻去。随着全场惊呼，丁柔在大力翻转下拽着崔时雨的袖口猛地跃起旋身！

冯媛西庆祝胜利的“一本胜”未及出口，眼前的场景却令所有人无比吃惊。

丁柔竟以一个不可思议的角度稳稳地站住了，没有被扑倒在地！

教练吹响哨声，示意两人松手，秒数暂停。

场边，聂廷昀始终面无表情地注视着场上的战况。

他的视线短暂地停留在崔时雨沮丧的面容上，见丁柔朝他望来，带着求助的表情。聂廷昀做了个手势，示意她主动进攻。

丁柔安下心来，点了点头。

两人重新站到场中，裁判“开始”才出口，丁柔就攻势迅猛地跳过来扯住了她的领口。崔时雨偏了偏身子，没能避开。

对方的手劲远胜过她，崔时雨用尽全力猛地摆脱对方的拉扯，反手去拽丁柔的衣襟，却被她抬手挡住。下一刻，丁柔双手重新扯住她，俯身进入她身前空位，猛地将她顶在背上，就要甩出一个背负投！

天旋地转间，崔时雨的头已经重重地砸落在地，后颈剧烈弯折的痛觉让她再也无法坚持住这样一个类似于后折腰的动作，在身体放弃之前，理智却硬生生地让她做出了与生理相悖的选择——她挺着脊背猛地转了身，脱力般双肘撑着跪倒在地面，避开了背部着地。

裁判吹响哨子，示意这次进攻无效，全场哗然。

刚刚两人的交手可谓险象环生。

丁柔方喊了暂停。此时，距比赛结束还有一分三十四秒。

崔时雨气喘吁吁地跪在地上，试图起身却失败了，周身绷紧后袭来的酸痛让她几乎脱了力。她用余光瞧见丁柔奔向指导教练，而聂廷昀站起身，低头给丁柔指导战术。

他在教她，如何打败我。

崔时雨心里涌起一股无以言说的难受来。

比赛再次开始，由于体力已经耗尽，崔时雨只能退守。

聂廷昀坐在场边，有些不忍看下去。

他知道这场对峙，一定会以崔时雨的失败告终——她已经没有力气再做下一次进攻了。

下一刻，全场掀起一阵惊呼。

“腕挫十字固！”

倒计时结束的三十秒里，丁柔与崔时雨摔倒在地，崔时雨猛地抬腿去锁对方的手臂，丁柔却比她更快，眨眼间，她的右臂已经被丁柔牢牢锁在双腿间，拼命扯向反方向。

那是撕裂般的剧痛。

她如同一条被网住的濒死的鱼，拼命挣扎，随着读秒结束，全场的欢呼声里，她瞥见丁柔猛地松开她跳了起来。

“丁柔，以腕挫十字固一本胜！”

崔时雨仰躺在地面，迟来的痛苦一瞬间席卷肩背，她以残余的理智判断：我脱臼了。然而灵魂仿佛离体，高高地俯视着惨败的自己，任凭躯壳狼狈不堪地陈列在众人面前。

包括……聂廷昀面前。

丁柔和队友一一拥抱，瞧见聂廷昀起身走过来，高兴地迎上去：“聂老大！我赢了！”

聂廷昀没有看她，甚至没有说一句“恭喜”，他的表情是前所未有的平静。

擦身而过之际，她听到他不带语气的一句话：“她脱臼了。”

赛场上一片混乱，有工作人员上前察看崔时雨的情况，可是无法轻易将她扶起，只要一碰她的手臂，她就出现痉挛性的反应。

就在众人混乱地围在旁边时，有人分开人群，走过来。

冯媛西偏头瞧见来人，愣了一下。

他是对方柔道部部长——赫赫有名的聂廷昀。

体大的女将们纷纷屏住呼吸，只怕呼出一口气来，眼前的聂廷昀就跑了。

崔时雨在剧痛下闭上了眼睛，耳际是无尽的嗡鸣，然而此刻，穿凿过她苦痛的一个语声，如同救赎一般，让她双眼勉强睁开了一丝缝隙。

“我看看。”聂廷昀额发湿透，微微皱着眉，出现在她朦胧的视线里。

她撑不住合上了眼，感觉到有人绕过她的后背和腿弯，将她轻轻巧巧地抱起，避开了脱臼的肩臂，一步一步地移动起来。

他身体的温度透过 T 恤、柔道服传过来，几乎使她感到灼痛。

抱着他的人……是聂廷昀。

崔时雨耷拉着头坐在医用床上，只觉治疗的时间漫长而痛苦。

她的眼睛半闭着，似乎又能朦朦胧胧地瞥见坐在不远处正注视着她的男孩。

“复位做完了，缠上绷带起码要固定半个月，尽量不要训练了，不然影响恢复，还会造成习惯性脱位，那以后就真的没办法练柔道了。”

医生结束工作，让她稍微侧身躺一下，说道：“休息一会儿。”

冯媛西仔细地听着，一脸紧张地坐在床边。

“感觉怎么样，时雨？”

她艰难地牵动嘴角，露出一抹微笑，终于让冯媛西放了心。

外头有人叫她：“冯教练，下一场啦！”

冯媛西站起身要出去指导，又有些不放心，对聂廷昀嘱托再三，才出去。

崔时雨半躺在医用床上，紧张地等待时间过去。

她从没想过时间会变得这样漫长。空旷的房间里，他和她都没有开口说话。她想，我该说些什么吗？

可他忽然开口：“我替小柔说声对不起。”

聂廷昀起身，缓步靠近，她几乎能闻到他身上淡淡的香水味道，清冽如同山泉。

她没有抬头看他，却知道他坐在了床侧，自己伸手可及的地方。

“不是她的错。是我明知道这个固技危险，却没有及时放弃。”崔时雨冷静地说道。

聂廷昀看着她低垂的眉眼，在心里轻笑了一声。

好倔的小丫头。他活了二十余年，罕有向人表达歉意的时候，这声道歉，她居然还不领情。他蓦地伸出手，碰到她的手腕，崔时雨打了个激灵，猛地抬头看着他，想要动，却被牢牢握住了。

“别动，小心脱位。”聂廷昀拿过她的手，避开了绷带的部分，在小臂、手腕处力道恰好地按摩。

她愣愣地看着他，冰冻的血液一刹那奔流起来，汩汩涌向四肢百骸。

失败的痛苦和满心不可言述的热望，也一并涌上心头。

她放任自己的视线凝在他的脸上。

聂廷昀忽然问：“明知道危险，明知道自己的力量不足以挣脱，为什么不放弃？”

被腕挫十字固制伏后，她只要轻击两下对手的身体抑或是地面，表示认输，就可以从桎梏中解脱出来，避免惨烈的受伤。

聂廷昀在她不回血的手臂上轻轻按压，暗暗惊奇，这样纤弱的手臂，是怎样使出那些需要爆发力的柔道技术的？而后，他听到女孩轻柔而微哑的声音。

她的声音似乎没有色彩，一切都是天然的，不加修饰的，纯粹的婉转和清丽。

那几乎不像一个运动选手的声音。

她说："我害怕失败。"

"没有选手不害怕失败。"聂廷昀笑了一下。这并不值得冒着自伤的危险，做无谓的坚持。

"我好像很害怕在你面前失败。"

聂廷昀手上的动作微微停滞，抬眸与脸色苍白的女孩对视。心中所有困惑，所有不解，在此刻终于寻到了答案。

他想问：我们果然是见过的，对吗？

可她已经接着说下去了："我可能更害怕在你面前轻易失败。好像再坚持一下，哪怕受一点儿伤，也是对自己有了交代。"

他面对过太多的告白、追求，却在此刻，因她毫无意图的倾诉而沉默。

"我对你来说很特别？"聂廷昀微垂眼睛，嘴唇微翘，"你喜欢我？"

他脱口一问，带着某种与生俱来、被人崇拜的倨傲，也带着一种揶揄。

可没料到，她竟给了他坦然的回答："是啊。"

崔时雨轻轻弯起嘴角，笑意稍纵即逝，有种脆弱的美。

一字一句，以极为绵柔的力道化入他的脏腑。

"在看到你之前，我不知道人为什么会哭和笑，你为什么会拼尽全力只为了一场胜负。那年，我仰头瞧见你，你只是看了我一眼，我就突然明白了，为什么明明人的心一直是在跳的，却偏偏要说一个人看到另一个的时候，会心跳。那种跳法好像是不一样的。"

崔时雨语气如常，困惑地偏头思索，终于找到了最佳的形容："好像是一个死了很久的人，突然活过来了。"

一刹那为一念，二十念为一瞬。

遇见他的那一瞬，她在无数念起念灭间通彻了灵魂。

一刹那的刻骨于是成为永恒——历经几载星月，依旧铭心刻骨。

聂廷昀目不转睛地凝视着她清明而澄澈的眼睛，克制着心头巨大的震撼，始终没有开口说半个字。

他不记得了。

让眼前这个女孩突然活过来的那个瞬间，他竟毫无印象。

三年前，海市。

"崔时雨，你随随便便活了十五年了，不交朋友，不说话，也不和人打招呼，你就没有一件特别想做的事情吗？”

车内，堂姐看着崔时雨，想起自己已是第N次被老师叫去谈她的成绩问题了，不禁有点儿恼火。

班主任的原话如下：“崔时雨这孩子非常乖，但是……不太合群，学习也不上心。你回去最好和孩子聊聊，看看问题出在哪儿。眼看着要升高中了，抓紧点儿啊！”

崔念真越想越烦，脱口道：“崔时雨，你是不是哪里有问题？”

崔时雨坐在副驾驶位上，安静地垂着头玩手指，依然没吭声。

“崔时雨！”崔念真气急败坏，“你都没有一点儿辩解的欲望吗？你知道班主任和我说了什么？她说她就从来没见你在课堂上举过手，点你起来回答问题你就不出声。这还不算，你除了安安分分地学习，什么都不干，为什么成绩还吊车尾？”

崔念真是体育记者出身，说一口字正腔圆的普通话，几乎让崔时雨觉得这是在法庭上受审。她玩着手指的动作微微顿住，还是没吭声。

崔念真等她开口等得心力交瘁：“崔时雨，你能不能告诉我，你到底在想些什么？”

崔时雨终于有点儿慌张起来，抬起头，似乎要解释。

就在这时候，手机铃声响起，崔念真摇摇头，接起电话。

是台里打来的。

“怎么会突然去不了？”崔念真一面瞧着信号灯掉转车头，一面紧紧地皱起眉来，“我知道了。”

崔念真结束通话，语速极快地通知她：“临时要去赶一场比赛的报道，又不能把你扔在路边让你自己回去……”

崔念真说着，把崔时雨直接带进熙熙攘攘的体育馆，将她按到观众席头排的某个位子坐下。

“别乱跑，我就在下面，一结束就来找你。”崔念真嘱咐完，一溜烟消失在人潮里。

崔时雨懵懂地抬起头，看见“第五届全国柔道高中联赛”的字样。

下面是同时进行柔道比赛的三个场地，倒计时屏幕透出的紧迫感让人不由得屏住呼吸。

对她而言，这是完全陌生的世界。

“聂廷昀，那边喊了六十六公斤级准备，快到你了。”

身后传来的简短对话让崔时雨不由自主地回过头，正好与整理黑色腰带的男孩视线相交。一刹那，嘈杂的背景音里，仿佛有不知哪儿来的轰鸣声穿透了她的鼓膜。

男孩站在高一阶的地方，微垂的眼睫那样漆黑，浅色的瞳仁透着某种奇异的气质，指节分明的手正放在腰间，柔道服的领口微微敞开，露出一片麦色的胸膛，肌理分明。

短暂对视后，男孩和身侧的队友击掌，转身去赛场。

崔时雨的视线追着他的背影，清楚地看到他柔道服的后面绣着四个字：人和高中。

那是她从没听说过的学校。老师只会讲实验中学、外国语中学是好学校，虽然她的成绩连踩线都困难。

崔时雨愣愣地看着那颀长的背影消失，转身看着留在座位上的男生的队友，平生第一次，她主动开口说话："人和高中教这样的体育课吗？"

那男生正专心致志地观战，闻言失笑："人和高中就是以柔道为主啊，国家队青少常备军百分之三十出自我们这儿，你说呢？"

崔时雨还要开口，男生突然竖起指头让她噤声："别说话，开始了。"

下方，最左侧的柔道场已经开始十五分倒计时。

她远远地看到聂廷昀抓住了对手的衣领，双方拉扯了一会儿，聂廷昀猛地转身弯腰，外侧一条腿高高踢起——

"大外刈！"身后有人高声叫起来。

然而，对手避开了！

这短短三十秒里发生的事情，让崔时雨猛地攥紧了手心。

裁判宣布停止，双方松开手，再次开始新一轮拉扯。

她轻轻闭上眼睛，有点儿不敢看，双手交握，掌心已经冷汗涔涔。

她再次睁开眼睛，心脏不受控制地剧烈跳动，几乎感觉到有些疼。

她眼睁睁地看着男孩被对方手脚相缠地绞住却还在拼命挣扎，似乎隔着十几米的距离都能感觉到他肩膀关节处的疼痛。

直到最后一分钟，男孩终于以一个背摔结束了这场比赛。

"一本胜！聂廷昀！一本胜！"

后方，人和高中的学生尖叫起来，此起彼伏的欢呼声里，她只看见了男孩跪倒在地的模样，他累得连欢呼的力气都没有了。

领奖后，他跌跌撞撞地走回观众席，一步一步，直到走到她跟前。

崔时雨忘了自己什么时候不自觉地站起来，还挡在了台阶过道的入口。

这一刻，她仰面看着高出她一个头还多的男孩，对方身上蒸腾的热气烤红了她雪白的脸，她忘了让路，忘了言语，只觉得自己像是被放在烤炉里的虾，炙烫的汗水争先恐后地从毛孔里冒出来。

“不好意思，请让一让。”

她缓过神来，猛地侧过身，他经过时，松开的柔道服擦过她的裙角。

仿佛是这几不可感的触碰激发了前所未有的勇气，她双拳紧握，面无表情地朝他的背影开口：“祝贺你赢了！”

男孩疲倦地停了一停，微微转头露出一个侧脸，她能看到他嘴角扬起了一抹弧度。从那短暂无声的微笑里，她好像听到他说了“谢谢”。

此后，她的人生仿佛因这句“谢谢”展开了新的图卷。

十六岁时，崔时雨进入人和高中学习柔道。

崔念真带她办入学手续时，喋喋不休道：“我真不知道是坑了你还是帮了你。早知道，那时候就不带你到柔道赛场去，还让你记挂上了。训练的时候磕了碰了，可别来找我哭，我不负责的啊……”

临走时，她看到一张巨大的优秀毕业生展板。

“你不是问我为什么要选这所学校吗？”

崔念真难得听到她说这么长一句话，惊得噎了一下：“为、为什么？”

她修长的手指点在一张照片上。

照片里的男孩眉眼分明，轮廓清俊，笑容明朗。

“聂廷昀？”崔念真念着下头的名字，回忆道，“我好像采访过这小子……青少年柔道圈的ace，听说后来没继续走体育这条路，去念了F大的金融系。”

崔念真念叨完才反应过来：“因为他？你喜欢他？”

崔时雨说：“……我不知道。”

她对情感懵懂无知，还不能辨别这平生第一次的心动究竟是常人眼中的“喜欢”，又或是其他。

聂廷昀大概是第一个令她紧张得几乎心脏发痛的人，她平静的外表之下是克制压抑的近乎疯狂的好奇心。他生活过的地方，学习过的地方，他经历过的事情……究竟是什么样子？

崔念真恨铁不成钢，完全没有小堂妹可能早恋的危机感。

“人家都毕业了，你耽误三年青春到这学校来干吗？缅怀啊？不早和姐说，好歹把你送到他学校附近去。近水楼台才能先得月，你隔着这么老远，要和空气谈恋爱啊？”

崔时雨诧异地抬头看着张扬的堂姐。

“我没有想过这些。”她抬头望着聂廷昀的照片说道，“我就是想离他的生活近一点点。”

崔念真想说：你真的很奇怪。

可是看着那双执着的眼睛，她忽然就说不出话来。

体育生的训练生活，是崔时雨十五年来未曾预想过的艰辛。

她第一次进柔道场完全不知所措，之后的每次训练都让她痛苦得死去活来。她想起自己平淡如水的过往，忽然觉得，自己之所以鲜少有情绪，似乎是因为没有吃过任何苦头。

她会在拉筋时撕心裂肺地哭；被对练的同学摔痛时，她会自然而然地涌起一股怒火，直烧到头顶；每次月末测跑步时，她都会恐惧得连觉也睡不好。

某个清晨，她睁开眼睛，在一片寂静里恍然顿悟——原来这样每时每刻都在宣泄的生活，才造就了那个只见第一眼就令她手脚麻痹的聂廷昀。

最初，崔时雨在学校的柔道比赛里连遭惨败。

教练劝她，你力气太小了，换个轻快的球类专业算了。

可是隔年，崔时雨便成了人和的“技巧王”。她是女子柔道四十八公斤级以下最清瘦的选手，华丽多变的技术几乎在每场比赛里都能令人瞠目。

十八岁这年，崔时雨被保送进体大，如愿成为青少年女子柔道选手里赫赫有名的ace，体大最年轻的女队队长。

她和聂廷昀本该如两颗永不会面的行星般，各自运行在自己的轨道上。然而张诚然的一个电话，将她这些年来苦心维持的距离顷刻化为乌有。

“崔丫头，你们称重结束了对吧？请你吃顿好的，一定过来啊。”

“……都有谁？”

“就F大女队的丫头片子们。对了……还有聂廷昀。喂？喂？时雨？你在听吗？”

“……我在。”

“就这么定了啊。”

“……嗯。”

第三章
争知蹀躞情怯

医务室里，电话铃声响起，打破了长久的沉寂。

崔时雨抬手接通。堂姐先是责怪她怎么这么不小心，又受伤了，唠唠叨叨一通后，说："我外采结束马上来接你，现在在路上，你别乱跑，在停车场等我啊。"

电话挂断，崔时雨准备起身，聂廷昀已经先一步帮她装好柔道服，不容抗拒地说道："我送你下去。"

两人并肩走到停车场，崔时雨的堂姐还没到。

空寂的地下一层，没有风，没有声响，没有言语。

聂廷昀垂眸看向崔时雨，她正默不作声地玩着自己的手指，仿佛刚刚那番掏心掏肺的告白不是出自这人之口。

她说完是痛快了，但想过听的人的感受吗？

聂廷昀心中酝酿出一丝不快，不由得唤道："崔时雨。"

她猛地抬起头，匆匆看了他一眼，又躲闪着移开目光。

她看起来丝毫没有要求新进展的意图，令他一刹那的动容也变得有些可笑起来。

有车驶进来，崔时雨松了一口气，转过身朝那辆车招手。一个美女下车，先把崔时雨安顿上车，这才回身从聂廷昀手里接过东西。

聂廷昀觉得对方打量了他很久。

"你不记得我了吗？你十八岁那年柔道比赛夺冠，我去现场采访过你。"崔念真从上到下打量他一番，由衷地发出惊叹，"你真是越长大越好看了呀。"

他本能地察觉到，崔时雨的这位堂姐并不只是寒暄。

果然，崔念真问："你和我堂妹是什么关系？"

"我是隔壁F大柔道部部长，队员不小心伤到她，我受人所托，照顾了她一下。"

崔念真脸上露出十分复杂的表情，像是有什么话马上就要说出口，又拼命克制着。

聂廷昀被盯得有些不耐烦，突然，崔念真伸手搭在他的肩膀上，他毫无防备，险些条件反射地把人掀翻出去。

"小子，我妹妹人不错的，你可以考虑考虑。"

崔念真说完松开手，看到聂廷昀眼里的诧异神情，心里不禁打起了鼓，自己这把助攻难道太冒进了？她也没说什么呀。

气氛有点儿冷，崔念真摸着下巴，反省自己是不是有点儿操之过急，于是拍了拍男孩的肩膀："没事，你要是为难呢，就当我没说。"

她转身要走，却听到身后传来一句回答，四平八稳的语调里，带了点儿揶揄："她有我的号码。"

说完，聂廷昀转身离开，视线掠过崔念真身后的车子。

透过茶色的车窗，他与崔时雨短暂对视，仅仅一秒，足够将她专注的神情收入眼底。

崔念真一上车就质问崔时雨："他怎么会送你下来？"

"大概因为……"崔时雨不带语气地分析，"我是在和他们柔道部的选手对战时受的伤。"

堂姐看着女孩形如槁木的样子，忽然想起要传达聂廷昀的话。

"时雨，我觉得这事儿有戏。"

崔时雨愣怔："什么有戏？"

"你和他好的事儿呀！"停了一下，崔念真以身经百战的姿态一撩头发，接着说，"你看，他说你有他的号码，要是他对你没意思，给你号码干什么？话说回来，你们什么时候交换号码了？"

崔时雨半晌没有说话，下意识抬手抵住心口。

"我们没有交换过号码。"她说，"我会努力不打扰他。所以他给我号码，我应该……"

她想说应该也不会有拨通的机会。

崔念真郁闷透顶："靠近一个人不是那么恐怖的事情。你看，你现在不是能做到和他面对面站在同一个空间里了吗？”

崔时雨轻轻打断了堂姐。

“我不喜欢那种感觉。”崔时雨静默了很久，才接着说，“我不喜欢被他记得，不喜欢和他面对面，哪怕只是共处在同一个空间里。我不喜欢他的每个眼神，那都会让我觉得恐惧。我就想躲在他不知道的地方，看看他会有怎样的以后，我不想参与，也不想那个以后里有我。”

“你如果要问我为什么……我不知道。”崔时雨轻轻地笑了一下，“这个人的存在让我感觉自己还活着，可你如果问我为什么是他，我也不知道。”

这世上的很多事是无解的。

崔念真不再发问，她知道自己不能够再逼问任何会令崔时雨陷入混乱的细节了。她叹了一口气，启动车子。

车窗外，风景在急速倒退，有一种时光流逝的具象感。崔念真想起几年前，第一次带崔时雨去看心理医生时，医生给出了一个陌生的名词——约拿情结。

她实在想不通这是一种什么感情，能让人改变自己的人生轨迹，付出那么多时间，耗费所有的心思去靠近那么一点点，却不希冀半分结果。她怕堂妹一场梦逐空，会掉落万丈深渊——毕竟崔时雨这十余年来，一直寡淡得不正常。

崔时雨很抗拒同医生对话，所以那次对话，由她代替完成。

医生坐在灯光柔和的诊室里，崔念真从一个旁观者的角度，描述着自己的堂妹。

医生听了片刻，问道：“你说她很难表达出明确的感情，那么她是否极少，或者几乎没有哭过？”

“是。所以有时候我真的弄不清她是不是难过，要是问她，她也会如实说，但她的答案大部分是不知道。”

“你怎么能判断，她所说的不知道就是如实回答呢？”

这位语气温和的青年医生姓费，似乎对患者亲属的误解见怪不怪，自顾自接着说下去：“首先，崔时雨自我构建了一个保护机制，这与她的原生家庭有很密切的关系。这个保护机制令她避免可能遭受到的心理伤害，通常意义上，就像你说的麻木，或者是感情迟钝。其次，从你对她执意开始进行柔道运动的原因叙述中，我们可以了解到，一切都与一个目标对象有关，通常意义上，这个目标对象其实就是她喜欢的人。她做出后续所有事情的逻辑，在心理学上，我们会用一个概念来解释，叫作约拿情结。”

“约拿？”崔念真一脸茫然。

“《圣经》里的约拿既渴望拼命地追随神，又因自觉不配而不自知地逃避。如你所说，她所喜欢的人对她而言，就像神之于约拿。崔时雨是典型的具有约拿情结的人格。”

“有救吗？”

“其实人类普遍会存在一点儿约拿情结，出于自卑感，我们逃避自己最渴望的东西，说服自己去追求缺陷，因为恐惧自己竭尽全力，结果还是一败涂地。约拿情结发展到极致，就是自毁，也就是说，面对自己喜欢、渴望的事物时，相比‘我想要’，她们更先想到的是‘我不配’。我想……崔时雨的约拿情结，或许已经发展到近乎自毁的程度了。”

听到这里，崔念真心里“咯噔”一声，急切地想要开口求助，却收到费医生安抚的眼神。

“比起过度的心理疏导，尤其是在当事者本人抗拒的情况下，我认为她更应该靠自己的成长来克服这个病症。毕竟她现在有一个目标对象，并且这个目标对象使她激发出前所未有的对生活的渴望，不是吗？”

崔念真想不明白，问道：“所以目标对象的存在，对她而言到底是好事还是坏事？”

费医生没有正面回答这个问题，只是微微一笑，说：“不管是山路、水路、石头路，还是柏油马路，只要路尽头有她想要的东西，都得她自己走过去看看，才知道是好是坏啊。”

那天，崔念真从咨询室出来，等在外面的崔时雨难得发出疑问：“你怎么比我聊得还久？”

崔念真看着坐在长椅上的小妹，几度想开口，一肚子话到了嘴边，却变成了佯作不耐烦的抱怨：“还不是因为你不肯开口和人家聊天？预约了两个小时，剩下的时间我不聊，钱不就白付了？一点儿都不知道勤俭节约！”

崔时雨仰面看着堂姐一副心疼钱的表情，怔了片刻才开口解释：“我不是不肯开口。”

“我只是没有办法相信他。”崔时雨垂下眼睫，平静地说，“人和人真的能共情吗？我说出来的话，医生其实并不能感同身受吧？当我和他对坐着时，只会感觉到被审视的不安。因为除了偿付关系，对他来说，我其实是个陌生人，不是吗？堂姐，我宁愿相信我自己。”

崔念真弯下身，将她拥住了，轻声说道：“没关系，那就不说了。没关系的。”

联赛惨败，让体大柔道部众人很长时间都沉浸在失落情绪里。

但还没等冯媛西召集大家振作起来，各所高校就迎来暑假。学生们都来自各地，忙着收拾东西回家，因此这点儿沮丧很快就被冲淡了。

F大女将们大获全胜，找到张诚然让他再请一次客。张诚然也不含糊，为了偿还聂廷昀上顿的人情，不单请吃请喝，还订了会所的包厢让大家玩得尽兴。

那天大家折腾到夜里，围坐在长桌边上玩益智游戏。聂廷昀看在张诚然的面子上到了场，却仍旧避开了欢闹。

聂廷昀站在露台上，指间夹一支烟，却并没有点着。他对这玩意儿没什么瘾，有时自己都觉得呛，却喜欢收藏各式各样的打火机，总觉得没有一支烟来配，仿佛少了点儿什么。

夜风吹过额发，他翻出电话来，屏幕上仍旧静默无声。

为什么给她留号码？为什么没把她叫醒而是自己离开酒店？为什么听她说完了那番话？回想起来，大约是因为问心有愧。

所以那丫头……到底在想些什么？为什么到现在都没个动静？真是没有追人的自觉啊！

室内传出一阵欢呼声，张诚然带了几个散打部的男生一起过来，女将们的声音就轻柔了很多，不再像刚才一样毫无顾忌了。

过了一会儿，张诚然喊他去玩，一副软磨硬泡誓不罢休的样子。他只得坐下来玩了一局《狼人杀》，又因为全程划水，又被张诚然轰出去了。

“得得得，我知道聂先生您嫌弃我们幼稚。”

聂廷昀径自起身出去：“我离开一下。”

手机嗡嗡作响，他一直走到走廊中间才接：“芷薇？”

“阿昀。”那头的女声很清朗，“我放假回来了，明天有空吗，一起吃个饭？”

他斜靠着墙壁，“嗯”了一声，下一秒，视线忽地一滞，也听不进对方在说什么，匆匆道一句“回头说”就挂断了。

他好像……看到了小丫头？

崔时雨有点儿想不起来自己为什么会被队友宋佳言拽到这里来，陪她找什么前男友。

似乎是因为宋佳言在她面前号啕大哭了一个小时，实在让她没了办法。

她一只手上还缠着绷带，另一只手被宋佳言紧紧握着，穿行在昏暗的长廊里，看着她一间一间地敲开包房的门，再道着歉出来。

“有人告诉我在这里看见他了！”宋佳言眼眶通红，擦了把眼泪说，“我想了想，还是咽不下这口气，起码得给他俩耳光才能算真正分了。”

崔时雨被她拉着，亦步亦趋地向前，有点儿恍惚。

恋爱就是这个样子？失了冷静，把人搞得人不像人，鬼不像鬼，连比赛都能放弃……

她怎么看都觉得有点儿狼狈。

崔时雨全程走神，视线掠过壁纸上的图案，无声地叹了一口气。

推开下一间包房时，宋佳言没能问到唐宁的名字，也没能轻易脱身。里头酒气熏天的青年抬手扣住宋佳言的手，笑呵呵地问：“找什么唐宁呀？我也能陪你玩，你想玩什么？桌球？麻将？我都能奉陪。”

宋佳言的手劲可不是寻常女孩能比的，反手一拧，那青年的手腕险些断了，痛得嗷嗷直叫，里头的人一窝蜂冲出来。

“怎么回事？！怎么还打人啊？”

场面一时十分混乱，宋佳言好歹还有良心，抬手把伤员崔时雨往后一挡，说道：“崔队，你先撤，看我把这群流氓打得满地找牙！”

崔时雨被推得踉跄了好几步，撞在回廊拐角处，恰好碰到缠着绷带的手臂，疼得直冒冷汗。

宋佳言大约是失恋之后连智商也丢了，站在一群男人跟前，还摆出“一夫当关，万夫莫开”的架势来。

崔时雨忍着疼往前走一步，正要开口阻拦，肩头却被一只手轻轻扶住，力道温柔，却给人难以违逆的感觉。

“带着伤还敢往外跑？”聂廷昀的手搭在她肩上，动作很是自然。

昏暗的光线里，她仰面看到他分明的侧脸，整个人蒙了。

他说了这一句，没再追究下去，走过去替宋佳言收拾了烂摊子。

双方本也没什么大矛盾，当是误会一场，有多事的还和宋佳言交换了电话号码。

聂廷昀挥手叫侍者过来，低声说了一句什么，侍者过去和宋佳言交流后，宋佳言面露喜色，跟着侍者走了。

诸事了结，长廊恢复安静，聂廷昀举步朝她走过来，说："走吧。"

崔时雨还没回过神来，问道："你和宋佳言说了什么？"

"我让人直接带她去唐宁的包房。"他看出她的困惑，解释道，"我跟在你们后面，看着你们找唐宁找了一路。"

聂廷昀站得极近，面对面垂首寻她的眼睛。她避无可避，只好偏过头，又被他略有些粗糙的手掌扣住半张脸。

崔时雨愕然，屏住呼吸，低垂眼睫，不敢去看他。被他掌心包裹的半张脸，仿佛在灼灼燃烧，烫得吓人。

"我帮了你队友，你怎么谢我？"

崔时雨觉得心快跳出来了，头昏脑涨，连话也听得不甚分明。

聂廷昀已经接着说下去："我也不要别的，你如实回答我几个问题。"

小脸轻轻地在他掌的中一点一点，算是应了。

"两年前，在医务室帮我按摩的人是你？"

"……是。"

"你知道自己对螃蟹过敏，为什么不说？"

"我以为……你想要吃。"

她倒真是有牺牲精神。聂廷昀这次是真的无语了，静默半晌，问了最后一个问题："什么时候开始喜欢我的？"

崔时雨咬紧下唇，僵硬得像一块木头。他想知道什么呢？想知道她跟踪狂一般的所有行径，想知道她像个窥视者一样，追寻他的人生长达三年之久吗？

她的心即使喜欢他，也是自己的，她不要被他拿捏在掌心里。

崔时雨周身的热度如潮水般退去，她慢慢地冷静下来，坦然仰面道："……与你无关。"

聂廷昀这次是真的困惑了。

她的脸颊已经烫得不行，为免她被烫熟，他松开手，却也没有再逼问其他的问题。

"我送你回去。"他说。

小丫头安静地坐在车里，他却降下车窗，迟迟没有发动车子。

有风吹拂过，将他身上淡淡的烟草味吹进她的鼻息。她并不知道他是吸烟的，有些诧异地偏过头。原来对聂廷昀，她所不知道的，比她想象中的多。

“我真是搞不懂你在想什么。”聂廷昀双手搭在方向盘上，看着前方，笑了一下。

车子仍停在露天的停车场，视线里霓虹闪烁，车水马龙。

崔时雨不知道该怎么回答这话，说她对与人交流的技巧一窍不通也不为过。

下一刻，聂廷昀解开安全带。她正困惑，他已经倾身朝她压过来，椅背的角度无限变大，他单手屈肘，半撑在她上方，将她困在自己身下。

她脸色都变了，脱臼的右臂不敢动，左手蜷缩在胸口，话都说不出，眼神惶恐。

他奇异的瞳色在昏暗中变得幽深起来，陌生的呼吸扑在她的脸上，她便听到自己咚咚作响的心跳声，紧接着，眼眶便红了。

“这么怕还跟我告白？”聂廷昀的语调很冷，将她呼吸都冻着了。他变本加厉地朝她凑近，唇与唇仿佛开口说句话就能碰上，“你当这是什么玩笑？”

她屏住呼吸，一动也不敢动，后知后觉地明白，他生气了。

“我想吃螃蟹，你就舍命陪君子。我想要什么，你都肯奉陪？”

聂廷昀说着，手落在她腰间，带出灼烫的温度。

她穿了一件宽大的T恤，覆住热裤，这般仰躺着，露出健美的双腿和有着马甲线的腰身。他的手指掠过她的腰侧，惊得她战栗起来，却只是搁在一层衣物外便停住了。

小丫头眼角湿润，盈盈秋水看得他没了脾气，连那点儿被她戏弄的愠怒都消失殆尽。他无声喟叹，最终只是起身，抬手拭去她眼角一点儿泪花。

“乖，吓着了？”他俯视她，放柔了语调，“你看，喜欢一个人不是这样子的。”

他坐回去，调直靠背，听到她的呼吸声中带了一点儿哽咽，不知怎的竟有些自嘲：“好了，是我不对。往后别随意撩拨人。”

他莫名心软，抬手揉了揉她的发顶。

算了，一个小丫头，同她较什么劲？人家才十八岁，学体育的都很单纯，恐怕还什么都不懂。

他才要启动车子，却听她哑声道："我没有开玩笑。"

身侧的女孩一只手紧紧握着安全带，像是抓着救命稻草，这句话说得有股大义凛然的意味。

聂廷昀心头涌起一丝焦躁，不知是为了这不知天高地厚的小丫头，还是懊恼自己竟被那日纯粹的表白动摇了心神。

他怕再吓着她，尽量语气温和地说："你没有开玩笑？那你是想做我女朋友？"

崔时雨侧着头，和他对视半晌，竟果断地摇了摇头。

真是——荒唐。

聂廷昀连嘲讽的笑都敛住，不打算在这个问题上继续纠缠。

他待人处事淡漠，向来不信命运和纠葛，更遑论勉强这么一个黄毛丫头，手把手教她什么叫男女之情——他嫌麻烦。

"嗯。"他连敷衍都懒得，听而不闻，"知道了，我送你回去。"

他脸色一冷，盛容如玉山将倾，她无论如何都见不得他动怒，竟想也不想便伸手搭在他的腕上，阻住他要开车的动作。

"不是这样的。我什么都不想要。"她轻声说，"可你想要什么，我都肯奉陪。"

至此，聂廷昀终于觉得哪里不大对劲。这让他想起一个有些残忍的词——献祭。

她在向他毫无所求地献祭。可这样摆在嘴边的祭品，他无法顺理成章地接受。他没有办法任她对自己残忍。

聂廷昀抬手，反握住她的手背，像是被那澄澈的眼神拨动了哪根弦，心头有些发涩。

"好，我知道。"他缓和神色，低声哄劝，"你现在需要回家，已经很晚了。"

她这才放松下来，低垂眼睫，点了点头。

一路无话，他将她送到小区门口，下车来为她开门。

她的发丝碎碎地滑落耳际，露出雪白的额头，眉眼口鼻，皆如工笔画作。食色性也，无人能例外。

他立在门边略有失神，她起身，仰面望来之际，他的身体快于理智一步，抬手搭住车门，将她环在这方寸之间。

进退无路，崔时雨紧张地看着他。

足尖相抵，他听见她的心跳声，轻轻道：“你有我的号码。十一位数字搁在你手里，可不是用来做算术题的，崔时雨，那是一把钥匙。”

崔时雨眨了眨眼，耳尖慢慢红了。

“我想要什么，你都奉陪？我现在想要你学会使用这把钥匙。”聂廷昀说，“打开我的门，我就给你看其他的东西。”

直到现在，崔时雨整个人都是晕晕乎乎的，未及反应，他已凑到她耳边：“You have my word.（我向你保证。）”

说完，他旋即松开手，侧身让出路来。

崔时雨从他身旁经过，怔忡地往家走，到了大门口，又回身，却见他依然立在车边看着自己。

数步之外，他瞧见她转身，非常随意地举手，动了动手指——进去吧。

当夜，崔时雨如解一道谜题般，翻来覆去揣摩着聂廷昀话里的意思，最终默念出号码，给对方发了第一条短信，语气颇为郑重其事。

“我拿到钥匙了——崔时雨。”

短信抵达之际，聂廷昀正在回家的路上。

车子猛地刹住，刺耳的“嘎吱”声滑过耳膜。

他在惯性下身体前倾，几乎撞到了方向盘，车子停在离家不远的道路边，他冷静地直视前方的一切——造成他紧急刹车的一切。

几十米外，他家别墅门前停着一辆红色的法拉利，衣着秀雅的女人刚刚从车上下来，却靠在边上没走。开车的人稍稍探出头来，很亲昵地凑近了私语。

即使离了这么远，还是能看到开车的男人侧脸精致，他一眼就将人认了出来——啤酒广告里的那个容色俊朗的男星，贺杞。

车里的音响开着，聂廷昀静默了片刻，然后打开远光灯。

刺眼的白光将前方的黑暗照亮，女人被吓了一跳，用手遮在眉前，朝这边望，还走了两步似乎要过来，但又马上站住脚，她认出了聂廷昀的车子。

红色法拉利开走了。

女人似乎想继续往聂廷昀的方向走，但他已经关了灯往前开，动作如行云流水般熄火下车，和女人擦身而过之际，被轻轻抓住了小臂。

他终于回过身来看着她。

她其实已经不年轻了，四十余岁，但保养得相当好，身材宛如青春少女，玲珑纤瘦，说是刚毕业的大学生都有人信。

他要是和她牵着手上街，旁人说不定真的会误会成情侣，而不是母子。

聂廷昀被她盈盈的目光注视得败下阵来，叹了一口气问：“明星？”

“歌手。怎么样？”

“郁令仪。”他心平气和地说，“你不能等离婚程序走完？”

郁令仪挽着他进门，似笑非笑地道：“你也知道里头有多少弯弯绕绕。聂恕怕我这一走，割去他的股权让他难在董事会坐稳位置，他这样瞻前顾后，婚离得成离不成又是另一说。况且，我不过和别人交个朋友，也值得你大惊小怪？”

聂廷昀临进房前，终于决定把话摊开了说。

“我让你等离婚程序走完……不是那个意思。”

他站在卧室门口，凝视着她的眼睛，想起这些年父母貌合神离，如何站在对立面，彼此试探拉扯，为利益而斗智斗勇，心里五味杂陈。

“如果我是聂恕，在你一个月前提出进入离婚程序时，就会雇用私家侦探二十四小时盯死你，留取有利的材料作为律师谈判时的筹码。”他放轻了声音，是极温柔的语调，可如果迎上他的视线，就知道那眼底全是冰寒和冷寂，“你也知道，这场离婚犹如打仗。凭刚刚那辆红色法拉利，就足以让你受尽舆论的指控，代价难以估量。”

郁令仪怔了一下，忽地展颜笑了。她在儿子面前习惯粉饰太平，扮猪吃老虎，将城府甚深的一面藏着，不想竟也有被警示的一天。

到底是她郁令仪的儿子，他已经……这么高了，她需要仰头才能与他对视。她看着那张肖似她的面容，却忽地想不起她看着他出生时的无邪眼神，以及他第一次开口叫妈妈时的声音。

他已经很久没有叫过她妈妈了。

她下意识地近前半步，却被他牵住了手指，温柔地、缓慢地。

聂廷昀稍稍弯身，以便能凑近她的耳际。

“妈妈，我知道你不在乎钱。”他声音低低地说，“但我不想你受伤。”

“知道了。”郁令仪清了清嗓子，正色道，“我会小心。”

“晚安。”她伸手搂了一下他的脖颈，才回到楼上。

聂廷昀站在卧室门口，目光扫过昏暗的、空寂无人的客厅、走廊，只是轻笑了一声，回应他的只有无边无际的静默。

他拿出手机，亮起的屏幕上，是一条来自陌生号码的短信。最末，是她郑重其事的落款：崔时雨。

他不自觉地牵动嘴角，连自己也并未意识到。

现在，那页徒有姓名的电话簿，终于可以填入一行号码。

崔时雨侧躺在床上，一动不动地盯着枕边的手机。时间已经过去了四十分钟，发出的短信却始终没收到回复。

他看到了吗？没看到吗？还是她猜错了他的意思？

复位的右肩在隐隐作痛，她刚刚草率地冲了个澡，连头发都没吹干，此刻头发湿漉漉地贴在颊侧，在这炎炎夏季里让她觉得鼻尖发痒："阿嚏——"

手机"嗡嗡"振动起来。屏幕亮起，她下意识地伸出右手，哪知扯到了肩膀，痛得咬住下唇，她慢吞吞地换了左手将手机拿起——聂廷昀来电。

动作比意志快了一秒，已经足够拇指按下绿色的接听图标。

"还没睡？吵到你了？"他的声音像一把中世纪的小提琴，裹上一层沙沙的磁性，仿佛琴弓擦过古旧的琴弦。

"没有。"她屏住呼吸，有一瞬不知该说什么，又怕自己语意不明，匆匆补充，"没有吵到我。"

"明天有事吗？"

"……没有。"

何止明天没事。

她的暑假原本该在体大道馆训练，重复枯燥无味的三点一线，没想到意外受伤，这一个月假期破天荒变成空白。除了训练，她不知道自己还能做什么，追剧、逛街、美食……这些同龄人的喜好她一样也没有兴趣。

可他为什么忽然问起这个？

"明天我去接你。"

她一怔："……为什么？"

"满足你的求知欲。"他未点明的言外之意是——满足你对我的求知欲。崔时雨抿着唇不吭气，那头停了停，说："睡吧。"

这话仿佛一句魔咒，她眼皮跟着发沉，轻轻地应了一声"嗯"。

亮着的屏幕上，通话时间还在延续，她不敢先挂断，倦意涌来，她合上眼，手机从掌中滑落到枕畔，屏幕也渐渐暗了。

第四章
寻霭云处

隔日清晨，崔时雨醒来，第一件事就是摸手机，她想确认昨天究竟是不是做了一场梦，手机却自动关机了。

她充上电，洗了澡回来，手机果然开机了。她屏息查看最近通话，聂廷昀的名字赫然在列，点开具体信息，却是一惊。

二十三点三十分呼入电话，时长五小时十一分。

——通话一直持续到她手机关机。

湿发搭在脖颈上，冰凉的水珠渗进皮肤，该是冷的，她心头却有某处隐隐发烫。

这时，手机再次振动了两下："我在你家楼下。"

聂廷昀的车驶进这幢小区时，颇为不幸地蹭掉了一块漆。

这是海市的老楼盘了，坐落在挤挤挨挨的巷子间，建筑虽有十几层高，但一进大门就能嗅到独属于旧建筑的陈腐味道。

他绕小区狭窄的车道走了一大圈，才把车停到九号楼底下。不一会儿就有保安过来说："先生，外面的车不能停在这里呀，不好意思，您顶多待十分钟就得开走。"

他降下车窗，指间夹着一支烟没点，闻言颔首："行，我等人下来，一会儿就开走。"

保安扫了眼他的车，保时捷越野。

海市满大街都是奔驰、宾利、保时捷，聂廷昀这个年纪的车主多半来头不小，他又实在生得惹眼，许是好奇，保安大哥居然站在那里没走，跟他聊起来了。

“您看着像明星，但怎么这么面生呢？头回来我们小区吧？”

聂廷昀笑了一下，克制着不耐烦，没出声。

小丫头就是这时候出现在楼门口的，先是余光里一个淡淡的影子，而后近了，占满他整个视野。她穿着宽大的淡黄色 T 恤，下面仍是热裤、帆布鞋，露出修长的双腿。她的头发还没干，将领口浸湿了也不自知，默默地朝他望过来。

聂廷昀几不可见地舒展了眉宇，不得不承认，他的心情开始变得不错起来。

保安认出崔时雨，心里直嘀咕，这小丫头看着清汤寡水，原来也不是省油的灯，然后笑呵呵地打了个招呼，识趣地走了。

聂廷昀下了车，一只手扶住车门，打量她一圈，皱了皱眉：“头发没吹干？”

“天热，一会儿就干了。”

他一针见血道：“手不方便？”

崔时雨把头低下来，摆出一个否认的姿态。

他当然不信，追问：“你家里没有别人？”

别人？她怔了一下。

父母离异后，她跟母亲住，却习惯了常年见不到尹楠的人影。尹楠吃过那餐生日饭，就奔赴云南跟一个综艺节目了，没两个月回不来。她听堂姐提过一句，节目是有关留守儿童主题的。

她心里觉得好笑——留守儿童，她大约也算一个吧？

“出差了。”她始终没抬眼，不想提这些事。

聂廷昀按钥匙锁了车，紧接着，轻轻扣住她的左腕。

她吃了一惊：“干什么？”

“上楼。”

漫不经心地一瞥，见她露出小心翼翼要反抗的表情，聂廷昀只好搬出冠冕堂皇的理由，直踩她阿喀琉斯之踵。

“回头感冒了，你什么时候才能归队训练？”

武痴自有武痴的软肋，崔时雨听了，果然不再吭声。

崔时雨站在盥洗池前，看到镜子映出身后的聂廷昀，堪称郎艳独绝，世无其二，连一个低眉都夺人心魄。他却浑不自知，专注得有些不合时宜，好似在做多重要的大事。其实，他只是在帮她吹头发。

吹风机的噪音将她的心跳声和呼吸声齐齐掩盖，却也无限放大其他的感官体验。

他的手在她的发丝间穿行，偶尔触碰到敏感的后颈、颊侧，发丝落下来，又被他拢在手里，如此反复，不厌其烦。

她盯得入了神，等他关掉吹风机，抬眼，视线在镜中对上了。

“喜欢看我？”他挑唇，语气是不带恶意的揶揄。

她无意识地咬住下唇，避开的视线却等同于默认。

“好了，去换一件衣服。”

她脸上又露出那种微弱的想要辩驳的神情，他不知怎的喜欢上了欺压弱小的快感，冷下了语气：“衣领还湿着。”

崔时雨“哦”了一声，转身出去了。

他缠好电源线，把吹风机放回柜子里，跟出去，看到她走进一间卧室，只回手虚虚地掩上门。

他止住步不再向前，想到她惯常一副“下衣失踪”的装束，线条笔直的腿，以及T恤偶尔贴近时展露的腰身……一抬眼，她已经走出来，只不过换了一件宽大的黑色T恤。

聂廷昀望过来的眼神有些陌生。

崔时雨眨眨眼，本能地退后一小步，可他已经转过身朝门口走去。

她像被操控了心智的木偶，自觉地跟上去，等上了车，才感觉到一刹那的焦虑。

这是活的聂廷昀，且离她这样近。

车子启动，她眼观鼻鼻观心，最后将视线转向窗外，才觉得放松一些。

可他的声音不依不饶地追过来：“你没有什么要问我的？”

比如呢？崔时雨蓦然转头看他。

“比如我几岁，家里几口人，喜欢吃什么，有什么爱好……”聂廷昀淡淡地问，“不好奇吗？”

崔时雨下意识地抿唇，露出两个小梨涡，脸色微微泛白。

前方是红灯，车停了下来，她终于轻声开口：“好奇。”顿一下又说：“可是与你无关。”

要说这话透着火药味，小丫头语气偏偏四平八稳，不带起伏。

要说是抬杠，这杠起得未免叫人摸不着头脑。

聂廷昀皱了一下眉，虚把着方向盘，趁绿灯亮起重重地踩了一脚油门，他好半天都没想明白，她给出这个始料未及的冷脸，原因到底是什么。

崔时雨别过脸，任凭沉默蔓延。

她脑子里一团乱。

你想要我亲口说出什么呢？说你已经站在高处牢牢掌握了操控我心绪的手柄？说你的一切对我来说都有着致命的吸引力？说，聂廷昀，你说一，我不会说二，所以你随便凌迟我的心意吧，我都无所谓。

想到最后，她倒生出点儿懊恼。

——我刚刚的语气是不是太差了？

直到车子停在地下车库，他阻住她想要解开安全带的手，下车绕过去为她打开车门。她下车，恰好闯进他手臂与车门环绕的方寸之地里，进退不得，只觉他微微垂头，呼吸便扑在面上。

“我喜欢吃淮扬菜。”他退开两步，没头没尾地说了这么一句话。

她抬起脸，张了张口，却不能够说“我早就知道了”。

你今年二十一岁，喜欢吃本帮菜和淮扬菜。你的社交账号 ID 是一串系统默认的字母，只发过一条宣布退役的状态。你不喜欢人多热闹，在我的记忆里，你总寂然傲立在人群之外。

可即便这样，也从没有人敢将你当作陪衬。千万人之中，你总是最光彩夺目的存在，像你名字的最后一个字。

昀，那是日光的意思。那光照进我生命里，就再也没离开过。

华尔道夫，霭云。

崔时雨坐在古色古香的包房里，往后一靠，就是船舷模样的栏杆，还像模像样地种了不少莲花，也不知是真是假。她手搭着木头栏杆，下巴搁在手臂上，琢磨着莲花。

聂廷昀在对面点单，菜名一个接一个地传到她耳里：“菜先这样——你吃米饭吗？”

听到他在问她，她坐直了回过身，摇摇头。

“那一碗米饭。”

崔时雨眨眨眼睛，摆弄着手里的热毛巾，他就问：“忌碳水？”

崔时雨终于有了反应，“嗯”了一声：“怕下次减重太辛苦了。”

聂廷昀不太认同地说道：“最后总要减重，趁这时候多吃点儿。”

她不置可否，被他看得发慌，又低下头，终于放过那条冷了的毛巾，开始折磨桌旁计时的沙漏。十分钟的沙漏刚漏了两分钟的刻度，被她“哗啦”倒过来，又从头来过。

聂廷昀说：“你知道这是干什么用的吗？”

小丫头摇摇头。

“这是给上菜计时的，超时的菜品他们要免单。”

“我不知道……”

她表情有点儿无措，聂廷昀盯了一会儿，笑了：“玩吧，又不差那两道菜钱。”

这口气，简直像哄小孩。

崔时雨耳尖发烫，到底把那沙漏放下了，却不知道还能做什么。她终于想起还有手机，于是如蒙大赦地从口袋里掏出来，翻开柔道群。

教练冯媛西发了新的日程表。

她因为手臂受伤，没法如期归队，看着底下一溜“收到”，遗憾地皱了皱眉，复制了个“收到”，刚发出，冯媛西的消息就到了。

冯媛西：“下月底全国大学生柔道锦标赛在杭市举行，女子四十八公斤我给你报了名。这次关系到你能不能再往上发展，得抓住机会，想好要走哪条路，趁早拼一把。”

崔小队：“好的。”

她一抬头，正好有人进来上菜。她搁下手机，才发现他不知何时离了座。

聂廷昀侧身站在栏杆边，时不时传来轻声低语。

她眼尖，看到他戴着蓝牙耳机，知道是在打电话，便起身帮着摆菜。菜搁了一桌子，有点儿挤。崔时雨伸出右手，正要接过一盘无锡小排，腕上突然一重，被紧紧抓住了。

“伤着呢，就没点儿记性？”

她吓了一跳，他脸上的焦急和微愠都很真切，她都不敢看下去，怕生出什么错觉。

他缓和了语气，松开手，说道：“自己注意点儿。”

菜齐了，侍者走出去，带上门。

她僵硬地坐下，左手笨拙地拿起筷子，又放下，换了调羹。

他慢条斯理地站起来，在她疑惑目光的注视下坐到她身侧。她走了几秒神，觉得奇怪。那么多香气萦绕在鼻间，她却还是能嗅到他身上柑橘调的香水味。

“要吃什么就和我说。”他拿起被她抛弃的那双筷子。

就为了这个？她简直莫名其妙，登时直女上身，说道：“我自己能……”

不属于自己的手撑在她椅子边缘，她一动就碰到了指缘，要说的话也滞在唇边。他倾身到极近的地方，语调是凉的，平铺直叙，没半点儿挑逗的意思，偏偏出口的每个字都不是好话。

“你到底是要我用筷子喂你，还是用别的？”

十八年来，崔时雨遇到过的耍流氓行为寥寥无几，且都拜眼前这人所赐。他另一只手搭在她身后的栏杆上，整个人侧过来凝视她，她视线躲闪，慌忙往后撤开。

她迟迟才明白他话里的深意，当即妥协，张口吃了一块他夹到她嘴边的樱桃肉。

米饭递到嘴边，她死守底线摇摇头。他没勉强，自己吃了。

那是她用过的勺子，她想开口提醒，却被打断。

“一会儿有人过来蹭口饭吃，你不用理他。”

他换了汤匙盛汤，漫不经心地告知，把汤碗搁在她左手边。

庄闫安走进来时，瞧见的就是这么一幅场景。

男孩一身闲适打扮，衬衣外套，白 T 恤配牛仔裤，坐在和他气质格格不入的古雅包厢里，把汤碗搁到旁边。他身侧那女孩倒是有几分烟雨水乡的调调，眉是眉，眼是眼，和身后一池莲花浑然成画，半点儿不让人觉得违和。

违和的是，聂廷昀居然和姑娘坐同一边，还挨这么近？太阳打西边出来了？他所谓的“对肢体接触过敏”呢？

“这是……你亲戚家的孩子？”庄闫安摸着脑袋走到桌边，半天憋出这么一句话。这是他唯一能想到的对眼前状况的解释了。

崔时雨被不速之客惊得手一哆嗦，汤匙落在桌面上，汤洒了。

与此同时，庄闫安收到聂廷昀冰凉的视线，心里简直炸翻了天。

不是吧？您这么瞪我，就为了一勺汤？

空气一时凝滞，最后聂廷昀开了金口：“坐吧。”

庄闫安一屁股坐到了崔时雨旁边。

庄闫安穿了一身西装，他刚结束一个会议，四处找饭搭子找不到，想起来聂廷昀正放暑假，应该闲着，一打电话，果然在外头吃饭，就死活要过来。

他年近三十岁，是顶级资本合伙人，从海外投行回来一手创下基业，也算得上一方大鳄。

偏到了聂廷昀嘴里，他就成了个游手好闲的家伙。聂廷昀在给崔时雨做介绍时，以“金融民工”的称呼草率带过，差点儿把庄闫安气得吐血。

庄闫安一眼瞧出崔时雨不谙世事，倒也不欲在小丫头面前自我炫耀，便将错就错，也不顾聂廷昀的飞眼刀子，摆出吊儿郎当的样子搭讪：“妹妹，多大啦？”

男人凑过来，呼出的是烟草调的男香，呛得她咳了一声。

崔时雨抬眼瞧见庄闫安的脸时就知道，又是一个祸害，就凭这油腔滑调的劲儿，恐怕不是什么好人。

聂廷昀开口替她答了：“成年了。”

“哦，谁家的孩子？叫什么呀？”庄闫安一面聊天，一面伸手要拿筷子，却被聂廷昀按住了，他一愣，“干吗？”

聂廷昀拿眼神示意：“坐对面去，离远点儿。”

这小子今天不太好惹？

庄闫安于是起身伸了个懒腰，很自然地换了个位置：“这边通风。”

崔时雨不知两人打什么机锋，有点儿迟钝，聂廷昀又替她答了：“不是亲戚，隔壁学妹。”

“哟，你们学校还有隔壁啊？”庄闫安打量了小丫头一番，“电影学院？”

“体大的。”

庄闫安颇为震惊，再次看了看这水灵灵的小丫头，颇为惋惜地说道：“好学校。”

接着，庄闫安唤人来加饭菜，和聂廷昀有一搭没一搭地聊天，话说得没头没尾，也不避着她。崔时雨一句都没听明白。

“你打算和你爸说了吗？”

“没。”聂廷昀拿纸擦刚刚洒在桌上的汤，边擦边说，“怎么也得等他和郁令仪的事情了了。”

“你这是怕谁吃亏？”

聂廷昀沉默了片刻，让人辨不清表情，反问：“你觉得呢？”

“我看你爸玩不过郁女士，就算玩得过，还有个郁家等着他呢，他就一孤家寡人。”

聂廷昀笑笑，没回应。

饭到了，庄闫安长舒一口气，胡吃海塞两口，又含混不清地说道：“昨天芷薇找到我头上了，问你干吗呢，放假了也联系不到人，你怎么不接她电话？”

“我忙。”

庄闫安瞪大眼睛：“你有什么忙的？”

“如你所见。”

庄闫安顿时明了，视线落在崔时雨的脸上，恰好四目相对，小姑娘眼神透亮，就像雨后晴天一样。他咽了一口饭，内心五味杂陈，把视线移回来，继续说：“她说一直在通话中，你打了五个小时，煲电话粥？别是煳锅了吧？”

崔时雨正埋头喝汤，听到这句话，勺子顿在碗边，偏头看向聂廷昀。

聂廷昀嘴角勾勒出一抹漫不经心的弧度。

“是啊。”他半真半假地把手机在指间一转，朝庄闫安递过去，“不信你看通话记录？”

庄闫安当然不敢真的查他的通话记录。

聂廷昀看着佛系得不得了，脾气一上来，谁都招架不住。

庄闫安连忙摆手：“得，算我多嘴。以后庄芷薇再问我你的事，我就说我不知道。”

崔时雨小心翼翼地搁下汤匙，也想问问身边这人：你是忘了挂断电话，还是故意的？

一餐饭热热闹闹的，好歹吃完了，庄闫安识趣地先行离场。

聂廷昀和崔时雨在地下车库里慢吞吞地并肩走着，找车。

“冷？”

地下车库静得让人发慌，她打了个寒战，听到这声问话，未经思索地朝他看去。

聂廷昀作势要脱下那件衬衣外套，见她还不吭声，有点儿气笑了：“你每天说的话是有限额还是怎么着？”

她小脸红扑扑的，连忙开口：“不冷。”

他却已经将衣服一抖，扯住两个袖口，朝她围过来。她往后退，却没他手快，被合臂围了个圈。腰后一紧，那衬衫化作裙子，一直遮到她膝盖以下。

她左手无意识地攥成拳，抵在他肋下，轻轻的，几乎没有力道。

聂廷昀缓慢地退开，吸了一口气。

如果这是她的欲迎还拒，他恐怕会就势收拢手臂，揽住人入怀。

可因为知道她不懂，连“顺势而为”也变得像是犯罪。

他带她出来，原是好奇她究竟对他是什么样的感情，或许还有几分“被爱”的有恃无恐，现下却不知到底是在满足谁的好奇心，又是在考验谁的意志力。

谈情说爱，最棘手的情形不过是遇到一张白纸，或许该到此为止。

他若不愿做一只小白兔的领路人，就不该再喂下甜美的胡萝卜，害人泥足深陷。

某种本能让他对“纯粹”避之唯恐不及。

又或许，是他不忍总见她以壮士赴死的姿态走到跟前来，把一切都剖白奉上，换来他一场稳赢不输。

这样想想，他居然有些感叹自己的好心了。

他的善意本罕有，竟大发慈悲地给了这个小丫头。

终于找到自己的车，他先一步替她开了车门：送你回去。”

崔时雨再迟钝，也感知到气氛的微妙，上车后，偏头凝视他：“你不高兴？”

“没有。”她明知他是敷衍，却无法开口问出下文。

我有什么资格呢？我们今天这顿饭，又算什么呢？

她不知道，自己连答案都没搞清楚，就被人不留痕迹地划清了界限。

杭市八月，赶上夏雨磅礴。

湿气从四面八方而来，让人避无可避。

一家普普通通的三星级酒店，十层走廊上，丫头们挤在一块儿领房卡，讨论如何分房，叽叽喳喳个没完，吵得冯媛西提高了音调：“行了！快点儿进屋休息！”

崔时雨正发到最后一张房卡，宋佳言朝她使了个眼色，抬手一扯她，两人手拉手进了最后一个标间。隐约的发霉气息扑面而来，可在这样的季节，已经见怪不怪。

崔时雨把行李箱放下，打开，一丝不苟地换自己的被套、床罩。宋佳言闷闷地把自己摔在另一张床上。

“又失恋了？”

宋佳言猛地撑着手肘坐起来，问道：“这么明显吗？”

崔时雨专心致志地套枕套，摇头：“不明显，猜的。”

宋佳言神色复杂地重新躺回去，沉默了一会儿才开口：“那天我见着唐宁了。他说受不了我一个女孩家成天把自己搞得遍体鳞伤，他还说我的耳朵……”

宋佳言说着，哽咽了一下。

“他说我的耳朵看着吓人。”

崔时雨放下套了一半的枕套，回头看她。

宋佳言抬手遮着眼睛，崔时雨看不见宋佳言的表情，却能看到她的耳朵。那是很多运动员会有的“饺子耳”，耳郭已经看不出原来的形状，模糊了轮廓，成了一块硬邦邦的肉，不训练的时候，她会把长发披下来遮掩住。

每当露出来，旁人仔细看去，都会觉得有些触目惊心。

崔时雨下意识地摸了摸自己的耳朵，虽没有那样严重，可耳郭已经变得很硬，说不定再打几年比赛，也会变得可怖。

她黯然垂下手，又想到聂廷昀的耳朵，没有变形，完好得仿佛不曾做过柔道运动员，可能因为他鲜少被惨烈地摞倒在地。

崔时雨出神地想，我怎么又想到这个人了呢？

那天过后，他们再没联络过。

她有时候会觉得，那心血来潮的一天，多半是他好奇吧。一个莫名其妙的人，突然冒出来，信誓旦旦说喜欢他，所以引起了他的注意。可好奇心到了底，也就索然无味了。

她深知自己是个十分无趣的人，半点儿烟视媚行都学不会。

宋佳言一嗓子将她的思绪从九天之外召回到现实。

“对了，时雨！”宋佳言猛地从床上蹦下来，往她床上一趴，说道，“那天帮我找唐宁的人不是隔壁的聂老大吗？”

崔时雨套完了枕套，拍拍枕头，没吭声。

“后来我出来没瞧见你，倒看到张诚然他们一堆人，那天你去哪儿了？”

“回家了。”崔时雨起身说，“我去柔道场。”

这一走猝不及防，等门“哐当”一声关上，宋佳言才眨眨眼，一头雾水。

“明天预选赛都不保留一下体力吗？”

酒店外，大片落霞涂抹在天边。

入了秋的傍晚有些冷，崔时雨穿着一身运动装，长衣长裤，帽衫的帽子扣在头上，几乎遮住脸孔，慢吞吞地走在人行道上。

她去柔道场干吗，宋佳言大约是能猜到的。

崔时雨有个怪癖，柔道队人人皆知。

她喜欢做爬带训练。

这是柔道运动里的基础训练项目，主要锻炼抓握力。所谓爬带就是棚顶吊着根宽布带子，徒手爬到顶端，下来，再爬，如是反复。

这项训练是女将们的噩梦，原因无他，累，且没有意思。

像宋佳言吐槽的那样：“隔壁的泰山吗？荡来荡去真好玩？”

偏偏崔时雨喜欢像个猿人一样把自己吊在上头，有时候甚至在半空中松了手，让自己直接摔下来。

这种情形一般出现在她比赛输了的时候，起先队友们还劝阻几声，后来教练冯媛西说：“都别拦，让她摔。人总得找个口子宣泄。”

队友们一想，也就明白了。

那可是崔时雨，平时沉默寡言，八鞭子打不出一个屁来，只在训练和比赛的时候比较积极，平时简直是个社交障碍症患者。

这样的人，又不和人诉苦，可不得找个方式自我宣泄？

崔时雨用了十分钟走到酒店附近的训练基地，爬上带子，把自己悬在半空。

这时，她忽然意识到一件事：我好像不是因为输了比赛才来的。

她往下滑了一米，蓦地松了手，让自己重重地摔下去，感受到骨骼的痛，咬唇忍住了嘶声。

我好像是因为聂廷昀才……崔时雨被这个念头吓了一跳。

从不能接近，到生出渴望，再到现在魂不守舍，她好像早就一步步偏离了最初的轨道。

原来人都一样，敌不过欲壑难平。

“嘿，这什么鬼天气。”晚上八点钟，沪昆高速上堵得厉害。

雨势渐渐大了，张诚然一拳头砸在方向盘上，皱起眉。

他身边的男孩仍是那副淡定的模样，连个眼神也没给他。

“你瞧瞧，一到暑假就有一大堆人往杭市来，也不知道这湖有什么好看的……”

音响突然爆发出一阵音乐，把导航甜美的“前方道路拥堵”压下来，也把张诚然吓了一跳，后半截话咽回肚子里去了。

聂廷昀将手机连上蓝牙，放了一首歌。

“聂廷昀，你知不知道电子乐和你高贵冷艳的气质十分不符？”

音乐太吵，张诚然这句话几乎是吼出来的，他伸手调小了声音，才松一口气。

聂廷昀反问：“高贵冷艳？”

“你对自己真是一点儿正确认识都没有啊。”张诚然嘟囔道。

聂廷昀笑了笑，不知怎么想到发小庄闫安等人对自己的评价——聂廷昀？那个故作老成的小屁孩？

想来，他二十年来从未离经叛道，偏偏做的每个决定都要惹得大家不痛快。

去念体高，成为柔道选手是这样；之后不肯出国，留在国内读了F大也是这样；把别人安排好的路弃之不顾，非要一意孤行做运动康复事业也是这样。

如果这叫高贵冷艳，那他勉强认了吧。

聂廷昀换了一首歌，这半天，高速公路上车辆仍是排成一条长龙。

张诚然唉声叹气了半晌，又开始碎碎念：“我最近烦死了。你也知道我们部里那群小丫头多八卦吧？简直听风就是雨。那次咱们吃完饭之后，不知道是谁先起的头，偏说我对崔时雨有意思，不然隔壁队里那么多人，干吗只请她一个吃饭……”

聂廷昀原本闭目养神，闻言慢慢睁开眼睛。

“我都快被搞疯了。”张诚然说着，拿出手机来给他看。

那次聚餐后整整一个月，他都在被迫“追踪”关于崔时雨的消息。

起因是不知谁开始传他和崔时雨的绯闻，但是大家居然都一本正经地当了真，还纷纷敬佩张诚然居然拿下了体大的女武神，路上碰见了，有事没事总拿这事揶揄他。

张诚然真是有嘴说不清。

之后，散打社团里的孩子们开始疯狂给信号，今天发一条“我看见崔时雨在超市买东西啦”，明天发一条“崔队长好像特别累啊，老大你要出动吗”。

最近一条发送时间在几天前，是F大散打部的副部长发的：“崔队他们去杭市比赛了，要去十天哦，你知道吧？”

聂廷昀面不改色地看完了，张诚然把手机往旁边一撂，露出一副懊恼不堪的神情。

“我就知道会变成这样！”

半晌没人搭腔，车里的音乐也不知何时停了。张诚然狐疑地朝聂廷昀望去，发现对方脸上罕见地出现了一点儿肃杀表情，又很快消失，快得令他疑心是错觉。

“喂。”张诚然受不了这样安静的氛围，马上打破沉寂。

聂廷昀注视着他，等待下文。

张诚然有点儿不自在地问：“你说……崔时雨那丫头会怎么想？”

聂廷昀没答话，漫不经心地看着前头一辆车的尾灯。不可否认，别人在他面前提到这个名字，他心里居然觉得有点儿怪异。

“我看不是别人听风就是雨，是你自己行为反常。”

车里一时静默，能听到雨水打在挡风玻璃上的沙沙声。

“她喜欢我。”聂廷昀若无其事道。

张诚然愣了几秒，蓦地偏头看着他。

聂廷昀视线向前，神色一贯平静，却收敛了散漫。

张诚然知道，聂廷昀没开玩笑。

聂廷昀头一回生出这样恶质的，想看到张诚然吃瘪的心理，连自己也不知道是不是出于男人无聊的胜负欲。

他就是觉得很烦。

张诚然提那个小丫头的名字让他很烦。

传那些有的没的绯闻让他很烦。

别人对她过分关心让他很烦。

——你不是已经决定不再喂小白兔胡萝卜，惹人泥足深陷了吗？干吗还说这种话？

可他自己是没法回答自己的。

在张诚然张了张口，打算说点儿什么之前，他又补了一句：“喜欢很多年了。”

如此轻描淡写地揭破另一个人隐匿许久，视如珍宝的心意，本是一件残忍的事。可眼前的人是聂廷昀，那漂亮的薄唇一开一合，纵使再恶劣，再漫不经心，也有浪漫的味道。

张诚然把嘴闭上，头一次失了说话的力气。他一点儿也不怀疑聂廷昀这话的真实性，三年来，作为好友，那些凑到聂廷昀身边的桃花他见得太多了。

张诚然心里空荡荡的，打起精神继续聊："那你是怎么想的？"

"我能怎么想？"聂廷昀无奈反问。

张诚然干巴巴地笑了一声："也是。"

聂廷昀谈过的恋爱屈指可数，他多少有所了解。

用一个词来形容他，就是"散漫"。

他也不是不上心，不是冷漠，也不是渣，就是散漫。对方不联系，他绝对不会主动；对方时间和他有冲突，他绝对不做妥协的那一个。所以约会什么的，一个月能见几次，全靠天意。

尤其他打比赛的时候，简直是日程表本人，每一分钟都珍贵得不行，要让他抽出半个小时来和女朋友煲电话粥，别开玩笑了！

私底下，邓安妮这么和张诚然形容过聂廷昀："就是一质数。"

问她为啥，她回了两个字："难约。"

"你可别学我。"张诚然说，"要是对人家没意思，就别干让人误会的事。不过就你，应该也对这些事没兴趣吧？"

聂廷昀难得认真地想了想。

没兴趣吗？以前确实挺没兴趣的。

但，也分人。

柔道场的灯一层层暗了下去。

女孩抱着膝头坐在一片空寂的黑暗里，而后放松四肢，躺在无人的场馆里。

崔念真打来电话问："时雨，聂廷昀那小子是不是来过你家？"

她握着手机，声音干哑："嗯。"

崔念真沉默了片刻，解释道："我去你家帮你妈妈找文件，听保安说有个开保时捷的小伙子在和你谈朋友，我问了一下长相，大概就知道是他了。"

“时雨……”崔念真欲言又止，终于还是开口问道，“你和他现在什么情况？”

她的心脏一点点揪紧。

她如此卑怯，纵然能将自己的心意坦露出来，却不能再往前走哪怕一小步，连这段关系都要堂姐来替她操心。

“没什么情况。”她咬唇，平静地说道，“要是有什么情况，也是我做错了，不关他的事。”

“时雨！”堂姐的语气变得凌厉起来，沉默了一秒，才稍稍缓和，“你怎么能说这种话？什么叫你做错了？我告诉你，是那小子本来居心不良……”

她话未说完，被忙音打断。

这是把堂妹逼急了？她都敢挂她的电话了，真是头一遭啊。

崔念真皱眉看着屏幕上显示的“通话结束”，而后深吸一口气，拨号。

“费医生。是的，我是崔念真。我想同您预约一下咨询时间，您看什么时候方便？”

另一头，崔时雨慢条斯理地按断了电话，漠然抬手遮住眼睛，心里出奇地平静。

从什么时候起，她听惯了那些话：崔时雨，你怎么就和别人不一样？

最后连她也觉得自己是一个奇怪的，和这世界格格不入的人。可没人告诉过她，其实每个人都是奇怪的，且各有各的奇怪。

人很容易相信一个笼统的人格描述就是自己，即使这种描述十分空洞。

她被标上“武神”“石头人”这样的标签，慢慢地就相信了自己是一个没有感情的怪胎，于是连对聂廷昀的那点儿仅有的执着也无从定义。

是爱吗？可为什么不敢生出常人应有的占有欲，甚至靠近也觉得那般难熬？

不是爱吗？可为何我渴望他的一切，想了解更多，追随更多，只愿永无止境？

大约我就是个奇怪的人吧？

她如此想着，烦闷地从地上翻身起来，打道回府。

到酒店天已经黑了，她打开房门，才发现有客人在。

丁柔正坐在她的床上，和宋佳言聊天，闻声回过头粲然一笑。

她本能地觉得那笑容有些刺眼。

丁柔亲昵地说道："你回来啦。"

崔时雨站在玄关处，眨了眨眼睛，没吭声。

宋佳言打圆场："她听说咱们住在这家酒店，特意过来找你道歉。上次比赛不是不小心伤到你了吗？"

"我来看看你恢复得怎么样。"丁柔小心翼翼地打量她，又笑道，"看起来恢复得不错。"

崔时雨摇头："伤已经好了，上次比赛不关你的事，是我自己没有及时认输。"

她这样说，丁柔反而不好再说什么，指了指搁在她床头的东西。

"买了点儿吃的，算是赔罪。上次比赛结束就放假了，也没来得及找你道歉，今天看到你没事就好。"丁柔说着起身，临走前还回头朝她握拳打气，"明天预选赛，加油。"

"好，你也是。"

门一关，宋佳言冷哼一声："没安好心。"

崔时雨只是看着桌上的营养品出神。

宋佳言一看她的表情，就知道她根本没搞清楚状况。

"预选赛之后，你和她很可能在半决赛对上，所以她才特意过来看你的伤有没有好，我的傻队长！"

崔时雨笑了笑，平静地坐回床上，下意识地查探枕头底下。

宋佳言看到她从枕头底下拿出一本发旧的记事本，好奇地说道："你怎么到了这里还写日记啊？"

她只是看着封皮，一言不发。

有人动过了本子，一直以来横放的本子，她刚刚摸到时，改变了原来的方向。

崔时雨安静地眯起眼睛，思索。

这人……到底想干什么？要告诉别人吗？

别说是被人知晓，就算有人将她喜欢聂廷昀的心意昭告天下，她也不会皱一下眉头。她唯一怕的，不过是众人皆知会令她失掉仅剩的自制，朝他一步又一步前行，将事情推向不可预知的方向。

不管是私心，还是妄想，后果都该自己承担，从来不该与他有关。

第五章
非吾金阙

全国大学生柔道锦标赛在杭市正式开幕。

第一天预选赛结束，崔时雨成功进了半决赛。她毫无压力地回到酒店，继续和冯媛西开夜会。内容无他，分析当天的比赛，研究接下来的战术。

总结会议结束时已经是晚上九点多了。

崔时雨洗了澡，瘫在床上用按摩器按摩手臂，酸涩感从紧绷的肌肉蔓延开来，很快又变得松弛了。

等嗡嗡声停了，宋佳言才从浴室里出来，擦着头发问：“明天没比赛，去西子湖玩啊。”

想到新闻上看到的熙熙攘攘的人群，崔时雨皱了眉，摇头：“不去，人多。”

电话在这时候响了起来，崔时雨看了看手机屏幕，脸色有一瞬间变得苍白，拿起电话走了出去。

走廊空寂，柔软的地毯踩在脚下，没有一丝声息，她握着电话的手微微收紧。

“什么事？”小丫头的声音带了一点儿警惕。

“听说你在杭市，我恰好有事过来。”

“……哦。”

“这么冷淡？”

崔时雨背靠着墙壁，不知怎么回答，更揣摩不出对方这句话的意思。是问责，玩笑，抑或撩拨？她向来不懂看气氛，没眼色，又无趣，只是自暴自弃地“嗯”了一声，也不管这是不是正确答案。

他似乎也不在意她的回答。

"在哪家酒店？我看了赛程表，你后天半决赛。"

她哑然。

他说："我在你们住的酒店的一楼大堂，下来。"

呼吸微微一滞，她想，原来刚刚又是诓她。

电话挂断，她不由自主地往外走，越走越快，觉得电梯都比平常慢，走到大堂，一眼就看到旋转门边站着的人。

他穿一件米白色的连帽卫衣，黑色棒球帽压下来，遮住眉眼，在瘦削立体的脸上投下一道影子，一只手插在运动裤口袋里，漫不经心地望向旋转门。

近了，才隐约听见他讲电话的声音。

聂廷昀一回身，瞧见崔时雨，忍不住笑了。

她小脸雪白，透亮得和她的眼睛一般，半点儿杂质都没有，正平和地朝他看过来，像是怕打扰到他一样没敢再往前。

他抬手一招，对那头的郁泽闵说："一会儿聊。"便将电话挂了。

小丫头朝他走过来，又停在一个安全距离。

"走吧，刚好雨停了。"

他抬手在她肩侧碰了碰，她就跟了上去。

车里开着冷风，她打了个喷嚏，这才发现自己穿着一身宽松的短袖T恤、运动裤，脚上还穿着一双凉拖，完全暴露了接到电话后魂不守舍，连衣服都不换就下来了。

难怪聂廷昀看见她就笑，原来是笑这个。

她低头玩自己的手指，他却迟迟没启动车子，她偏头一看，吓了一跳。

他在脱衣服。他双手扯住下摆边缘交错一扬，将卫衣脱了，里边倒是穿着一件短袖白T恤，露出紧实的手臂。衣服落在她膝头，尚有余温。

"穿上。"

"不用……"

"山上冷。"他淡淡地看她。

崔时雨蒙了——什么山？大晚上的要去哪儿？

"伍公山。"他面色如常，仍是有些淡漠，语气却半真半假，"帮你穿？"

她便拿起衣服套上了，很暖，带着他身上独有的那种柑橘调的香水味，或许还沾染了一点儿烟草气息。等她系好安全带，车子才启动，冷气慢慢散了，变成暖风。

一路上，小丫头始终很安静，聂廷昀扫了她一眼，觉得有趣。

约莫有半个月，他销声匿迹，像从没出现过一样。今天他又莫名其妙地冒出来，大晚上的带她上山，她却连原因都不问。

“不怕把你卖了吗？”

她转头看他，认真地说：“你比我值钱。”

“难不成你想卖了我？”

她摇摇头，又点点头，放轻了声音：“你是大家都想拥有的吧。”

他偏头看了她一眼。她精致的脸孔不施脂粉，像是瓷娃娃，此刻裹在他穿了一整日的卫衣里，低眉顺眼，仿佛你对她做什么，她都会接受。

聂廷昀蓦地屏住呼吸，颇有点儿自嘲地挑唇。

就这样吧。

是她先明目张胆地表白，是她每次都不顾后果地顺从，是她撩拨他还无知无觉……是她先送上门来的。

用“咎由自取”来形容，似乎有些残忍，他自问不是一个坏人，虽连纵着她自我献祭都不忍，却也无法堂堂正正地说自己是个善人。

他和善良大约是不搭边的。

顺其自然，这真是个好词，好得让人上瘾。

杭市原来不止遍地景点，也有这样静谧的山。

雨后的夜像是被冰冻过，连空气都裹挟了冷意。

她走在前头，由于袖子长，一甩一甩的，倒真像一只小白兔。

“慢点儿，脚下滑。”他紧跟了两步，趁着两人并肩，抬手将那卫衣帽子给她戴上了。

“别动。”他出声阻止她想挣扎的动作，然后拉住抽绳，垂眸专注地打了个结才放手，见她鼻头红红的，忍不住伸手刮了一下，问道，“还冷吗？”

小丫头站在那儿没动，反问：“你冷吗？”

他身上的白色T恤很薄，被风一吹就透了。

本是炎热的夏末，谁能料想会赶上这样一场象征初秋即将来临的暴雨。山间有雨后的桂花香，她固执地停在几十级石阶上，抬头凝视他，还伸手握住他的小臂，试探他的体表温度。

接着，崔时雨做了个令他瞠目的动作，抬手要把衣服脱下来还给他。

聂廷昀及时握住那双扯住衣服下摆的手，在狭窄的石阶上跨近一步。

四下昏暗，上一盏路灯在三米外，斜斜地照着他与她的身影。

他的掌心竟然很热，她想抽出手，却不能够。她困惑地抬头，他已仿若无事地放开手，唇骤然凑近，贴近她耳畔。

“这可是荒山野岭，小丫头。你要是再不听话，我不介意亲手给你脱。”他的低音勾起气息震动，“那可就不止这一件了。”

这是陌生的聂廷昀。

居然没有恐惧、羞怯、反感，崔时雨的脑回路再次走偏，感到了新奇。

他单独面对她时，说出的话、所做出的行为……越来越让她感到陌生。

“……你是认真的，还是开玩笑？”

那惯常可见的局促消失了，他竟在她望来的视线里捕捉到了某种严肃，仿佛她这刻的提问是一个重要的课题。

这次轮到聂廷昀哑然，他一时分不清她是在挑衅，还是真傻。

但很有可能是后者。

“你可以试试。”他扔下这句话，试探地举步往上走。

身后静了几秒钟，然后传来窸窸窣窣的脚步声。

聂廷昀失笑，心想，还好小丫头没有傻透顶，还知道借坡下驴，点到为止。

终于到了山上，曲折的山路口，远远地可以看到山顶亮着灯的房子。

那是坐落在山间的楼阁，庭院深深，高墙绿瓦。叩响门环，便有衣衫古朴的青年出来开门，引他们进去。

一踏进庭院，便见昏黄的灯光下，满地残红映入眼底。灰墙上爬满了紫藤，一直蔓延到搭起的木质花架。紫藤架下搁着一张长桌，大约是为室外喝茶的客人准备的。

如果不是眼前青年穿着耐克鞋子，还是一个眉清目秀的短发小哥，崔时雨险些以为自己穿越到了民国。

小哥看起来是认识聂廷昀的，笑着说：“聂先生，你可算来了。”视线落在身后，他迟疑着道：“这位是……”

未及回答，已有另一个声音笑着从高处传来：“你不是说带朋友过来，怎么是一个小姑娘？”

崔时雨仰头看去，二楼阳台上出现了一个模糊的轮廓，很快就消失，几秒后，有人从一楼出来。

那是一个年龄与聂廷昀相仿的年轻人，眉眼英俊，装束闲适，踩一双接地气的白色帆布鞋，气质倨傲，行止却透着一股懒洋洋的散漫，举步过来，却径直越过聂廷昀，朝她伸出手。

“你好，郁泽闵。”

“崔时雨。”

猝不及防地握了手，却听郁泽闵转头笑着问：“这就是庄二哥说的那个体大学妹？”

聂廷昀的视线在他手上一顿，抬了眉。郁泽闵已将手松开，顺势和他勾住手，撞了撞肩膀：“这就是你那个朋友啊？”

“不是，那人叫张诚然。庄二的公司投了个运动医学中心，现在打算自己拿过来，和我这边一起打通线上线下。张诚然马上要出去读 DPT（物理治疗专业博士），我先牵个线，看看以后有没有机会合作。”

“体育我不懂。”郁泽闵说，“不过听庄二说国内挺缺 DPT。”

聂廷昀并肩和他往里走，有一搭没一搭地聊天，见崔时雨落后，便在门口转身停住，等她过来。这样的体贴在聂廷昀的身上并不罕见，可把人带到郁泽闵跟前来，还这么体贴，就很罕见了。

虽然罕见，但还是看不出男女之间的暧昧来。

至少这小丫头是一脸正派的样子。

郁泽闵好奇地问道：“你们是什么关系？朋友？”

崔时雨摇摇头：“不是朋友。”

他们还没有到朋友这么亲近。她……似乎也没有什么朋友。

“那就是女朋友？”这话是聂廷昀问的。

郁泽闵好整以暇地在一旁抱臂看戏，还和店员小哥交换了一个眼神。

聂廷昀面色淡然，和她对视：“听过‘白马非马’的典故吗？”

她点点头，古人诡辩罢了。

“同理，对我来说，只有女朋友才不是朋友。”

崔时雨一时哑然。

聂廷昀又道：“所以再给你一次机会，我们是什么关系？”

他今天是非要和她有点儿什么关系的，她在这个逻辑怪圈上绕了一趟又一趟，到底也没找到自己想要的答案。

长时间的沉默让他无声叹息。

一阵穿堂风袭过，崔时雨略感烦闷地摘下帽子。

乌黑的发丝随风凌乱地飞扬，然后被他一只手轻轻地拢住，理顺了。他把她扣在颊边，虽然眼神平静，动作却是他惯有的、强势掌控的姿态。

那个对视在崔时雨的记忆里是很漫长的。

时间“嘀嗒嘀嗒”流逝，聂廷昀忽地一笑，歪了头看她，眼神平和，却锐利，道：“你知不知道你很奇怪？”

她蓦地垂下头，藏住眼底的一丝绝望——是啊，我很奇怪。

我本就和这世间的一切格格不入，不惧生，不畏死，一切就只是如此。每个存在都是存在，每个人生都无甚特别，我什么都不在意，什么都不介怀，只是赤条条地来了，等待着离开。

这人世里，独我没有悲喜，没有过往与将来。

如果不是你，我至今都不知自己在做什么，将走向何方。

我这么奇怪，本是不配走到你身边来的。

可是……

“是，我是奇怪。可是因为你，我已经正常了很多。”她坦然望向他，眼底不起波澜，却偏偏字字都打到人心里去，“所以谢谢你，聂廷昀。”

四下皆静，唯风声入耳。

聂廷昀怔住了，这个小丫头到底把他当成什么？

他平生头一次对一个人的大脑构造生出如此好奇，乃至于手扣着她冰凉的小脸，用了力，有一瞬动了把她就地开颅，看看里头都装了什么的念头。

不合时宜的掌声传来，郁泽闵难以置信地说道：“我刚刚都听到了什么？这姑娘是搞艺术的吗？开口就是花式告白啊。”

聂廷昀面不改色地往里走：“一个月前，我听过更动听的告白，你猜之后怎么着？”

郁泽闵巴巴地跟上去听八卦，问道：“怎么着？”

“把我撂在那儿，自己跟没事人一样，拍拍屁股走了。”

“哦，推拉高手？”

客厅放着罗汉床和茶桌，聂廷昀盘膝坐下，冷笑一声：“我倒希望是这样。”

崔时雨听着两人光明正大地聊她，有些局促，却还是乖乖地跟过来。

想到刚刚所见，郁泽闵对她是肃然起敬——敢三番五次地和聂廷昀告白还没后续，倒惹得聂廷昀自己凑上来的，不是高手是什么？

郁泽闵连忙伸手延请："进来坐，崔选手。"

他以"恋爱选手"调侃，偏偏崔时雨是一个柔道运动员，听"选手"二字听不出什么，居然理所应当地颔首道谢，坐到了聂廷昀的对面。

郁泽闵再次感叹，高手就是高手，不显山不露水，乍一看，他还把人家当成了纯情小学妹。

"话说回来，你大半夜的折腾回来，到底为什么？"他这话是问聂廷昀的。

明前龙井煮好了，崔时雨不懂茶，但也觉出比普通的茶更醇香。

"她后天有比赛，我是来请年哥出马的。"

正煮茶的耐克小哥抬眸，温文尔雅一笑，偏头问崔时雨："请问您有过旧伤吗？"

崔时雨捧着茶盏，一时没反应过来。

郁泽闵介绍道："这位是陈年，这处别馆的管家，也是顶级灸疗师。"

聂廷昀见她脸上露出一丝诧异，笑了笑："你猜他多大了？"

她迟疑着道："……二十五？"

聂廷昀和郁泽闵齐齐笑而不语。

陈年泡好一壶新茶，道："谢谢你把我说得这么年轻。不过呢，再加上八年就刚好。"

这位完全看不出已过而立之年的灸疗师起身拉开门，说道："跟我过来吧，崔小姐。"

她下意识地朝聂廷昀望过去，他放轻声音："没关系，让他给你看看。才半个多月，脱臼最伤筋骨，没那么快完全康复，何况你最近又训练了。"

她便起身跟出去。

门拉上，郁泽闵才叹道："这个崔时雨……有点儿意思，就是看着太乖了。"

郁泽闵见聂廷昀没反应，又问："你大晚上的带人折腾到这儿来，真的就是为了给她做灸疗啊？"

聂廷昀说："她脱臼我也有责任。"

郁泽闵对运动半点儿兴趣都没有，生怕他接下去要聊柔道，连忙道："行，我信了。对了，我前几天入手了一幅画，你帮我看看？"

灸疗室内烟雾缭绕，崔时雨趴在床上，感受到右肩酸涩的痛。

“脱臼过几次？”

“两次。”

“都是右肩？”

“嗯。”崔时雨闷闷地答。

一次是刚练柔道的时候，还不懂怎么使力；还有一次就是不久前和丁柔对战，被腕挫十字固锁住身体又不肯认输，发生了意外。

“那以后要非常小心了。对运动选手来说，一旦出现惯性脱位，基本离退役不远了。”说着，陈年仔细地点上艾灸替她灸着穴位。

崔时雨应了一声：“但是……上了赛场，谁知道会怎么样？”

的确，意外是没法预测的。

陈年似乎颇有感触，轻声叹息：“聂先生也受过很重的伤，中间有一段时间不能比赛，在这边休养了很久。”

艾灸的烟让嗓子有些不适，崔时雨的声音便微微哑了，说：“我知道。”

那是聂廷昀退役前不久的事情。

他在全国大学生联赛上，因伤病发作，连正赛都未打完就弃权，一度引起争议。在那之后，聂廷昀在体育圈销声匿迹，再出现时，就是宣布退役。没有原因，没有解释，他只是平平淡淡地说：“感谢这些年柔道带给我的荣誉，此后选择过一个普通人的人生。”

大家都猜测他是因为受伤才放弃柔道的。可即使到现在，当事人也没有出面回应过一句。

陈年低声说：“那次比赛，所有人都反对他参加。当时他是左腿半月板三度损伤，本该好好养着的。结果在赛场上……”

明明已经是过去那么久的事了，崔时雨却还记得，一想起来，心都跟着揪紧了。

那天，他一下场就被人用担架抬走。她遥遥地看了一眼，他左膝肿得老高，连弯曲都不能。

“……半月板撕裂？”

陈年点点头：“是。后来他来这边休养，那一个月也不怎么说话，好像什么都挺正常的。就是吃得少，整个人瘦了一圈，掉了得有十来斤吧。”

崔时雨突然觉得很难过。

困兽般的、失意的聂廷昀，明明她没亲眼看到，却好像每个画面都在眼前走了一遍。

她想了想，问道："他和这里的房主……是什么关系？"

艾灸的烟渐渐浓郁起来，关节处又酸又涨，却很舒服。崔时雨觉得眼皮在打架，但还硬撑着。

陈年看出她昏昏欲睡，在旁边坐下了。

"你说郁先生？他俩是表兄弟。而且这处别馆真正的主人……其实是聂先生。因为聂先生平时人不在杭市，郁先生就偶尔过来住。"

崔时雨垂眸，咬住一点儿下唇，仿佛若有所思。

陈年其实摸不准她和聂廷昀的关系。但郁家这一辈的男孩，只聂廷昀一个非常直男，从没有过什么桃色新闻，一门心思扑在运动上。他这么坦然地把人带回别馆，是破天荒头一遭。

可就算是有点儿别的意思，也不能够啊。

陈年想，和这种清汤寡水没什么背景的小丫头玩个暧昧、谈个恋爱还好，要是动了真格，可就麻烦了。

"崔小姐，你可能不知道，聂先生家里……"

陈年话没说完，发现崔时雨的眼皮已经合上了。他叹了一口气，只好闭嘴，守着时间。

艾灸做完，陈年小心翼翼地收拾了东西，正打算把人叫醒，一转身，却见拉门半开。

聂廷昀立在昏暗中。

他身后的廊壁上雕着不知名的纹络，壁灯斜照，他的剪影仿佛也出自名家之手，经过精心雕琢。

"年哥，家里的那些事，就别和她讲了。"

"我……"陈年似要解释。他手微微一扬，将那话截断了。

"一来，我不是郁泽闵，没那么多露水姻缘。二来……"他顿了一下，轻声说，"她心思纯粹，说是喜欢我，和我却并没什么关系。"

陈年一头雾水，道："那今天这是……"

"你就当是我想和她有点儿什么关系吧。"

陈年吃了一惊。

聂廷昀自小就是淡漠孤冷的性子，表面上能做得温和有礼，面面俱到，实则内里凉薄冷静。

理智到极点，难免漠然。

他是不善表达感情的，此时说出这样的话，可知即便没到喜欢，也有几分在意。

陈年下意识地回头看了一眼，那小丫头还在睡，模样如初生稚童一般天真。

“对不起，是我僭越了。”陈年低声说着，微微欠身退开。

聂廷昀走进去，一只手穿过她肋下，柔软的发丝便拂过手背，让他感觉痒痒的，另一只手勾住那纤细的腿弯，将小丫头打横抱起。

她很轻，浑身上下沾满了艾灸的味道。小脑瓜乖顺地蜷缩在他胸前，随着行走，发顶一下一下地碰到他的侧脸，草木香的洗发水，清新好闻。

回廊曲折，他忽地希望这条路更长一些。

两幢楼中间有一条走廊相通，他穿到另一头，二层是他从小便住着的房间，卧房连着古色古香的外堂，占了这平层一半的地方。复古式大铁床有些年头了，聂廷昀动作轻缓地将她搁在床上，带出床脚“嘎吱”一声。

崔时雨整个人陷进黑灰色的被褥里，翻了个身，没醒。

聂廷昀坐在床侧，探手拂开她纷乱的额发。

黑灰色的被单将她衬得白如美玉，她的唇泛着淡淡的玫瑰色，他不由自主地俯身，拇指落在她剔透的下唇上，数着心跳静待分分秒秒，却到底没吻下去。

她现在的样子，像只毛茸茸的小黄鸭。太稚嫩了，他反倒不忍下手。

这么多年来，他以为男女无非就那些事。

她总归是特别的。

上了赛场，好像千军万马在前，也能独当一面，毫不退缩。

下了赛场，又变成一只小蚊子，唯唯诺诺的，偏偏不知道什么时候就在你最敏感的地方叮了一口。

麻酥酥的，又痒痒的，让人想忘也忘不了。

什么灸疗，都是借口。

只不过是知道她和他在同一个地方，他就莫名想见见她。

崔时雨醒来时，觉得肩颈处又酸又涨，筋骨却仿佛卸下了重担，轻了许多。

她闭着眼，掀开被子，习惯性地用手抱住头，屈膝抬起，要做一组卷腹动作锻炼核心力量。

才动了两下，她听到一声几不可闻的轻笑。

她掀开眼皮，正迎上聂廷昀似笑非笑的眼。

晨光穿过冰裂纹的窗，曲折照落，高挑的轮廓也仿佛失真。

崔时雨恍惚了一瞬，猛然坐起身道："聂廷昀？"

他自然地"嗯"了一声，走近了，单膝跪上床，一只手撑在她侧边，另一只手揉了揉她纷乱的发，很直接地冲破了象征安全距离的那条线。

随着两人的靠近，话也哽在喉咙里，崔时雨浑身僵直，连动也不会动了。鼻尖的距离也不过咫尺，若算上交错的呼吸，距离应该为负。

"起来吃早饭。"说完这句话，聂廷昀才放过几近窒息的小丫头，云淡风轻地撤离。

到了门口，却听她问："你昨晚……也睡在这里？"

他无奈地回过头，在顺势调戏和关爱儿童之间选择了前者："哦，你怀孕了？"

她迟了两秒，飞霞染上脸颊，再抬头，他已经带上门走了。

崔时雨洗了澡，换上他准备好的 T 恤和长裤，只是尺码都有些大，很明显是男款，穿在她身上活像是挂在小了一号的衣架上。她踢踢踏踏地走出来，却看见楼梯拐角处站着一个陌生的背影。

就算看不到正脸，那身精致的黑色露肩波点裙也足够勾勒出对方的完美身形，连脚踝都是漂亮的，半长的黑发刚过耳，露出雪白的后颈。

楼下传来郁泽闵的声音："芷薇，下来吃饭。"

"好久没回来了，我四处逛逛，你们先吃。"

庄芷薇掌心搭在降香檀木的扶手上，略一偏转头，微微怔住。

走廊里站着一个……眼神很干净的小丫头。

"你就是崔时雨吧？"庄芷薇朝她走过来，扬唇一笑，露出颊侧的酒窝。

原来这就是崔时雨——看起来像个高中生啊。

在见到崔时雨之前，她听哥哥庄闫安提起过这个名字。那时她还没回国，某夜庄闫安突然打跨洋电话过来，跟她吐槽："妹，你肯定不知道我看见什么了。"

她迷迷糊糊地问："什么？"

"聂廷昀，吃饭的时候给人盛汤、布菜——"

她不禁"扑哧"一声乐了："转性了？学会泡妞了？"

"泡妞？我瞧着不大对劲，两人没来电。要说哄孩子，也还差点儿父爱如山的感觉。”

后来聊了什么她早忘了，偏偏记得庄闫安说的那个女孩的名字——崔时雨。

蒙蒙时雨，霭霭停云。

这首诗她是在海市读初中时学的，冷不防从脑子里冒出来，不知怎的心里有些不是滋味。

这两人的名字也太过天造地设了一些。

幸好，没人晓得，只她一个人反复琢磨，也不肯承认自己吃醋。

古朴的楼阁间，庄芷薇缓步行来，在崔时雨眼里有点儿像电影里的慢镜头，周围的风慢了，光线柔和了，头顶的星星都落下来，亮晶晶的。

自带光环，说的或许就是这种气质非凡的美人。

崔时雨失了神，等人到了跟前，朝自己伸出手，才僵硬地碰了碰对方的指尖。

连手都完美无瑕，像绸缎一样，又滑又软。

“……你好。”崔时雨说。

“初次见面。敝姓庄，庄芷薇。”大美人语声朗朗，自我介绍，“是阿昀的朋友。”

崔时雨真心诚意地说：“你好漂亮。”

庄芷薇挑了下眉：“谢谢，我知道。”

崔时雨眨眨眼，没领会到笑点。庄芷薇已经自然地岔开话题，打量了一番她的装束，失笑道：“这不是阿昀的旧衣服吗？竟然让你就穿这个出来，不像话。”

崔时雨一时不知说什么。

“我这里有女孩子的衣服，没穿过的，先给你？”

崔时雨连忙摇头：“不用麻烦，我马上就回去了。”

庄芷薇也不勉强，笑了笑，招呼她一起走：“也行，我们下去吃饭吧。”

惯常的早餐。糯米藕，糍粑，葱油饼，茶蛋，白粥，朴素又丰盛。

崔时雨闻到香味就饿了，偏头，却见庄芷薇径自朝聂廷昀走过去，熟稔地抬手和他勾住，碰了下肩膀。她哪怕穿着淑女至极的裙子，这个打招呼的动作也显得落落大方。

“不是我要烦你。”庄芷薇在他对面落座，不咸不淡地抱怨，“我好不容易回趟国，要找你们聚一聚吃个饭，你倒好，到处找人找不到，非等泽闵生日才露面，可见我是没有泽闵面子大。”

聂廷昀笑了笑，不置可否，起身替崔时雨拉开身侧的椅子，等小丫头坐下，才开口：“你电话打得不凑巧，两次都碰上我有要紧事。”

庄芷薇眯了眯眼睛，似笑非笑地扬唇，表情倒和聂廷昀有几分相似。

“要紧事？多要紧？你说来听听？”

一次偶遇小丫头遇到麻烦，一次鬼使神差地保持通话没挂机。

聂廷昀瞥一眼小丫头，见她没心没肺地喝粥，抬手给她夹了一块糯米藕，才答道：“私事。”

庄芷薇的脸色就有些不太好看了。郁泽闵开口似乎要打圆场，却越说越像挑事：“庄大小姐，你何必大早上赶过来就兴师问罪？”

“我反正迟早要找回场子。”

郁泽闵摇了摇头，“呵”了一声：“在阿昀的地盘上，还喊着要找回场子，谁给你的脸？”

要是别人，听了这话多半要拉下脸。崔时雨顿住筷子，一时没敢动。聂廷昀在一旁淡淡地说：“别理他们，吃你的。”一副见怪不怪的样子。

果然，庄芷薇也没恼，皮笑肉不笑地瞥了一眼郁泽闵：“一个月不见，你骨头痒啦？是不是得找正儿八经的庄姓人士过来给你正正骨？”

郁泽闵更是拿腔拿调，瞧都不瞧她一眼，说道：“哦，你哥压着我一头，你姐断着我终身幸福，合着你也得把我踩在脚底下才舒服？”

“终于被你发现我的居心了，原来你不傻呀？”

“你回去前给我小心点儿……”

“我回去前，你给我小心点儿吧。”

这完全是小学生吵架的样子，崔时雨听得有点儿头疼。

庄芷薇觉得郁家小男孩实在没劲，视线一偏，落在埋头吃饭的崔时雨身上，慢悠悠地挑唇，炮火转向聂廷昀：“新女友？从哪儿骗来的？”

“年纪还小，你说话注意点儿，别把新女友吓跑了。”聂廷昀半真半假，就坡下驴。

庄芷薇还要说什么，席间就响起一个斩钉截铁的声音：“不是。”

一桌人安静下来，齐齐朝崔时雨望过去。

第六章
忍见朱藤屑骨

崔时雨将勺子搁下，垂着眼解释："我和聂廷昀……没有什么关系，不要误会。"

气氛一时变得微妙，郁泽闵露出看好戏的笑容，庄芷薇略微讶然，望向聂廷昀，却见他神色不变，只是从容地放下了筷子，淡声揭过："嗯。"

郁泽闵心道，屁！都把人带到这儿来了，难道安了什么好心？还装模作样地替她圆场，现在怕是郁闷得要死吧？

"哦——那是我冒失了。"

庄芷薇没料到自己随口一问，竟惹出这么一个尴尬的场面来，只好摆出事不关己的姿态，笑着剥鸡蛋。贴钻的指甲剥起来不方便，她回手丢给郁泽闵。

郁泽闵认命地给她剥好了递回去，嘟嘟囔囔地埋怨她大小姐做派。

崔时雨漠然低头，搁下了筷子。

任谁都看得出这三人自小亲近熟悉，聊彼此近况学业，半句寒暄客气也没有，时不时还冷嘲热讽。尤其郁泽闵和庄芷薇，两人一面拌嘴，一面又亲近得像兄妹。

不管他们怎么折腾，火药味多浓，聂廷昀总是悠闲地看着笑话，对此早就习以为常。

这世间种种，越凡俗就越动人。

崔时雨安静地做个看客，心里不知哪处空荡荡的。

这种凡俗的、处处不经意的亲密关系，她从来没有过。

"我……吃好了。"崔时雨将碟子里的最后一块糯米藕吃了，终于找到时机起身离席。

她还没走两步，身后有人拉开椅子，跟上来了。

她克制着没有回头，才迈出门厅，就觉得腕上一痛。抬头，她瞧见聂廷昀寒霜似的侧脸，愣了一下。

——这是在生气？生哪门子的气？

“我们聊聊。”他冷声说。

两人跌跌撞撞地走出大堂，穿过抄手游廊，终于停下来。

她艰难地挣脱出他的手腕，感觉到腕间火辣辣地疼，心底有点儿莫名的委屈。

这人……下手没轻没重的。

这一隅两面是围墙，头顶是花架。阴影错落中，他始终凝望着她，却仿佛隔着一层，让她分不清他眼中究竟是怎样的情绪。

“聊什么？”崔时雨的神色与口气一样无所畏惧。

他沉默，随即轻轻地笑了一下，嘲讽般重复：“聊什么？”

她明白自己对他所知是多么肤浅，肤浅得连此刻他的表情都读不懂，只能稍稍放软了口气，一步步地试探：“你生气了？”

聂廷昀挑眉：“你才发现？”

崔时雨难免有些慌神，脱口问：“为什么？”她努力回忆，自己适才只在席间说了一句话。如果是那句话……

她尝试着开口解释：“我是怕……”那位庄小姐误会你。

他弯腰，垂首凑过来，像是一个要接吻的姿态，鼻息缠绕着，额头相抵。

她避无可避，再往后就是墙壁。

四下一时寂然，他浅色的眼眸近在咫尺，是她梦里无数次幻想过的距离。此起彼伏的，是她的呼吸，还是他的呼吸？分不清了，干脆缠在一处。

她皱了一下眉，煞风景地问：“你要吻我？”为什么？

心脏揪紧，殊不知她困惑的同时，他也在极力隐忍，一度要将那根绷在理智上的弦扯断。

柔软的，雪白的，天真的，无害的，仿佛被他拿捏在掌心，任凭他捏圆搓扁的小东西。

一个口口声声，再三和他表白，撩拨人还不自知的小朋友。

他道：“你喜欢我，却不想做我女朋友。”

这脑回路委实清奇。

崔时雨十分天真无邪地反问："喜欢就得在一起？"

他盯了她许久，试图找出故意激怒他、诱惑他，玩弄人心的证据。但没有。

她无邪得让人恼火——世上没有比这更清澈的眼神了。

那股被他锁着、按着、藏着的邪火终于从心底冒了出来，他轻笑了一声："行吧。"

而后在她瞪大眼睛的瞬间，他垂首，吻住她。

肩上的手，交错的脚尖，都在叫嚣着要更紧密。

他靠近她，还不够，于是再靠近。

她被推得向后，身子撞上墙壁，"咚"的一声，连呼痛也没能出口，便又被他的唇悉数吞没。

头顶的紫藤残花落在她发间，静默地做这场纠葛的看官。

她双手揪住他的衣襟，用力到指节发白。

那双雪白的、长满薄茧的小手总是喜欢抓住些什么，带着无意识的依恋，让他忍不住心软。于是他放缓了节奏，给她呼吸的余地。

某一瞬，崔时雨感受不到自己的心跳，又或是忘记感受，分不清是跳得更剧烈了，还是早已骤停。

他一只手掌控着她的侧脸，悉知那些纤细骨骼的轮廓。

她想偏头躲开也不能，浑身的力道都不知去了哪儿，只知道逃，却又无处逃，只得蓦地咬破他的下唇。他忍住嘶声，退开些许。

她紧闭双眸，微微颤抖地开口："聂廷昀。"

"……嗯。"他慢条斯理地应。

她哑声说："我得走了。"

空气凝滞了几秒，他终于松开了她，双手虚虚地摊在身侧，方寸之间，进退亦不能。

他察觉到她发红的鼻尖，和不受控的战栗，放轻声音："时间还早，一会儿送你走。"

她低头呢喃："我得走了。"

他失笑："走去哪儿？"

他又道："睁眼，看看我。"

崔时雨睁开眼睛，朦胧的视线，望不清他的模样。脑中的世界也与眼中一样光怪陆离，四处错位——不太对，全部乱了。

某种恐惧将她吞没，一连串问号争先恐后地在她的脑海里闪现，关乎他，关乎这个吻。

这是她的初吻，却犹如一场噩耗。

为什么呢？为什么是这样的你，又是这样的我呢？

我根本不相信自己值得被爱，不相信你不是一时兴起，不相信我将刀子递到你手里，你会忍住千万个可能的瞬间不向我捅过来。

旁人看到心跳悸动，旖旎风光，我只看到鸩酒入喉，鲜血淋漓的收场。

总归都是那样的收场，不会有第二种结局。因为我太过清楚自己的无知、卑怯、乏味。

她恍惚觉得自己立在万丈绝壁边，只差一晃便是崩溃的深渊。她忽而恨自己放任地靠近，懊悔最初行差踏错，才有今天的覆水难收。她咬白了下唇，半晌才问："你想要什么呢？"

你吻我，意味着什么呢？

答案可以有一万种，她恐惧接近潜意识里最渴望的那一个，却不能够否认自己的渴望。

——你想要的是我吗？如果是，我该怎么办？

时间在凝滞还是在继续？她长久等不到他的回应，抬手拭去泪，终于看到清晰的他。

聂廷昀眼底有无法辨清的寒凉，是她从未见过的样子。

"我想要什么？"他忽而觉得可笑。

直到此刻，她竟还一门心思地纠结这一切背后的因果，试图在她所谓"喜欢"的世界里逻辑自洽。

她不因之羞怯、动情，只冷静地问他讨要"目的"。

他在她的眼里看不到炙热，告白时如是，此刻也如是。她永远这么清醒，比他有过之而无不及。他几乎要为她鼓掌叫好了。

聂廷昀向来是自己不痛快，也绝不会容别人痛快。

"我要什么？"他看向她的眼神带了一点儿残忍，"没什么，尝尝你可不可口。"

她脸色微白，攥紧手，却莫名觉得松了一口气。

她指甲嵌进掌心的茧子，几乎感受不到痛。定了定神，崔时雨目光平和地望进他的眼里。

“那现在知道了？”

“嗯。”他不再看她，说，“所以你可以走了。”

聂廷昀转身走出花架，头顶的紫藤有水滴落下来，浸湿了她的衣领，凉意彻骨。

她泄了力气，靠向身后的墙壁，听到不远处的庄芷薇在问：“阿昀，怎么了，脸色这么难看？”

安静了片刻，他轻描淡写地开口道：“没什么，风吹得头疼。”

崔时雨等到外面两人的声音消失了，才走出去。院中空荡荡的，只有她一个外人，站在陌生的地界。她甚至不必进屋再打个招呼，告知自己的去留。

没人在意她。

她转身，朝门口走去。

身后不知何时传来脚步声，偏过头，她看到他寒冰冻结般的侧脸。

“我送你。”

崔时雨心想，虽然是不欢而散，他倒还有绅士风度。

两人一路无话，到了山脚下，没等崔时雨开口，聂廷昀已经拉开车门，却没给她一个眼神。

回酒店的路上，两人全程零交流。

看到小丫头下车进了酒店，消失在旋转门里，聂廷昀才叹一口气。

他刚掉转车头要走，一回身，却瞧见后座上放着的袋子——那是早上替她收起来的衣服和手机。他皱了皱眉，探身拎起袋子，准备下车送过去，却听得袋子里发出嗡嗡声。

大清早，谁会给她打电话？他拿出手机，看到“堂姐”二字。

他蓦地想起上次见的那个飒爽女郎。

他是没想接这个电话的，将手机放回袋子里时，却不知怎的误触了接听键，车里冷不丁响起一个清脆的女声：“时雨，教练说你昨天没在酒店？跑哪儿去了你？突然玩消失让人很担心你知不知道？不过甭管你去哪儿了，早点儿回来和冯教练报个平安。”

崔念真是上班途中打的电话，一路开着车，堵在高架桥上，半天没听到妹妹回应，却没生疑。

小堂妹本来平常也像是个哑巴，她早就习惯了她一声不吭。

崔念真停了停，又迟疑地开口：“还有……这回你比赛回来，我再带你去费医生那儿一趟……你别误会，不是让你聊，你可别觉得自己有什么问题。是我去聊，你就当陪下我，好不好？”

前方变了灯，车流向前，崔念真手按在方向盘上，往前开了一段路，那头仍一片寂静。

崔念真屏住呼吸，心里打了个突。

提到看医生，崔时雨是不可能毫无反应的，她本身就对这件事十分抗拒。那么电话那头的人……是谁？

“什么费医生？”

这个声音……崔念真瞠目结舌：“聂廷昀？”

聂廷昀将电话放在耳边，平静地追问：“她生病了？”

崔念真踩下刹车，将车停在路边，心里乱成一团。

崔时雨那天和她打电话时，将自己放在了极低的位置。她内疚、自责，当面对聂廷昀时，她对自己的轻视就会极度放大，这可不是什么好事。

费难医生说过，“约拿情结”发展到极致，是自毁。

她不能眼睁睁地看着事情再往下发展了。

这件事早收场早轻松，崔时雨不可能一辈子拴在这小子身上，她该有自己的人生。要是聂廷昀这小子能泡她一次，让她死心最好，就算泡不了，别再和她有交集也是上上策。

崔念真一咬牙，冷声警告：“姓聂的，我不管你们现在发展到什么程度了，但我得提醒你，你别以为她是真喜欢你。她就是把你当成一个精神支柱，懂不懂？就像小女孩追星一样……”

他只问：“她生了什么病？”

这小子怎么这么沉得住气？

崔念真停了停，转变对策，质问：“关你什么事？你打我妹妹的主意也不是一天两天了吧？别以为我不知道你之前跑到她家楼下来，现在还敢乱接她的电话？你算崔时雨什么人，手伸得未免太长了点儿，她生没生病，生了什么病，和你有什么关系？”

她这通发作简直莫名其妙。要么就是崔念真对堂妹紧张过度，要么就是她天生喜欢对人指手画脚。无论哪样，聂廷昀都懒得与她理论。

他知道，话说到这个份上，崔念真无论如何都不会告知“病”的事，果断地将电话挂了。

那头紧接着又有来电，这次聂廷昀直接按了挂断，想了想，拎起袋子。

他一抬头，见小丫头已经在车窗外站着了，他降下车窗。

崔时雨低着头说：“我的东西忘在车上了。”

他面无表情地抬手将袋子递出去，问：“费医生是谁？”

崔时雨狐疑地抬起头来盯着他。

难道是堂姐之前带她去看过的那个医生？他怎么会知道？

小丫头脸上的茫然不似作伪，聂廷昀略略挑眉，将困惑按捺住，摇了下头：“没事了。”

聂廷昀驱车离开，留她一个人眨了眨眼，她查看手机，才发现有一个新的通话记录。

接别人的电话，这居然是聂廷昀会干出来的事——崔时雨有些愕然，下一通电话已经锲而不舍地追过来：“姓聂的，你还敢挂我电话？我告诉你——”

“姐，是我。”

“……他人呢？”

“……走了。”

“你们怎么又在一起？去干什么了？你……你现在怎么样？”

她慢悠悠地往回走，平静地反问：“你和他提到费医生了？你想让我再去看医生？”

崔念真：“我不知道是他在听电话……”

崔时雨打断了堂姐的话：“为什么？”

自从她破例出现在聂廷昀面前以来，得知他们每一次接触，堂姐都显得紧张兮兮的，就算崔时雨再迟钝，也终于察觉出哪里不对来。

为什么得知聂廷昀和她有过接触后，堂姐就立刻提到了费医生？

“……你觉得我很奇怪？还是你觉得我奇怪是因为他？”

这一次，那头沉默了良久。

崔念真的大脑正在飞速运转，在告诉她真相还是暂时瞒过去之间犹豫半晌，最终选择了后者。

人都是有心理暗示的。

一个人一旦知道被冠以病名，恐怕会在心理暗示下越走越偏，还不如从头到尾不知道。

“没有，时雨，我就是觉得你俩不太合适。”停了停，崔念真故意打趣，“你干吗不试试换个人喜欢呢？大好青年那么多……”

“可世上只有一个聂廷昀。”

崔时雨停了停，轻声问：“你知道……能感受到情绪的那一刻，是什么感觉吗？”

崔念真无法回答，半晌才叹了一口气：“我不知道。”

于是崔时雨缓慢地继续说下去。

“……能感受到情绪的那一刻，很特别。就好像在此之前我都只是一个壳子。可能我自私吧，姐。我也想有那些感情。不管是为了人也好，为了事情也好，我也想有血有肉地活着，哪怕就几天。

“他出现以前，我都不知道‘高兴’是个什么样子。”

电话那头是长久的沉默。

崔时雨困惑地“喂”了一声，却听到堂姐沙哑的回应。

“我知道了。要是你觉得高兴，那就先这样。反正，我只希望你好好的。”

崔时雨轻轻地“嗯”了一声，挂断电话，却不知那头崔念真难过得红了眼眶。

回到房间，宋佳言从窗前回过身，巴巴地凑过来问：“时雨，你在这边也有认识的人？楼下开车送你回来的那人是谁啊？”

“聂廷昀。”

宋佳言目瞪口呆：“开什么玩笑？你们……什么时候搞到一起的？”

崔时雨忽略了“搞”这个粗俗的用词，摇头否认对方的猜测，带上柔道服准备出去，临走却忽然停住了脚步。

“佳言，你怎么知道自己喜欢唐宁呢？喜欢一个人，该是什么样子的？”

“怎么突然问起这个？”

“就是……好奇。”

好奇自己的行为究竟要如何归类，好奇他吻她又该怎样去理解。

好奇“喜欢”这两个字的常态，究竟是什么。

宋佳言一反常态，沉默了下来，半晌才苦笑了一下，说：“我第一次见唐宁，是在我最丑的时候。”

那时宋佳言正在进行赛前减重，人不人鬼不鬼，连喝口水都得掂量再三，吃不了东西不说，还得拼命运动，实在撑不住，晕倒在学校的健身房里了。

她睁开眼睛的时候，一个清秀的男生正蹲在她身侧，像是在打急救电话。

她一着急，伸手扣住他的手腕，电话“吧嗒”一声摔在地上，屏幕裂开了。后来她坚持要赔他修理费，留了微信，每天都在催促他，什么时候去修手机一定要和她讲。

她的催促给对话起了一个理所当然的头，原本只是每日分享无关紧要的琐事，可气氛不知从哪一场对话开始变了质。

他后来问她，佳言，你有没有男朋友？

宋佳言迟疑着，没答，只是邀请他来看自己的比赛。

那场比赛她输了，狼狈不堪地躲在医务室里给手臂拉伤的地方喷喷雾，一面喷一面流眼泪。

“我当时本来想，如果他能接受赛场上的我，我赢了比赛，就向他告白。可惜我输了。我觉得那可能是天意吧，搞体育的女生真的不可爱，一身伤，一手茧子，也没有时间去和队外的人相处。我根本不相信他会喜欢我。”

宋佳言笑了一下，直到已经分开的此刻，她想起那时，心里仍然是甜蜜的。

“后来他不知道怎么找到医务室里来了。我当时柔道服还没换，披头散发的丑死了。他用手背帮我擦眼泪，说‘你请我来就是看你哭的吗’，我说不是，但又没法说本来想表白。”

“我也害怕呀，万一他没有那个意思呢。”宋佳言说到这里，有些哽咽了。

后来唐宁顿了一下，问：“你这只手拉伤了？”

她“嗯”了一声，故作轻松道：“是呀，现在成独臂大侠了。”

“那你就只剩一只手能和我牵手了。”

那是留在宋佳言记忆最深处，最难以磨灭的场景。

这段感情的开始，充斥着云南白药的味道和医务室里的嘈杂、喧嚣，还有男孩目不转睛地凝视她时，眼里最真挚的温柔和笑意。

“我们……就是那样开始的。”

崔时雨听着听着，困惑地评价：“我……没明白。”

宋佳言原本正沉浸在美好的回忆里，经她这么一说，犹如被泼了一盆冷水，恨铁不成钢地说：“你要是明白，就不会被人叫‘铁壁女’啦，崔小队。”

宋佳言叹了一口气：“喜欢这种东西，就是不知道怎么开始的，也不知道怎么结束的。唐宁还说喜欢我就是喜欢我赛场上一脸无畏的样子呢，后来还不是说我，一个女孩子五大三粗，耳朵又搞成这样……人啊，就是反复无常的生物。”

宋佳言尽量轻描淡写地给一场情伤做了总结，崔时雨不甚赞同，却也没有说什么，点点头，说声“走了”，推门出去。

酒店的长廊里有潮湿的味道，将她的思绪也浸得湿答答的。

我也会反复无常吗？

崔时雨虽然如此自问，可一旦想到“聂廷昀”三个字要从自己的生命里消失，甚至被其他人代替，就觉得连这设想都很残忍。

隔日，体育馆柔道场上，比赛正如火如荼地进行着。

已经是午后三时，半决赛赛程早已过半，有人欢喜有人愁。

冯媛西拍了拍宋佳言的背：“马上到你了，别分心，瞧见上场崔小队怎么发挥的吗？甭管别人怎么干扰，我自岿然不动，不愧是我的爱徒……”

宋佳言对这话听到耳朵起茧，也得连连称是，视线扫过休息区，却没见着人。

上场比赛刚结束，崔时雨对上老对手丁柔，这次她发挥正常，水准在线，将丁柔杀了个措手不及，没几分钟就赢了。

全场欢呼的时候，丁柔还躺在地上，一脸不可置信。

宋佳言却心知肚明，这才是我崔小队的真实水平，上次是让你捡了漏，知道了吧？

体大人扬眉吐气，好好嘚瑟了一番。

可崔时雨和丁柔两人，比赛一结束就一前一后地消失了。

宋佳言上场时还在好奇，崔时雨是“冷酷本酷”，一下赛场，“事了拂衣去”，几乎不和人交流。那位丁柔选手，可不见得如此吧？

候场走廊上，时有工作人员经过，很吵闹。

崔时雨收拾完东西准备撤离，明天还有一场团体赛，她只想回去好好睡一觉，拎着包走了两步，就瞧见了坐在走廊长椅上的丁柔。

她脚步顿了一下，转身之际却被喊住：“崔小队，不和我聊聊吗？”

有什么好聊的？

崔时雨心中波澜不起，忽然想起赛场上丁柔出的幺蛾子。

丁柔在比赛时刻意提及她笔记中的片段，试图扰乱她的节奏。

那话音很轻，且是在两人缠斗极近时开口，她即便要告知裁判，对方也能一口否认。

对此旁门左道的伎俩，崔时雨懒得理会。

聂廷昀本尊不在，事实上，那些只字片语对她毫无杀伤力。

下场后，她连眼神也未正面给丁柔一个，收获全场欢呼声后，不卑不亢地离场。谁料事还没完，丁柔居然还在这里堵着她。

顿了一下，崔时雨继续向前走。

身后的人追上来，一把扯住了她的手臂，凑近了。

"我知道你打什么主意。"丁柔放轻了声音，很温和似的，语调却很尖锐，"我们聂老大是什么人，你又是什么人？你觉得我将你偷窥他的事公之于众，聂老大会怎么看你？你们队友又会怎么看你？可见你平时那么单纯都是装出来的。累不累？"

崔时雨终于回过身来，与之对视："你拍了照？"

丁柔微微一笑，不答。

崔时雨脸上露出一点儿困惑来，说："你要是只想赢，在赛场上犯规也就算了，现在赛事已经落定，你这么做又有什么好处？"

崔时雨的世界里，没有"比较"二字。

她不与人比，更不知这世上有人是事事要和人争一个高下，分出尊卑好坏的。

丁柔自出道以来，一直活在她的名头阴影下，一心想要胜利，压过"崔武神"的风头，不知从何时起，"崔时雨"三个字成了她的心魔。

初次交手，她大获全胜，却也知道对方是发挥失常，事出有因。

那次腕挫十字固，她原本可以控制力道，却硬是使出了近乎伤人的十成力，以致对手脱臼。

赛场上情况瞬息万变，偶尔发生这种意外，没人瞧出有什么不对。

但她知道，聂廷昀发现了。

对方的表情告诉她，她的心思并没逃过身经百战、对每个女将都了如指掌的聂廷昀。

在那之后，聂廷昀连部长一职也辞去，对外说是引咎辞职。可后来与张诚然他们一同庆功玩乐时，她曾小心翼翼地提及此事，想要道歉，聂廷昀却冷冷地扫了她一眼，只留下一句话。

“这是每个习柔道者在最初受业时被要求谨记的：‘柔道以礼始，以礼终。’你好自为之。”

当时丁柔面红耳赤，无言以对，对聂廷昀的一腔崇拜与隐匿的憧憬，也被难堪吞没。

没想到，这句话在今天她身为败者时，再次从崔时雨的嘴里听到了。

“你怎么想，其实和我一点儿关系也没有。你要将我的隐私公之于众，也请自便。”原本神色淡然的女孩面上一派冷寂，语调自始至终很平和，“不过，柔道以礼始，以礼终，希望你记得。”

说完，崔时雨再没看她一眼，径自离开了。

这样的高姿态仿佛在昭示：你不配与我论道。

那背影带了些许凛冽，让她感觉有些不像是印象中那个容易脸红的小丫头了。

丁柔脸色发青，手指攥得咯咯作响，扬声道：“你以为你会有什么机会？他早有门当户对的对象了！”

无人回应。

人声的嘈杂，外场的欢呼，终究将她刺来的最后一刀也悄无声息地化解了。

崔时雨走出体育馆，仰头瞧见了漫天阴霾。

门当户对？哦，所以呢？

她无意识地抬手抚上下唇，仿佛还有昨日耳鬓厮磨的痕迹。不过，她也明知他的理由和方式都很残忍。

可是，我本来也没有资格审判他。

这样也好，让一切回归正轨，桥归桥，路归路。

崔时雨举步踏进昏沉的阴天。

赛事最后一天，体大在团体赛上大获全胜。

本次大学生柔道锦标赛上，崔时雨独揽个人和团体两个冠军。当晚报道一出，体大官网的首页铺天盖地都是崔时雨站在领奖台上粲然而笑的照片。

“石头女居然笑成这样？奇迹……”

“武痴就是武痴啊，这次F大熄火了吧？”

“让我想起当年对家聂廷昀男神各大赛事的盛况！如今体大也算扬眉吐气，赞！”

“山一程水一程，冠军轮流转一程……”

宋佳言趴在床上，兴致勃勃地给崔小队实时直播网上的留言。

崔时雨那头“嗡嗡”开着按摩器，将宋佳言的声音全部盖过去了。

“吵。”她将按摩器一关，喊出这么一个字来。

宋佳言当即反驳：“你嫌我吵？我还嫌你按摩器吵呢，咱俩比比谁声音大好不好？！”

崔时雨不吭声了，从床上起身。宋佳言见状，连忙把手机扔了，追到门口问：“你又去哪儿？！”

“柔道场。”崔时雨回了这一句，换完鞋径直走出门。

“这都几点了！又留我一个人空虚寂寞冷！”

此时是夜里八点钟。

这是他们留在杭市的最后一夜，这场赛事结束了，和教练、队友的庆功饭也在酒店楼下简单地吃过了。

崔时雨觉得空茫。

获胜的喜悦是真切的，其后心里仿佛凿开了一个无底洞，让她觉得不停地往下坠，觉得一切似乎毫无意义。

胜负于她，只在一本胜那一秒。

她沿着熟悉的路慢吞吞地朝道馆走，想失重，想坠落，也想要独处，因为心绪罕见地有些混乱。

——他早有门当户对的对象了。

这句话萦绕在脑海里，忘不掉。

她猜得到，恐怕就是那位庄芷薇小姐吧。

她想她从来不算是一个真正单纯的人。

她复杂得很，只是放任自己一根筋地行事，为了消解掉那些过分复杂的脑回路。很多事她看得清，听得懂，却因为知道无能为力，只能选择让自己被这人世吞没，连问一句“为什么”的好奇心都欠奉。

总归是无能为力的，不如就这样吧。她对许多事，都是存了这样的心态。

终于走到道馆门口，她发现已经锁门。这处作为临时集训的柔道场，在赛事期间一直是开放的，可今天赛事落幕，自然也就恢复了正常的闭馆时间。

女孩停在玻璃门前，只看到自己单薄的影子。

她发觉自己竟无处可去。

口袋里的手机“嗡嗡”地振动了起来。她心口一紧，某种直觉强烈到令她屏息。

“是崔时雨吗？”是一个在哪里听过的清亮女声，笑意盎然，“聂廷昀醉了，你是他朋友吧？能过来接他一下吗？”

崔时雨脑子里迅速理清了线索。

首先，聂廷昀自幼喝黄酒长大，酒量无上限，却极其自制。这件事传遍整个大学城，因此没人敢在聚餐上轻易挑衅。说他喝醉了，可信度较低。其次，她听出了打电话过来的人是庄芷薇。

论亲近，庄芷薇在她之前，怎么可能让她去接人？

这个电话充斥着诡异，她明知是圈套，却偏偏正中她的软肋。

她对“聂廷昀”三个字毫无抵抗力。

“……地址是哪里？”

那头静了两秒，隐隐传来错杂的笑声，似乎不止一人，片刻后，庄芷薇才重新开口：“地址我发到你手机上，快点儿过来呀！”

短信传来，崔时雨搜索了一下，是湖滨一处夜场。

下一条消息来自张诚然：“他们在玩酒令开玩笑，你要是不方便就别来，没什么大事。”

张诚然……怎么和他们在一起？

六层的VIP包间十分安静，为了实现湖滨的景观价值最大化，放眼望去，是大面积的落地玻璃，顶棚和地板偶有镜面，通过反射方式将湖边夜景引入室内。

偌大的空间里，有唱歌区，有长沙发供人休息，打开落地拉门，就是宽阔的露台。

张诚然坐在深色的绒面沙发里，发完一条短信，很快收到回复，简洁明了：“在路上。”

小丫头果然是喜欢聂廷昀的吧。

他自嘲地笑了一下，习惯了万事不挂怀，惆怅也只一瞬，很快就被酒意盖过去了。

“来来来！再来一轮，这回输了的给手机通讯录里的第三个人打电话，我想想玩什么……借钱怎么样？”

郁泽闵手搭着他的肩，一脸“这哥们儿会玩”的满意表情，招呼大家掷骰子。

聂廷昀是上一轮的输家，原是坐在那里面无表情地喝酒，此刻却起身说了声“离开一下”，撇下众人走了。

庄芷薇起身跟出去，在走廊上将人叫住：“你没生气吧？”

聂廷昀的背影稍稍一顿，转过头，反问：“生什么气？”

庄芷薇笑了：“因为我给那丫头打了电话。”

那一轮掷骰子，聂廷昀好巧不巧沦为众矢之的。惩罚规则是郁泽闵说的，让他盲选电话簿里的一个人打电话，骗对方说自己喝醉了，看对方能不能过来。

那可是聂廷昀的通讯录，大家想想就觉得刺激。

虽说是盲选，庄芷薇却夺过手机代劳，一眼瞧见“崔时雨”三个字，坏笑着拨通，想瞧瞧他和那个小丫头进展到了哪步。

但电话打完，聂廷昀就一直面无表情。要说他真的不高兴，当时却也没阻止。

庄芷薇是心里藏不住事的，喜怒分明，爱将任何事都弄个通透。这是她的坦荡之处，有时却也容易显得太过咄咄逼人。

他神色平淡如常，让她松了一口气。

聂廷昀说：“我出来是怕她找不到，去接人。”

庄芷薇的表情却微微僵硬：“阿昀，我们……”

“嗯。”他仿佛知道她要提醒什么，侧着身，一只手插在兜里，轻轻地颔首。

她要说的话便无法再出口，只得扯唇一笑，大大方方地道：“路上小心。”

庄芷薇没回去，背靠在走廊墙壁上，有点儿怔忡。

郁泽闵说过，我们这种人，一直是没的选的。

她感觉心好像漏了一块，有风呜呜地灌进来。

庄芷薇从手包里摸出一支烟，手颤了颤，却没点燃。廊壁上精致的琉璃灯映下失真的光来，照得一双玉手如镀上虹色，有种影影绰绰的美。

她将手放下，身侧的门开了。

大男孩的微笑毫无城府，赤诚又温暖。

她望进他眼睛里，忍不住跟着笑："张诚然？你们不玩了？"

"暂时休战。"他走近，学她的样子靠在身侧的墙壁上，说道，"还有下半场呢。"

他瞧见她手里的烟，扬了扬眉："好本事啊，原来这年头大美女都是老烟枪？"

庄芷薇把烟放回去，笑了笑："没有。觉得酷，就随身带着。我哥那人可是蛛丝马迹都不放过，要是真抽了，被他闻到了还不把我骂死。"

换作旁人，这种话未必信，只会当成狡辩。可张诚然一点儿怀疑都没有，反倒若有所思地道："聂廷昀也有这毛病。"

庄芷薇当然知道，点点头，却不接话，似乎不想提他，佯作无意地将话题带到别处。

"和我哥聊得怎么样？"

"就先聊着吧，我读完书回来也不知猴年马月了。反正你哥靠谱，往后用得上我的时候再说吧。不过聂廷昀这次给我牵线，我挺感谢他的，够意思。"

庄芷薇说："他这是拿你当自己人了。除了我们这些发小，他朋友不多。"顿了一下，她终于还是没忍住好奇，问道："那个崔时雨……你也认识？他们是怎么认识的？"

张诚然脸上的轻松慢慢消散，说道："怎么认识的……其实我也不清楚。"

"不清楚？"

张诚然苦笑了一声："说来话长。我到现在也不知道，那小丫头到底是什么时候认识他的。"

他恍惚了片刻，不知怎么突然想起几年前和崔时雨的初遇来。

张诚然抱着双臂道："我和你讲个故事吧。"

第七章
共年少一瞥

张诚然认识崔时雨的时候，崔时雨还是一个高中生，不知道为什么，出现在他们学校的运动会现场。他那天带着部下负责检查学生证，把这个外校人员抓了个正着。

“喂，哪里来的？”

“人和高中。”

“那跑我们学校来干什么？”

“……随便看看。”

“哟，还挺理直气壮的，看谁啊？”

女孩被他在光天化日众目睽睽之下盘问，宛如罚站，听了这句话整个人都吓得僵住了，低着头不吭声。

张诚然浑身上下连毛孔都有种与生俱来的恶趣味，偏要问出个桃色新闻来，和几个检查证件的同学一起把“小白兔”围了个严严实实，就要等她自己开口招了。

崔时雨偏偏耐得住性子，在这么大阵仗下仍然咬紧牙关，不发一言。

后来，有人遥遥喊了一声：“张诚然！你犯什么浑呢？”

她猛地抬起头来，循声望过去。

……是他。

午后的阳光底下，那男孩的眉眼、头发，都被镀了一层暖洋洋的色彩。

高挑的轮廓在地上打出斜斜一道影子来，颀长、俊雅。可最具杀伤力的还是那双眼睛，这是所有为他美色所惑的人的共识。

他的瞳色比正常的亚洲人浅很多，介于琥珀色和棕灰色之间，像是市面上特别罕见的美瞳颜色。

他吼了张诚然一嗓子，却没走过来，因为运动场上有情况请他去处理，他只是朝这边缓慢而带着压迫感地扫视了一眼，就转身走开了。

张诚然回身赔了个笑，再回过头来时，发现崔时雨看着远处发呆。

他“啪”的一声打了个响指：“丫头，来，回魂！”

崔时雨愣愣地看着他。

“这次放你一马，学校、班级、姓名都写下来，早点儿回家，别到处乱跑哈。”

她乖乖写了，克制着一颗狂跳的心，如蒙大赦般急匆匆离开。

张诚然收了本子，招呼身后的部下说：“走吧，往校门口那边查查。”

大队人马就要过去，手里的本子突然被抽走了。

聂廷昀几步跑过来，一只手熟稔地搭在张诚然肩头，一只手翻看本子。在教学楼的阴影下，他浅色的瞳仁变得幽邃又专注。

“让你提防有安全隐患的校外人士，查来查去，就查到个小丫头。”他念着本子上的名字，“崔时雨……人和高中的？”

“聂老大，咱们能不能体谅一下国泰民安的社会现状？哪有什么安全隐患？”张诚然暴躁上身，正要发作，见聂廷昀瞥了他一眼，又瞬间熄火了。

“成。”他说，“大不了我往后不为难小女孩。”

聂廷昀把本子递还给他，“嗯”了一声，道：“浪子回头，为时不晚。”

张诚然直翻白眼，这哪儿跟哪儿啊！

聂廷昀又问：“人和高中的跑到咱们学校来干什么？”

张诚然又开始恼火上头：“我正要问这个呢，还不是被你一嗓子打断了！好嘛，你倒是英雄救美了，我一点儿八卦没问到！”他说着，回头一指跟在后头偷笑的人：“说说，你们想不想知道那小丫头为了看谁来的？”

“想！”散打部成员在部长的淫威之下，众口一词。

聂廷昀一声轻笑：“你们散打部的好奇心真是值得嘉奖。”

两位大佬眼看着要开始互发冷箭，有人震慑于聂廷昀的美色，当即倒戈。

“说实话，也没什么好奇的。”散打女将带着笑看向聂廷昀，“大老远跑到咱们学校来的女生，不是为了看聂老大，还能为了谁呀？”

有了当先一炮，第二人紧随风向倒戈。

“那是，聂老大艳名远扬，整个大学城里谁人不知谁人不晓？”

张诚然听得既眼红又不顺耳，没等开口，第三炮就到了。

“所以咱们老大堵着人家姑娘不放，还明知故问，肯定是别有用心。”

聂廷昀冷眼旁观，兵不血刃就攻城略地，赢了这一仗。

张诚然只能气愤地在心里说，祸水！

后来大大小小的比赛不断，张诚然总能碰见崔时雨，他就刻意避嫌，要在自己部下的面前表示，他对这丫头片子绝对没有一点儿私心。一来二去，两人也算成了朋友。

但崔时雨十七岁那年跑到张诚然他们学校里干什么，一直是个谜。

联系过往，张诚然无法不承认一个事实——

他们说得没错，崔时雨一直是为了聂廷昀。

又或许，从那时候起，她的心思就有了苗头。

可是她怎么会藏得这么深呢？

这些年，他也不是没在她面前提过聂廷昀，但她一向是波澜不惊的，好像半点儿不介怀的样子。

张诚然说完，叹了口气。

庄芷薇脸上露出一点儿讶然：“这女孩，还挺长情的。后来呢？”

“后来我们学校和他们学校打比赛，我喊崔时雨一起吃饭。你猜怎么着，吃到最后，这两人前后脚消失了。我当时也没有多想，还以为是凑巧……”

庄芷薇忽然问：“你对崔时雨是怎么想的？”

“我？”张诚然失笑，“哈”了一声，却没再说下去。

扪心自问，要说没有一点儿私心，也不可能。否则他怎会几年间仍与小丫头有着零零散散的联络，还主动叫她来吃饭。可相处时他没想过那么多，总是觉得她还小，什么都不懂，是个眼里只有柔道的武痴，或许也容不下别的东西。

于是拖了一日，两日，一年，两年，渐渐变得习以为常。直到来杭市的路上，听到聂廷昀那句“她喜欢我”，忽地把自己的窗户纸也一同捅破了，连粉饰太平、自欺欺人亦不能。

心动或许能够掩饰，心痛却不能。

张诚然恍然大悟，可等他明白过来，已经晚了。

于是这一刻，面对庄芷薇一针见血的询问，他也只能笑笑，缄默不语。

两人半晌无言，却见走廊那头的电梯门开了。

栗色头发的青年从电梯里走出来，身材高挑，比例极佳。他穿着一身舒适的潮牌，搭配十分随性，走在寂静无人的走廊上，看那姿态仿佛是在舞台上。

张诚然正寻思这人有些眼熟，似乎在哪儿见过，庄芷薇已经心里“哐当”一声，脱口道：“他怎么来了？”

人都走到了几步之外，张诚然还没想起来这是谁。

“这人谁啊？”

“贺杞，那个唱歌的。”庄芷薇看似平静地说出这几个字，心里却有些慌。

郁令仪和某个偶像歌星走得很近，这件事经口耳相传，大家私下里都知道，却没人敢放在明面上聊，毕竟是长辈的私事。

可今天，整个六层都被郁泽闵包下庆生，贺杞出现在这里，请他的人还能是谁?

郁泽闵这位少爷又要出什么幺蛾子？还嫌聂廷昀家里不够乱?

贺杞走过来，瞧见一双男女并肩靠在走廊墙壁上聊天，似乎不太认识他的样子，也没有寒暄，轻轻点了个头，推门进去。

雨后的薄雾里夹杂着说不清的闷热，将人层层包裹。

崔时雨走下出租车，雨后的薄雾裹挟着说不清的闷热，将她层层包围。纯棉的长袖运动服被汗浸湿了，粘在皮肤上。她在原地照着导航看了好一会儿，才找到正确的方向。

扯了扯衣领，她转过头，然后视线定格。

隔着一条马路，她在湖滨这一侧，他在那一侧，身后灯火通明，煌煌如昼。

这条街在景区里，历来封路不许车行。

细小的飞虫扑在光里，他朝她走过来，那些琐碎的影子都消失不见了。

聂廷昀刚从楼上下来，打了两通电话过去都没人接，正思考小丫头是不是忽然反悔不来了，一抬头就看到她站在对面。

女孩立在明暗交界处，发尾凌乱地窝在颈间，手指扯着帽衫的抽绳。

她总是有些无意识的小动作，泄露出平静之下的局促和不安。

在他面前，她常常不安。

才走到路中央，她已经迎上来了，走得有些急，仰面望他时，温热的气息透出体表。他忍不住抬手摸了一下她微红的侧脸，忘了自己本来要说的话。

他要说什么来着？

你这次来，又是什么脑回路？

对我随叫随到，要把献祭精神贯彻到底吗？

明知道是别人开的玩笑，还巴巴地凑上来，傻不傻？

他目光一扫，却瞥见她下颌的瘀青。

手指轻轻扶在侧脸，他语气带了点儿质问："比赛伤的？"

崔时雨避开，漆黑的眼睫抖了一抖，说："没事。"应该是习惯了。

他要说什么，却没说，只道："走吧。"

"去哪儿？"

聂廷昀伸手攥住她纤细的手腕，朝前带了两步，感觉到她身体的僵硬，又松开了。

"你还把那通电话当真了？看我是醉了的样子吗？"

这套路对她来说是未知的领域。崔时雨露出踌躇的表情，也有些困惑起自己来这一趟究竟是要干吗。

她对于想见一个人的渴望尚不能准确定义，更不知道自己无意识找了一个又一个借口来打破结界。

还好，他没让她继续想下去。

聂廷昀说："来都来了。"他鲜见地留出余地，收敛了强势，她便没法说"不"。

上楼的一路收到不少视线，她意识到问题出在自己的打扮上，进电梯后就一直盯着镜子。

聂廷昀没见过她这么照镜子，问："看什么呢？"

她垂眼，没作声。

他好像会读心术，说："你这样穿就很好。"

她诧异地偏头看他，要说什么，电梯停了。

长廊尽头的包房里正在发生什么事情，他们都一无所知，就这样安静地走在光线昏黄的空间里，各怀心思，却并不抗拒片刻静谧，前日的不欢而散也被抛之脑后。

小丫头亦步亦趋地跟在聂廷昀的身侧，头顶泛出温和的光。

“崔时雨。”

“嗯？”

“喜欢我？”

她原本不必思考，可他问这么一句话，绝对不是无缘无故的，倒惹得她迟疑。

他似乎也不需要她回答，又问：“喜欢之后呢？想过吗？”

她放缓了脚步，在他的凝视下，摇摇头。

他的手轻轻地握住她的肩，将她朝自己拉近了，而后自然地将掌心落在她颈后，诱使她抬头望进他眼里。

“伦理学认为，低级的喜欢，是只喜欢一件事的过程。而高级的喜欢，是不仅要喜欢这件事的过程，还得关注这件事的结果。”

“……所以呢？”

“所以你不能只是低级地喜欢我。你得开始计划，喜欢我之后，想得到什么结果。”顿了一下，他一本正经地说道，“比如说，想和我确立关系，想嫁给我，想给我生孩子。”

崔时雨眯了眯眼睛：“你在给我洗脑。”

聂廷昀面不改色地说道：“你脑回路够奇怪了，还能被别人洗脑？”

她困惑：“你希望我怎么样呢？”

聂廷昀忽然松开手，好不容易聊到这里，又回到原点了。

他在心里无声一叹：我不希望你怎样。

起码，不该是我希望你怎样，你才要怎样。

转过拐角，两人见张诚然和庄芷薇靠在门口。

四人一时面面相觑。

聂廷昀打破沉寂：“怎么不进去？”

庄芷薇欲言又止，视线扫过崔时雨，又留意到他们两个站姿的亲密，神情有些困惑。

张诚然也没像从前那样大大咧咧地和崔时雨打招呼，只是隔着一段距离，笑了一下。崔时雨感知到了不同，有点儿莫名。

聂廷昀要推门，庄芷薇连忙伸手阻拦：“等一下！”

庄芷薇清了清嗓子，好心提醒道：“我觉得你现在还是不进去比较好。”

可是已经迟了，门已经推开了。

里头传来郁泽闵的冷声质问：“聊个天而已，你到了我这儿还摆什么明星架子？以为自己是什么东西？一个靠女人吃饭的小白脸而已——”

贺杞斩钉截铁道：“我并没有女朋友。请你说话注意点儿，这位先生。”

以贺杞如今当红的势头，不该接这种私人场的演出。无奈经纪人和他说，这次回绝不了，不是钱的问题。

他看着自己通告表里突兀的这一项生日会商演，蹙着眉头半天没出声，最后笑了一下，说：“行吧。”

圈子里有多少弯弯绕绕，他心知肚明，不必硬要做个刺头，让大家都下不来台。

谁料一进包厢，就被再三为难，他也正在血气方刚的年纪，回呛两句后，郁泽闵就变了脸。

僵持间，突然有个高挑的身影从眼前闪过，直奔贺杞，什么也没说，干脆利落直接动手。

那一拳刚好砸在他引以为傲的左脸上，贺杞蒙了一下，尝到嘴里的铁锈味才反应过来。

贺杞大怒：“你谁啊？有病吧！”

他一脚踹出去踢了个空，对方根本不回应他，干净利落地把他撂倒在地。

贺杞摔得“咚”的一声，疼得脸色都变了，第一反应是这居然是个练家子，紧接着满脑子问号，莫名其妙到了极点。

——这到底是什么情况？

聂廷昀面无表情，下一拳刚扬起，还没等碰到贺杞的脸，就被七手八脚地拦住了。

“阿昀，够了！回头他闹到媒体那边去怎么办？”

聂廷昀居高临下地揪着贺杞的衣领，注视了他一会儿，略一挑眉道：“你没女朋友？”

贺杞舌尖抵着口腔一侧，忍着火气反问：“关你什么事？”

聂廷昀若有所思，慢条斯理地松开手。

贺杞余怒未消，刚被松开，一把攥住聂廷昀的袖口道：“平白无故打完人就走？说清楚！”

聂廷昀缓慢垂眸，视线停在被揪住的袖口处。这平静仿佛是在施压，周遭谁也没敢再开口。

接着，他霜雪般的面上泛出一丝极浅的笑纹，抽出袖子道：“你问我要原因？”

听出语气的冷意，庄芷薇心头一紧，安抚地唤了声“阿昀”，却被庄闫安拽住，摇了摇头。

贺杞手一撑，站起来拍了拍衣服，愤怒道：“我好像没见过你们中间的任何一个人吧。你们应该年纪也不大，就算是对我的艺人形象有什么不满，也犯不着砸钱请我过来羞辱我。我没那么重要，也请你们不要太无聊，人生有很多事值得去做，花时间在我身上不觉得浪费吗？”

郁泽闵冷笑着道：“你是不是忘了我姓什么？”

贺杞怔了怔，后知后觉地闭上嘴。

那眼前这个平白无故地给了他一拳的人呢？他又是谁？

郁泽闵清了清嗓子，说：“他姓聂。”

场面陷入一片死寂。

贺杞皱了下眉，慢慢地缓过劲儿来，试图把前因后果理清楚。

他转向聂廷昀，很尴尬地开口道：“你误会了，我和郁小姐其实……”

聂廷昀淡淡地说：“你最好别当着我的面提她。”

他俯身去拿外套，转身要走。贺杞心里郁闷，伸手搭上他的肩头，要去拦，指尖才触及分毫，手腕已经被拿住，猛地向前扯。

崔时雨呼吸一滞。

这是要背负投啊。他倒是看看场地啊！在这里玩柔道会出人命的！

“聂廷昀！”小丫头冲过去要拦，声音里带了一点儿紧张。

聂廷昀动作一缓，中途卸了力，贺杞从他身旁跌出去，歪着踉跄了几步，撞翻麦架，却在混乱中顺手拾起，朝前挥去。

会武的人才懂留力，贺杞不懂，这一挥毫无章法。

一切发生在电光石火之间，众人尚来不及反应，等冲过去按住贺杞，麦架已在聂廷昀脊背上砸了个结结实实。

崔时雨大脑空白了几秒。

她自己分明躲得开，凑近是要伸手护聂廷昀，却不知道对方也这么想，结果出了岔子。

他环抱着她，硬生生挨了一下，咬紧牙关，没吭声。

柑橘调的香水裹挟了酒意，是红酒，或是香槟，又或许都有。

她无从分辨，仰起头，瞥见他微微蹙起的眉，心里跟着紧张起来。

“怎么样？砸到哪里了？”崔时雨略微粗糙的手在他的脊背上胡乱摸索。

他呼吸都屏住了，心烦意乱地捉住她的手，放低声音：“你瞎掺和什么？”

交握的手在咫尺间停顿，视线交错，谁也没有说话。

“行了！都给我歇着！”庄闫安明明平素也没个正形，偏偏今天这个局，他居然年纪最大，忝列长辈，不得不出面调停。

他先是拦着要捋袖子的郁泽闵，让贺杞赶紧从这里消失，接着又联络贺杞那边的经纪人，婉转解释了一下情况，希望对方不要将事情闹大。

等收完场，他回过身要安慰一下聂廷昀，却见他不知什么时候已经走了。

“人呢？”庄闫安疑惑地问道。

庄芷薇坐在沙发上，优雅地交叠着长腿，一副“本宫只看戏”的姿态。

“走了。带着小丫头走的，没瞧见？”郁泽闵摊了摊手，抱怨道，“这都是什么事儿？”

张诚然还没太搞清楚状况，到了现在才敢开口问：“刚才聂廷昀怎么突然动手了？”

郁泽闵冷哼一声：“你没听到那小白脸说什么吗？他亲口否认自己有女朋友。”

张诚然一脸茫然：“他有没有女朋友，关聂廷昀啥事？”

大家默契地避开视线，没人回答。

郁泽闵嗤笑：“我们郁女士真该来亲眼看看那歌手的真面目，就为了这么个小白脸，连家都不要了……”

庄闫安忍无可忍：“你可给我闭嘴吧！你家好歹是高门大户，硬要装霸道总裁，不觉得给家里丢脸吗！”

庄芷薇在狼藉的蛋糕上补了一叉子，拎起手包往外走，说道：“生日快乐，下次再搞这种局，哪怕你生日也别喊我来。”

庄闫安极尽狗腿之态，跟在庄芷薇的后头走了：“我妹说的就是我想说的。”

张诚然无故撞见这么一场闹剧，早就想找机会脱身，顺理成章地跟在庄闫安后头，说了句“生日快乐”，也走了。

大家接二连三地出去，只剩这会所的猫耳女郎还在，她战战兢兢地询问：“郁先生，你看还有什么需要的吗？”

四下一片狼藉。

好好一场生日会闹成这样，郁泽闵顿觉索然无味，一个人瘫在沙发上，心道，怎么就没人懂我一番苦心？

人生，真是寂寞如雪。

车子疾行在长夜里，侧方闪过一盏又一盏路灯，仿佛星光从眼前急速坠落。

崔时雨被晃得走了会儿神，她攥紧安全带，半晌才开口问道：“这是去哪儿？”

“不知道。”聂廷昀说完，才觉得语气过分冷冽，稍稍缓和了眼神，朝她一瞥，“吓着了？”

崔时雨反问：“在你眼里，我总是很容易被吓着？”

她明明是旁人眼里的“女武神”，泰山崩于前而色不变，偏偏在他嘴里成了个敏感体质的弱质女流，动辄要受到惊吓。

聂廷昀对她的抗议嗤之以鼻。明明小丫头前科累累，在他面前三番五次地露出泪眼汪汪的委屈模样，还能怪别人有此一问吗？

他笑笑，说道：“送你回去？”

她沉默了一会儿才说：“你背后的伤要涂药酒，瘀血揉开了才行。”

聂廷昀凝视前方，没接话。

我给过你机会了，他想。“送你回去”这几个字是再明白不过的分别辞令，她或许懂了装不懂，又或许真的担心他，他都懒得再想那么多。

心情差到了极点，他比谁都清楚，他现在处于需要宣泄的状态，并不适宜和她待在一起。

更何况，朦胧的关系尚未分明，他有心朝她走近一步，她却始终竖着一道围墙。

换作从前，他不会如此迟疑，雷霆手段直奔主题，是与非都干脆利落。

可他偏偏遇到一张过于纯白的生宣。他得承认，他被她的纯白吸引，才不愿轻易下笔涂抹。

“那你跟我走？”

崔时雨迟疑了片刻，然后拿出手机给教练发消息。

冯媛西打来电话，她心慌意乱地按掉了，又匆忙回微信说：“现在接电话不方便。”

冯媛西发了个“无语”的表情，问了半天也问不出原因，最后只好说“按时回来，学校见”。

崔时雨拿着手机忙了半天，一抬头，发现前方的公路上寂静无人。等看到限速路牌，她才瞪大了眼睛：“上高速了？”

聂廷昀淡淡地“嗯”了一声：“才发现？”

崔时雨眨眨眼：“你要直接开回去？”

聂廷昀露出一副“你明知故问”的表情。

此刻的聂廷昀耐性欠奉，于她是另一副陌生的模样，她目不转睛地盯了他很久，才自语般说：“其实你的脾气也不好。”

聂廷昀失笑：“谁和你说我脾气好？”

错觉。她咬咬唇。

人生总是有许许多多的错觉。

她印象里的那个聂廷昀，被一点点打碎了，拼凑出一个从未见过的聂廷昀，她却还觉得理所当然。

连对这个陌生人也是好奇的，甚至加倍好奇。

“你为什么打那个人？”

“哪有为什么，想打就打了。”这答案敷衍，语气敷衍，态度也敷衍。

他是根本不想提这茬，她在感情方面没眼色惯了，对他的敷衍却感知敏锐，乖乖地闭了嘴不再问。

她不是爱说话的人，偏偏他也不是，安静了不知多久，他放了音乐才打破沉寂。

连他喜欢听的歌，她也是陌生的。

她侧耳辨了一会儿，只得在砰砰的重低音鼓点里继续沉默。

“嫌吵？”

崔时雨再次直女上身：“嗯。”

聂廷昀瞥一眼她皱着小脸、一脸茫然的模样，不知怎的心情好了一点儿，将音乐关了，勾唇道：“你不爱听歌？”

崔时雨点头：“他们都说我完全没有乐感。”

“谁？”

崔时雨解释：“就是……教练和队友。”

聂廷昀顿了一下，说："你生活里除了教练和队友，还有别人吗？"

她诧异地朝他望过来，是一副被问住的表情。

"除了柔道场，平时你还去哪里？"

崔时雨摇头："我不知道除了柔道场还能去哪儿。"

这些年，她的生活充斥着这样的评价：无趣、苍白、单调、乏味……连冯媛西教练也尝试过给她建议："时雨，其实你休假的时候也可以跟她们一起出去玩一玩，像同龄人那样。"

同龄人……是什么样子？

她从来没有想过效仿世人眼里"正常"的样子，寻常的事在她眼里都变得十分荒诞。

人们为什么聚在一处喝咖啡，窃窃私语旁人的隐私？为什么将时间耗费在一场虚构的电影里，两三个小时坐着不动？为什么对着手机不停地刷新网页，点进一个又一个和自己无关的词条……

堂姐说过，她对这世界缺乏基本的好奇心。

除了柔道和聂廷昀，她什么都不关心。可这话如果对着当事人说出口，会很惊悚吧？崔时雨无意识地垂眸勾唇，弧度带了些自嘲和苦涩。

她是鲜少笑的，这笑显得有些突兀。聂廷昀走了一下神，接着拐进急停车道，踩下刹车。

油表显示汽油告罄。

"没油了。"他往后一靠，半笑不笑地侧头看向她，等她的反应。

荒郊野岭，孤男寡女，车没油了。

这真是老天写的好剧本。

"哦。"崔时雨素白的脸上并没有什么表情，甚至不能参破他这话背后的暗示意味。

她脑子里还记挂着他背后受到的重击。

该青了吧？应该没伤到骨头，可是瘀血不揉开，好得会很慢。

安静了几秒，她狐疑地看了他两眼，又兀自倾身打开膝前的手套箱，扫了一眼里头的杂物，不由得皱眉。没有药酒，也没有云南白药……或许的确是退役了，他连这些东西都不再常备在身边。

聂廷昀好整以暇地抱臂瞧她，挺好奇地问："找什么？"

要换了别人随便开他车里的手套箱，他八成会不悦，可她一脸正经地找东西，他反倒想让她找得再仔细一点儿，最好看到什么不该看的。

她摇摇头抬手要关上，腕上一紧，被他拿住了。

生硬的茧子刮擦着柔软的皮肤，一颗心紧张得怦怦直跳，想必他都能悉数感知。

她强自冷静地注视着他：“怎么了？”她半晌没能得到答案，只捕获一个淡淡的眼神，示意她再看看。

“烟？”她顺从地低头去看箱子里的那堆杂物。

“旁边呢？”

她努力地辨认着那盒子上的字母，才念了一个“D”，却听“嗒”的一声，箱子被他合上了。

崔时雨抬头：“我……”我还没看清后面。

聂廷昀竖起食指虚虚地抵在她唇上，眼神幽邃。

并未触碰，汗毛却仿佛有所感应，他神色沉冷，她就不敢再吭声了。

聂廷昀叹了一口气：“别说了。”

他每次要逗她，都得不到意料之中的反应，心却没来由地软得一塌糊涂。她那么纯粹，就该是什么都不懂的、干净的，小朋友一样。

他想起崔念真说的：“你以为她是真的喜欢你？她只是把你当成了精神支柱。”

她告白时、在山上时，又是怎么说的来着？

那些赤诚、毫不掩饰的表白、感谢，字里行间都在告诉他，聂廷昀，谢谢你改变了我的人生，我感受到了心跳，我喜欢你，却没想过和你在一起。

理智地分析一下，这完全就是感谢自己人生中的明灯啊。

——真是谢谢你当年的一句话扭转了我的命运啊。

这和成功学里的鸡汤故事八九不离十。

思路越是清晰，聂廷昀便越朝情绪边缘迈进一步。一步一步走到了悬崖绝壁，他神情漠然地倾身过去，抬手扶住她的脸，慢慢地凑近。

他清楚自己的魅力在何处，这样拉长了时间的诱惑，最是极致。

呼吸交缠，她一贯顺从不曾挣扎，眼底清明，没有任何意乱情迷。

他看到她眼中自己的轮廓，那么完整，终是无奈地笑了一声，放手，退回至原处。

一念同归，一念殊途。

人知情爱，才生欲望。她口口声声说出的喜欢，无关情爱，也无关欲望。

他当然可以欺她什么都不懂，就这样驯化成自己想要的模样。然而，一则他没有不堪到那个地步，二则，他倨傲而自矜身份，要的是对方在“爱”之一字上的陷溺与臣服。

他不肯驯化，她不懂爱，这题无解。

他的人生本来也荒凉，少了她一点儿没头没脑的炽烈，并不会有什么缺憾。

说穿了，不过是他自己暗生心魔，要对她图谋不轨。

“崔时雨，算了吧，我放过你。”

这话莫名其妙的，她却瞬间懂了，心突突地跳起来，脱口要问为什么，却又咬住唇，提醒自己，别再朝歧路上走了，不应该。

她亦心如欲壑，后土难填，偏在他面前半点儿不动声色。

她克制到几近窒息，静默几秒，无声推门下车。

他伸手要拉，却没拉住，追出去，她正站在无人的高速路边上，背对着他按住胸口，无声地做深呼吸。

“怎么了？哪里不舒服？”

紧张和疼惜骗不了自己。

聂廷昀绕到小丫头跟前，揽着人，一下下地帮她顺气。

她的呼吸慢慢地和缓下来，终于抬起脸，双眼泛红，唇被自己咬出了血色，于这昏暗里竟也显出几分娇艳。他缓慢地垂下头来，前额与她相抵，似吻非吻。

与她亲昵靠近的片刻，也是如此不可抗。

他想，这个局，是她先来敬酒，却是他先醉的。

“什么是算了吧？”

她还记着前面的话呢，也不知道哪儿来的执拗，偏要打破砂锅问到底。

他平静而温和地答：“算了吧，就是，以后你该怎么喜欢我还怎么喜欢我。我就活在你高高供着的神龛里，再也不到人间来扰你清净。女朋友和朋友，你可以一个都不选，你想要和我没关系，也如你所愿。”

每一句都是她想要的，而刻下夜风袭来，冷意从内而外将她吞没，灭顶一般。

崔时雨，他说如你所愿，字字句句都和你希望的严丝合缝，你还有什么不满意？

应该如此。

她将哽咽吞回去，惨白着脸，重重地点了一下头。

“嗯。”停顿片刻，崔时雨又真心实意地道，“谢谢你。”

他有一刹那表情凝滞，随后淡淡一笑，如多年前初遇时一般孤冷。

“我叫人过来帮忙。”他松了口气一般，说，“你回车里等，我抽支烟。”

目送小丫头回了车里，他才拿出手机打电话，三言两语说了情况。

发完定位，聂廷昀又突然接到郁泽闵的电话，说他万能的朋友圈里刚爆出来一个消息，当红小生贺杞私会神秘富家女，被拍了，现在媒体在坐地起价，还不知道会怎么收场。

郁泽闵吞吞吐吐半天，才说：“我觉得那神秘富家女，八成就是小姑姑吧？”

聂廷昀道：“那你怎么不向万能的朋友圈确认一下？”

郁泽闵瞠目：“你还嫌这一晚上不够长？还得让我去操心你家的事？”

聂廷昀又问：“哪家媒体？”

郁泽闵身心俱疲，撂下一句“自己打开朋友圈看看”就挂了。

一转身，却看见小丫头不知什么时候从车里出来了，正神色冷静地凝视着他。

“怎么出来了？”

“聂廷昀，你……”她艰难地说出这几个字，却又停下。

这是又要出什么幺蛾子？又要展示什么清奇的脑回路？

他指间的烟还没来得及点，正伸手摸打火机，略带不耐烦地等她说下去。

“能不能给我一点儿时间？”

他手搁在口袋边，又缓缓垂落。聂廷昀想了想，将烟塞回盒子里，抬头看她：“什么时间？”

她声音沙哑，说：“我也不知道。”

她只是某一瞬间意识到，她非常不愿意……被他讨厌，被他这样冷漠相对。

他冷静地凝视着她，神色一时复杂。

时间一分一秒地过去，于她犹如凌迟。

“算了。”聂廷昀笑了一下，漫不经心地道，“别勉强。”

明明是她起的头，却说得好像自己有多大难处一样。

她这个年纪的孩子，或许还分不清爱与敬慕，带着爱的假象走到他跟前来，耍得他团团转，其实也不过就是……叶公好龙。

聂廷昀无视她泛白的脸色，到车里找打火机去了。

套房里灯火通明，二十几层的高度，贺杞自落地窗望下去，觉得周遭没有同等高度的建筑供狗仔隐匿偷拍，十分安全。

身后有人脚步轻盈地走近了，漫不经心地道：“给你。”

转过身，她立在施华洛世奇的灯影下，眉目如画。

他接过她递来的冰袋，敷在左脸上，不声不响要转回身去，却被拽住手腕一扯，只得回头和她面对面。她又朝他走近了一步，赤着的足踩在他拖鞋上，抬手捏起他下巴看那一片瘀青。

“还好，不算严重，没破相。”顿了一下，她放下手又道，“你经纪人和我说了。”

贺杞沉默了一会儿，问：“那个就是你儿子？”

“哪个？请你去的，还是打你的那个？”

郁令仪语气俏皮，没当回事，瞧见他脸色冷下来，才笑道：“好啦，我知道，你说的是动手那个嘛。”郁令仪坐回沙发里，半真半假地责备道：“还不是因为你说自己没有女朋友？”

贺杞没料到经纪人会巨细无遗地把这些也复述给她听。冰袋的凉意麻痹了指尖，他平静地说：“这是事实。”

郁令仪当没听见，打开电视，说道：“陪我看部电影？”

无人回应。

郁令仪也不在意，按动遥控器，翻了一页又一页，还没等点开一部电影，听见贺杞放下冰袋往外走，她这才蓦地站起身：“你去哪儿？！”

脚步没停，他态度决然，是铁了心要出这个门。

郁令仪终于慌了神，追过去将人拉住：“你去哪儿都不安全，谁知道会不会有人守在这附近？”

贺杞垂眸望进她眼睛里，她看起来总是温柔的，只有举手投足间泄露出世家出身的沉稳和果决。

那种气质大约真的是骨子里才有的，他知道自己永远没法像她一样遇到什么事情都从容不迫，云淡风轻。

半个小时前，她落地杭市，去他住的酒店找他，被狗仔发现了。

一切都乱了套，她却还能有条不紊地指挥大家撤离，甩开狗仔。

好不容易在这儿落脚，她又像没事人一样揶揄他。

只有他在心惊胆战，自己身家前途皆系于此。

那些被拍的东西怎么办？C社和经纪人交涉到了哪个地步？事情还有没有转圜的余地？

他和她明明来往清白，如果开诚布公地以“朋友”关系来澄清，有没有可能得到谅解？

但扪心自问，他们并不是真的只是普通朋友。

贺杞每次面对她，都有些无所适从，不知道要拿她怎么办。

“为什么突然过来？”

郁令仪搭在他臂上的手微微一顿，神色柔和下来，良久没答，温度却透过衣服丝丝传到他皮肤上。

“就是想看看你啊。”

贺杞心里忽然五味杂陈。

他静静地凝视郁令仪很久，久到她几乎数得清自己的每一下呼吸。

郁令仪怅然地想，她有过很多次机会，在他摇摇欲坠的时候将他彻底拉下深渊，却都没有。

她不舍得，只是瞬间换了表情，说道：“开玩笑的，我出差顺路。”

他似乎松了一口气，拿开她的手，继续朝前走，不回头，不迟疑。

他将她留在背后，孤零零的。

“郁总，咱们……往后私下里还是别再见了。”推门离开前，贺杞如是说。

伍公山上，庄芷薇敲开门，院中寂静无人。

陈年披衣出来，问：“怎么这么晚过来了？”

唯有主楼大堂亮着灯，她四下环顾，低头看了看未能拨通的电话。

“我以为……”庄芷薇笑一笑，顿了半晌，转身便走，“没事了。年哥早点儿休息！”

她路过石径花荫，平白惹了一身露水。

回到山下，她见庄闫安正靠在车旁望着她。

兄妹俩无声地对视了片刻，末了，庄闫安抬起一只手，她走近，他便抚了抚她的头，喟然道：“我一直以为你不会对他有别的心思。”

“我也以为我没有。”她矮身坐进车里，喃喃道，“如果以为的就是真的，该多好。”

从哪一刻开始的呢？

庄芷薇想，或许是在她用聂廷昀的手机打电话给崔时雨的时候，忽然意识到了什么。

我想要试探吗？试探谁？那个小丫头？

这么多年，她与聂廷昀维持着一个轻易不能打破的平衡，拿捏着分寸，掂量着情谊。两人谁都不越界，谁都不退缩。

她慢慢地放了心，以为这就是他世界里独一无二的位置了，即便到天荒地老，离他最近的那一处，总归属于她。

可是，尘世里唯一不变的，就是变化。

此际，另一头也同样无解。

公路上抛锚的车已经等到了救援者，崔时雨听话地坐进一辆陌生的车子，却不见聂廷昀上来，车子启动，她张了张口，却终是沉默。

司机四五十岁，慈眉善目，笑眯眯地瞥她一眼：“阿昀先不回海市啦，他家里出了点儿事，要临时留在这边处理。”

崔时雨抬起头，不明白对方为什么要解释这些，明明她走时，聂廷昀连一个眼神都吝惜。

司机又道：“我姓张，是郁家的老人了，也是看着阿昀长大的。你不见怪，喊我张伯就好。”

她无措地眨了眨眼睛。

“他轻易是不让我出来接人的。”张伯笑了一下，“我就猜到，要接的肯定是个姑娘。”

崔时雨捏着手指，只在车行的声响里轻轻地点了下头。

那夜杭市，何处喧嚣，何处旖旎，何处凄清……都不足为外人道。

第八章
铸折铁

体大一开学，崔时雨和柔道队载誉归来，被官网用几个版面大加表扬。体大柔道是弱项，在大学生锦标赛上沉寂几年，终于一雪前耻，炸出了许多激情校友出来发言。

官网毕竟严肃，于是众人迅速包围了微博上的“体大 Bot”，Bot 收到的众多吐槽投稿，俨然把素来乏味的体育资讯博发展成了大型饭圈。

体大 Bot 每天的日常就是实时更新对崔时雨的匿名表白。

“真女武神”“柔道偶像”“人抗打，颜也抗打”……夸得可谓是天花乱坠。

这才只是个开始，没几天，体大 Bot 上又发出一条：“咱们校除了崔时雨，应该还有不少别的美女选手吧？搞个选秀团体出道怎么样？”

于是博主不负众望，当晚就开展活动，要在体大田径队、散打队、体操队、柔道队等组织里筛出最终出道人选。

一时间，体大 Bot 收到无数投稿，都是美女校友，被网友戏称“骗图博主”。

活动进行得如火如荼，“沙雕”校友跟着热热闹闹地讨论了好几天，最终选出了十一位女生在 Bot 里出道了。体育专业女孩个顶个漂亮，都是各专业队的颜值担当。

柔道队的崔时雨，体操队的靳伊人、韩生生，花滑队的罗念，跳水队的陈紫嫣……

C 位却并未出现争议，给了崔时雨。

底下有人质疑，她不算最好看的吧？评论瞬间被十几条“看实力”

淹没。

最后 Bot 出来一锤定音：这些人里，只有崔时雨是进国家队的料子。

这场“选秀”原只是“沙雕”校友玩梗，却莫名其妙大半夜上了热搜，虽然很快就掉出了前五十，但还是引起不少人关注。借着热度，崔时雨一夜之间在青少年体育圈火了，从此还多了一个英文名——“Center（中心）”，自此坐稳了体大明星体育生的 C 位。

柔道队里的人或多或少有所耳闻，只有崔时雨岿然不动，被人打趣问起，也是一脸茫然：“Center？什么意思？”

宋佳言咬牙切齿道：“看吧，崔小队就是有这种超然世外的境界！”她心里又暗暗道，甭管大红大黑，这热度给你有什么用？

人红是非多，随后一篇匿名帖横空出世——细数“铁壁女”崔时雨不为人知的隐秘感情线。

男主角居然是张诚然。

“年少在赛场相识，他当她是小妹妹，她当他是大哥哥，兜兜转转星月屡变，只有她与他还在彼此身后……”

寝室里，宋佳言一只手高举手机，瘫在床上，脸上显出极度嫌恶的表情，朝崔时雨道：“这投稿的是哪里冒出来的非主流写手，编小说呢？”

崔时雨正在换衣服，脑袋瓜从 T 恤里冒出来，愣怔了一下，问：“什么投稿？”

宋佳言说：“你的手机到底是干什么用的？都不上网吗？”

崔时雨说：“当然上网。”

宋佳言坐起身，问道：“你上网都干吗？”

“看比赛啊。”

宋佳言露出“不愧是你”的表情。

崔时雨换好衣服，转身要走，又被喊住了。

“我好奇很久了，下午没训练也没课，你怎么又出门？”

要不是崔时雨以“铁壁女”著称，宋佳言几乎要以为她在搞什么地下恋情，每周准时消失两个小时，不带柔道服，而且还背着包，装着纸笔。

崔时雨眼都不眨，推门出去：“我有课。”

宋佳言目瞪口呆：“我上了个假学吗，我今天怎么没课？”

偌大的阶梯教室里，只有教授在上面滔滔不绝妙语连珠，底下已经睡倒了一片。不睡的人却也没有听课，而是时不时回头望过去，还发出几不可闻的议论声。

最末一排只坐了一个男孩，穿黑色卫衣，运动裤，唯有脚上一双橙白配色的耐克鞋带了色彩。

聂廷昀合上本子，将笔放下，看了看表，还有一分钟就下课了。

铃声响起，他伸了一个懒腰，起身往外走，路过教授身边时被喊住了，和他聊学校的项目。

聂廷昀神色佯作专注，心思却有些跑偏，聊了几分钟，教授忽然想起什么来，抬眼扫视乱哄哄的人群，好奇地问道："今天那个旁听的没有来？"

聂廷昀顿了一下，问道："什么旁听的？"

教授仍在困惑："你不知道，有个小丫头好像是别的系的，来听我的课有一年了，但每次点名都点不到她。有次她走得晚，我顺口问了一下，才知道是来旁听的。我之前还觉得奇怪，怎么平白无故多出来一个人……"

这是一件无关紧要的琐事，聂廷昀想着听过便罢，可电光石火之间，某个念头闪过，让他愣了一下。

来旁听的小丫头？下一秒，他像被什么蛊惑了一样，无知无觉地转身朝向门口。

午后的阳光照在长廊上，日光里有细小的灰尘飘浮，她从中走来，仍是不染尘埃的模样。喧嚣在耳际铺垫成背景，他听到某个独一无二的跫音。

崔时雨挎着一只米白色的帆布包，身穿白T恤、黑裤子，无声地进入他的视线。像极了她第一次闯进他的世界里时，被他记住的样子。

世界仿佛静止了。

他想，我不相信命运，甚至也不太相信爱。可这么一瞬，他忽然从她望来的眼神里，看到了那些他原本嗤之以鼻的字眼。

还挺荒谬的。

聂廷昀目不转睛地看着她，直至她怯怯地停在门边。

他曾以为她是冰山，却怀抱着一团火，给他看有多炙热。于是他被吸引，倨傲地居高临下，享受对一个人的绝对掌控。

后来他才发现，那团火属于她自己，因他点燃，却又与他无关。

他能做的，也只是转身把这段插曲忘了。

“这不是我说的那个小丫头吗？”教授哈哈笑道，“我还以为你今天不来了呢。”

她在他的注视下，仍能四平八稳，撒谎不打草稿：“不会，我喜欢投资学。”说完，她微微颔首，轻车熟路地找到右下角的座位，坐下了。

上课铃响起，聂廷昀走回座位，拿起笔，打开本子，余光里那一隅始终安静，仿佛她一直以来就是这样微弱的存在。

我又撒谎了。崔时雨毫无负罪感地想。

她骨子里的波澜不惊让谎言变得十分真切，技巧和草稿全部不需要，她只要坚定而自然地说出口，别人就很难怀疑。而这寥寥几次，都与他有关。

似乎她的谎言永远只关乎他。

——我没有见过你。

——与你无关。

——我喜欢投资学。

她与他各自占据着偌大阶梯教室的尾排角落，一左一右，泾渭分明。余光却痴缠在对方的影子上，连一丝一毫都不想放过。

课结束了，她坐在原处不动，瞧着他起身、收拾书本，然后跟着人潮出去，她才从容不迫地走在最末，隔了几个人。

就像是她第一次来到这间教室时所做的一样。

她看过无数次他的后脑勺、余光里的侧脸，听过他转笔的声响、翻动纸页的窸窣声……然后在不知所云的投资学课堂上，打开记事本，写下关于他的细枝末节，很意识流。

——他今天看起来心情不太好。

——他今天在课上睡着了。

——他今天没带书，也没有借。教授提问，他居然答对了。

这对崔时雨来说不是兴趣爱好，不是狂热冲动，不是陷溺移情，更像是某种本能。

她本能地想要知道更多关于他的东西，雷达长在身体里，不停地搜寻着他的信号，单方面地，且不希冀任何连接和确认。

可偶尔也会有失控的时候，比如今天。

崔时雨走出教室，却发现他站在走廊里，没有走。

她下意识地抱紧了怀里的帆布包，一步，两步，试图不着痕迹地从他眼前经过，最好像诗里写的过客，最好连嗒嗒的马蹄声也不要留下。

但事与愿违。

他靠着走廊一侧的窗台，阳光从他背后照过来，将他的轮廓映得失了真。她缓慢地偏头看他，才知道这世上可以勾勒“美”的，不只是水墨色彩、刀雕斧凿，还有光。

“你喜欢投资学？”他单手插在运动裤的兜里，淡淡地问。

她硬着头皮道：“嗯。”

“蹭了一年课？”

崔时雨被他望得无措，低下头，视线落在他的鞋子上。那鞋子却动了，向着她的方向。她听到自己的心突突地跳起来，下意识要逃，他却停下，停在相距半步的地方。

她始终没有抬头看他。

声音嗡嗡在头顶响起，平铺直叙，分辨不出语气：“你在搞什么行为艺术吗？”

这堂课结束后，阶梯教室便空置，走廊早已寂然无人。

她低眉顺目地站在他面前，仿佛犯错被训话的小朋友，虽然听了这句嘲讽也没有回嘴。

“几年前，平白无故地出现在医务室给我的手臂按摩，明知道过敏还跟着我喝水蟹粥，自己输了比赛脱臼了，还不忘和我真情实感地告白，等我上钩了，又说你和我什么关系都没有。”聂廷昀从容淡定地陈述她过往的罪行，笑了笑，“还有今天，跑来看我上课。一年了吧？我到现在才知道有你这么一个人，你举动稍微过激一点儿，我就可以把你当跟踪狂了，崔时雨。

“况且，我以为我们已经达成共识。”

他接下来的话终于令她有了反应。

她抬起脸，怔忡地望着他。

“你不过想围观我的人生嘛，没什么大不了的。若在从前，我大大方方地给你看，但现在不行，你已经影响到我的心情了。你是不是忘了考虑一下，我愿不愿意被你围观？”他语气平淡，却一针见血，“你还想从我身上找什么信仰来补给自己的人生？”

崔时雨说不出话。

聂廷昀眼神极温和，慢条斯理地道：“你说出来，我打碎它。”

她脸色惨白，下意识地朝后退了一步，似乎不想再听下去，可他的话已经出口："到此为止吧。"

聂廷昀的笑意里带了一丝恶质，浅淡得像是风吹皱了春水。

她看起来既震惊又困惑。

真像个小朋友啊。他抬手，想摸摸她看起来泛着凉意的侧脸，却只停在凌乱的鬓发边，轻轻替她将乱发别入耳后。

小朋友，你到底明不明白？

我不想成为谁的信仰。我越靠近你，就越想向你展示自己不为人知的残酷、漠然，甚至是暗与恶。而你将我置于太过耀眼的光环里，仿佛爱上了那件虚假的外衣，并还在为自己付出的一切自我感动。

你编织的这场美梦，我实在敬谢不敏。

心动是真的，冷嗤却也不遑多让。

他转身离开时，不禁喟叹。

世上怎么会有她这样一个人，让他变得这么自相矛盾？

阳光热烈地将崔时雨笼罩住，让她感觉浑身都暖融融的。

她僵直地立在原地，艰难地抬手，摸了下他刚刚触碰过的鬓边，才惊觉一片冰凉。

他说的每个字都是真的，她无法解释。

她从未真正回看过这段无解的追寻，更别说是自我剖析。本能始终在逃避，以致给一切蒙上不清不楚的名目。她宁愿糊涂，当他是光，是神，却连看清自己的心也不敢。

崔时雨屏住呼吸，想回头望一望他的背影，又硬生生地克制住了。

电话在这时候响起，把她从极度的无措中解救了出来。

"队长，上网了吗？"是宋佳言，她的语气竟然十分严肃。

"看一下体大 Bot 的最新投稿。"宋佳言顿了一下，又问，"那是真的吗？"

她没有微博，点开宋佳言发来的网址，才知道对方到底在问什么。

体大 Bot 最新一则投稿来自一个匿名者："求厚码。在网上搜到崔时雨高中时的日记，和张诚然感情线实锤。见图。"

附图一为记事本截图，字迹清晰。

"二〇一〇年秋，在联赛赛场遇到他。他打赢了。我忘了自己是怎么走过去的，说了什么，等到那一天结束，才发现手机里留下了我们的第一张合影。”

附图二是一张照片。

张诚然站在纷乱的运动会现场，一只手揽住崔时雨的脖颈。

画面定格的瞬间，她正偏头看他，表情震惊。

水印表明，图片来自张诚然早已弃用的校内网动态，发布时间是二〇一〇年九月三十日。

一切严丝合缝。投稿一出，短短几分钟评论过千，都在感叹“铁壁”崔时雨为一人绕指柔。

“每一座冰山都可能有喷薄岩浆的奇迹发生。@ 诚然如此”

“对崔时雨改观。@ 诚然如此”

“冷漠只是情深的保护色。@ 诚然如此”

崔时雨困惑地点进“诚然如此”的主页，看到了置顶的照片。

背景是昏暗的健身房，张诚然对着镜子秀出手臂肌肉，露出大大咧咧的笑容。

崔时雨觉得胸口发闷，哑然扯唇，心里十分平静，几乎到了麻木的地步。

你看，这世界本就荒谬。这原本是她一个人的独角戏，随着甲乙丙丁先后出场，已不知不觉变了质，最后还要以被人张冠李戴来收场。

宋佳言下意识地解释：“我就是给你看看，怕他们造谣你不知道嘛，我可不是说那个就是真的啊……”

“日记是真的，照片也是真的。”

宋佳言震惊到不知道说什么好。

崔时雨轻笑了一下，却分明冷得让人发抖：“连起来是假的。”

宋佳言蒙了：“这……什么意思？”

“嗒”的一声，随即传来一阵忙音。

崔时雨挂了电话。

我喜欢的人不是他，是聂廷昀——这句话她没有说出口，因为没有意义。有人故意安排她将一场“情深如海”付给别人。

是丁柔吗？为什么？

崔时雨深吸一口气，举步穿行过落满阳光的走廊。

体大 Bot 的投稿一夜间引发热议。

张诚然收获了几千个艾特之后，不得不站出来澄清，还放在微博主页置顶。澄清的内容却非常模糊，甚至有些站不住脚："假的假的，不要再传下去了，替崔队保留追责的权利哈。"

于是评论区又瞬间被攻陷，吃瓜群众纷纷喊道：这不就是此地无银三百两吗？

至此，崔时雨和张诚然的"感情线"，被议论了好几天后无解收场。

作为当事人，崔时雨始终没有对此解释过哪怕一个标点符号。

而另一位当事人同样备受流言困扰。

张诚然的压力不是来自周遭的误解，源于自身的"问心有愧"。他给了个模棱两可的澄清，某种程度上其实是想看崔时雨的反应。

这丫头会不会联系我？她会不会希望我说清楚点儿，让聂廷昀不要误会？她不是喜欢聂廷昀吗，怎么一点儿动静都没有？

由于心虚，张诚然连面对聂廷昀都有点儿不情不愿的。

晚上八点钟，张诚然推开私人健身室的门。

灯光昏暗，不算大的场馆里，器械却很齐全。他常跟聂廷昀来这里，见了庄闫安后，才知道这里是他们筹建的运动医学中心的其中一处基地，还未正式对外开放。

四下寂静，不见聂廷昀的身影。

张诚然环顾一圈，又走了两步，终于在落地窗和墙壁的角落里发现了他。

聂廷昀屈膝坐在地面上，歪头靠着冰凉的墙壁，闭着眼睛，不知道是不是在睡觉。

空调开得很足，张诚然才进来一两分钟，已经觉得有些冷了。

"喂，今天又没运动？"聂廷昀开口招呼他。

一切和往常并没有什么不同，张诚然松了口气。

"你没睡着？坐在那儿装什么死——"

聂廷昀不接茬，站起身指挥："来吧，先热身。"

张诚然难掩震惊："你什么时候成我教练了？"

"怕你越长越胖，会遭到校园霸凌。"

张诚然难以置信地"哈"了一声："你问问整个大学城，谁敢霸凌我？"

聂廷昀为他打开跑步机，还非常贴心地调成了慢跑模式，然后掀起眼皮扫了他一眼：“我。”

张诚然竟然无法反驳，他向来觉得运动枯燥。

他絮絮叨叨地从要交的报告说到今天晚上吃什么，最后扭扭捏捏地讲起了崔时雨。

“听说她们柔道队为了应对新规，在找男选手陪练。”

聂廷昀帮他做俯卧撑的计数，听到这儿却没有再数下去。

张诚然撑不住，一下子泄了劲儿，半死不活地趴在地上哀叹：“冯教练盯上我了，上次碰见我，还问我有没有时间过去陪练。我一个练散打的，去搞柔道不是等着被摔吗？而且崔丫头最近和我还……传绯闻。”

他抬眼，看到聂廷昀几不可见地皱了一下眉，连忙呼天抢地喊冤：“哎，我冤不冤？全世界都觉得我在和她谈恋爱，也不知道哪儿来的网友这么闲，故事编得头头是道的。”

聂廷昀缓缓抱臂，面无表情地问：“你这是在和我解释？”

“哦，你听出来啦？”张诚然在地上翻了个身，仰面看他，大大咧咧地扯唇道，“你们现在什么情况？”

“你什么时候也开始八卦我的感情生活了？”

张诚然摸了摸鼻子，说道：“你这话说的，我以前也八卦啊，但你不是嘴严嘛，八竿子也打不出一个……咯，就问不出什么来。”

聂廷昀说：“你确实对小丫头图谋不轨过吧？”

张诚然没否认，说：“我和你不一样，聂老大。我是特别不深刻的一个人，万事随缘，行就行，不行就算了。你也说了她喜欢你，我还能怎么样，找你决斗？那也有点儿扯吧？”

聂廷昀伸手拉他起来，打算揭过这个话题，问道：“什么时候走？”

“年底。”张诚然说，“听说到那时候南加州还是艳阳高照的，正好，我就喜欢暖和的地方。”

沉默了一会儿，聂廷昀说：“芷薇在纽约。”

张诚然笑道：“不是吧，你给我俩拉红线？”

聂廷昀瞥他一眼，感觉马上要动手打人，张诚然抿嘴比了个“拉上拉链”的动作。

“开玩笑，开玩笑。”顿了一下，他又问，“说老实话，你和她到底什么关系？就只是发小？”

搁从前，想从聂廷昀的嘴里挖出情报几乎不可能，这回聂廷昀却破天荒没无视，语气轻描淡写，答案石破天惊："有婚约。"

张诚然来回走了两步，脸色有点儿变了，旋即站住脚，回头看着他道："那崔丫头呢？"

聂廷昀走到一边换T恤，闻言，背对着他静了片刻才道："我和崔时雨没有任何关系，也并不打算陪她玩'你进我退'的游戏。"

"聂廷昀——"张诚然是真的罕见地有了发火的征兆，似乎这个话题不说下去不罢休。

聂廷昀也意识到了这一点，所以换好衣服之后，他说声"先走了"，径自离开。

上车后，他拿出手机搜了下张诚然的微博，看到了转发澄清，以及原微博里的日记图片。绯闻他略有耳闻，却没当回事。此刻看了日记内容，他忽然意识到，谣传不全是假的。

起码，日记里的话不全是假的。

那年的联赛赛场，有一个胆怯而执着地向他要求合影的小丫头。

聂廷昀眯了眯眼。

想起来了——他在那时候见过她。

那年联赛赛场，观众席的人齐齐起立，庆祝F大柔道赛的胜利。

聂廷昀作为部长，被众人哄闹着抬起，向上抛去，一下又一下，然后在眩晕中被放回地面。

张诚然过来恭喜他，一群人围在一起，七嘴八舌地议论着。

吵死了。他觉得疲倦，想要离开。转身的那一刻，他在人潮里看到了一个穿着人和高中校服的小丫头。

她留着假小子般的短发，参差不齐。

之所以看到她，是因为她正朝他走过来，并且直直地盯着他看，好像怕他随时会消失一样。

鬼使神差地，他站在原地没动，等她走到自己面前。

小丫头磕磕巴巴地说："恭喜你获胜。"

他在她眼里看到了某种恐惧，困惑地抬眉。

"我可以和你……合个影吗？我也是人和高中的学生，我……"

小丫头指了指运动服上人和高中的标志，像是快要哭出来了。

"哦……小学妹？"他莫名被她窘迫的模样取悦，失笑。

张诚然看到这一幕，坏笑着揽住他的肩头："要合影啊？一起嘛，聂老大，你也别这么小气啊，人家小姑娘都快哭了！"

张诚然热心地安排着他们站到一起，用拍立得照了张相，等显影的工夫，他又逗小丫头："你不和我合影吗？"

小丫头为难地看看聂廷昀，又看看张诚然，似乎下了决心似的说："……合影。"

聂廷昀没吭声，拍立得被张诚然塞到他手里。

"愣着干吗，这么可爱的学妹，留个纪念嘛。"

聂廷昀面无表情地举起拍立得，"咔嚓"一声，画面定格。

两张照片都显影出来，小丫头飞快地拿了有聂廷昀的那张，鞠了个躬，转身跑了。

张诚然傻傻地拿着自己这张，心中颇为不甘："喂！跟我的合影你不留着啊？"

小丫头落荒而逃，张诚然原地吃瘪。

聂廷昀见此情景，即便倦极了，也忍不住一笑。

他只是有点儿遗憾，那张合影他还没来得及看清。

地下车库光线昏暗，聂廷昀坐在车里，手机屏的光忽地暗下去，张诚然与崔时雨的照片便消失在漆黑中。

原来这张照片是他亲手拍下的。

小丫头的日记……从那时候就开始写了吗？

他原本打算不再理她，在课上遇到她没心没肺地来旁听时，是真的动了怒，此后连她的号码也一并拉黑了。这桩莫名其妙的谣言，却让他被迫重新审视她恶劣背后的天真。

她是真的虔诚地喜欢着他的。因为太过虔诚，她才会失了功利、私心，甚至是欲望。

他内心是如此确定。

可现在，这场乌龙愈演愈烈，她的虔诚，容得下别人用张冠李戴来玷污吗？恐怕心里不会好过吧。她会怎么做？

崔时雨的行事处处不能以常理度之，聂廷昀忽然有些期待起来。

想了想，他拨通校方媒体宣传部的号码。

"你好，我是金融系学生聂廷昀，负责运营体大 Bot 的宣发是谁？"

体大学生长年训练，生活枯燥至极，但凡有一点儿八卦，都恨不能当成连续剧一直追下去，更何况主人公是正当红的体大选秀出道C位——崔时雨。

很快，体大Bot又接到了投稿爆料，这次是日记截图。

这个片段以第一人称视角，非常生动地记录了崔时雨如何趁无人时偷偷进了F大的医务室，还看到熟睡的“他”，并第一次碰到了“他”。

一时间，网友纷纷表示三观崩塌——这有点儿变态了吧？

难怪说会咬人的狗不叫，“崔武神”这种女孩，越是人前“石头”，就越是人后发浪。

评论一时两极分化，有觉得暗恋很美好的，也有骂得很难听的。

事发第二天，目击到崔队在学校日常出没的校友投稿，说她还是一副不以为意、置身事外的样子，好像什么都没发生。有人说她是默认了，有人说崔队不说话才是她……

最后，宋佳言忍无可忍，冒出头来替她澄清。

“她说什么话！她根本没有微博好吗？！”

评论再次以没心没肺的“哈哈哈哈哈”结束了无聊的揣测。

宋佳言气不过，也问过崔小队：“他们这么说，你不生气吗？”

彼时，夜训结束，崔时雨跪坐在地，用抹布擦最后一遍地面，发丝越过耳郭落在颊侧，该是很痒的，却丝毫没有影响到她的专注。

她好像永远是这样，什么事发生在她身上，都不痛不痒的。

崔时雨说：“他们有提除张诚然之外的名字吗？”

宋佳言摇摇头，困惑地问：“日记里的人……到底是谁啊？”

崔时雨叠好抹布，不答。

宋佳言不死心地追问道：“日记里的那个人，你一定很喜欢他吧？现在被硬说成别人，不委屈吗？”

“不委屈。”

“啊？”

她回过身，平和地望过来，轻声说：“愤怒。”

“愤怒”这个字眼，看起来和她有些格格不入。

她虽轻描淡写地说出这个词，眼里的凛冽却很真切。

这才是“武神”崔时雨。

哪个习武之人不是一身反骨。心中必得五蕴盛，才使得出一击制胜的杀招，有所向披靡的气势。宋佳言想，崔小队平时是佛系了点儿，却从来不是软柿子。

崔时雨接着说："他现在还没被提到，我很高兴。这本来就是我一个人的错。"停了停，她又道："我担心的是，日记里……有写到对方的隐私。"

他上课的时间，他下榻的酒店，甚至他的车牌……都被透露出去了。

所以，她不能够再放任事情进展下去。

人们很快就会知道那并不是张诚然。而聂廷昀的信息一旦泄露，带来的麻烦不堪设想。

宋佳言愣了一下，问："那……你打算怎么办啊？"

崔时雨收拾完柔道场，一抬下巴，示意她往外走。

关灯、锁门，长廊四下漆黑，崔时雨的声音很低，也很坚定："我会去解决。"

是她罪大恶极。是她单方面地想吸收他的世界里的光，才让他无辜陷入这样混乱的境地里。

事到如今，已经无关她是否想面对他，是否要克制心魔不去打扰他的人生，而是她不能够像个懦夫一样，一再置身事外。

F大道馆，更衣室里寂静无声。

丁柔穿着雪白的柔道服，衬出姣好面容。她正在刷微博，将体大Bot下的评论一条一条读过，而后，漫不经心地一笑。

崔时雨的日记是她去她们房间探访时，坐到崔时雨床上，手不小心撑在枕头边发现的。

那时候，丁柔并没有想到这么多，只以为是睡前读物，又或是关于柔道战术的书，趁着宋佳言在浴室洗漱，崔时雨又夜出未归，便好奇心起，想着拿出来看一眼就放回去。

她没料到，是一本厚厚的日记。

什么日记会连续记了三年之久？

翻开第一页的瞬间，她就意识到，她或许找到了崔时雨真正的弱点——足以在对战排到对方时，动摇对方以制胜的弱点。

人性的卑劣只在一刹那的意识，那一刹那，胜负欲战胜了一切。

丁柔克制着手的颤抖，拿出手机来，随手翻开几页，迅速拍下照片。

起初，她并不知道这个频繁出现的男主角“他”究竟是谁，在翻阅的过程中，她慢慢拼出了一个人来。

让她真正确定的，是不久前的一篇日记。

崔时雨写到了霭云餐厅，写到了他主动问起她，是不是第一次见他。

盥洗室那头，洗漱的声响停了。

丁柔迅速把日记合上，塞回枕下，心内的震惊难以言喻。

崔时雨念念不忘了三年的人，是聂老大。

就凭崔时雨，也敢痴心妄想？丁柔无法形容自己心里的厌憎。

聂老大是她们心心念念也不敢染指的人物，崔时雨却将这出独角戏演到了现在，并且还有美梦成真的迹象。

丁柔又惊又惧，唯恐这份太过赤诚和盛大的心意有朝一日会被聂廷昀得知。

于是她冥思苦想，终于想出个李代桃僵的好主意，先行将崔时雨这场“情深如海”付给别人。

聂廷昀绝对不能够知道这些。

因为连丁柔也不敢确定，一旦他知道这样的赤诚之心，真的不会为之动容吗？在连真心也不多见的年代，纯粹而不求任何回报的恋慕更是罕有。正因如此，才让她恨得心肝脾肾移了位。

崔时雨在柔道上压她一头也就罢了，连对聂廷昀的爱慕，也要这般让人自惭形秽。

可聂廷昀不是她的，也不会是任何人的。

丁柔看到评论里对崔时雨的咒骂，心里涌起一阵愉悦。

这愉悦让她感到短暂的难堪，她想到从前看过的《恶意》，书里说：“有些人的恨是没有原因的，他们平庸、没有天分、碌碌无为，于是你的优秀、你的天赋、你的善良和幸福都是原罪。”

潜意识里，她将自己和这段话对号入座，随即又感到毛骨悚然。

不，这不是她。这怎么会是她？

她自我安慰，这不是我的错，这是崔时雨的错，崔时雨不该像个变态狂一样在日记里记载着和聂廷昀的点点滴滴，偷窥别人的人生。否则，今天这一切都不会发生。

丁柔放下手机，换下雪白的、圣洁的柔道服。

柔道以礼始，以礼终。

崔时雨，你投身柔道，不过是为了成全私心的一场笑话，又有什么资格和我说这句话呢？

真正不配论道的人，该是你。

网上对崔时雨的争议似乎并未影响到“武神”分毫，崔时雨仍是不以为意，专注训练。

只是这天，夜训结束，冯媛西带着大家开会的时候，她破天荒走了神。

“规则改了，相信大家都听说了。我们等往后的练习中，再根据具体情况去做针对性训练，尽量不要受到规则变化的影响，但也不能无视规则……”

崔时雨垂着头若有所思，食指一下一下转着卫衣上的抽绳。

冯媛西冷声道：“时雨！你听见我刚才说什么了吗？”

崔时雨定了定神，说道：“新规下了。”

冯媛西面无表情地盯着她：“那你重复一遍。”

“消极进攻的判罚更为严格，分值种类减少，所以我们要跳出固化思维，学会‘打规则’，不能一味傻练。”

她说得一字不差，冯媛西无可奈何，点点头，将她走神的事就此揭过。

崔时雨重新低下头，松了一口气。

宋佳言在一旁惊讶不已，叹为观止。

崔小队就是崔小队，走神都走得如此学霸，佩服，佩服。

会议结束，冯媛西正想就新规和崔时雨单独聊一下，谁料擦完黑板一转身，崔时雨就不见了。

冯媛西诧异地道：“崔队呢？”她每回都是留到最后，等大家都走了才走的啊。

宋佳言环顾四周，也觉得有些奇怪，摊手道：“我也不知道……她什么时候走的？”

崔时雨拎着装柔道服的帆布包，正走出体大，朝隔壁而去。

F大的柔道部是一天四训，与体大时间相差无几，夜训会迟一个小时结束。崔时雨想，这个时间，她应该还在。

今天国际柔联的新规下了，各个柔道队必然都在传达新规，思考应对之策，丁柔是F大的重点培养对象，多半会有小灶。

F大道馆里灯火通明，崔时雨从草木葱茏的后院过去，透过窗子，看到里面围坐了一圈，中间站着教练，似乎在开总结会议。

崔时雨走到道馆墙根底下，找了块石头坐下。

一墙之隔，还能隐约听到里头嗡嗡的人声。她抬起手腕，掐着时间，不慌不忙地等待。

约莫过了半个钟头，总结会议结束，选手们陆陆续续散了。

时间是夜里九点三十三分，崔时雨站起身，靠近窗边，看到道馆里的人一个个离开，最后只剩下队长邓安妮、丁柔和男教练齐峰。

齐峰在和丁柔比画什么手势，她目不转睛地盯了一会儿，猜到大概是在说，因为新规，对战时间有可能拖长的事情。又比画了一阵，教练走了，邓安妮和丁柔留下来整理东西，五分钟后，她们走出去，道馆的灯关了。

崔时雨绕到道馆前门，走进去。

走廊昏暗，更衣室的光亮微微透出来。

她抱着双臂，停在更衣室门口，听到里面的人在聊天。

“这次天英杯赛事是积分赛，你一定要稳住。别因为新规有太大压力，齐教练会想办法帮你调整战术的。”邓安妮安慰丁柔道。

“我还好。能通过月底的预选赛我就很满足了，毕竟首站积分赛，大家都在拼命。”

邓安妮“嗯”了一声，说：“那就好，一起回寝室吧。”

邓安妮和丁柔正背对门口，站在自己的储物柜前准备锁上柜子，就在这时候，身后传来声响，等回过头，“吧嗒”一声，更衣室的灯已经灭了。

“谁？”一片漆黑里，丁柔这声质问因为恐惧而显得刺耳。

邓安妮安慰道：“可能是学校断电了吧？”她一边说着，一边伸手进包里摸手机。

可丁柔分明听到，狭窄的空间里，有另外一个人的呼吸声。

“不是，队长，真的有东西！”

她说的是东西，不是人，下意识认为是遇到了什么灵异事件。

她这么一吼，邓安妮也跟着心里发毛。

“别瞎说。”

邓安妮在包里摸到手机，按亮了屏幕，突然身侧发出一声闷哼，紧接着，传来一个似曾相识的语声，来自除了她们之外的第三个人。

那声音清冷、沉静，带了一丝沙哑。声线明明柔软，音调却有肃杀之气。

“你最好让她先出去。”

丁柔尖叫道：“崔时雨！”

邓安妮立刻打开手电筒，朝旁边看去：“小柔？”

丁柔眉头锁起，脸上的表情很痛苦。她两臂以一个扭曲的姿势被身后的人擒住，一腿腿弯被人屈膝顶在了长椅上，动弹不得。

出狠手这样锁着丁柔关节的人，面色如玉、眉眼楚楚，眼神却平静得骇人。

“你疯了吗，崔时雨！”邓安妮震惊至极，难以置信，这还是那个初见害羞、不谙世事的小丫头吗？

邓安妮的手禁不住颤抖，试图对眼前的状况做出判断。电筒的光亮不停地上下晃动，她上前一步要分开两人，却听丁柔嘴里溢出一声痛呼：“别动！”

崔时雨双手手肘向里，朝丁柔脊背方向推去，再用多一分力，恐怕丁柔两臂都会脱臼。

“崔时雨……”丁柔冷汗涔涔，道，“你到底要干什么？咱们好好聊聊不行吗？”

她怕极了，怕崔时雨手下一重，她一旦脱臼，将无法顺利进行接下来的训练和比赛。

这丫头算准了她怕的是什么。她怕受伤，怕首站积分赛与她擦肩而过。

崔时雨轻声说：“你还想完好无损地参加比赛的话，最好让邓队长先回去休息，我们聊私事。”

邓安妮刚要说不行，就被丁柔打断：“队长，你先走吧。”

邓安妮还在迟疑，丁柔脸上的汗珠豆子一般滚下来，显然是疼得受不住，哑声说：“没关系，她还敢把我怎么样？”

四目相对，丁柔几不可见地眨了眨眼。邓安妮接收到信号，也清醒过来，说道：“好。”

邓安妮一颗心咚咚直跳，一步三回头地离开更衣室，才出门口就快步往外跑。

光亮消失，四下恢复漆黑。

崔时雨的力道稍微放松，丁柔从剧痛里缓和过来，接着腿弯上一轻，崔时雨连下盘的控制也松开，却是推着罪犯一样在身后推着她往外走。

丁柔吃惊地问道："去哪儿？"

丁柔急得要命，心想，难道崔时雨看破了她和邓安妮的信号？

丁柔让邓安妮先走，是想让她叫人来帮忙。

她忧心崔时雨没轻没重让自己受伤，不敢轻易挣脱，邓安妮担心的也是这个。可一旦叫来保安把事情闹大，崔时雨不放人也得放人，届时即便她受伤，崔时雨也别想逃脱。

没料到，崔时雨竟带着她转移了阵地。

丁柔听到楼梯间的门关上，紧接着，两臂的桎梏也松开了。

她等的就是这一刻。电光石火间，她骤然抬手顺势缠住崔时雨的手臂，一条腿快速别进她内侧，想要将人撂倒在地。

谁料崔时雨更快。丁柔的足尖尚未探到位置，肚子上就被提膝撞了一下。这一下明显收了力道，可丁柔娇生惯养，哪受过这样的罪，整个人弓着身子疼得直不起腰，顿时熄火了。

丁柔抬头怒视，想说你使阴的，可又忽地意识到这不是在赛场上。

她倒是用了柔道技术，但崔时雨用的是混混打架的招式。

下一刻，衣领被扯住，她被迫直起身来，撞到了身后的墙壁。

丁柔心中生出一股寒意来，她吞了口口水，看着眼神平静的崔时雨，半晌没能开口。她浑身的毛孔都张开了，甚至能感觉到自己身体的战栗。

崔时雨为什么如此，她心知肚明。可自尊令她说不出道歉和讨饶的话，她只能克制着恐惧和难堪，等待崔时雨开口。

她意识到，在这样的崔时雨面前，她完全处于一个被支配的状态，毫无还击之力。

她二十年来都生活在温室之中，从没被这样对待过，大脑一片空白。

许久，久到她开始想象那些非常恐怖血腥的场面，甚至怀疑崔时雨是什么变态杀人狂的时候，崔时雨终于开口了："手机。"

丁柔努力克制住声音的颤抖，不想示弱，干巴巴地道："口袋里。"

崔时雨翻出来，抓着她的手按了指纹，看了看相册里的日记照片，直接清空相册，包括上传云端的部分，然后抬眼问："备份呢？"

丁柔说："没有。"

崔时雨垂着眼，没看她，抿唇笑了一下，露出非常稚气的两个梨涡，问道："有怎么办？"

丁柔打了个寒战，沉默了良久，才嘶哑着声音说："没有就是没有。"

崔时雨冷不防抬眸，望进她眼睛里去，一字一顿地问："他长住海市哪个酒店？"

丁柔脱口要答，却看到她眼里的肃杀，咬住牙关，摇了摇头。

但迟疑已经暴露了她早将那些隐私记下。

崔时雨轻声说："那是他的隐私，我没办法阻止你记住，也没办法让你忘了。"

丁柔屏住呼吸，觉得小丫头现在冰雪似的小脸十分可怖。

崔时雨说："除非你失忆，或者……疼得长了记性。"

丁柔又急又怒："崔时雨，你别太得寸进尺！"

下一刻，她的肩膀被崔时雨重新按住，往墙壁上推了一下，又一下，力道很轻，骨骼却有细微的痛觉。

一股不祥的预感生出来，丁柔抓住崔时雨纤细的手腕，瞪大眼睛说："你要干什么？"她的声音没有收敛，在空旷的楼梯间扩散开来，有一阵阵回音。

"照片也删了，你凭什么还要蹬鼻子上脸？你自己写的东西还怕别人看吗？做了什么你心知肚明，明明是你像个变态一样干了不要脸的事，就别怪大家骂你！"

丁柔骂声未绝，掌心一滑，崔时雨已经脱出手去，带着她臂弯一扭，猛地将她翻身摁住。

丁柔侧脸猛地撞向墙壁，蹭了一脸白灰，只觉得火辣辣地疼。她吓得以为破相了，努力挣扎起来，可崔时雨的固技本就是一绝，她一时竟难以挣脱。

扭住她手臂的力道越来越大，丁柔疼得叫不出声来，几乎以为下一刻就要脱臼，可崔时雨偏偏不给她一个痛快。

丁柔的声音带了哭腔："你会后悔的，崔时雨……你……"

"我来，不是为了不让别人骂我。"身后的人语气平静，说的话却仿佛极致绝望，"我本就该骂，该受千夫所指，该认罪伏诛。"

丁柔只是抽噎着开始哭。

"我来，是为了聂廷昀。我什么都无所谓，可他不行。"

楼梯间的门被人猛地推开，邓安妮喊道："她们在这里！"

崔时雨淡然偏头，下一刻，脸上浮现出震惊，手也蓦地松开了。

邓安妮身后站着的人，正是聂廷昀。

第九章
神悸心惊

丁柔保住了手臂，沿着墙壁缓缓滑坐在地，颤抖着放声痛哭。邓安妮一把推开崔时雨，跑过去抱住丁柔，查看她是否安好。

而隔着一道门槛，她与聂廷昀一内一外，对视良久，谁也没能开口。

聂廷昀虽然面上风平浪静，心里却有些愕然。

这是他未曾见过的崔时雨。

前日，他从学校媒体部找出了投稿人的信息，得知投稿曝光小丫头日记的居然是丁柔。

想及丁柔之前在赛场上恶意使崔时雨脱臼，他觉得有必要提点一二，阻止事情继续发展下去。毕竟，小丫头日记里都写了些什么，他无法预估。万一连私隐也爆出，恐怕会给他带来不少麻烦。

谁料今天过来道馆的时间迟了，原本以为碰不见丁柔，他正要离开，邓安妮刚好从道馆里冲出来，见到他像见到救星一样，哭着说崔时雨过来把丁柔带走了。

他一头雾水，跟着过去找人，走遍整个一楼，最后在楼梯间目击了现场。

柔道选手打架果然不同于寻常女孩扯头花，连固技、擒拿都用上了。他瞧见崔时雨被发现时略带仓皇的脸色，忍不住在心里吹了声口哨。

这场对峙里，小丫头真是出手利落，台词漂亮。

——我来，是为了聂廷昀。

——我什么都无所谓。

——可他不行。

不是不动容。

他担心的事，她也同样想到了。

她在保护他——用这样直接的方式。

这么多年，没人这样不管不顾地挺身回护过他，尽管有些荒唐。他一颗心原本坚如磐石，早就劝自己断了暧昧不清的念想，但刻下又无法自控地化成了绕指柔，软得一塌糊涂。

聂廷昀抬手，崔时雨猛地退后半步，仿佛他要打她。

他忽然想起，他们上次见面是不欢而散的，而他明里暗里都让她不要再出现在他面前。

今天她又对他从前的部下动手，以为他要教训她，真是没有比这再合情合理的了。

这时候，邓安妮扶着缓过来的丁柔，开始和聂廷昀告状，絮絮叨叨从更衣室说到此际，丁柔配合地抹眼睛，几乎哭成了泪人。而崔时雨垂着头，一副“你们说的我都认”的态度。

在他面前，她一直是低眉顺目，乖得好像你说一她不会说二似的。

聂廷昀在心里冷笑了一声，面无表情地问丁柔：“东西删了吗？”

丁柔哪里想到聂廷昀也知道这些事，登时连哭也忘了，整个人僵住了，问道：“什么？”

聂廷昀淡然地说：“别再给官博投稿泄露别人的隐私了。”

邓安妮一脸茫然：“你们……在说什么？”

丁柔露出难堪和震惊交杂的表情。

聂廷昀再次朝小丫头抬手，崔时雨抬头眨了眨眼，没敢动。

他皱了下眉，不耐烦地道：“过来，我看看伤着没有。”

丁柔心道，伤着的明明是她好吗？！

崔时雨终于朝他走近了一步，他仔细地打量了一圈，毫发无损，很好。接着，他屈指往她脑袋上弹了一下。崔时雨“嘶”的一声，抬手捂着额头，愣怔地看着他。

聂廷昀说：“两清了，这件事到此为止。”

弹个脑瓜就算惩罚了？这是和我闹呢，聂老大？邓安妮难以置信：“但是……”

聂廷昀抬手，是一个不想再聊下去的姿态。

“我已经不是你们老大了，没有替你们任何一个人出头的义务。今天不是崔时雨过来，我也会来找丁柔的，让她适可而止。”

他说这话时，眼神明明十分平和，当望向丁柔时，还是令她心生寒意，不由得避开了视线。

四下寂静，一时无人敢开口。

“如果之后我从任何人嘴里听说了今天这件事，哪怕一个字，谁也别想轻易收场。”

聂廷昀容色原是冷如寒冰，又慢慢缓和，朝目瞪口呆的邓安妮勾唇道：“安妮，你是好孩子，能管住大家的嘴，对不对？”

邓安妮觉得有点儿毛骨悚然。

聂廷昀也并不在乎对方的回答，略有些不耐烦，转身拽住小丫头的手腕，将她扯出了狭窄的楼梯口，就这样走了。

他大步流星，崔时雨跌跌撞撞地跟着，直到离开道馆，走到林荫路上，他才将她松开。

崔时雨活动了一下被攥得火辣辣的手腕，垂头不出声。

他蓦地回过身来看着她，神色沉冷，像是在思考从哪里开始拷问她。

崔时雨朝他走近了一步，又停住，试图解释事情的来龙去脉：“日记流出，我害怕你的隐私曝光，所以才……”她停了停，声音很轻地说：“我不能让你因为我受到困扰。”

聂廷昀平静地抬眉道：“你知不知道，丁柔要是个不管不顾、宁愿两败俱伤的性子，认真追究起来，你赌上的就是整个柔道生涯。”

崔时雨沉默了片刻，说：“我知道。”

“你敢为了我一点儿鸡毛蒜皮的事冒险，却不敢走过来靠近我。”聂廷昀若有所思地说，“崔时雨，我搞不懂你。”

崔时雨愣愣地看着他，仿佛听不懂他的言外之意，保持沉默。

聂廷昀凝视着她道：“我记得我说过，我不愿意你围观我的人生。你可知我的潜台词是，我邀请你参与我的人生。”

风与呼吸一并停歇，化作她心头的簌簌私语。

崔时雨，听到了吗？他在邀请你参与他的人生。

可她浑身颤抖起来，不敢握住这根救命稻草，怕是假的，是虚妄，是她一个人的美梦。

在他山中一梦，她要付出人间十载星月。

聂廷昀看出她眼里的挣扎情绪，眼神慢慢寒凉。

“我只给你这一次机会。你要想好了，崔时雨。从今天过后，我们再没任何关系，你连围观我生活的权利都不再有，我彻底地从你的生命里消失，见了你也视作无物。”

他在逼她。

小丫头的脸色一刹那变得雪白，她张了张唇，攥紧拳头。

而他不为所动，隔着步武之距，继续说下去。

“我甚至会忘记你。

“忘记在杭市的紫藤花架底下，我第一次吻你；忘记在医务室的那张破铁床上，你第一次和我告白；忘记我十九岁，你十六岁那年，我们在乱成一锅粥的赛场上，照了第一张拍立得，而我到现在都不知道那张照片拍成了什么样子，我笑了还是没笑。

“我会忘记你第一次朝我走过来，身后是滨江，有风，你穿着白色的T恤，看到我像见了鬼；忘记你站在山间的石阶上，怕我冷，傻乎乎地要把卫衣脱下来还给我；忘记你出现在我的课堂上，让我心烦意乱，又无计可施。

“崔时雨，不是所有人都像你，能喜欢一个人到记得和他相遇的每一刻。如果你不努力朝我走过来，帮我记得，帮我复习……”

他像是发出了一声叹息，接着道：“我很健忘的。别再说你不想让我记得你，不想和我有任何关联。连你都知道这是自欺欺人，又说出来骗谁？”

聂廷昀罕见地露出一点儿无奈，淡淡地问：“我吗？”

崔时雨站在原地，眼眶发红，她抬手按住了胸口，感受到前所未有的剧烈搏动。

失语原来是这样的滋味。

她想立刻奔向他，又恐惧多走一步是万丈深渊。

她想说，我不是自欺欺人，可又不能不承认我的确对你有过不该有的奢望。

她想要握住他的手，感受到切实的温度，才能止住刻下的哽咽。

可是她也什么都不能够做。

聂廷昀面无表情地等了片刻，终于扯唇一笑，平静地转过身去。

他要走了。她绝望地想。

下一秒，他听到踏着满地银杏叶发出的沙沙声，以及裹挟了一阵风的她的哭腔。

有人自身后将他紧紧抱住，力道大得撞痛了他。

小丫头的手交握在他身前，仿佛要就此将他锁住。脊背有湿润的触觉，他知道她在哭，仍旧冷静地等待她接下来的话。

她要说什么？诀别？挽留？

她脑子里的那根弦早就绷断了，一度连呼吸也变得艰难，她只能咬着唇，无措地将他留住。哪怕靠近他的每一步，她都在承受堕入深渊的罪恶感。

“我……不能够现在给你答案。所以，能不能给我一些时间？我也想要不带恐惧地面对你，也想要给你不那么奇怪的喜欢。我也想保护你，也想坦然地说我渴望靠近你，再这样抱住你。可我不想……痛苦地去完成这些。”

这是她第二次和他说，给她点儿时间。

他垂眸，看到她锁在他身前的手自虐般在皮肤上抠出了印子，像是要和某种不可名状的恐惧对抗。

她在对抗什么呢？

她恐惧的又是什么呢？

若在几天前，他或许仍会将这一切归因于叶公好龙，可今天的一切都那么荒诞，他无法再以寻常的逻辑思考，下意识地抬手覆住她被抠得几乎要流血的手背。

某种无奈铺天盖地，令他平生第一次做出妥协。

“放轻松。”他哄着她，“……我给你时间。”

他慢条斯理地，像对待易碎的瓷器一样将她的双手轻轻分开，然后转身把小丫头揽进怀里，说道：“但你得抓紧我给你的这次机会，下不为例。”

怀里的小丫头缓缓点头，应了。

聂廷昀叹了口气，他真是……被她折磨得一点儿脾气也没有了。

这个十月是多事之秋。

天英杯全国柔道大赛预选赛开赛在即，整个柔道队的气氛都变得紧张起来。

崔时雨还是那个崔小队，兢兢业业一心投身运动，只是宋佳言发现，她休息时间看手机的次数变得多了，偶然在集训时窥屏，发现电话和短信都是一个人，没存名字，尾号 0723。

但崔小队本人似乎并没有发生什么变化。她安静地训练，平和地进行减重节食，听冯媛西指导战术、破口大骂，听宋佳言八卦校内的各种琐碎小事，或是恋情。

她不出声，只是笑，露出两个梨涡，温柔又乖顺，有时候却总是心不在焉。

丁柔和邓安妮没有再提及那天她的发疯之举，似乎此事真的如聂廷昀所言，到此为止了。

至于体大 Bot，将涉及日记隐私的投稿一夜之间删得干干净净，网上一些好事者试图转发，却惨遭封号。无论私信怎样追问，运营小编也守口如瓶，只说删除日记图片是因为涉及他人隐私。绯闻真假无从得知，日记之事也告一段落。

网上，崔时雨在流言中浮浮沉沉，仿佛每天都是腥风血雨。而回到现实，她不过是一个一心备战的柔道选手。为了应付新规，她心也忙，手也忙，无暇生出琐碎的杂念。

这天总结会议后，崔时雨照例留下来整理会议室，却见冯媛西抱臂站在门口没走。

“很久没一起吃饭了吧？”冯媛西挠了挠自己的短发，清了清嗓子说道，“去三食堂给你开个小灶。过两周要减重，往后没的吃了。”

崔时雨放下板擦，点头：“好。”

三食堂是体大的良心食堂，小炒称得上大学城里的一绝，很多外校学生都慕名跑过来吃。

崔时雨对吃的没太高要求，只要能吃就行，对菜的要求更是简单，能下饭就行。

冯媛西看着她风卷残云一般吃完一碗饭，开门见山地说道：“其实我不反对咱们队里的人谈恋爱。宋佳言呢，也是因为影响正事了，我才训她。”

崔时雨眨了眨眼睛，筷子停在碗边。

“隔壁那个张诚然，我见过，是一个不错的孩子。”

说这话时，冯媛西是真心实意的。她早就知道，从人和高中出来的体育生，没有一个歪苗子。但是崔时雨也太正了，正得让人发慌。

她从来不迟到、不早退，说训练一个小时，那就一分钟都不会偷懒。四十八公斤级的选手里，崔时雨是唯一一个赛前称重不用让她费心的孩子，甚至连吃的每一餐都是吃一口上秤称一下，唯恐出岔子。

这孩子要求自己到了近乎严苛的地步，像是个机器人，冯媛西一开始欣慰不已，慢慢就发现，她身上没有人气。

除了柔道，崔时雨好像没有什么喜欢的东西。

她不打扮，不化妆，不和女孩子八卦，不谈恋爱，也不出去喝酒、蹦迪、逛街。

可以说，她在最美好的年纪，过着仿佛苦行僧一样的生活。

好不容易她终于和男生传出绯闻了，简直是铁树开花。要是别人，冯媛西一定会警告对方别学宋佳言，误了比赛和训练。但对着崔时雨，冯媛西恨不得助攻一把。

“正好这次规则改了，你以前的打法是快打慢，现在判罚更严格，这就意味着比赛时长要拖，体力很关键。你呢，得找一个针对性强的陪练，最好是男生，把你体力弱这关克服了。”

崔时雨眨了眨眼睛，道：“男队的……”

“男队的自己也要备赛呀。”冯媛西笑道，“张诚然他今年都不比赛，以前练过柔道，又是自己人，不是正好吗？”

冯媛西以为她听了应该会开心，可崔时雨慢慢地搁下筷子，郑重地道：“我和张诚然只是见过几次，不好贸然开口请他帮忙。”她停了停，又说：“我吃好了。”

崔时雨擦了擦手，开始整理餐桌。

冯媛西怔了怔，合着传言是假的？铁树还是铁树，没开花？

想撬开崔时雨的嘴，实在比登天还难。

朝夕相处了这么久，冯媛西也不敢说自己真正清楚她心里在想什么，只得作罢。

走出食堂，和冯媛西分开，崔时雨才摸出电话来，有点儿忐忑，可又莫名渴望。

聂廷昀……会愿意做她的陪练吗？

自从那天各退一步之后，崔时雨得了聂廷昀一点儿纵容，聂廷昀给了崔时雨最后一次机会。

两人似乎摆脱了纠缠又拉扯的暧昧期，进入一个非常平和的阶段。

聂廷昀换了招式，不再踢一脚等她走三步，而是采取了放养政策，只在她漫无目的的人生里吊着根胡萝卜，让她知道，你不吃这个就没的吃了，一定会饿死。

他早就占据了制高点，料定：反正你是非我不可。

而崔时雨在努力适应他的空间入侵：每天电话必不可少，日程要全部让他知悉，所有柔道服都换成他送的……

她多半从善如流：你高兴就好。

她却总忍不住心灰意冷地想到以后：他不再打电话给她，不再追问她的日程，不再费尽心思地为她选柔道服的那一天，总是会来的吧。

午休时间，柔道场里寂静无人，只有阳光洒落。

崔时雨从爬带上摔下来，感觉到肩背发痛，紧张和焦虑才得以缓解。

她准备主动给聂廷昀打个电话，询问他是否愿意做她的陪练。这个心理准备从昨天晚上下定决心开始，准备到今天中午，还没准备好。手机拿出来好几次，每次又都放下了。

崔时雨在地上平躺了一会儿，咬咬牙，终于拨通了电话。

"稀客。"那头很快接通，如是评价。

她握着电话，指节用力得骨骼凸起，结结巴巴道："最近……下了比赛新规，你听说了吗？"

"嗯。"对方的声音是一贯的冷静。

崔时雨忽地泄气，沉默了几秒，鼓起勇气问："你愿不愿意……"

他打断她："愿意。"

崔时雨抿住唇，还没说什么事儿呢？

他轻描淡写地说："你问我愿不愿意做你男朋友？我愿意。"

她耳根一热，说道："不是……"不是这么回事！

没等说完，又被他抢了话头："你可得想清楚，崔时雨小朋友。"

崔时雨愣愣地听下去。

"当了你的男朋友，你的要求我才有理由去应承。"他语气平和，"否则恕不奉陪。"

聂廷昀心想，做柔道陪练，他不相信她能找到比自己更合适的人。

以她和异性相处的木讷劲儿，要立刻接受和陌生男性的贴身肉搏，估计是很难的。他起码和她早有过一点儿肌肤之亲，更何况……她喜欢他。

在这件事上，聂廷昀从不怀疑。他留给她考虑的时间，挂了电话。

崔时雨呆呆地看着屏幕，躺在地上，呼吸变得困难起来。

她好像……越来越紧张了，一阵前所未有的难过将她淹没。

仿佛走到今天这一步，刀子早就递到他的手里，她此后的日日夜夜，不过等着他什么时候朝她捅过来。

下午，基础体能训练后，是就战术展开的针对性模拟对练。

宋佳言与崔时雨一组对战。

宋佳言趁着两人撕扯，和她咬耳朵："崔小队，你最近脸色不太对啊，出什么事了吗？有什么不开心的得说出来啊，不然像你那样每天爬到爬带上摔自己，还不得把自己摔死啊？"

崔时雨抓住她袖口，伸腿到空位，猛地使出一个小内刈，就要把她撂倒。

宋佳言反应极快，立刻撤了一大步避开攻击，说道："偷袭我！"她反手拽住崔时雨的领口和袖子，使了个大外刈作为回礼，谁料崔时雨竟没有躲！

她是疏忽了？是没反应过来？还是状态不好？

宋佳言脑子里闪过好几个原因，未及找到足够有力的证据，就眼睁睁地看着崔时雨被自己亲手摔到地上，半天没爬起来。

整个柔道场都安静了下来。

什么情况？武神下凡了？

冯媛西闻声望过来，看到崔时雨躺在地上，也蒙了："怎么回事？受伤了？"

崔时雨知道自己不太对劲，努力地想要睁开眼睛，却睁不开，剧烈地喘息半晌，很快就没了意识。

宋佳言吓得要死，跪坐在崔时雨身侧，摸着她的寸关尺，回头和冯媛西说："心动过速，不太正常，崔队刚节食第三天，也可能是血糖过低。"

冯媛西当机立断道："你联系校医，我打给她堂姐。"

宋佳言连忙跑出去找校医。

冯媛西正要打电话，有人喊道："崔队手机振了，不会是她堂姐打的吧？"

振动的手机递到面前，冯媛西接过来，却发现是一串没有命名的号码，末四位是 0723，像是专门买的生日号码，不太像是推销电话。

冯媛西接了："你好？"

聂廷昀正从华尔道夫出来，要回家找找自己八百年不穿的柔道服，才下地下车库，从电话那头听到冯媛西的声音，不由得微微一愣。他和这位冯教练不算熟，但在役时也打过不少照面，她那标志性的大嗓门一听就听出来了。

他皱了下眉："崔时雨呢？"

冯媛西觉得这声音很耳熟，问道："你哪位？"

"聂廷昀。"

冯媛西差点儿以为自己听错了。

艳绝大学城却像堵"铜墙"的聂老大，给她以"铁壁"著称的爱徒打电话？这是什么走向？"铜墙"遇"铁壁"，也算是绝配？

聂廷昀道："是冯教练吧？"

冯媛西清了清嗓子，简单讲了一下崔时雨现在的状况，按捺着满腹好奇道："你有事明天再找她吧，我先挂了，得联系她堂姐过来。"

聂廷昀找到自己的车，没等开口，那头就传来"嘟嘟嘟"的挂断音。

他叹了一口气，小丫头打人的时候不是很凶吗，平时怎么弱成这样，说晕就晕。

校医来到柔道室的时候，崔时雨已经恢复了意识。

"主要是血糖过低。"校医如是说，给她拿了口服葡萄糖让她喝了，又问，"这学生的家长呢？"

冯媛西道："在路上。可能要晚点儿才能过来。"

校医叹了一口气，看了看小丫头苍白的一张小脸，苦口婆心地说道："你这个症状有点儿严重呀，最好去医院抽个血检查一下，目前不排除贫血的可能性。"

崔时雨点了下头，和冯媛西说："不用麻烦我堂姐过来了。'十一'期间正是她忙的时候，她走不开的。"

她猜得不错，过了一会儿，崔念真又打回来说没法请假，过来也肯定很晚了。她又确认了一下崔时雨的情况，算是稍微放心。

冯媛西说："你晚上也没法训练了。让宋佳言送你回寝室？还是你要回家？"

崔时雨整个人有些发蒙，现在还有点儿耳鸣，脑子里好像有一艘轮船开过来又开过去，汽笛声一阵阵从左耳到右耳经过。

头好疼。

“我回家。”

冯媛西和宋佳言说：“那你送……”

“我送她去医院吧。”

众人循着声音齐齐望过去。

聂廷昀站在门口，如芝兰玉树，帽檐压低，遮住半张脸，身穿连帽衫、运动裤，手上随意抓着一件外套。即便穿得随性至极，他也和周围的人有一层“壁”。

很多人就聂廷昀和凡人“有壁”这件事，进行过严肃的探讨，最后得出结论：不是因为别的，那就是传说中的“颜值壁”啊。

四下一时静得好像能听见心跳声，接着，女选手们接二连三倒吸一口冷气，按捺着尖叫互相咬耳朵。

“聂老大居然来咱们体大了？”

“活的！”

“非赛时的聂廷昀！”

聂廷昀抬手摘下白色的棒球帽，目不斜视地朝崔时雨走近。

小丫头背靠着墙，坐在道场地面上，眼神有点儿迷茫。

他蹲下身，伸手摸了摸她的额头，触手冰凉，问：“能起来吗？”

崔时雨看人影影绰绰，不太分明。但她知道，聂廷昀来了。

她愣愣的，放任视线落在他的轮廓上，感觉脑子昏昏沉沉的，很倦，连过度思考也放弃了，循着本能给他答案。

“能。”

他摊开手掌给她，她没抓，手一撑起身，勉强站稳了。

或许是过去的这段时间里，她和他隔三岔五便有些亲密接触，潜意识里多少还留存惯性，因此对他发出的指令本能地保持顺从。

他展臂将她自身后环着，她也没觉得有什么异样，毕竟更过火的接触都有过了。

可在旁人看来，这对崔时雨来说几乎是不可能的亲昵姿势。

崔时雨淡淡地抬头看他：“走吧。”

队友们化身“柠檬精”，不约而同地在心里发出“啊啊啊”的语气词。

这是什么亲密的对话？！简直不要太老夫老妻！

感觉越来越离奇了。冯媛西张了张嘴，觉得这一切都有点儿超乎想象，半天才蹦出一句：“那你们路上小心。”作为一方家长，这一发话，等同于官方盖章认可了这门亲事。

队友们目送他俩相偎着出门，叹息地抓住了彼此的手，默默给对方打气：面包会有的，牛奶也会有的。

但唯独聂廷昀……有也不会属于你。

医院里永远嘈杂，这个时间，大厅里还人头攒动。

崔时雨坐在等候区，看着他排在队伍里，背影高挑，仿佛和周围格格不入。

原来聂廷昀也是会排队的……也会去医院挂号。

又是另一个未曾见过的聂廷昀，她怀着新奇，视线几乎要黏在他身上。

聂廷昀拿了挂号单回来，却见她死盯着自己看，不由得扯唇道：“看什么？低血糖低傻了？”

他朝她摊手，她下意识地伸手搭上掌心，被他带着上楼看医生。

医生只用了三分钟时间就结束了诊断，和校医的结论如出一辙：“有贫血的可能。”然后大手一挥，打发他们下去抽血化验。

“武神”崔时雨天不怕地不怕，除了聂廷昀是她的克星，竟然还有一大天敌——她晕针。

皮筋刚绑上，小丫头眼眶就红了，自己还全然不知。聂廷昀稀奇地看了她一会儿，想揶揄，又担心她更害怕，没敢开口。

医生开始擦碘伏，另一头准备好了针，崔时雨蓦地把眼睛闭上，都没敢往那儿看。

抽血的人动作无比娴熟，连话都懒得和你多说，招呼更不打一个。崔时雨还没做好心理准备，一片漆黑里，只觉感官被无限放大，有什么冰凉的东西刺进了皮肤，很疼。

她蓦地咬住下唇，几乎停了呼吸。

抽血的时间于她而言似是度日如年，慢慢地，鼻头也跟着红了，这回自己也感觉到，是想哭。

可是，太丢脸了。她怕打针怕到哭，还是当着聂廷昀的面。

崔时雨忍到喉头哽得生疼，忽地，温热的手落在她后颈，轻轻捏着，手法像极了安抚一只受惊的猫。她原本僵硬地梗着脖子，注意力忽然被他掌心的温度、触觉夺走。

他手心有茧，拿捏着她最脆弱的命门，在轻柔地摩挲。

时间放慢了，又变快了。

还没等她感受完，窗口的医生就说："行了，明天下午四点之前过来拿检查结果。"

崔时雨睁开眼，微觉愕然。

抽血不知什么时候就结束了，他的手也已经离开了她的后颈。

针眼处被摁了一个酒精棉，她伸手想去碰，被他抓住手，带着往外走。

"别乱按，小心瘀血。走了。"

等上了车，聂廷昀说："你明天还要训练？"

"嗯。"训练一日不可荒废。

"那我来拿检查结果，等你有空了再带你挂号找医生看看。"

"好。"

聂廷昀开着车，狐疑地偏头瞧了她一眼，小丫头低眉顺目，乖得不行。

"你今天……怎么这么乖？"

崔时雨今天大脑供血不足，问什么都答真话，绝没半点儿虚言——因为脑子不太够用。

听了他的困惑，崔时雨非常认真地答："我感觉你今天……有点儿像我爸。"

不是那个真的爸爸，而是存在于她想象里，会带她看病，陪她打针的爸爸。

聂廷昀挑眉，想骂句粗口，想往她脑袋上弹个栗暴，还气得有点儿想笑，末了干脆冷嗤一声，拐弯走下三路，反正对手在这方面是只菜鸡。

"这就想叫我爸爸？以后在别的地方有你叫的。"

崔时雨不出所料没听懂，问道："什么意思？"

"意思就是……"

车子拐进她家小区，停在九号楼前。聂廷昀说到这里戛然而止，转头和她对视，笑了一下，抬手揉了揉她的发顶。

"没什么意思。"他说，"你该上去了。"

目送崔时雨上楼，他手把着方向盘良久没动，有点儿心浮气躁。

小丫头每每用清澈的眼神朝他望过来，露出一副充满困惑的样子，都让他生出某种破坏欲。

天真惑人，原来如此。

一抬头，他看到崔念真不知何时站在车边，抬手敲了敲他的车窗。

“小子。”崔念真抱着双臂，冷冷地看着他，“你下来，我有话和你说。”

他感觉来者不善。

聂廷昀慢条斯理地下车，背对着崔念真关上车门，刚一转过身，领口就被崔念真一把揪住。

崔念真用力之大，好像他是一个十恶不赦的逃犯。

聂廷昀比她高一个头还多，被迫弯了腰，有点儿狼狈地和她对视。

他从事柔道多年练就的超群反应力，在念及眼前的这个人是个女的，还是崔时雨的姐姐的时候，彻底烟消云散，并且很快就打算破罐子破摔。

随你吧。我还能怎么办？

聂廷昀保持弓着背的姿势，平静地伸手，虚虚地握住她的手腕，让她别扯得那么用力。

“你和她到什么进度了？碰过她没有？”

“哪种碰？”聂廷昀挑起一边嘴角。

崔念真眼里生出怒火：“你说话给我注意点儿——”

聂廷昀倒也不想真的得罪这位堂姐，笑了笑：“她才成年，我又不是禽兽。”

崔念真盯了他片刻，似乎相信了，手一点点从他帽衫领子上松开，说道：“你是要泡她玩玩，还是认真的？”

聂廷昀直起腰，松了口气，不动声色地反问：“我现在说了，你信吗？”

崔念真摩拳擦掌要伸手，他双手摆了个“投降”的姿态，退后一步。

“我不知道。崔小姐，说老实话就是，我没法预料一段感情能走到什么地步。”

他自问答得十足诚恳，对面的崔念真先是一怔，接着，眼眶便红了。

聂廷昀有些愕然。

崔念真说：“她有问题。”

空气仿佛也随之凝滞，这猝不及防的四个字像往无波古井里砸了块石头，发出“咚”的一声。

聂廷昀瞳孔微缩。

从前的蛛丝马迹一点点汇集至脑海，最终定格在误接电话那日崔念真提到的费医生。

他脱口而出：“费医生？”

崔念红着眼睛与他对视了几秒，然后沉重地点了点头。

那些让他困惑的违和之处，他而今似乎终于摸到了一点儿边际。

聂廷昀心道，难怪。

难怪她总是向他展示前所未有的清奇脑回路。

难怪在面对他时，她的逻辑无法以常理度之，甚至常常走向某个极端。

但……是什么问题？

崔念真平复情绪，抬头说道：“你想知道？我带你去见费医生。”

没有一丝犹豫，聂廷昀打开车门，说道：“走吧。”

一路上，他不停地回想崔时雨出现以来的一切行为。崔念真坐在他身侧，似乎沉浸在某种担忧里，气氛阴沉得让他都觉得压抑。

“我后悔了。”崔念真说，“怂恿你泡她这件事，我后悔了。”

聂廷昀没吭声。

她望向窗外，继续说下去：“你如果不是非她不可，就换个人招惹吧。”

聂廷昀觉得荒谬，说道：“这是我的私事，崔小姐。”

崔念真动了动唇，没再开口。

车停在一幢装潢中古的办公大楼前，崔念真在前台登记，聂廷昀站在她的身侧，视线掠过登记簿，微微一怔。崔念真签名的那一栏，办公地名字是：费难心疗内科医院。

走进电梯，崔念真问：“你看到了？什么感受？”

“我需要有什么感受？”

崔念真冷嗤：“不害怕吗？万一我妹精神分裂呢？”

聂廷昀心中升起一点儿薄怒，又因这人是崔时雨的姐姐，好歹按捺住了，说道：“你能不能别咒她？”

崔念真显然不信他的心毫无动摇，电梯门打开，挑衅地看了他一眼，径自往前走。费难心疗内科医院在走廊最尽头，崔念真率先推门进去，和护士确认了预约信息，被引至费难的办公室门口。

崔念真敲了敲门，里头传来一声清朗的“请进”，她转头朝聂廷昀道：“你自己进去吧。”

聂廷昀握住门上的黄铜把手，他不得不承认，此时此刻，自己竟然有点儿紧张。

“嗒”的一声，他转动把手，推门进去。

费难自办公桌后抬眼，与他四目相对。

从门口进来的人高挑瘦削，身材单薄却看起来孔武有力，长着一张足以迷倒无数少女的脸，气质介乎少年与青年之间，行止沉稳，眼里又藏着狷介之气。

费难失神了几秒，以为护士带错人了，说道："对不起先生，请问您是……"

聂廷昀已经走过来，在他对面落座。

"费医生，我是崔时雨的男朋友。我姓聂，是她堂姐让我来的。"

费难有些恍然，竟然是他——崔时雨的神。

"请坐。"费难掩饰住心中的讶异，微笑着道，"我没想到……"事情会发展成这样。

"聂先生今天过来是为了什么呢？"

聂廷昀视线扫了一圈，落回费难脸上，问道："崔时雨到底生了什么病？"

费难声音和缓地道："你想从哪里听起？"

那并不是一个漫长的故事，在费难的讲述里，也并无任何惊心动魄，可聂廷昀脸色沉重，自始至终保持沉默。

末了，费难问："聂先生，你听说过'洛希极限'吗？"

聂廷昀道："听过。"

下一刻，他却怔住了。

洛希极限，是物理学上形容天体之间距离的概念。当两个天体的距离少于洛希极限，天体就会倾向碎散，继而成为第二个天体的环。也就是说，他们互相吸引，却不能靠得太近。

费难说："洛希极限，这个概念很像你们目前的关系。一旦关系紧密，人会本能地对彼此索求。可她的本能不是索求，是奉献。她会给你一切，直到自己再也给不了你什么。而你永远不会担心她拒绝你，任何事都不会。即便拒绝，她也会归罪于自己。这就是'约拿情结'真正使人趋于自毁的地方。"

停了停，费难又道："当人习惯归罪于自己，到最后难免会认为自己所做的一切都是罪恶，如果无法找到救赎的途径，他会选择自我毁灭。当然，我并不是说崔时雨以后会变成这样。可从我的角度来看，不排除有这样的可能性……"

"所以我最好是离开她？"聂廷昀的脸上露出嘲讽的意味。

费难不为所动，只说："我无意左右任何人之间的关系，我只是把所有的可能预先告知于你。"

聂廷昀点点头，面上看不出任何情绪，起身道："谢谢。"

他走出来，崔念真正靠在门口等他，问道："你明白我带你来见费难的意思了吗？"聂廷昀眯起眼睛。

"聂廷昀，你或许知道她默默地追随你的人生长达三年之久，可是在这期间，她从没有想过和你发生任何关联。在她的理想状态里，你们应该是平行线。但现在，事情脱轨了。

"她离你越近，就朝危险多走一步。到最后，你还是你聂廷昀，可她再回不去她崔时雨。"崔念真目光恳切地看着他，说道，"我不能眼看着她这么下去，聂廷昀。我也不能寄希望于你，祈求你不会把她逼到那一步——我没法试炼人性。至少现在，从你身上我没有看到高尚、宽容，或是耐心，我看到的是，你连怎么定义你和她的感情都不知道，你只是散漫地对待这一切，拿捏着她的真心。

"你不明白，她迟钝得甚至理解不了亲情，因为她十几年来一直是被放弃地活着的，所以她很难和人建立任何亲密关系。就算是我，也是把心掏出来才能撬开她一点儿壳子。你的存在对她来说太特别了，如果下一个放弃她的人是你，我想象不到她会怎么样。我太害怕了。

她说："所以，算我求你，离她远点儿吧。"

聂廷昀终于自沉默里抬眸，那双漂亮的眼睛幽深不可见底。

他凝视了崔念真片刻，长睫垂落，掩盖住所有的阴郁，问道："万一她情愿被我毁掉呢？"

"聂廷昀——"崔念真一刹那汗毛倒竖。

"崔小姐，我不做慈善。她敢来自投罗网，我就敢来者不拒。我再重复最后一次，这是我的私事。"聂廷昀轻描淡写地说道，"你可能不太了解我，二十多年来，从没人敢左右过我什么。你，当然也不行。"

停了停，他按了电梯要下地下车库，看样子是不打算送她的。两人彻底谈崩了，也的确没办法继续交谈下去。进去之前，他挡住电梯门，回身问："你还有什么要交代的？"

崔念真怒视了他片刻，只得咬牙道："我找你的事，还有'约拿情结'的事，你最好不要和她提一个字。"

聂廷昀在电梯门关闭之前颔首道："我记下了。"

第十章
黯黯情衷有千劫

抽完血的当晚，崔时雨做了个梦。梦里，医生拿出细长的针筒，追着她在医院里跑。人很多，她漫无目的地穿越人群，撞到了许多路人，却来不及回身说一句抱歉。

前方有一个黑影阻住了前路，将她牢牢地抱住了，回转身，那支针筒就扎到了他身上。

她伸手摸向他后背，触到一手鲜红。

那黑影垂着头，用呼吸触摸她的唇。

“小丫头，你从我这里拿走的，拿什么还？”

她反问：“你要我拿什么还？”

那黑影渐渐地露出模样来，变成了聂廷昀。周遭的场景在疾速坍塌，重建。

恍惚又是十五岁那年的体育馆，只是这一次，她和他相拥着站在柔道场上。

四下昏暗，追光笼罩着他。

“你得变成我的玩偶，没别的路可走。”

她张了张口，想说我不要，变成玩偶就不能打柔道了。

他问：“你打柔道不是为了我吗？”

她摇头：“不是……”她无可辩驳，急出了一身汗。

“咔嗒”一声，黑暗如潮退去，眼前的聂廷昀不见了，她环抱着空气，立在寂静无人的体育馆里，四下环顾，却找不见他。

突然一个声音钻进耳朵里，字正腔圆，将她敲醒：“崔时雨，你做噩梦了？”

崔时雨猛地睁开眼睛。

四下昏黄，台灯被打开了，堂姐一脸焦急地俯身看着她。

剧痛席卷而来，她猛地屈起小腿，用手抓住抽筋的地方，皱着脸说："没有，我抽筋了。"

崔念真叹了一口气，伸手帮她揉开，却没走，坐在床边看着她。

崔时雨这才发现堂姐脸上的妆花了，抬头看看时钟，正是夜里十二点。

"才回来？怎么出门了？"

出门拆姻缘，出门赶狼……

崔念真定定地瞧着她，脸上挤出一抹笑："我出门兜风。"

崔时雨原就好奇心欠奉，对此竟没什么异议，也不追问，就重新躺下了。

崔念真摇了摇头，说："睡吧。"她起身把台灯关上，临走前终究还是不甘心，倚着门道："时雨，我要是不让你见聂廷昀呢？"

崔时雨面上毫无波澜，带着倦意道："我见他，不见他，我决定不了，你也决定不了。"

是他决定的吧。

合着堂妹已经被那头狼拿捏在手心里了。

崔念真嘲讽地一笑，把门关上，走了。

隔日下午，崔时雨重新归队训练。

午休时，宋佳言肩负着替大家打探八卦的重任，跟着崔小队去食堂，忍到吃饭的时候，才开口问道："崔小队，你和聂老大……是不是在谈恋爱呀？"

虽然早就窥见过这两人暗地里有来往，但亲眼见到是另一种震惊，一众体育女孩都有种"房子塌了""柠檬树丰收了"的既视感。

崔时雨使用精神进食法，用筷子拨了拨米饭，又把筷子放下了，满脸困惑："我们像在谈恋爱？"

宋佳言一本正经地给出肯定答案："嗯。"

崔时雨面无表情地想了一会儿，求教："从哪里看出来的？"

宋佳言伸手朝她的脸伸过去，崔时雨吓了一跳，连忙后撤，闪电般避开了。

宋佳言一脸“你看吧”的表情，解释道：“他伸手摸你的额头，你动都没动，还和他保持四目相对的缱绻眼神。”

……其实她昨天只是有点儿晕，视线模糊。

宋佳言再举一例：“一个帅绝人寰的男性，手从你的身后绕过去，你的第一反应是什么？”

崔时雨想了想，真挚地答道：“他要钓腰摔我？”

宋佳言一口饭呛住，咳了半天才抬头。

难道这就是我和“武神”之间的差距吗？所以我没有在体育圈 C 位出道啊。

崔时雨平静地用筷子数饭粒，其实自己也意识到了。她越来越放任自己与他的靠近，乃至于连亲密接触都习以为常。

对吗？不对吗？

衣兜里的电话这时候振动起来，尾号 0723 在屏幕上闪烁。

崔时雨接起，那头漫不经心地说：“你的检查结果我过去拿了，想着你现在午休，一会儿给你送过去？”

她小声说：“我下午去取，不用麻烦你过来。”

聂廷昀笑了一下：“这么客气？你来取了单子有什么用？又看不懂。”

是他要送来的，现在又说拿了没用，她读不懂他这话背后的潜台词，干脆闭嘴。

他不再揶揄，转而问：“我的电话号码你是怎么存的？”

那天他打过去，冯媛西却问是谁，他就意识到她没存名字。

没想到她平静地答：“我没有存。”

聂廷昀正在开车回家的路上，上次回去拿柔道服，被她晕倒的事耽搁忘了，只好今天再跑一趟。

前方转成红灯，他停了车，闻言嘴角略微下弯。

几秒后，那头轻声说：“我背下来了。”

心绪蓦地转晴，聂廷昀“嗯”了一声，道：“乖。”

这话太像哄小猫小狗了，崔时雨握着电话，手心出了汗。

对面的宋佳言一早就猜出来电的人是聂老大。能让崔小队露出这种懵懂表情、变得软乎乎的人，除了一脚踩进她“铁壁”里的聂廷昀，还能有谁？

宋佳言清了清嗓子，端着饭盘溜了——谁要当面吃狗粮！

崔时雨数着餐盘里的饭粒，听聂廷昀在那头低低一笑，压根没留意到对面的人已经走了。

聂廷昀挂断电话，暗忖，今日进度想来又提了百分之一？

从某个角度来说，他得谢谢那位“好心”的堂姐。

至于被夸大其词的“约拿情结”，他根本不必记挂在心上。

无论什么情结，归根究底无非证明了一件事——她非常在乎他。在乎到不惜用漫长的人生去追寻他，甚至想献祭于他。

世上会有人不因这样的虔诚动容吗？

没有。

聂廷昀想象不到，千万人里，还有谁能得到这样如同信仰般的追随。照这样看，他连被爱都是得天独厚，万中选一。

他漠然于世太久，原以为自己化作寒冰无人可暖，却还时不时因为她，在某一刻觉得心尖震颤。颤完了，他又忍不住想，那么巧，她将他视作神祇，而他恰好对她心怀不轨。

这岂非你情我愿，皆大欢喜？

他只管向前，反正，对她退后的因由都已心知肚明。

离家越来越近，聂廷昀神色渐渐肃然。

这个家现在只剩下一个空壳子。

郁令仪在杭市与贺杞私会被偷拍后，绯闻一度铺天盖地，时间点正好卡在了与聂恕的离婚协议生效前日。贺杞的经纪团队公关数日，虽洗清了“恋爱”嫌疑，但仍不免要被冠上“夤缘高门望族”的名头。

聂恕以此，拿住了郁令仪的脉门。

没人知道曾毅然决然要求离婚的郁令仪究竟是为了谁退步，但不管怎么说，二人最终各退一步，聂恕收手，郁令仪同意分居以缓和局面。

聂恕虽避免了公司股权割裂，却让郁令仪真正心灰意冷。

签署分居协议后，郁令仪退出动元资本，回到杭市。

其实郁令仪临走前来找过聂廷昀，问他要不要和她一块儿走。或许无论在谁看来，聂恕和郁令仪之间，聂廷昀的选择都该是郁家。可聂廷昀没答应。

他对郁令仪说：“我在哪儿没有差别。”

他心里明白，自己不能留父亲一个人在这儿。郁令仪有万千拥趸，可聂恕是一人孤军奋战。

郁令仪看了儿子半晌，没说什么，甚至没有提及之前在杭市的那场闹剧。她了解儿子，也知晓儿子对父亲的尊重。

“往后常回杭市看我。”郁令仪留下这句话后，就彻底搬离了海市，暂时摆脱了这场徒有虚名的婚姻。

后来聂廷昀一直住在华尔道夫，几乎没再回过家。

直到今天，他推开家门，四下灯光昏暗，电视沙沙作响，财经频道的主持人在讲某个金融犯罪的案子，聂恕自沙发上偏过头，与他四目相对。

紧接着，电视的声音被调小了。

“回来拿东西？”

“是。”

聂恕放下遥控器，心平气和地问：“一直没机会当面问你，上回你也在杭市？”

聂廷昀当然知道聂恕问的是哪回，点了点头，承认了：“我托人找媒体交涉过。”

找了，但没有用。

聂恕能白手起家建立一个资本帝国，手腕当然非同寻常。既然郁令仪的绯闻是他一手安排的，聂廷昀再找谁斡旋也是徒劳。

聂恕点了点头，意料之中似的，轻笑：“你站在郁家那边。”

聂廷昀攥了一下拳头，无声叹息：“我不是要站在谁那边。”

聂恕嗤笑：“是，你该向着你妈。郁家能给你的，我这辈子都给不了。”

聂廷昀对父亲的冷嘲热讽早就免疫，低声说：“你不该这么对郁令仪。”

“那她呢？！”聂恕寒声问道，“她在我收购案启动的关口提离婚，就对得起我吗？”

聂廷昀想，原来你是因为这个。

你甚至不在乎郁令仪和贺杞的绯闻，究竟几分真，几分假。或许你还庆幸，你终于抓住了她的一点儿把柄，能威胁她继续维持一场虚假的婚姻。

两人再度沉默。

聂恕清了清嗓子，好歹拿出一个父亲的姿态来，和他话家常，表示此事翻篇。

“你回来拿什么？”

聂廷昀淡淡地答道：“拿几件行李。”说着，举步上楼。

旋转的扶梯，木质扶手触手冰凉，聂廷昀走了两步，聂恕又在他身后道："大四了。想好自己要干吗了没？比赛你是不可能再打了，一则你身体不行，二则我也不会同意。尽快给自己做好打算，你要回郁家跟着你妈做事，我也不会拦着。毕竟人总要往高处走。"

他这语气阴阳怪气的。

聂廷昀站在楼梯口，听得笑了，回过身，淡淡地注视着父亲："您瞧不上郁家，又何必拖着郁令仪不放？"

聂恕被戳到痛处，脸色"唰"地变了。

"你就和我这么说话？你现在是连装都不想装了是吧？话里话外替郁令仪兴师问罪？！你这么有能耐，还回来干什么？不如就滚回郁家去，别姓聂！"

聂廷昀闭了一下眼睛，不想欣赏父亲自尊心上头的样子。

聂恕出身不算贫寒，称得上书香门第，他自己也争气，F大毕业，国外名校留学回来，入行金融也迅速走到管理层，是寻常人眼里根正苗红，出类拔萃的那一挂。

只可惜，他迈不过阶级那道门槛。

这一切在郁令仪面前，都是小巫见大巫。嫉妒与自尊随着爱情消逝，一点点漫过岁月，将聂恕整个人淹没，让他变得面目全非。

聂廷昀想，怪不得父亲，也怪不得任何人，人性本来就是如此。

聂恕正因他沉默而更加恼火，起身朝他走过来。

几步之距时，他看着中年男人气势汹汹要大动干戈的模样，忽地哑声开口："爸。"

聂恕被喊愣了，一腔怒火如同被冷水劈头浇灭，皱眉看着聂廷昀。

这么多年，聂廷昀很少这么称呼他。

儿子越大，聂恕越觉得自己养了个冤家，什么都和自己对着来。

中学读得好好的跑去打柔道，把腿打坏了，就老老实实地接受他的安排出国镀个金也成，偏不；进了F大，有心带他进公司入行，以聂恕的人脉，何愁不能给儿子造个"年少有为"的光环出来，这小冤家又非得和庄闫安混在一处，一心搞什么康复医学事业。

没一样顺他心意，既不贴心也不听话，聂恕常常遗憾，当年生的要是个女儿，该多好。可惜眼前这儿子并不能塞回去。

聂恕朝他摆了摆手，转身要走，骂道："拿了东西赶紧滚蛋。"

聂廷昀站在台阶上，轻声道："我记着我姓聂。"停了停，他快步上楼来到衣帽间。

柔道服被放在柜子最底下，他的手缓缓抬起，抚摸过折叠整齐的黑色腰带，然后，把柔道服放进纸袋里，拎着下楼。

经过客厅时，聂恕已经不在，电视却还开着，聂廷昀俯身拾起遥控器，将电视关了，缓步走出家门。

他回到华尔道夫，发现酒店套房被打扫过了，干净得没留下一点儿被使用过的痕迹，唯独衣柜和洗手台昭示着主人的存在感。聂廷昀放下柔道服，立在玄关口。

周遭空无一人，他忽然有些茫然，紧接着又自嘲地笑了一下。

原来他也会觉得孤独。

手机"嗡嗡"振了两声，崔时雨小朋友发来短信，冲淡了他眉宇间的阴郁。

"减重期，训练提早结束。你在哪儿？我四点过去拿检查结果可以吗？"

她每句话都精简到最少字数，简明扼要，仿佛和他汇报工作。

聂廷昀扬唇，换了鞋，一面往里走一面回复："华尔道夫。"

崔时雨一路畅通到了华尔道夫二十层，见房门虚掩着，她怔了怔，悄声进去，回身将门合上。

窗帘遮蔽住黄昏的夕阳，整个客厅光线朦胧，空无一人。

她在沙发前站了一会儿，迟疑地寻去卧室，门半开着。

这人……怎么什么门都不关？

窗帘遮得很严实，卧室里的昏暗更甚外间，让她一瞬间疑心已经到了晚上。崔时雨立在门口，费力地辨认了一会儿，才看出床上似乎有个鼓起的轮廓。

已经睡了？

崔时雨屏息要往后退出去，忽地又想到了什么，停住，心"咚咚"地跳起来，朝里走了两步。她起先很迟疑，随后又变得轻快而小心。触到床的边缘，她俯下身，想要无声窥视他熟睡的模样。

他睡着了，他不会知道的。

于是她肆无忌惮。

床上的人轻轻地动了一下，发出窸窣的声响。她俯下的身子蓦然僵硬，见他没醒，才松了一口气。

四下太过漆黑，她分辨不清，打算撤退了。

刹那间，一只手缠住她纤细的手腕，猛地将她拽倒在床上，接着，伴随着温热，他带着被子一起，翻身将她压住，整个人罩在她上方。

她始终克制着自己不发出任何惊呼，只是死死地咬住下唇。

他虚虚地撑在她上方，被子隔绝所有的声响与光线，她听到他和缓又悠长的呼吸声，即便看不清，也能感觉到对方的视线正盯着她的每一寸轮廓，如同狩猎者划定自己的领地。

她张了张口，未及言语，就听到他低而沙哑的声音。

“今天别走了。”

崔时雨默然片刻，回答：“嗯。”

这回，僵硬而诧异的人变成聂廷昀。

她听懂他在说什么了吗？

他的距离越来越近，她尝试着抬手，向上抵在他坚硬的胸口处，态度良好地问：“我的检查结果……呢？”

果然还是没听懂啊。

他空出一只手，抓住她落在他胸口的爪子，深吸了一口气，又很快松开了，向一侧翻身下床，几秒后，灯亮了。

被子被带落在地，崔时雨坐在他的床上，看了看地上，把被子抱回去铺好了，才回身。

聂廷昀眼神深沉地看向她，脸上有一点儿意味不明的倦容。

他转身往外走，说道：“单子在书房。”

单子上的各项数据都标注了正常值范围，崔时雨坐在沙发上，捏着单子一一对照，皱了下眉，刚抬头，就见聂廷昀正坐在地毯上看着她。

她不太确定地问：“好像没什么问题？”各项数值都在正常范围以内。

可她为什么还会突然有那样严重的昏厥症状？

聂廷昀说道：“数值正常，但最好还是给医生看一下。你没时间去医院的话，回头我找人帮忙看一下。”

崔时雨把单子放下，眉头微蹙，似乎有点儿苦恼。她不能总在减重期这样晕来晕去，耽误训练。

聂廷昀看出她的担忧，问道：“这次是积分赛？预选赛什么时候？”

她说："月底。"

聂廷昀探身，将茶几上的手机拿起来，打开网页，查到了官网发布的赛程情况："预选赛在秦岛举行，决赛是腊月初上京。"

放下手机时，他无意间瞄到她肿起来的手腕，目光凝滞一秒，起身凑近，拽着她袖口扯上去，看到她半截手肘外侧都是瘀青。

崔时雨试图抓住他的手阻拦，他却甩开她，接着捏了捏她的右肩。

崔时雨忍着疼，竟没出声。

聂廷昀声音泛冷："把衣服脱了。"

崔时雨蓦地仰头看他，没动。

卫衣里穿了背心，虽清楚他的用意，可冷不防听到这么一句话，也实在窘迫，侧脸带着耳尖一起染上红霞，仿佛生宣上晕染了胭脂之色。

他太霸道，不容她拒绝，连思考的时间都等不得，扯住衣服下摆整个掀起，命令："抬手。"

她避无可避，只得顺从地向上伸手，任凭他扯着衣服从她头上脱下来。

赤裸的手臂冷不防接触到微凉的空气，激起细细密密的鸡皮疙瘩。她打了个寒战，他的手掌已经覆在同样伤痕累累的肩背上，羊脂玉般的皮肤上新伤叠着旧伤。

她下意识地想环住自己的身体，手肘被他捉住，技巧性地向上一抬，轻轻绕着肩关节转了一圈，发出细微的"咔咔"响声。她防备不及，"嘶"声呼痛，又马上闭嘴咬住下唇。

这些细节都被他一一看在眼里，他面无表情地根据多年经验做出了初步诊断："关节周肌腱滑脱，二头肌拉伤——谁和你对练的？"

她没答，听他的口气仿佛要立刻找那人兴师问罪。冯教练安排了女子六十三公斤级的专业陪练过来给她进行特训，力道当然不能和以前的队内模拟相比。

聂廷昀仔细检查过其他紧要关节，确认没什么大碍，多一个眼神都不给她，转身走了。

崔时雨愣愣地看着他的背影，想起身追过去，却浑身僵硬，只得无措地坐着，指尖发抖。

他生气了。

几分钟后，聂廷昀回来了，手里拿着药箱。

他脸色依然阴沉，口气却稍稍缓和，说道："位置指给我，我给你贴药。"

他坐在她身侧，听她的指挥，仔细地给伤处贴上药贴。

眼前的这副身子虽则玲珑有致，如霜如雪，但四下瘀青，贴满了肉色的肌肉贴。他再有一腔旖旎心思，也在伤痕累累面前化作乌有，检视过一圈后，叫她把衣服穿上。

她窸窸窣窣地重新套上卫衣，才冒出头来，突然脑后一热，被他手掌扣住，轻轻地朝他的胸口按过去，直到她整个人栽进他的怀里，听到他胸腔嗡嗡的共鸣。

“你要打比赛到什么时候？”

话一出口，他就意识到这语气、这潜台词，都像极了当年反对自己成为柔道选手的父亲。

他对崔时雨总是胜券在握的。

费难告诉他，她选择柔道皆因他而起。到目前为止，他并不认为柔道是她的信仰和梦想。

他才是。

是他让她误打误撞地走上这条运动之路。

她这样弱不禁风，不该是那个赛场上伤痕累累的样子。如果一切错误因他而起，也应该在他手里纠正。

崔时雨不知他打的什么主意，有一丝怔忡。

不打比赛？这件事她从没有想过。

这次的天英杯国际柔道公开赛，是柔道项目下届奥运会的首站积分赛，也是到目前为止崔时雨参与的最高级别的赛事。

月底的预选赛关系着她能否从青少年体育圈跨进国际赛事的门槛。

崔时雨的沉默给了聂廷昀一个危险的信号。

他不再逼问，选择暂时妥协。几次交手，他算是摸清了她的脾气，这丫头天生吃软不吃硬，最禁不住温水煮青蛙，而他有的是时间来煮她这只小青蛙，来日方长。

聂廷昀思忖了一会儿，问：“天英杯……你想赢？”

她从他怀里仰起头，柔软的发丝擦着他裸露的小臂，看得他心软。

“是，我想赢。”崔时雨旧事重提，“你什么时候答应做我的陪练？”

即便是他做陪练，她现在所受的伤，同样不能避免。

聂廷昀一度想食言，却又不放过逼她前进的机会，说道：“你主动提起，我就当你承认我是你男朋友了。”

气氛一时凝滞，她抬起头，看到聂廷昀莫测的眼神，张了张口，终究哑然。

其实有什么呢，伸头是一刀，缩头也是一刀。

她蜷缩在他怀里，半晌，郑重地点头，一下下隔着衣服刮擦他的胸膛，很小声地说：“承认了。”

聂廷昀身子僵硬着，半天没动。

原以为任重道远，他做好了打长久攻坚战的准备，哪知面前的坚城在一个毫无预兆的时间点，撤去防御，大开城门，任他三军直入。

王浚楼船下益州，说是势如破竹亦不为过。

这次，进度条过半，且由她亲口促成，他颇觉不可思议，并想实时追踪她的脑回路如何运作。

聂廷昀手臂收紧，拥抱的力度让崔时雨有些茫然。

她感觉到他炙热的呼吸，带着欲念蹭在她耳后的唇，以及萦绕在耳际的那声低低的询问：“怎么突然开窍了？”

这一刹那，崔时雨脑中思绪万千。

寻常人如何确立一段关系？

因某个瞬间被感动？爱之深，情绪走到了高潮？或是思虑良久，决定接受或是拒绝？

对于崔时雨来说，这些都没有。

她冷静地想，在他的人生里，她此际是个过客，未来是个陌生人。

是她贪婪，既不想真正消失在他的世界里，又妄图维系一个进可攻退可守的距离。

世上哪有这样的好事？她后知后觉地明白过来，她有多异想天开。

到了这个份儿上，她还要畏惧怎样的结局？

恐惧，绝望，自厌，痛楚……反正只要是他给的，她都得甘之如饴。

梦中他问：“小丫头，你拿什么还？”小丫头颤颤巍巍地把剩下的、藏了一半的心剖出来，问：“这样够不够？”

四下寂静，聂廷昀还在等一个答案。

可她什么也不想说，心下决然，终于自悬崖峭壁前纵身一跃，坠向万丈深渊。

崔时雨笨拙地转头，向上去寻他的唇，磕磕碰碰地擦过早已有过亲密接触的嘴角。

他倏然停住呼吸和动作，紧接着，按着肩头将她缓缓地放倒在沙发上。

“你在干什么？”他如同审问犯人，居高临下地望进她一片澄明的眼里。

而她在极致的绝望里早已丢盔卸甲，自暴自弃，不必锁住心中那头囚禁已久的猛兽。

“我想吻你。”

早于你给我那样残酷的吻，早于你第一次记住我，早于我尚不懂男女之情的年岁，是本能让我想要靠近你，触碰你，亲吻你。

多少次她压制心魔，相比他而言，不遑多让。

聂廷昀抬手摩挲她的侧脸，拇指按在她的唇上，淡色的瞳在灯下仿佛有奇异的光彩。

他压低了声音说：“我等这句话等了很久。”

崔时雨平和地回望，抿唇而笑，便露出两个梨涡。那双不染纤尘的眼，随着眼睫一垂，眼尾勾出任人采撷的美好弧度。

“现在不是如你所愿？”

他没听出她语气里的自戕，只以为约拿回心转意，终于接受神的使命，勇敢地奔赴尼尼微城。

他甚至想带着她到费难面前证明，你是错的，我不会毁掉她，我只是在救赎她。

在这场错觉里，他与她都得到了赦免。

那晚，崔时雨的确没走，与他同床共枕，却只是挽着手纯睡觉。

与另一人共眠是什么感觉？崔时雨觉得很别扭。

夜半时，她实在没法睡着，侧着身观察聂廷昀的脸，从眉到眼，细细勾勒，越看心里越是平静。他的呼吸声将她的一切杂念都荡涤干净，只剩心跳如擂。

明明看似熟睡的人忽地睁开了眼，说：“过来。”

聂廷昀展臂将她捞回怀里，把脑袋瓜按进胸口，说道：“你们每天六点就早训，还不睡。”

她闷声嘟囔：“我有点儿不习惯。”

“你以为我很习惯？”

她看见一丝希望，试探着道：“不如……”

“不行。”

他揽在她脊背上的手顺着凸出的骨节抚摸下去，落在腰窝处停住，用气声说：“我们都不习惯。”停了停，他接着说：“所以得快点儿习惯。”

清晨的体大，因着早课和晨训颇多，尚算热闹。一辆保时捷越野车从校外驶入，停在道馆外，学生经过，都忍不住频频回头。

只听说艺术学院有香车宝马停驻，从没听闻过搞体育的女孩也有这般待遇，简直新鲜。

宋佳言正和队友结伴去晨训，经过车前，也禁不住好奇，偏头一望。

车窗贴了防窥膜，黑漆漆的，从外面什么也看不见。可在车里，外面的一切都看得清清楚楚。

崔时雨被聂廷昀困在他的两臂之间，抬眸时，几乎与车窗外宋佳言的视线对上，只得仓皇地唤：“聂廷昀……”

雪白的手腕被他攥在掌心，另一只手扭伤了仍未消肿，便被他指尖向上摸索着抓住手肘，避开了伤处。

聂廷昀擒着小鸡崽一般问：“什么？”

她睁大眼睛，与他对视，只在他眼里找到了揶揄。

她偏过头说：“这是学校。”

“嗯。”他点头，“我知道。当我认不出门口体大几个字？”

话虽如此，他却保持着这个将她压住的姿势，半点儿不动，放慢了动作要吻下去。直到见她眼底渐渐地生出水雾，他才倏然松开手，敛笑柔声道：“乖，我这不是放开了？”

崔时雨抬起手背揉了下眼睛，什么也没说，推门下车。

他拎着柔道服跟在后头，脸上微微带笑。

他就算是浑蛋，她也要习惯。

踽踽独行二十余年，他终于遇见了独一份合乎心意的眷恋，当然强势得不容二话，连她的委屈也忽略不计——她总归是他的，所以只能习惯他。

聂廷昀忽然出现在体大道馆，再次震惊众人。等他介绍完来意，队友们恨不能狠掐一下自己的胳膊，证明这不是梦：聂廷昀居然是以陪练身份出现?

很快，陪练一事就通过冯媛西的嘴证实了，这不是梦。

此后近二十天的训练期，聂廷昀几乎每次掐准对练时间过来。偶因上课缺席，他也会提前和冯教练打个招呼。

崔时雨和聂廷昀这对“铜墙铁壁”组合，一度成为体大道馆的亮丽风景线。

大家纷纷揣测两人的关系，多数觉得基本已经修成正果，因为聂老大的眼神可不是开玩笑的。也有一小拨人觉得，以这两人对练时的专注，更像是为了柔道运动献身。

只有宋佳言敢在私下里去求证：“崔小队，你和聂老大……”

崔时雨面无表情地说道：“不要八卦，专心训练。”

明明是不置可否，宋佳言却从中嗅到了一丝欲盖弥彰的意味。

某次聂廷昀来得早，在基础训练时便到了，提前跟着大家一块儿集训，曾被人大着胆子询问过一次与崔小队的关系。

聂廷昀的答案同样让人摸不着头脑。

“这要看崔小队怎么说。”

众人巴巴地望着崔时雨，却见她神色如常：“私事不提。”

八卦之火再次被“铁壁女”冷酷扑灭。

因着两人态度都很暧昧，谁都不肯官方盖章，渐渐地，队里也有贼心不死的女将想过撬崔小队的墙脚，调侃道：“聂老大，陪练多少钱一小时？”

彼时，他穿着雪白的柔道服，站在更衣室门外，正等着崔时雨换衣服。

闻言，聂廷昀转头看了一眼对方，慢条斯理地说：“你付不起。”

神原是高高在上，轻易不下凡尘，如今下了凡尘不说，还转头理你了，简直可以吹一年。

女将叫苏敏，算是崔时雨前辈，成绩却差之甚远，只因压根没想过毕业后仍走这条路。她家境殷实，何处没有出路？训练也是得过且过。

苏敏被聂廷昀一看，整个人都飘飘欲仙，以为“付不起”是尚有转机，软磨硬泡道：“你说个数呀。”

长廊原是一片沉寂，因他轻轻一笑，仿佛也有了生机。

“让你们崔小队陪我睡一觉？”

这话辛辣不忌讳，昭示着“神”原来也五毒俱全，并非看着那般清冷无欲。

只不过，他独为一人如此。

苏敏琢磨出味儿来，讪讪的没说话，心里却不甘。

这两人从未对外宣称过什么，连网上曾传得沸沸扬扬的那些绯闻也不在意，神不知鬼不觉就在众人面前出双入对，给迷妹们的心理冲击不是一星半点儿。聂廷昀原来无人染指也就罢了，现在为崔时雨下凡，很快就酸遍整个大学城，成了奇闻一桩。

自二人的疑似恋情传出以来，体大 Bot 每天被私信上百次，众人都在询问崔小队是如何拿下聂神的，又或是聂神如何拿下崔小队的。

体大 Bot 私下被纠缠数日，终于累了，于某日深夜发出一条微博，先说两人之事毫无情报，没有一点儿蛛丝马迹，前因后果更不知情，无从扒起。间隔几分钟后，又发了一条引人遐想的微博："有金主找来了，具体事项目前保密，只能说体大 101 女孩厉害。"

关注体育圈的网友纷纷猜测，多半是当初轰轰烈烈选出的那十一个女孩里，有人被公司找上了要签约出道。众人一一排除，觉得最有可能的是体操队的靳伊人和柔道队的崔时雨。

可崔时雨已经开始备战奥运积分赛了，怎会在这个关头不务正业去改行？人选自然落在本就长相靓丽的体操选手靳伊人头上。

自她摘得全国大学生锦标赛的个人金牌后，成绩一直徘徊在中上，既无法再往上提高一个层次，也不甘心流于平庸，若是此时借着热度转战娱乐圈，当然是上上之选。

毕竟，娱乐圈本能地对体育选手怀有尊敬。

讨论声里，靳伊人成为校内红人，作为"明日之星"，一下子微博粉丝暴涨，每天评论底下都是准备送小姐姐出道的。但很快，这群人就被打脸了。

网友私信：之前金主找上的是靳伊人吗？能透露一点儿情报吗？

体大 Bot：阿斯加德。

至此，答案直指有"女武神"之称的崔时雨。

偌大的道馆内，几组备战天英杯比赛的种子选手正进行对战训练。

崔时雨在柔道上绝不分心，即便是聂廷昀，也只在起初几场对战时动摇了她的意志。

她每次对练都是全力以赴，绝不敷衍。

大约两天后，聂廷昀就摒除杂念，非常专业地对待"陪练"这个身份了。

男选手与女选手在公斤级别上就有差别，体能和力道更是占据着先天优势。

聂廷昀此前早与冯媛西打过招呼，仔细做过功课分析崔时雨的打法。作为陪练，要拿捏好分寸，既不能弄伤选手，又要激发出选手的潜能，帮助选手寻找弱点，渡过难关。

刻下，崔时雨第三次因长时间缠斗而被聂廷昀撂倒在地。她整个人头昏脑涨，连起身的力气都没有，维持着跪倒的姿势，前额抵着地面，“呼哧呼哧”地喘着气。

聂廷昀在刚刚一轮的撕扯中，柔道服前襟狼狈散开，露出轮廓分明的胸膛。

旁边一组对练的选手小声惊呼，又被冯媛西一嗓子吼回去了：“眼睛长哪儿了？看什么看！”转头又化身冷面罗刹，拿手指指聂廷昀：“你给我在里面穿件背心！”

道馆里响起哄然大笑。

聂廷昀将衣服整理好，视周遭如无物，目不转睛地凝视着蜷缩成一团，费力缓和呼吸的崔时雨。

他的小朋友现在像只落水的小黄鸭。

等了又等，聂廷昀终于忍不住心疼，不顾教练还在旁边注视，走过去蹲下，将人自侧后轻轻搂进怀里。

隔壁的宋佳言一瞥，走神了两秒，被陪练狠狠摔落在地，险些喊娘。

当面撒狗粮？！聂老大这操作真是视他人如无物啊。

冯媛西愕然，正要出口叱骂，迎上聂廷昀的肃然眼神，竟一时没能出声。

聂廷昀在崔时雨耳旁问：“还能撑吗？”

她一寸寸地将他推开，说：“能。”

聂廷昀心头微颤，手握成拳又放开，发了狠，轻笑：“成，那就站起来。”

新一轮计时开始。

聂廷昀抬手与她在袖口和直门之间周旋，似乎每一次都是认真进攻。

可崔时雨知道不是这样。

比赛先期，选手佯作攻击，一般是为了避免因消极进攻被处罚，但实际上以防备为主，等待对方进攻疲倦后露出的破绽。

崔时雨放缓动作，同样虚晃一枪。

半场过后，聂廷昀说：“不对，停。你来认真进攻试试看。”

崔时雨深吸一口气，迅速出手拽住准确位置，小腿别进他两腿之间，猛地一用力，对方却纹丝不动。

聂廷昀冷声说：“这就是问题所在。”

崔时雨咬了咬唇，洗耳恭听。

“我采用这种战术，是因为体力足够支撑到加时。但你不行。而且，目前你短期内无法克服体力这道坎。”

聂廷昀讲起这些来，目光沉静，又变回她所知晓的那个赛场上一腔热血的少年。

崔时雨目不转睛地看着聂廷昀，听他继续说下去。

“对方以慢打快，是在耗你的体力。你这时候学着以慢打慢，是耗不过人家的。你只能比从前更快。”

他与冯媛西最初都是想提升她的体力，无奈短期内实在难以达标，于是打算剑走偏锋，以快制胜。

崔时雨“嗯”了一声，陷入自己的世界里，估计满脑子都是战术。

聂廷昀不禁有点儿酸意，叹了口气，试图引起她的注意：“我要离开一阵子，我尽量……赶在你预选赛之前回来。”

她这才将注意力分给他一点儿，问道：“去哪儿？”

聂廷昀道：“杭市。”

她没有追问缘由，想及在杭市发生的一切，忽地怅然抬手，旁若无人地握住他的指梢。

周遭原本嘈杂，渐渐地安静下来，选手们佯作训练，视线却不由自主地往这边瞟。崔……崔小队居然主动了？

他被她伸手一握，怔住了。

她道：“那，我等你回来。”

她额发凌乱，脸上汗珠涔涔，该是有些狼狈的。偏一双眼睛清清楚楚地望向他，澄明如溪水。

聂廷昀克制着当众吻她的冲动，用只有两人听得到的气声道：“知道你乖。”

而后，见她耳尖以肉眼可见的速度变红，他满意地弯唇。

第十一章
而今梦断烛华灭

杭市的深秋有侵骨的湿寒，金桂银桂到了花期末，留下淡淡余香。

聂廷昀走进庄家院子里，便裹挟一身花香。

院中宾客都是一身黑衣黑裤——他们是为吊唁而来的。

聂廷昀来时做了许多心理准备，真正见到庄闫安等人穿着孝服，还是有些震撼。

那天接到庄闫安电话时，他半晌没反应过来话里的意思，什么是“我妈走了”？走到哪里去？一分钟后，他才意识到庄闫安到底在说什么。

庄家和郁家的情谊从祖父辈结起，庄夫人付慎兰和郁令仪没见过几次，却对郁家小辈很照顾。

他上次见付慎兰是一年前，他在杭市养伤，来找庄闫安，留下吃了饭。

付慎兰亲自为他下厨，做的四喜烤麸是一绝。

记忆里，庄闫安的母亲很温柔，那种温柔是源于骨子里的学养，因为博学，所以对世界宽和。

这在他所接触的人里相当稀罕。

聂廷昀到时，付慎兰的遗体已经在殡仪馆火化完毕。

庄闫安、庄芷薇和庄子怡捧着骨灰盒回来，在家中操办后事。

立孝堂后，吊唁的人有处凭寄，唯独一家之主庄峤再未露面，迎来送往，都由子女出面。

庄闫安告诉聂廷昀，父亲受到了很大的打击。

孝堂立了三日，庄闫安神色恹恹的，强自打起精神来应付前来吊唁的亲友。

庄芷薇是幼女，早就神思恍惚，只觉得像是做了一场梦，梦里母亲去了，她浮萍似的漂着，巴望着一场梦醒。

聂廷昀过来前庭帮忙送客，瞧见庄芷薇，他脚步一顿，朝她疾步而来："芷薇！"

庄芷薇听不见大姐和二哥都说了什么，整个人朝他倾斜，就这么昏倒了。

四下乱作一团，先是庄闫安大呼小叫，随即庄子怡厉声斥责："慌什么？！叫医生！"

庄芷薇被抬进房间，半晌才醒过来。

医生查过无恙，人陆陆续续出去了，聂廷昀要跟着离开，却被庄闫安拦住："你看着她休息一会儿。她熬不住了。"

聂廷昀回身坐在床侧，望着她安抚道："没事，睡一会儿吧。"

庄芷薇没哭，呆呆地看他半晌，果真睡了。

四下寂静，不知过去了多久，传来她绵长的呼吸声，聂廷昀才偏头打量庄芷薇。

聂廷昀有些想不起她小时候的样子了。

她什么时候长大的，什么时候变了模样，什么时候不再叫他哥，都已记不清了。

再漫长的岁月，仿佛也只是一弹指的工夫。

他无声地叹了口气，余光一晃，看到庄闫安在门口探头，用口型询问："睡了？"

聂廷昀点头。庄闫安朝他勾手："出来陪我送一下客人。"

聂廷昀跟着出去，才发觉这个时间并没有什么客人。他狐疑地在庭中顿住脚，看向庄闫安。

庄闫安一脸憔悴，不复从前鲜衣怒马的姿态，一拍他肩头，指了指石阶："坐。"

他知道庄二有话要说，并没先开口。

庄二点了支烟，猛地吸了一口，才觉缓过点儿劲来。

"妈走了，我妹是最受不了的。你还不知道我妈是怎么走的吧？"

这事聂廷昀的确没听人具体提起过。但凡宾客里有谁谈及原因，也都立刻噤声，仿佛这是什么禁忌。

庄闫安将手搭在膝头，烟缓缓地燃着，他良久没动，烟烫着了手，疼得他一激灵，把烟扔出去了。聂廷昀掏出打火机要再给他点一支，他却摇摇头。

“她说去山上拜佛，再没回来。”庄闫安声音低得近乎嘶哑，抬手往上比，“那么高的山崖，跌下去了。”

庄闫安用了“跌”这个字眼，可聂廷昀明白了背后的意思。

一股凉意从他握着打火机的手指头蔓延到心口，凝聚成寒冰。

“她那么温和的一个人，家里也没有什么大事让她操心，我爸呢，早年是做错过事，但也是以前的事情了，自打知道她生病以后，再没敢怎么样……你说，她为什么还要想不开？”

庄闫安说到最后，语气里夹杂了怨气——他埋怨母亲以这样的方式离开。

聂廷昀无意识地摩挲着手里银灰色的打火机，纹络擦过指腹的茧，细微的触感，几乎感知不到。他心头被一股恐惧笼罩了，因为想到崔时雨。

可她没有抑郁症，“约拿情结”也并不是一种疾病。

“吧嗒”一声，打火机从手里掉落，砸在地上，沿着石阶滚到最底下。

他起身去捡，庄闫安在身后轻声说：“多替我照顾一下我妹，她比你想象的脆弱很多。”

聂廷昀站在风里，没作声。

庄芷薇醒来的时候，已经入夜，她懒懒的，不想动，躺了一会儿，才起身出去。

她走到门口，却顿住脚。门前，她的兄长和聂廷昀并肩坐在阶上，谁都没有说话。

她看着两人的背影，莫名鼻头发酸。

深夜，海市。

张诚然刷朋友圈，无意间看到庄芷薇发的图片，是两个男人并肩坐在石阶上的背影，院落里有不知名的花木。配文是：“多谢你在。”

张诚然立刻认出其中一人是聂廷昀，皱了下眉，迟疑半晌，给庄芷薇拨了个电话。

“你回国了？”

她答：“家母病逝。”

张诚然没料到是这样的原因，半晌才说：“节哀。”片刻后又问：“聂廷昀也在？”

庄芷薇“嗯”了一声。

张诚然犹豫了半晌，不知该说什么。

庄芷薇说：“你是认出照片里有聂廷昀才打给我的？”

张诚然“嘿嘿”笑了一声，有点儿尴尬：“我不知道他去杭市了。”停了停，他又道：“你们还真是亲近，他之前说和你有婚约，我吓了一跳。”

庄芷薇一愣，没有接话。

她以为聂廷昀不会和人说这件事。

可他既然能坦然向朋友承认，是不是说明……她还有一线生机？

依照杭市的风俗，孝堂要立满五日。第四天，庄家已渐渐恢复平静，兄妹三人终于从忙碌中脱身，却并没有解脱的感觉。

对于活着的人，怎样都不会是解脱。

孝堂里十分寂静，烛光从里头摇曳泄出，挂起的白帘被风吹得翻飞作响。

庄芷薇向哥哥姐姐恳求自己和母亲单独待一会儿。

她是幼女，自小在母亲膝头长大，有这样的请求在情理之中。于是偌大的孝堂空荡荡的，只有庄芷薇一个人，她坐在蒲团上，泪已经哭干了。

寺里请来的僧侣在外间念诵不知名的经文，嗡嗡响彻耳边。

到了后半夜，庄芷薇昏昏沉沉地在地板上睡着了，睡眠很浅，有人走过来，她立刻就醒转了，却没动。

她闻到了对方身上熟悉的香水味。

一只手在她的肩上拍了拍，似乎想将她唤醒。她脑子反应慢了半拍，迟疑着并未睁眼，忽地周身一轻，竟被他打横抱起。

耳朵靠近他的心脏，熟悉又陌生的手臂将她紧紧环抱，是很奇异的感觉。

才出灵堂，他平静地问：“你醒了？”

她没睁眼，反而抬手揽住他的脖子，得寸进尺地蹭了蹭他的肩头。

对方轻声说：“下来吧。”说完便松了手。她反应不及，双脚落地，险些摔到，被他伸手扶住，又很快放开。

她睁开眼睛看了看他，聂廷昀道：“庄二让我喊你回房间睡。”

她心里的难过被他复杂的表情莫名取悦，哑声问：“要是你没发现我醒了呢？不也就抱我回去了？”

聂廷昀道：“又不是小孩子。”他转身往回走，身后的人却没跟上，沉默了一下，他终于还是回头看她：“走吧。”

庄芷薇神情哀伤地凝视他，没动。

聂廷昀意识到了什么，或许早在上次在杭市为郁泽闵庆生的时候，他就感觉到了。

庄二的托付更像是某种暗示，可他并不想在这个微妙的节点让事情变得复杂，为避开麻烦，他当机立断准备离开，庄芷薇先一步打乱他的计划。

“你应该知道我在想什么，阿昀。”

聂廷昀不动声色地说：“你太累了，该回去休息。”

“除非你有朝一日敢当着两家人的面说不，不然我们的婚约永远作数，不是吗？”

聂廷昀淡淡地笑了，有些嘲讽。

他自问是个利己主义者，凡事都倾向于选择对自己有利的一面。他和庄芷薇之间的这个羁绊，于谁都是利大于弊。任何时候，惹怒两家人，对他半点儿好处都没有。他现在要考虑的不仅是自己，还有马上要起航的事业。

所以他想了想，问她：“你想要什么？”接着颔首道：“我能给你的不多。”

他的冷静在某种程度上刺伤了庄芷薇的自尊心。

她无意识地扬起下巴，稍稍眯起眼睛，淋漓尽致地显露自己的不悦：“你可以玩。但我总得要个保证，这不过分吧？”

他打断她，连名带姓地唤她：“庄芷薇，我可能，不是在玩。”

她很快抓住了重点，问道：“什么叫可能？”

这话问住了聂廷昀。

他站在深秋的风里，不由自主地退了半步，听到脚踩在枯叶上的声响，很脆，“咔嚓”一声，惊碎了梦里七彩颜色的泡沫。

到目前为止，崔时雨给的都是温暖的美梦。

而他一直以来，都身处冰冷的现实。

第十五届天英杯国际柔道公开赛的预选赛刚刚在秦岛落幕。

聂廷昀食言了，他并没有来看这场比赛。

崔时雨筋疲力尽地坐在休息室里，医生正在给她做常规的赛后检查，严重肌肉拉伤三处，挫伤若干，关节周肌腱发炎……她套头穿上了连帽卫衣，对疼痛已然麻木。

冯媛西走进来，第一件事就是将她抱住了。

“干得好，时雨。”冯教练难掩激动，“这次非国家队选手几乎全军覆没，你是极少数几个通过预选的。”

而她只觉得自己渴得像一条离开水的鱼，哑然张了张口，说不出话来。

更没有自己想象中的喜悦，只是觉得如释重负，她到底没有辜负这么多天的努力。

她看了看手机，屏幕始终黑着，没有短信，也没有电话。

这是聂廷昀消失的第七天。

赛后，崔时雨得到了短暂的两天假，就在这时候，她接到了尹楠的电话，问：“怎么没回家？”

崔时雨正在寝室，准备收拾东西回家，闻声怔了怔：“你回来了？”

尹楠笑着说：“想不想妈妈？录制才结束我就赶最早的飞机回来了。”

崔时雨波澜不惊地“嗯”了一声。

自从上回尹楠在她面前痛哭后，她再不敢多说话，怕又把人惹哭。

尹楠全然不知，兀自沉浸在要和女儿相见的喜悦里：“你在学校？我去接你，顺便有个惊喜给你。”

崔时雨既不期待，也不惊喜，说声“好”，挂了电话。

尹楠来学校后，直接载她去吃饭的地方。途中，尹楠问她好几次：“不好奇是什么惊喜吗？”

女儿虽然说好奇，但脸上一点儿好奇的意思都没有。节目制作人出身的尹楠感到非常没有成就感。

到了餐厅，崔时雨方知是个吃西餐的地方。

母女俩坐了片刻，忽然有人来了。

那是个气质矜贵的青年，约莫未及而立，眉眼英俊而深邃，行止带着点儿疏离，和尹楠握手时，只虚虚搭了一下手指。

尹楠朝崔时雨道：“这是骆先生，天英的董事，是我这次节目的投资方。”又朝骆先生说：“这是我女儿，叫她时雨就行。”

崔时雨起身问了好，视线却与对方错开了，她感觉到某种被审视的滋味，这让她有点儿不自在。

三人落座，尹楠便开始点菜。

看到尹楠点牛排，崔时雨犹豫了一下，只说自己吃沙拉就好。

无奈尹楠对此毫不知情，眼都不抬就说道："那怎么行？看你最近瘦成什么样了？多吃点儿肉。给你点个惠灵顿吧？这个量不多的。"

崔时雨垂眸，"嗯"了一声。

那一直沉默的骆先生却笑了："时雨不是柔道选手吗？最近还在备赛期，因为尿检的关系，应该是不能吃这个的。"

尹楠尴尬地怔了片刻，自己对女儿的事，却不如一个外人清楚。她正有些下不来台，骆先生又道："蔬菜安全些，她想吃沙拉，让她自己选吧。"

崔时雨松了一口气，有些感谢这个骆先生替她把事情说清楚了。可她到现在也没搞清楚这个"惊喜"到底是什么。

这又是个什么局？尹楠请节目的投资方过来干吗？给她相亲？

崔时雨用叉子轻轻地戳了戳盘子里的圣女果，困惑了两秒，又觉得与她何干。既来之，则安之。

尹楠和骆先生聊天："听说天英的人之前也通过校方的媒体找过时雨？"

崔时雨轻轻地皱了下眉，意识到这场饭局原来和自己有关。

骆先生说："没错。当时不知道这是您女儿，有些舍近求远了。"他的视线转向崔时雨，是明明白白朝着她在问话："不知道崔小姐有没有计划过以后？"

崔时雨抬眼，对方眼神深邃，她本能地察觉到，他与聂廷昀像是同一种人。

面对猎物，他们总是一切尽在掌握、胸有成竹的模样。

"我不妨直言，运动员的生涯是很短暂的。时雨，你在这个年纪还没有摸到世界级的门槛，以后上升的可能性也微乎其微，多数人会就此籍籍无名挨到退役。不打柔道你能做什么呢？当柔道陪练？以你的资历，转做教练也很难。"

崔时雨抿了抿唇，无法否认。

"你有很好的外形条件，甚至舆论风向对你也十分友好。"骆先生说，"我们KOL（意见领袖）部门的艺人总监康敏对体育毫无所知，但她在网上偶然发现你时，很快就被你圈粉，甚至连带着开始关注柔道这项体育运动。所以，从某种程度上来说，你有在公众领域握住话语权的潜力，也就是俗称的观众缘，在这一点上，我从没走过眼。”

尹楠在一旁沉默地听着，不由自主地微笑，她的女儿当然招人喜欢。

她望向女儿，却见她一张小脸发白，仿佛陷入沉思。

崔时雨说：“我没懂骆先生的意思。”

骆先生笑了笑，并不觉得被冒犯，他点点头：“你不怎么接触网络，不理解也很正常。听说过网红吗？”

崔时雨很快抬了一下眉，这个细微的动作，意味着在她的认知里，大家对网红的评价大多很负面。

骆先生解释道：“KOL 运营，通俗来说，可以理解为打造一个网红。但天英是大集团，我们承办国际级的体育赛事，投资影视，涉足金融，有足够的能力来对你进行全方位的包装。我们签约的 KOL 都是作为正经艺人来运营的，所以不会让你去做通俗的直播，也不会让你陷入为难的情况。”

崔时雨仍然有些茫然。

“就是，你如果愿意和我们合作，你仍然可以打比赛，但在赛事的选择上，可能要与公司共同商议。你会被打造成柔道选手形象的公众人物，利用影响力去宣传赛事，进行其他演艺活动。如果你热爱体育，这也是你向外界宣传柔道的一个绝好的机会，对不对？”

骆先生语气平静，半点儿也不咄咄逼人，却有十足的说服力，连尹楠都暗暗点头。

可她女儿始终垂眸沉思，无动于衷。

尹楠带骆先生来，就是为了让女儿以后不要一心扑在比赛上，一则太过危险，二则运动员的生涯的确短暂，她也希望女儿能够有所成就。

骆先生的提议，无论从哪方面来看，都是抛出了旁人求之不得的橄榄枝。崔时雨该感恩戴德迅速接住才在情理之中。

时间静止了几秒，崔时雨打破沉默：“我没有什么兴趣，抱歉。”

尹楠有些震惊：“时雨，你是不是没明白骆先生的意思？我可以回头和你……”

崔时雨站起身，打断了尹楠的话：“我先走了。”

尹楠起身要追，却被骆先生拦下：“如果您不介意的话，我单独送送她，可以吗？”

骆先生追上崔时雨，送她回家。因为尹楠这次的自作主张，崔时雨并不想回家听她继续游说，就报了堂姐家的地址。

车上无人说话，她始终望着车窗外。

被一个红灯拦住时，她才听到开车的人轻声问：“能冒昧问一下你拒绝的原因吗？”

崔时雨终于有了点儿反应，转头目视前方。

前车尾灯的光落在眼底，有些刺眼，她却没避开。

“我不想被控制，也没兴趣成为公众人物。我……对别人，和这个世上大多数事情不关心。我应该是不配作为一个正面形象出现在大众面前的。”

这番话听得骆先生愣了神，笑了，问：“那你关心什么？”

她脱口道：“我关心柔道，还有……”还有聂廷昀。

骆先生很快捕捉到了她的迟疑，打趣道：“男朋友？”

崔时雨默不作声半晌，“嗯”了一声。

骆先生意外地抬了一下眉：“原来如此。”

路口的信号电子牌还在数秒，这一分多钟的红灯时间太过漫长。他双手从方向盘上落下来，说道：“那你有没有考虑过，签约后你会赚到很多钱？”

崔时雨怔了一下：“钱？”

骆先生无奈地道：“签在天英底下的 KOL 部门，艺人正常运作，少说年收入也在七位数以上。”

崔时雨默然，她似乎从没想过这件事。

她虽看似一个孤儿，父母常年不在身旁，物质上却是拼命想满足她。偏偏她一心只知道打比赛，少有物欲。

她穿过的最贵的衣服，大概是聂廷昀送的柔道服，单价要三百美金起。在她的世界里，这已经是顶级奢侈品。

骆先生见她沉默，打趣道：“就不动心吗？有钱之后，你才可以做许多想做的事。”

这个年纪的女孩，应该还是有很多东西想要的吧？

崔时雨有些困惑，沉默了。

她想要的，现在似乎都已慢慢朝她靠近，包括聂廷昀。

绿灯亮了，骆先生把手重新放回方向盘上，无奈地笑了一下。

和一个无欲无求的人聊天，实在不知从何着手引诱。偏偏这人还诚挚得可怕。

骆先生采取迂回战术，转而问：“你为什么喜欢柔道？”

这次崔时雨神色郑重了一些，想了想，才开口回答：“柔道……像我的铠甲。”

最初或许是因为聂廷昀。但随着时间的推移，不知不觉间，柔道慢慢成为她的力量源泉。

刚进入和高中那年，比起其他体育生，她实在太过温软瘦弱，又生得漂亮，惹来不少狂蜂浪蝶，很快就遭到嫉妒，被高年级的体育生“教训”。

体校规矩很严，学姐们并不敢惹出祸事，顶多是给她制造一些暗伤。起先她反抗不得，只能压抑着心中的愠怒拼命练习。

直到某日，她再被人围堵时，已经有能力出手震慑对方，心中的恐惧骤然消散。

人性不过如此，而这世间和柔道竞技场并无不同，本质都是弱肉强食。

她心上糊了一层纸壳子，因对世界的麻木和绝望漏了风，可身上拜柔道所赐，着了一副铠甲，充满面对这个世界的勇气。

那几年间她是有变化的，从起初对人漠不关心、沉默不语，变得能和人沟通，甚至能鼓起勇气问聂廷昀讨要一张合影。

武神的力量来自阿斯加德。

柔道或许就是她的阿斯加德。

穿上柔道服的崔时雨，才是真正的崔时雨。

她从未向人讲述过这段往事，可不知为何，在这段不算长的路途里，在一个才见了一面的人的车上，悉数倾吐而出。

骆先生听了之后，静默良久，说：“我想我能理解你为什么拒绝了。”

铠甲只能属于自己，不能够由人驱使利用。

这个小丫头迄今为止还活在一个自己构筑的象牙塔里，对这世界缺乏基本的认知。

她太过天真了，所以才会像今天这样，在名利和金钱面前选择信仰。

可是，人总会成长到面对信仰坍塌的时候。

临走前，骆先生给了崔时雨一张名片，说道：“虽然我希望没有那一天，但未来如果你因为某些状况不得不改变主意，天英随时欢迎你。”

崔时雨原想拒绝，可对方的眼神太过诚恳，她犹豫了一下，将名片收下。

上面的名字很特别：骆微城。

聂廷昀离开的第八天，崔时雨从噩梦里惊醒，大口大口地喘气，才从濒死的窒息感里逃脱出来。她手颤抖着摸到手机，终于拨出八天以来的第一个电话。

她想，是她太疼了，所以……选择饮鸩止渴也会得到原谅吧。

电话接通，那头是个陌生男声，似曾相识。

“你找阿昀？”

“是……他在吗？”

“你等下，他刚刚出去，把手机落这儿了，我给他送过去，你别挂哈。”

她按住剧烈跳动的心口，慢慢呼出一口气，说道：“好。”

似乎传来风声，拿着电话的那人在行走，接着，有一个清脆的女声响起：“哥，你干吗？”

崔时雨指尖稍稍用力，握紧手机。

“阿昀呢？”

“他帮我挂妈妈的照片，你说挂哪儿好？”

“别让他折腾了，他腿不好，还让他站那么高！”

“他腿受伤都是多久前的事儿了，你还大惊小怪，他都没说什么，你就开始数落我？”

庄家一楼大厅，聂廷昀站在一张椅子上，将遗像挂在供奉台上方的墙上。

庄芷薇朝哥哥扬眉，一副“我有理”的模样。庄闫安没辙，懒得理会妹妹，抬手叫聂廷昀：“崔时雨的电话！”

聂廷昀存的仍是最初的姓名，并未更改。因此电话一来，庄闫安就看到了屏幕上显示的字样。庄闫安没有想过刻意阻拦这两人的交往，他并不觉得以聂廷昀的理智，会不顾大局。

电话递过来，聂廷昀稍显意外。

崔时雨并不是会主动给他来电话的人，除了那次想邀请他做陪练，也是事关柔道。

意外之余，他还有些欣慰——这丫头越来越开窍了。

庄芷薇听到“崔时雨”这三个字，难掩眼里的复杂情绪，看到聂廷昀接过电话，她转身说：“我出去走走。”

聂廷昀看了她一眼，接起电话：“怎么了？”

那头传来清楚的呼吸声，短促而克制，他才要再问，电话却挂断了。

小丫头搞什么鬼？聂廷昀怔了几秒，回拨过去。

而那头，崔时雨在按了挂断后，马上就觉得懊恼了。

她在干什么？又在恐惧什么？

他回杭市，如果和庄闫安在一起，当然有可能和庄芷薇碰面。

还未懊恼完，聂廷昀的回拨电话已经追了过来。

接通后，她抢先说：“按错了。”

那头传来意味深长的一声“嗯”，她便讷讷无语。

聂廷昀觉得小丫头十分反常，走在庭院中，感受到风吹透衣服，心口却隐隐发烫，问：“想我了？”

崔时雨犹豫了片刻，没有答。

“我马上回去，这边的事就快结束了。”顿了一下，他忽地想起什么，看了下手机上的日期，恍然道，“预选赛已经结束了？你……成绩怎么样？”

崔时雨低声答：“预选通过了。”

聂廷昀心里有点儿五味杂陈，顿了一下，道：“恭喜你。”

她说：“我以为你会在预选赛之前回来。”

所以打过来……问罪？

聂廷昀忍住笑意，放轻了声音道：“抱歉，你都不好奇我在杭市干什么？”

沉默片刻，崔时雨说：“好奇，但怕是你的家事，我是外人，不好过问。”

“你现在是我女朋友，不算外人。”可这话说完，他又忽地缄默。

若庄家的事对他来说是家事，就等同于他默认和庄芷薇既定的关系。那么刻下，他对崔时雨所称的“女朋友”就显得自相矛盾，且非常荒谬。

他在数着她呼吸的瞬间，已经做出了决定。

在他此前的人生里，似乎没有做出过这样义无反顾、对自己百害而只有一利的决定。

或许在某种程度上，小丫头也改变了他。

“时雨。”

“……啊？”他第一次叫她的名，让她听着有些脸红。

“小丫头。”

“……”

“小朋友。”

听筒贴着耳朵，他的声音仿佛近在咫尺，低低震响，她连指尖都发麻。

崔时雨咬着下唇含糊地道：“你……”

“等我回来，很快。”

崔时雨翻了个身，屏住呼吸，轻轻说了声“好”。

冬月的开头，聂廷昀裹挟着一身寒气回到海市。

海市换季换得很突然，冷气一下子就席卷而来，天气预报的气象图上大片区域变了色。

尹楠又马不停蹄地出差去做新的节目，临走前扯着崔时雨置办了一堆冬天的衣服。

混迹娱乐圈的制片人，看多了明星穿搭，到底有灵敏的时尚触觉。

崔时雨被妈妈当作人偶一样打扮着，明明常年素面朝天，却穿得像要立刻进棚拍摄潮牌大片。

聂廷昀来学校找她那天，才下飞机不久又从机场开了一个小时车到市里，早已被疲倦和烦躁包围。车停在体大校门口，人来人往，引来不少人注目。

他透过茶色的车窗朝外漫不经心地看，阅遍环肥燕瘦，最终视线一定，落在不远处。

小丫头头发散在耳后，乌黑而整齐，稍长了一些，过了肩，没有刘海，露出一张素净的脸，两颊和唇都因寒风染上红晕，化了妆一般，有不着痕迹的丽色。

她身形高挑纤瘦，穿一件黑色飞行服外套，海藻绿的卫衣帽子翻出来，衬得肤白如雪。下身是黑色牛仔裤，踩一双马丁靴，双腿笔直修长，每一寸线条都十分有力。

有点儿……飒。

聂廷昀如是想着，在她靠近前，探身打开副驾驶座的门，她便裹挟着一阵寒凉钻进来。

崔时雨伸手摸索安全带，手却被他捉在掌心，包裹着。

“冷？”

崔时雨愣愣地看着他的眉眼，未及十日，却像是经年累月不见，每一寸轮廓都熟悉又陌生。

气氛忽地有些尴尬，她觉得有点儿不知如何是好。

聂廷昀被她看得心一软，放柔语调道：“问你话呢。”

小丫头迟迟地点了下头，又摇摇头，看着被他包着的双手说：“现在不冷了。”

聂廷昀将冰凉的手焐热了，才倾身替她系上安全带，启动车子。崔时雨困惑地问道：“去哪儿？”

夜色刚起，她只有一个晚上的假。

聂廷昀不答反问：“训练累吗？”

“一直累，就习惯了。”

“所以不去哪儿。我也很累，我们回去睡觉。”

自从两人在体大秀过恩爱后，崔时雨从宋佳言那里接受了不少“科普”，后知后觉地反应过来聂廷昀曾不着痕迹地对自己进行过下三路的调戏，非常不是人，现在对“睡”这个字本能抵触，有点儿僵住了。

聂廷昀不知她这几天新知识储备完成，牵着她的手走进华尔道夫，就觉得小丫头放慢了步子。

他按了电梯，不解地回头问：“不想来这儿？”

崔时雨只是沉静地垂着眼，唯独颤抖的睫毛昭示出内心的仓皇。

聂廷昀将她朝怀里拢了拢，吻在前额，问道：“怎么了？”

她总是这样紧张，他每次感知到，都得皱眉自问：因为我吗？所以才不安？

进了房间，他从冰箱里拿水，拧开喝了一口，回身却见小丫头站在客厅里，一脸若有所思。

聂廷昀皱了皱眉。

小丫头石破天惊地问：“你想和我上床吗？”

聂廷昀险些呛到：“喀喀喀……”

崔时雨连忙走过去递纸，拍他的背。

聂廷昀随手搁下水瓶，定定地瞧了她半天，神色十分复杂。

崔时雨眨眨眼。

聂廷昀饶有兴趣地问：“我要是想呢？”

他曾险些将她摒弃在人生之外，有一部分原因也是因她对他毫无动摇，无论哪种欲心，她仿佛都没有，寡淡得让人绝望。

可世间情爱，剥开了看不过是欲望。他对她有欲望，才会心魔作祟。

她今天能问出这句话，多半是谁教了些什么。

聂廷昀心生愠怒，同时又隐隐尝到了一丝破除禁忌的甜头，所以按捺着找出那个人是谁的想法，带了点儿揶揄，等她的反应。

崔时雨实在是很郑重、很认真地想了一会儿，抬头说："那也得……比赛后吧。"

话音才落，却见聂廷昀清冷的容色上浮现出一丝诧异，瞬即低低地笑了起来。

"你真是……"聂廷昀无可奈何地将她搂进怀里，下巴抵着她的发顶，轻轻地蹭了一下，又垂头吻过。

崔时雨试探地伸手，回抱住他。

下一刻，却感觉到他的心跳稍稍快了，"咚咚咚"地砸在她耳郭边。跟着，发顶的呼吸也发烫起来。

接着身体一轻，她被他整个抱起，直接放到了身后冰凉的料理台上。

她下意识地伸手扶住他的肩头，他站在她面前，双手撑在她两侧，朝她倾身靠近，吻落在鼻尖，而后是唇上，最后带着热乎乎的气息溜到了耳际。

接着，声音化作羽毛，一下下轻抚过她耳朵。

"你得学会拒绝我。"

太痒了，而且……这感觉太奇怪了。

崔时雨下意识朝一边缩着头躲开，他的手掌扣在她颈侧，稍用了力，轻易便阻住她躲避的动作。随后，滚烫的唇切切实实地吻上她红透的耳垂，她不禁抖了一下。

声音还在继续。

"不然……会很危险的。"他一本正经地唤道，"不懂事的小朋友。"

崔时雨眼里泛雾，从平铺直叙的语调里听出了温柔。

"小朋友"三个字从此生根入骨，成了劫难。

第十二章
惘前尘踏错空啼血

聂廷昀的车频繁出入体大，慢慢就被人记住了。

后来有人走过，亲眼瞧见传说中的“铁壁女”崔时雨从聂老大车上下来，到底百闻不如一见，一传十十传百，柠檬树下看好戏的女孩们也就死了心。

冬月过半的时候，海市落了一场寒雨，聂廷昀腿伤留下的旧疾发作，陪练也没法再继续。

崔时雨破天荒地请假，陪聂廷昀去复诊。

“最近是不是有做过剧烈运动？比如健身？”

核磁共振的片子出来后，医生皱着眉看向聂廷昀，又扫了一眼他身边的女孩。

这个帅哥患者一脸淡定，女朋友倒是挺担心的啊。

聂廷昀看了一眼崔时雨，道：“打了大约半个月的柔道。”

医生眉头皱得更紧了：“……伤筋动骨一百天，老生常谈了，手术后我和你说过吧，不要做伤膝盖的运动，健身也尽量就上半身运动。你倒好，还给我去打柔道？”

崔时雨抿唇问：“情况很不好吗？”

让她主动开口的情况少之又少，聂廷昀略带诧异地偏头，这才发现小丫头脸色苍白。

他心里一软，将她的手握着，一点点捏着指节安抚：“没事。”

医生吃不得狗粮，没忍住，不耐烦地道：“什么没事！有炎症！关节都积水了！”

崔时雨垂下头，用几不可闻的声音说了句“对不起”。

是她明知他受过伤，还任性地要他来陪练。

聂廷昀对这点儿小伤倒是不以为意。

这种疼牵筋动骨，但凡行走跳跃，动作幅度稍微大一点儿都会发作，又不能立刻好，只能养着。倒也不是多难以忍受，只是让他觉得心烦。

从医院离开，上了车，崔时雨就倾身过去，伸手去握他的指节。

他怔了一下，下意识地引着她的手抬起，落在唇边，问道：“怎么？撒娇？”

这次调戏无效，小丫头脸色如常，连耳尖都没红一下，只是垂着头。

聂廷昀终于意识到不对，食指屈起，挑着她下巴抬起脸，却见那双眼里有细密的血丝，忍泪忍得通红。

他呼吸哽了一下。

聂廷昀二十余年见过的女孩的泪不算少，各有各的美，各有各的荒唐。

独她，每每让他跟着动容，一缕魂被她牵住了似的。

郁泽闵说，现在形容人眼睛好看，都说那人眼里有星星。

小丫头不一样，只有看着他的时候，眼里才有光亮，其他时候都是一潭死水。

好像他就是她的星星。

小丫头垂眸，眼帘遮蔽住泪水不让他看，一声声说“对不起”。

他没了法子，将她扯进怀里，吻去从眼角逃逸的泪。

他把这味道回赠给她的唇，安抚一般啜吻，手在她后背上一下下地抚着，忍不住叹息。明明伤的是他，怎么还得回过头来哄她？

哭完了，小丫头郑重地用掌心按住他膝盖，双眼明澈，让他想起小时候在杭市见过的那场百年不遇的冬雪。

崔时雨说：“我会负责的。”好像这辈子都把他这条腿承包了一样。

“这就要担责啊？”

聂廷昀把她按回去，探身给她扣上安全带，撤回身时顺道在她鼻尖偷了个吻，启动车子。

发动机的声响里，他的声音温柔得不可思议。

“那以后我就被你承包了是吧？”他打方向盘出地下车库的时候，斜斜地瞥了她一眼，补充道，“盖章了，可没法毁约。”

崔时雨要回学校赶晚上的夜训，聂廷昀将她送回来，正撞见柔道女将们结束休息，三三两两地往道馆走去。冯媛西站在道馆门口，遥遥地朝这头望过来。

崔时雨看不清，却觉得教练好像和她的视线对上了。

接着，冯媛西面无表情地转身进去。

崔时雨心里一慌，她向冯媛西请假时说了谎。

夜训结束时，已经是晚上八点多。

她终于在走廊里堵着了教练，开门见山道："教练，对不起，我今天说去医院其实是……"

冯媛西抱着文件，冷眼瞧她："是看聂廷昀的伤吧？"

崔时雨没有辩解。

冯媛西叹了口气："我记得你和我说过，你想一直做选手。你和别的孩子不一样。他们是定不下来走职业道路的心的，就你一早告诉我，你有这份心。

"聂廷昀家大业大，他往后要怎么着，还不是一句话的事儿？但你不一样。你要是想毕业后结婚生子当个好太太，现在又何必这么拼死拼活训练？"

"时雨啊，"冯媛西很惋惜地看着她，"你是有潜力往上走的。如果这次天英杯你打出成绩来，前途不可限量，就看你到底愿不愿意努力。现在情况这么紧张，容不得你一心二用。你到底是怎么想的？"

崔时雨蓦然抬头说："我是要继续当柔道选手的。"

冯媛西说："那你现在到底是要谈恋爱还是要打比赛？"顿了一下，她终于没能忍住，哑声道："聂廷昀亲口和我说过，他不希望你继续做柔道选手。"

崔时雨好像被迎头打了一棒子，问道："为什么？"

冯媛西嘲讽地笑了一下："为什么？因为苦！因为累！他受过伤，当然不希望你重蹈覆辙。他倒是真对你上心，但他没把你当一个柔道运动员去尊重。时雨，你得时刻记着，你自己想要什么。"

冯媛西说完，与她擦肩而过。

走廊上寂寂无人，身后的道馆还亮着灯。

崔时雨在原地站了一会儿，转身走进去，脑子里嗡嗡直响。

——他不希望你继续做柔道选手。

她不知道聂廷昀私下里都和冯媛西聊过什么。

前些时候，教练和陪练之间的交流多一些无可厚非，只是她想不到，聂廷昀一面不顾腿伤帮她训练，一面却又不希望她继续打柔道。

他又在想什么呢？

还是他宁愿隐忍自己的意愿，也要帮助她完成梦想？

聂廷昀不是会轻易牺牲和妥协的人。

从前她或许会被脑中幻想的假象欺骗，可相处日久，他在她面前毫无遮掩，连坏脾气也一并坦然展露，她又何尝不知道他睥睨人世的倨傲和骨子里的凉薄。

他处处权衡利弊，容不得自己吃一丁点儿亏。

如今拼着委屈自己也要给她的这点儿甜头，往后他一定会让她百倍还回来。

可是怎么还？

崔时雨觉得心中很混乱。她世界里完美的逻辑平衡在此刻被打破了。

聂廷昀是她心里的矛，柔道是护住肉身的盾。

现在，自己的矛要戳破自己的盾——死局，怎会有答案？

她感到被什么扼住了喉咙，气息无法顺利地在身体里运转，她像个溺水的人，忽然忘记了如何呼吸，只得任凭视线渐渐模糊，半晌才从大片的黑影里逃脱出来。

崔时雨缓了口气，爬上爬带，这次爬得稍微高了一些。

她慌不择路，拆了东墙补西墙，想用身体的疼来抵消精神的焦虑，松开手，失重的感觉将她短暂包裹。紧接着，脊背砸落在地，钝痛一刹那从皮肤、骨骼蔓延至全身。

她抬手遮住眼睛，深吸了一口气，坐起身。

她再次爬到爬带上，这次又高了一厘米。

视线垂落，是前所未有的眩晕。

以一种疼来克制另一种疼只是雪上加霜，可她找不到更好的办法了。

她蓦地松开手，风声从耳边刮过，脊背却撞到一个带了温度的轮廓。她听到一声隐忍的闷哼，睁开眼，才意识到她摔到了一个人的怀里。

那人被她重力加速度带得倒在地上，反应敏捷地用落法打了个滚，天旋地转间，她被他顺势压在了身下。

她瞪大眼睛看着上方的人。

聂廷昀面如寒霜，一字一句几乎是从牙缝里挤出来的："崔时雨！"

第一秒，崔时雨没反应过来自己做错了什么，接着，她又脱口问道：“你不是走了吗？”

聂廷昀气笑了：“我办完事想着你夜训结束，正好回来找你！”

谁知道他一进来，就瞧见这傻子爬那么高把自己往下摔，真是天下之大无奇不有。

他打了这么多年柔道，都不知道爬带居然有这么个玩法，够有创意的啊。

崔时雨后知后觉地明白了他的怒火从何而来。

她想起宋佳言最开始知道她这个怪癖的评价：自虐。

“你误会了，我是在……”

放松心情？舒缓紧张？

她选择的方式，本质仍逃不脱自伤，抵赖不掉。

为免火上浇油，崔时雨缓缓闭上嘴，又忽地推着他肩头要起身，问道：“你的膝盖呢？有没有碰到？”

聂廷昀终于从她身上起来，坐到一旁。

柔软的手很快便跟过来，她按住他的膝头，轻轻用了力道检查，轻轻问：“疼吗？”

聂廷昀看着她雪白的小脸，说：“疼。我疼，你是什么感觉？”

崔时雨怔了怔。

她感觉到心都揪在了一处，恨不能替他疼，要是哪里有灵丹妙药能让他完好如初，她拼死也得去拿到。可她的言辞那么匮乏，只能够看着他，喃喃地说：“我也会疼。”

聂廷昀抬手轻抚她摔得瘀青的脊背，目光直接、深邃地望进她眼底。

他说：“我也是一样的。你在赛场上受伤，你从爬带上让自己摔下来……我都是一样的疼，崔时雨。

“为了让你高兴，我多疼都为你忍了，可你得有点儿良心。”

聂廷昀声音低沉、柔软，不带一丝强迫，可每一个字都是枷锁。

“别再让自己受伤了。”

崔时雨愣愣地看着他，舔了舔干燥的唇，开口问：“你希望我不要再打比赛吗？”

聂廷昀平静地吻在她眉心，口是心非道：“我怎么舍得逼你？”

这就是他要讨还的债，这就是他的阴谋。

她明知道，可还是跌进他布下的天罗地网。

崔时雨戒掉了爬带，可她暂时还没找到另一种方式对抗自己的焦虑，严重时呼吸不了，浑身的血好像都凝结在一处，把她困在躯壳里，动弹不得。

她训练的状态越来越不好，冯媛西甚至给她放了一天假，让她不要给自己太大压力。

“你现在这个状态，再训练下去也是无益。”

她几次试图抗议，都被冯媛西打回来。

“去休息。你就是进入了疲劳期，脑子里已经想不到战术什么的了，睡一觉，明天起来就好了。”

她一个人回了家，在空荡荡的房间里徘徊，最终望着床头放着的她和聂廷昀的唯一一张合影，出了神。

我得睡一觉，她想。

崔时雨躺回床上，连日来的疲惫席卷而来，竟真的很快睡过去了。

她是被一个电话吵醒的，听到那头的声音，她有一瞬间分不清到底是梦是真。

是庄芷薇的声音。

“时雨？”庄芷薇大方而亲切地唤她，“我来海市散散心，听二哥说你是体大的，现在在学校吗？我去看看你。”

崔时雨茫然地看着天花板，机械地回答：“没有，我今天休假在家。”

“啊，那太好了。”庄芷薇说，“我找你出来玩好不好？家里最近出了点儿事，我心情太差了，都找不到人陪我。”

崔时雨沉默了良久。

此时屏幕上显示另一通电话呼入，来电末四位是 0723 。

她只犹豫了两秒，或许更短，就挂断了 0723 的来电，冲庄芷薇道：“好。”

入了冬，先前一场雨惹来寒潮，凉意沿着皮肤渗入骨骼。

崔时雨穿了一件厚实的黑色大衣下楼，一出门，还是不由自主地抖了一下。

聂廷昀的车停在眼前，让她有一瞬的怔忡。

接着，车窗降下来，露出庄芷薇略带憔悴却笑容明艳的脸。

似乎看出她的迟疑，庄芷薇大大方方道：“啊，我二哥因为公事在用车，所以向阿昀借了车过来。”

庄芷薇下车替她打开副驾驶座那边的车门，看着她坐进去，食指竖在唇边“嘘”了一声：“他不知道我开车来找你，所以——秘密。”

她摸索着系上安全带，点了点头。

车子启动，驶出小区时，庄芷薇偏头笑了一下：“我开进来，门卫都没问就放行了，说明是熟脸，对吧？”

崔时雨不知该答什么，“嗯”了一声，再没开口。

她又喘不过气来了，却强自克制着胸口的起伏。

半晌，庄芷薇只好自己又打破沉默：“你还真是和传言中的一样……话少。”

崔时雨目视前方，并不接话，问道：“我……我们去哪儿？”

庄芷薇想了想，问：“你是海市人吧，你知道什么好玩的地方吗？”

这对崔时雨来说，等于世纪难题。

她垂眸，摇了摇头：“我没怎么出去玩过。”

庄芷薇叹了口气：“成，那我带你玩。”

崔时雨听多了聂廷昀说她脑回路清奇，她现在觉得庄芷薇的脑回路也很清奇：来这里不找聂廷昀，不找庄闫安，找上了非亲非故的她。她还要带她玩？

说到玩，庄芷薇出国前经常往返海市和杭市之间，又是待不住的性子，在吃喝玩乐上，比崔时雨还要像个本地人。

庄芷薇硬是带着崔时雨先去田子坊挤了一遭，逛各种小店面逛得不亦乐乎。

庄家三小姐对各种上了年代的小物件都很感兴趣，有个牌子的雪花膏是民国时候就有的，铁盒子上画着旗袍女，她爱不释手，非要每种都买一份，还要崔时雨也带一份。

崔时雨陪她走在挤挤挨挨的巷子里，四下人声嘈杂，很多老外，庄芷薇拎着装雪花膏的袋子兴高采烈地和迎面过来的老外安利：中国传统护肤品！

大家都笑起来，仿佛他们原就熟识。

崔时雨看得怔住了，那是她无论如何都没有的明朗大方。

艰难地穿过这条巷子，终于走到石库门附近，她稍稍落后，庄芷薇回过头来牵她的手：“别跟丢了，你要是丢了，回头我没法和聂廷昀交代。”

见她拎着装雪花膏袋子的手微微发抖，庄芷薇又皱了下眉，把她那只袋子一起拿过来了。

崔时雨正愣神，庄芷薇问："你们柔道选手，是不是总受伤啊？感觉你连这么轻的东西都拿不住了。"

她想说，不是，我只是觉得很难过，所以控制不了战栗。可是望着庄芷薇明亮的眼睛，她又什么都没说。

离开田子坊，庄芷薇又突发奇想，说："你想去坐摩天轮吗？"

见望过来的眼神里仿佛有殷殷期盼，崔时雨于是点了点头："想。"

庄芷薇眼睛一亮，笑道："那我们去坐摩天轮吧。"

市中一幢商区的最顶楼，LED屏将摩天轮镀上变幻莫测的浪漫色调，粉红的桃心、紫蓝色的极光、彩色的字母……

崔时雨和庄芷薇乘电梯上去，仰头看见面前的巨大摩天轮，在光影下不由自主地愣神。

"委屈你和我一起来了。"庄芷薇歪头，看着崔时雨笑，"应该是你男朋友带你来的。"

察觉这次望来的眼神中有深意，崔时雨抿了抿唇，脱口问："你为什么……"

"我们上去吧。"庄芷薇打断她，牵住她的手，直奔售票口。

登上摩天轮，崔时雨恍惚觉得被一片紫粉色的光包裹住了。

很梦幻。

她惊奇自己的脑海里也会蹦出"梦幻"两个字。

庄芷薇坐在她的对面，好奇地朝下面望去。

摩天轮缓慢的转动里，仿佛感受不到时间的流逝，只有足下这片城市安然矗立。崔时雨望向对面，美人笼罩在光晕里，漂亮得不可思议。

"我知道你要问什么。"庄芷薇忽然转过头来，与她四目相对，"你想问我为什么来找你。"

崔时雨没有否认。

庄芷薇很温和地给了答案："我想看看聂廷昀喜欢的到底是个什么样的女孩。"

她说到这里停了一下，"能让他起念要放弃和我的婚约"这句话徘徊在嘴边，又咽了回去。

"聂廷昀"三个字像个魔咒，从庄芷薇嘴里说出来，让崔时雨的神经一下子紧绷。

她感到有些喘不过气来，看向窗外的高空，挨过一阵缺氧，才缓缓平静。

“那你看到的我……是什么样？”

“什么样……”庄芷薇似笑非笑地打量她，正色道，“你太乖了，会被他欺负的。”

崔时雨蓦地垂眸：“我想下去了。”

庄芷薇这才注意到她脸色苍白，微微一愣。摩天轮在这时刚好转过一周，缓缓停了下来。

门打开，崔时雨走下去，猛地跪倒在地。

“崔时雨，你怎么了？！”

庄芷薇冲上来扶住她，立刻要打电话，却被一只微微颤抖的手拽住了。

“别和他讲。”

庄芷薇垂眸看着她，将拨了一半的电话挂掉，问道：“为什么？”

相处了这几个小时，她越发觉得小丫头不动声色，让人心里打鼓。她这时候不汇报，若小丫头回头亲自和聂廷昀说了，她八成要被扣上“恶女”的名头，别想洗清嫌疑。

庄芷薇迟疑地蹲身，擦去崔时雨鬓边的冷汗，问道：“你真的没事？”

“我没事。”崔时雨轻声说，“你告诉他，他会生气的。”

庄芷薇见她缓过来一点儿了，扶她起来，有点儿不可置信地问道：“你怕他生气？”

崔时雨不言，算是默认。

庄芷薇叹息：“你不能总是这样啊。”

崔时雨稍稍偏头看向庄芷薇：“那我该怎么样？”

“你得先是你自己，你不能忍着疼去爱他。忍着疼去爱一个人，那是小人鱼，可小人鱼的结局是变成泡沫。”

崔时雨笑了一下：“你说得对。”

庄芷薇开车送她回去。

崔时雨有点儿头昏脑涨，望见窗外的景色，半晌才回过神来，问：“为什么……”

她看到了华尔道夫酒店的大楼。大楼矗立在江滨对岸不远，隔着一条常年封堵的大道。这个时节，游客稀少，整幢华尔道夫立在黄昏里，宛如二十世纪的古堡。

"我暂时……把你还给他。"庄芷薇说。

崔时雨没有问为什么是"暂时"，她隐约感觉到庄芷薇找她本来是有话要说的。

可是等了又等，除了小人鱼的故事，庄芷薇再没暗示过其他。

她不知道，那个时候，庄芷薇心里已经预料到他们的结局——与童话故事里的悲剧，并没有什么分别。

车与她被留在地下车库，等人认领。

聂廷昀接到庄芷薇电话下来，心里未尝不几经思虑。他怕在他处理好一切之前，庄芷薇先来和小丫头摊牌。谁料小丫头只是乖乖地站在车边等他，双眼湿漉漉的，似乎一切如常。

他想问，庄芷薇为什么找你？你为什么挂我的电话去见她？她和你说了什么？

可她突然上前一步抱住他，令他心中所有的困惑烟消云散。

"聂廷昀。"

"……嗯？"

"没什么，就想……喊喊你。"

他抬手抚了抚她后脑柔软的头发，最终什么都没问。

接下来一段时间，两人各自忙碌自己的事情。聂廷昀的公司刚注册，又在赶毕业论文，几乎不在大学城露面。崔时雨正式进入备赛冲刺期，为月底的天英杯决赛做准备。

这期间，两人连电话都很少打一个。

倒是骆微城在崔时雨决赛前夕发来短信，祝她旗开得胜。

崔时雨回了个"谢谢"，躺在上京酒店的床上，没等到聂廷昀的来电。

临睡前，冯媛西敲开她所住酒店的房门，最后嘱咐道："别压力太大，明天正常发挥就行。"

她心中空茫，点了点头："知道了。"

冯媛西关上门。

她终于鼓起勇气发了一条短信给他："明天是决赛。"

半晌，收到平淡的一条回复："别受伤，加油。"

她心知肚明，他不希望她加油，更不恭贺她的胜利。

黄昏时分，天色已经暗了，金融中心大楼灯火通明，煌煌如昼。

技术部的总工敲开办公室的门，却见办公桌后的人头也没抬地说：“半个小时后再过来。”

总工愣了一下，发现青年目不转睛地看着电脑屏幕，还有嘈杂的声音传出。似乎……是在看什么节目？

总工退出去，转身的工夫，瞧见庄闫安正朝这边走过来。

“庄总。”

“程工？”庄闫安诧异道，“今天二测完了？怎么不进去？”

程工说：“等着给聂先生试用二测后的软件，但他说半个小时后再找他。”

庄闫安念叨了一句“邪门儿了”，这不是聂廷昀这种分秒必争的人干出来的事啊。

这个软件可是聂廷昀亲自注册公司搭班底，倾家荡产才搞出来的，现在居然能有别的事比这个还要紧？

庄闫安拍了拍程工的肩膀说：“我去催催看。”

办公室的门落了锁，庄闫安敲了两下，便听门锁“咔嗒”一声。

他推门进去，见聂廷昀仍坐在电脑后没动，脸色有点儿不对劲。

下一刻，聂廷昀猛地站起身，按下电话内线：“帮我订最快的去上京的机票。”

说完，他拎了外套往外走。

庄闫安连忙跟上去：“程工说——”

“我路上试用，不耽误。”说话间，人已经出门走远了。

庄闫安一脸蒙，走到电脑前，看到正在播放的画面，忽地明白了。

——天英杯决赛正在体育频道直播。

屏幕上，刚刚结束的一场对战，名条里看到清楚的一串大写英文字：CUI SHI YU。

——她输了。

上京，天英杯全国柔道大赛决赛现场。

“崔时雨！”冯媛西站在场下，第一次这样严厉地呵斥她，“你是一个柔道选手！你怎么可以怕受伤？”

三次被判罚消极进攻。

她有无数次拼死一搏的机会，却都临阵退缩，畏葸不前。

冯媛西忍着喉头的哽咽，看着筋疲力尽地坐在椅子上的女孩，问："你为什么会变成这样？我宁愿你打输了，能堂堂正正地摸着心口和我说，教练，我尽力了！但你今天敢说这句话吗？崔时雨！"

经历了漫长的两个月的艰辛备赛，因为她几分钟的懦弱，一切付之东流。

崔时雨紧紧地攥着肩头披着的毛巾，无言以对，更不敢直视冯媛西的眼睛。

是啊，我为什么会变成这样？我为什么会开始害怕受伤？她自己并不明白，她的潜意识在屈从着聂廷昀：不要受伤，不必得胜……

献祭的本能深入骨髓，她抗拒不了神的任何要求，她依然胆小、怯懦而自厌。她能做的，只有责怪自己。

"对不起，教练。对不起。"

冯媛西失望地看了她半晌，拂袖而去。

崔时雨坐在原处，慢慢地，把脸埋进手心。

四处都是欢呼声，没有人在意她的失败，所有人都在庆祝那位日本选手获得了胜利，而她终于没能迈进顶级职业选手的门槛。

一切都结束了。她心灰意冷地想，可能你这一辈子就是要如此平庸。

"时雨。"

她抬起脸，一个男人身穿一身赛方的应援运动服，坐到她身侧。

是骆微城。崔时雨愣了一下，没想到他会出现在现场。

"虽然我并不是很懂柔道，但我能看出你比从前多了顾虑。"骆微城凝视着她的侧脸，轻柔地说，"就像一个金刚不坏的武林高手突然有了死穴，他再也不能像从前一样无所顾忌地直面刀枪剑戟了。且不论输赢，心里有了羁绊，是好事。"

崔时雨始终一动不动，听到这句话，才稍稍有了反应。

她哑声说："可我觉得我不再像我了。"

骆微城反问："怎么才是像你呢？"

崔时雨忽地哑然。

金刚不坏之身因聂廷昀露出了死穴，她不安到极点，生怕迟早有一日会一无所有。

若连柔道都失去，她便只是行尸走肉。

可在未曾遇见聂廷昀的最初，她本就是这样一具行尸走肉。

骆微城说："你还好吗？我送你回酒店？"

"好。"刻下，她恍如一缕孤魂，任谁牵着都行。

回到酒店，崔时雨先去敲冯媛西的门，却无人应，到前台一问才知道，冯媛西已经退房离开了。崔时雨麻木地站在酒店大堂，平静地想，她放弃我了。

手在微微颤抖，她用力攥紧了，指甲嵌进掌心，也感觉不到痛。

没什么，这不是我第一次被放弃。

好似有什么东西自她肺腑穿凿而过，令她连站立都没办法维持，她只听到有人在她的耳边说："崔时雨，你还好吗？崔时雨……"

一阵刺耳的长鸣从左耳贯穿过右耳，而后，是深不见底的黑暗。

她恍如坠入一个漫长的梦境。梦里一片大雾，崔时雨循着漫无边际的前路摸索，听到远处有人在说话。

"没什么事，我叫医生来看过了，说是劳累过度。

"说实话，她其实是块打比赛的料，但你既然不想让她做选手，我尽量说服她。

"这本来是康敏的活儿……是，你的人情先欠着也无妨。

"好，你要登机了？"

崔时雨蓦地睁开眼睛。

卧室的房门半掩着，透过门缝，一个人影在来回踱着步讲电话。

她下意识地抓紧被子，捕捉到了最后一句道别的话："回头去海市再聚，挂了吧，阿昀。"

门被推开，她迟疑的眼神正与男人的目光对上。

骆微城怔了一下，问道："什么时候醒的？"

崔时雨张了张口，突然咳了起来，骆微城连忙递水给她。

崔时雨一口气喝了大半杯水，才问："我又晕倒了？"

骆微城注意到了这个"又"字，皱了下眉："你不是第一次这样突然晕倒？看过医生吗？"

崔时雨点点头："以为是贫血，但血检结果正常。"

骆微城若有所思地看了她半晌，问："我有事先走，你一个人没关系吧？回程机票订了吗？"

“我没关系，机票订过了。”崔时雨顿了一下，说，“谢谢你。”

骆微城离开后，崔时雨又睡了一觉，半夜被渴醒，翻身下床，似乎听见什么动静——床头的手机嗡嗡振着。

她拿起手机，来电已经挂了，十几个未接来电，红彤彤地占满手机通话记录。尾号0723，是聂廷昀打的，她麻木地站在床边，没接。

她把手机放下，到客厅打开冰箱。

水喝光了，冷气将她罩着，脸是冰的，心也是。

四下昏暗，只有冰箱里的亮光透出来，一切都像是假的：她没有输掉这场关乎运动员生涯的比赛，教练没有对她失望透顶，聂廷昀不曾找人说服她放弃打职业比赛……

事情从她选择参加那次有聂廷昀在的聚餐开始，一路行差踏错。

她被“暂时拥有他”这个假象迷惑了心智，贪念一起，欲壑难平。

冯媛西问她，你是一个柔道选手，怎么可以怕受伤?

她无言以对。

她是站在绝路上打这场比赛的，首鼠两端刻在骨子里，一面想做赛场上的战士，一面又想成为他的温驯少女。于是她顾此失彼，手足无措。

她笨拙地想学着做个正常的“女朋友”，在他面前一次次脱下铠甲。

铠甲放久了，难免生锈。

她是自作自受。

聂廷昀站在寂静的走廊里，衣上还沾着凉意。电话在手里，屏幕始终亮着，显示正在呼叫，却始终无人应答。他和她只有一门之隔，他若敲门，她一定会开。

他把手机放回兜里，背倚在门上，沉默地垂下眼，点了一支烟。烟灰寂然落在他手指上，他没抖掉，灯光下，烟尘飞扬，归于无声。

这支烟燃到一半时，门突然开了。

小丫头低着头出来，先看到了地上的影子，接着浑身僵住，缓缓朝他望过来。

他没问她为什么不接电话，第一反应是将烟掐了，踩到地上，挥了挥手，试图驱散气味。

她睁着一双杏眼，安静地凝视他，突然开口说：“没关系。”然后弯身捡起烟头，走了很远找到一个铁皮垃圾桶，把烟头丢进去。

他无声地跟在后头，她转身，被他顺理成章地揽进怀里，额头抵着肩。

“你听到了我和微城的电话？”顿了一下，他说，“微城说你大概听到了。”

骆微城是何等精明的人，挂断电话一进房门，看到她的表情就知道事情十有八九已经败露，出去后立刻和他通了气。崔时雨没接他电话，更是坐实了他的猜想。

聂廷昀扣着她颈侧，迫她仰面看向他，说道：“如果我一定要你听话呢？”

这场对峙或迟或早，她逃不过。崔时雨有一刹那屏住呼吸，接着眼眶发红，说道：“你也做过柔道选手。”

——我以为你会明白。

“就因为我做过柔道选手。”

崔时雨艰难地从牙缝里挤出一句话：“这是我自己的人生。”

“自己的人生？因为我才开始的人生，也叫自己的人生？”

语调那么轻描淡写，连嘲讽都不屑掩饰。

——他轻视她，拿捏她于股掌之间，从头至尾。

她感觉到胸口在疼，紧紧咬住牙关，忽地失了声。

这样的聂廷昀，和她记忆里的美好少年的模样无一点相似之处。她究竟是像斯嘉丽爱上阿希礼一样爱上了年少那场美丽的幻觉，还是眼前的这个人？

三年来，崔时雨第一次自我怀疑。

可是，亲昵、恋慕、心动乃至痛楚都那么真切。

她十几年苍白的血脉，在这短短几个月间有了情绪。她感觉到她活着，可以呼吸，她雀跃、嫉妒、自卑甚至想念……因为他。

她无法否认这个事实，这更令她难堪。崔时雨想要逃。她试图推开他的怀抱，她哽咽、挣扎，最终又被他紧紧抱住。

她慢慢地在他怀里安静下来，哑声控诉：“聂廷昀——你看不起我。”

“宝贝，我不是看不起你。”他吻在她耳边，“你想知道为什么吗？”

停了停，他道：“因为你的‘约拿情结’。”

他感觉衣袖被她抓得一紧。他缓缓地撤开距离，看到她瞳孔里的震惊。

“因为你奉我为神，因为你注定会被我的一举一动左右，为我而紧张不安，既渴望看到我，又恐惧靠近我……因为你突发性的昏厥和疾病无关，和你过度在意我而感到痛苦有关。

“你为我忍下了痛苦，就意味着你再不能全力以赴地打一场比赛。”

聂廷昀的语气温柔而缓慢，却透着强硬。

“既然选择奉我为神，就要……追随到底。”

最后，聂廷昀轻轻地叹息：“不能两全的，崔时雨。”

崔时雨愣愣地望着他深邃的眼眸，脑子里一片空白，本能地，愠怒压过困惑，驯服已久的身心在此际迟迟生出嶙峋反骨。

她一点一点地扬起下巴，眼神灼灼：“我也可以不要两全，聂廷昀，我也可以放下你。”

他慢条斯理地收紧扣住她侧脸的手。该是疼的，可她那么倔强，一声不吭。聂廷昀勾起嘴角，像是听了一个笑话：“你凭什么以为你有的选？”

崔时雨扬眉，下一刻，兜里的房卡被他摸走，他拽着她走向房间，刷卡进门。肩头被他重重地推了一下，她踉跄着跌进客厅，险些撞到茶几。

他面无表情地道：“想接着打比赛？我当你陪练，来啊。”

他逼近到跟前，她站立不动，拳头缓缓攥紧。

肩头又被他推得向后一歪。聂廷昀低喝：“动手！”

他的手摸到她的卫衣领子，用的是对练时的抓握动作。

她一股怒火涌上来，本能地挣开，反手拽住他的袖口，一脚别进他两腿间，猛地施力！

“砰”的一声，他被她撂倒在地，倏地蜷起左膝，忍住没有呼痛。

她张着双手，茫然地站在原地，似乎没反应过来自己刚刚做了什么。

“我不是……我不是故意的。”

心跳仿佛都停止了，她跪倒在他身侧，要扶他起身。

衣领一紧，他仰躺在地，揪着她朝下拉，直至呼吸可闻。

“往后你伤几处，我就伤几处。你训练，我就陪着你练，你比赛，我全程跟进，怎么样？”

你威胁我——这句话到了嘴边，看到他苍白的脸色，她无论如何都说不出口。她颤抖着按住他的手背，一滴滚烫的泪“吧嗒”砸下来，落在他唇边。

他尝了尝，比以往任何一次都苦。

第十三章
犹记划袜香阶

“我有的选吗？”室内昏暗，一盏地灯泛着微光，照在女孩的脸上。

这是费难第二次直面崔时雨。

第一次是在几年前，她被堂姐领来，只和他说了几句话就推门离开。

她一直是抗拒与他沟通的，但几天前，她通过崔念真主动找到他预约了时间。

费难凝视她片刻。

女孩的脸很苍白，眼神懵懂，像一只误入凡尘而迷路的小鹿。

他轻声说：“你得知道，崔小姐，选择权一直握在你自己的手上。”

崔时雨扯了扯唇，说道：“我可以选择我没有什么‘约拿情结’？”

“约拿靠近了神，结局圆满。”费难不欲给她加深心理暗示，字斟句酌道，“你已经摆脱了困扰，你已经……和这个词无关了。”

崔时雨沉默。

他从她脸上看出了“不相信”三个字。

接下来，无论费难询问什么，她都不再开口。挨到时间结束，她起身平静地说“谢谢”，然后离开。

从电梯下来，大堂那样安静，崔时雨接到堂姐的电话，轻声应答。

对方说了什么，她根本没有入耳。

她自始至终认为“约拿情结”这几个字十分荒谬，更为荒谬的是，她竟是最后一个知道的人。她不知道她想从费难这里得到什么答案，可还是来了。或许她想确认这件事的真实性，又或许，她走投无路，想寻求一个局外人的帮助。

在聂廷昀面前，她有的选吗？

电话在手心变得滚烫，她漫不经心地应着，顺着旋转门出去，然后看到了站在石阶下的聂廷昀。

崔时雨放下手机，居高临下地望向他，眼前的青年和遥远的记忆重叠。

那个穿着雪白柔道服，在赛场上奋力一搏，以致伤痕累累的少年。

那个冷眼看定她，说只给她一次机会的神。

那个前些时候不曾留给她分毫选择余地的暴君。

这个人，正拾级而上。

她看到他左膝轻微地颤抖，仿佛失了平衡。他尽量从容地维持正常姿势，但她是柔道选手，一眼就看出他在忍痛。

心脏揪紧，她浑身不由自主地开始颤抖。

好吧，聂廷昀。

好吧，我输了。

她听到自己沙哑而清晰的声音："我会和教练请一段时间的假。"

他的影子凝滞在两级台阶下，不动了。

"聂廷昀。"她哽咽着说，"我投降。"

他只是安静地站在原地，张开手臂，等待倦鸟缓缓撞进牢笼。

和冯媛西告假并不是一件容易的事。崔时雨花了一周时间做心理准备，结果是冯媛西主动找到了她，开门见山地问："崔时雨，下次比赛，你是不是不想打了？"

崔时雨迂回地答："我没有减重。"

冯媛西笑了一下，很嘲讽地说："我知道你没有做减重，所以才来问你，你是不是不想打比赛了？"

夜训已经结束，偌大的道馆里，只有对峙的师徒二人。

崔时雨跪在地面，停下擦地的动作，将湿了的抹布叠好，长久地沉默。

冯媛西没有再问什么，她转身，顿了一下，说道："你以后不用留下来打扫道馆了，明天我会换掉队长。"

门打开，门又关上。

崔时雨起身，把抹布晾在窗台上，无声地滚了滚喉头，咽下眼泪。

崔时雨放弃重要参赛名额、中断特训，队长也被换成辈分最长的苏敏。

这一连串变化震惊整个体育传媒圈，因为事情发生在天英杯惨败之后，舆论对她也并不友好。

传说中的“金主”迟迟未有动作，开始有人猜疑崔时雨是否自己放出消息炒作，毕竟崔时雨在众人怀疑她即将出道后，收获了大量的关注度。

随着靳伊人宣布“签约公司”并开通红 V 后，大量网友一边倒地入坑靳伊人，并回踩了“只顾恋爱无心体育事业”的崔时雨。

于是，崔时雨正面帅气的健康形象，一夕之间崩塌。

体大 Bot 连发三条微博表达惋惜之情。

最后一条是：“谁曾料想数月间，武神陨落，阿斯加德消亡。”

这条微博，在一夕间被转发上万，其中出现频率最多的评论关键词为“武神陨落”。

至于陨落的武神本人，只是觉得生活突然变得简单起来了。

训练强度骤然减小，空余下来的时间全部被聂廷昀占据。

崔时雨慢慢进入聂廷昀的世界。

他带她去自己的公司，她知道他们在研发关于康复医学的软件，发现庄闫安竟是知名资本机构的合伙人，了解了他们架构体育资本的宏图……只是，这些都与她无关。

她麻木地倾听，心道，那么好，他每一步都走在正轨上。

那她呢？

“丫头……你想什么呢？”

办公室里，聂廷昀和庄闫安聊到一半，终于留意到她在走神。

崔时雨回过神来，看着眼前打包回来的午饭——聂廷昀忙着和庄闫安开会，却还记得照顾她的胃口，潮汕粥、冬瓜汤……都是她曾不经意提过的“还可以”的东西。

“没什么……你们接着聊，我吃饭。”崔时雨拿着勺子，食不知味。

——她从没有像现在这样怀念赛场。

寒假开始的时候，张诚然出国了，临走前夜，大家为他饯行。KTV 的豪华包厢富丽堂皇如宫殿，嘈杂声灌入耳里，她只是长久地在这纸醉金迷的世界里发呆。

张诚然举杯敬到跟前，她才在聂廷昀怀里回过神，下意识抬手，却被聂廷昀接过酒杯。

聂廷昀习惯性地解释：“她要……”“备赛”两个字在嘴边打了个转，又咽了回去。

他偏头看着怀里的小丫头，她似乎并没有意识到什么，乖乖地由他替喝了这杯酒。

张诚然欲言又止地看了他俩一眼，越过这里，奔向下一处敬酒。

清丽的歌声传出来，是靳伊人在唱歌。

张诚然人脉颇广，和各个高校体育圈的名花名草都能称兄道弟。

光影里，靳伊人的轮廓修长曼妙，的确有几分艺人气质，许多头一次见到真人的男生都看得痴了。

崔时雨恍惚地问："是什么歌？"

聂廷昀用拇指摩挲过她有点儿发红的侧脸，问道："喜欢？"

崔时雨说："听着有点儿伤感。"

歌声还在继续："明明是没以后，但怎么我仍牵手，让你减轻你内疚……"

聂廷昀漫不经心地吻了吻她的发鬓，说道："回头帮你问问叫什么。"

崔时雨起身说："我去洗手间。"

水流"哗啦啦"漫过手心，她捧起水扑脸，溅湿了卫衣。

包厢里的名花都在争奇斗艳，偏她仍穿卫衣和运动裤，非常不合时宜。

她抬头注视着镜子里的自己，感觉好陌生。眉目柔软了许多，似乎失掉了英气，她甚至找不到自己视线的焦点在哪里。

"那个体大C位不过如此嘛，不如靳伊人长得好看。"

"你说她穿成那样，凭什么钓到聂廷昀？"

"哈哈哈——"

崔时雨走出盥洗室，正要进门的两个女孩一抬头，笑声蓦地止住了，表情一时有些难堪。

面前站着传说中的崔武神，仍是一身朴素打扮，气场较之前柔软了许多，面无表情时，眼底仍有冰雪之寒。

然而，她并没有看她们一眼，似乎也没有听到这些话，只是态度平和地侧身走出去。

背后静了一会儿，传来窃窃私语。

"她是不是听到了？"

"听到又怎么样？又没骂她，实话不让人说吗？"

"可是听F大的人说她打过丁柔啊……"

"她敢动手？也不看看这是在哪儿！"

崔时雨加快步子，走回包厢门口，语声终于消失。

她把手缓缓按在门把手上，“咔嗒”一声，有人转动门把手走出来。

“崔丫头？”张诚然诧异地道，“你干吗呢？不进来？”

她愣了一下，回答：“我……出来透透气。”

张诚然回手关上门，看了她半晌，仿佛下定了决心，低声说：“我有件事告诉你，你跟我来。”走到静谧的拐角处，张诚然才问道：“你和聂老大……发展到哪一步了？上垒了没有？”

这个词宋佳言是教过她的。她蓦地红了脸，摇摇头。

“崔丫头……你是只想和他谈个恋爱，还是想一辈子，结婚之类的？”

“我没想过。”她轻声说，“我……什么都没想过。”

“你脑子坏掉啦！”张诚然恨铁不成钢，脱口道，“他和庄芷薇是有婚约的！你要是认真的，趁早别和他在一块儿浪费时间了，聂廷昀这件事做得不地道，就算是我哥们儿，我也得实话实说！”

崔时雨面无表情，只是沉默。

张诚然心急火燎，摊了摊手：“你看，你这是什么反应？”

“他有他的理由吧。”崔时雨低低地说，“我就……当没听过你说的这些话。”

她说着转身：“我回去了。”

她说走，就真的走了。张诚然站在原地，半天没反应过来，自言自语：“这丫头说的是什么话啊？”

你看，你会先一步替他解释，仿佛做错事的人是你自己。

崔时雨垂下眼，推开门，往里走了两步，又站住。

隔着缭绕的烟雾，隔着变幻的光影，聂廷昀不知何时坐到了靳伊人身侧，起身之际，被美人柔柔地搭住手腕，仰面相望，仿佛一往情深。

没人注意到她走了进来，她的存在感一直很微弱，就像没人注意到她又关上门离开了一样。

崔时雨麻木地转身往外走，拿出手机给庄芷薇编辑信息：“庄小姐，聂廷昀和你的婚约是怎么回事？”打完，她又一个字一个字删去。

问了又怎样呢？你又算什么东西？你以为你是他的什么人？

她做了个深呼吸，按住隐隐作痛的胸口，转身往回走。

包厢里一切如常，唱歌的换了别人，聂廷昀也坐回到原处。她回他身侧坐下。他展开长臂揽住她的肩颈，绕了一圈落在分明的锁骨处，拇指轻柔地刮擦着轮廓。

她躲了一下，恰是自投罗网，与他贴得更近，侧脸靠上了胸口，只听得心跳一下下在耳边震响，轰隆，轰隆。

她眨了眨眼，他的掌心已经盖住她的视线。裹挟热气的唇轻车熟路地寻到她耳边，轻声道：“累了就睡一会儿。”

她乖顺地点头，睫毛一下下擦过他的掌心，害他没来由地蜷起手指，心跳漏了半拍。

聂廷昀不知道怀里的小丫头是什么时候睡着的。

点歌台切了一首快歌，有人看到聂老大忽然抬手做了个“停”的姿势。大伙面面相觑，连忙按了暂停，四下一时静得能听到隔壁的歌声。

“怎么了？”

问的人却被边上的人狠狠撞了一下，那人指了指聂老大怀里。小丫头以雏鸟般的姿态偎在聂廷昀怀里，一只手抓握住他覆在腰间的食指，睡得无知无觉，还抿了抿嘴。

众人看到这世间罕有的奇景，一个个纷纷了悟。

靳伊人坐在点歌台一侧，脸色慢慢地沉下来。

那两个在洗手间说过崔时雨闲话的女孩互相看了一眼，心里颇是困惑。

在崔时雨出现之前，谁想过有人敢当众窝在聂廷昀怀里，秀这种恩爱？为什么是她？就凭她是连比赛都打不赢的“武神”？

而聂老大垂眸凝视的眼神，让围观诸人无不感到脊梁骨酥麻。那眼神有点儿像老父亲看女儿，混杂着某种欣慰、温柔、深沉……总之十分复杂。

聂廷昀轻手轻脚地将小丫头打横抱起，冲大家使了个眼色，表示“我先走了”。

看他抱着人离开后，众人迟迟没有打开音乐。

有人感叹：“聂老大谈恋爱原来是这样的吗？太会宠了吧？我是个男的都想嫁……”

立刻有人嗤之以鼻：“就你？你也去打出个‘武神’的名头来啊！”

“你说他俩吵架的话，谁家暴谁啊？”

“估计得打成职业赛吧。”

“哈哈哈……”

七嘴八舌间，音乐重新打开了，鼓点疾速滚过鼓膜，气氛高涨，灯光忽明忽暗，转为瞎眼模式。张诚然沉默地坐了一会儿，感觉自己快失明了，终于起身走出去。

走廊寂静，只有侍者匆匆走过。

他无意识地摸出手机来，滑过联系人列表，最后停在“庄芷薇”三个字上，发了条短信过去：“我要走了，下次美国见吧，这是我的新号。”

等了一会儿，对方回复了两个字：“收到。”

张诚然笑笑，无声地叹了口气。

滨江，华尔道夫。

“你和庄芷薇怎么回事？”

聂廷昀想过郁令仪会找上门来，却没想过是为了这件事。

卧室里还有个睡着的小丫头，他将她的鞋子收进鞋柜，以致郁令仪一大早上门的时候，并没意识到套房里还有别人。

郁令仪端坐在沙发上，接过聂廷昀递来的水杯，目不转睛地观察儿子的反应。

聂廷昀没什么反应，说道：“十几年前的玩笑话也当真？”

其实那婚约严格来说并不算玩笑，只是他刻意想轻描淡写地带过。

郁令仪若有所思，问道：“有喜欢的人了？”

聂廷昀一顿，颔首。

郁令仪失笑，一下一下地点头：“蛮好的嘛。有喜欢的人了，怪不得。你觉得不合适，那就算了，回头我和庄家开口。”

聂廷昀挑了一下眉，颇为意外。

郁令仪起身，指了指卧室，似笑非笑道：“没什么事，我就是来确认一下。我先走了，把人吵醒不好意思喽。”

聂廷昀下意识回身，看到卧室门缝里露出一道影子，怔了怔，再回头，郁令仪早就走了。饶是聂廷昀自认比较了解母亲，也没懂她平白跑这么一趟到底是为什么。

正沉思间，小丫头已经穿着宽大的T恤走出来，脚掌踩在地毯上，没发出一丝声响，她神色怯生生的，欲言又止。

那个女人……是谁？

一个贵气逼人的美女，大清早出现在聂廷昀生人勿近的领地，很难不惹来疑问。

“醒了？”聂廷昀走近，蹲身握住她脚踝。她要缩脚，却被他抓住，抬眸盯了一眼。

只这一眼，她便不敢再动。

他探了探她的体温，果然有些发凉。于是他揽着腿弯将人抱起，放到沙发上，又去更衣室找了双袜子出来，要给她穿上。他刚握上她的足，却被扣住了手腕。

“我自己穿。”她低垂眼眸，耳垂已经红透了。

他从来不忍见她这个模样，松开手由着她自己来。

“入了冬湿气重。”看她慢吞吞套上袜子，他不轻不重地责怪。

崔时雨没吭声，抱着膝盖坐在沙发角落，宽松的短裤边缘向下坠，露出腿根处雪白的皮肤。他只瞥了一眼，喉头不由得发紧，撑着沙发的手扬起，落在她膝头，沿着大腿往下滑。

她吓了一跳，抓住他作乱的手指，反被掌控，十指相扣，半是强迫地让她自己的手背抚摸至髋骨处，仿佛自渎。而他的眼神在预告，还不够，还没结束，小朋友。

她急中生智，脱口问："刚刚来的人是谁？"

他果然转移了注意力，扬眉道："你猜？"

崔时雨不说话了。他问："情人？"

崔时雨知他是开玩笑，还是罕见地别过脸去。他偏要继续惹她，抬手捏着她的下巴转过脸，笑道："说不准是我的前任呢？"

崔时雨也困惑自己为何会突然心烦意乱，只是不吭声。

他两臂罩住她吻下去，吻得她透不过气来。她抓着他衣襟，眼睛湿漉漉的，躲闪着讨饶。

他得偿所愿，终于给了答案。

“是我母亲郁令仪。”停了停，他说，“也不知道跑这一趟干吗。”

她头仰在沙发背上，被围困在他的怀抱中，无处可逃。

他追问："没什么想问我的？"

崔时雨眨了眨眼睛，佯作没听到关乎“庄家”的那些话，安静了片刻，道："嗯。"

她不会说自己早就知道，动摇过，也怀疑过，只是最终选择了沉默。

她不循前因，在他眼里是乖顺至极的楚楚模样。她不问后果，连一丝一毫关乎未来的压力都不曾给他。她越是如此，越惹他心疼。

元旦后，聂廷昀的软件“动愈”上线，线下门店也正式投入试运营，至春节前已完成千万级别的 Pre-A 轮融资，投资方当然是作为合伙人的庄闫安的安宁资本。

发布会当日，聂廷昀这个前明星柔道选手以青年创业者的身份出现，在体育圈掀起了不小的议论。体育频道实时播报新闻短讯，网络上更有几大平台同步直播。

背靠安宁资本这棵大树，目前尚不被关注的体育康复领域终于稍稍引起了大众的注意。

所有人都在感叹，这是怎样的天之骄子，同样是毕业在即，单是起点已经够普通人奋斗一生都未必能够达到。

网上多半是以下言论：

“聂神果然是聂神。”

“听说聂神出身很牛的！”

“转发这个聂神，你的儿子也可能成为青年才俊……”

可没人知道，发布会开始前的二十分钟，“聂神”竟还在后台更衣室里做衣冠禽兽。

说是更衣室，其实更像是一个杂物间。

灯被他回手关了，四下漆黑。崔时雨坐在几只装满了杂物的纸箱上，被扣住后颈，疾风骤雨的亲吻里，她根本连呼吸都找不到缝隙。

明明是深冬，他却烫得让人发慌。

她的手被迫引向他腰腹，无措地、颤抖地要挣脱，接着被惩罚般咬住下唇。他含混地呢喃：“崔时雨，我在等你。”

她心跳得太快，仿佛要蹦出嗓子眼，发出不像自己的声音，那么轻，那么软，甚至带了颤音。

“……等什么？”她明知故问，装傻充愣。

他笑笑，浅啄她一口，退开。

有人不合时宜地敲门催促：“聂先生！发布会马上开始啦！您好了吗？聂先生！”

庄闫安的声音也传过来：“阿昀，你干吗呢？要来不及了！”

崔时雨面红耳赤，如遇到救星，忙道：“你该走了！”

他迫她的手触到更炙烫的所在，偏不走，揶揄道：“把你当女儿养了这么久，你说我在等什么？难道等你叫爸爸？”

这话太过分，崔时雨着了恼，狠狠地推在他的肩头，没留力。他倒退两步，险些踉跄，好不容易站稳了，才见她气得发抖，被欺负得狠了，连说话也变得颤抖。

“聂廷昀，你做个人！”这是小丫头说过的最重的话了。

他回身打开灯，看到她眼里有泪花，怔了怔，放柔语气：“我怎么不做人？”

她垂着眼不说话，从箱子上跳下来整理衣服。

门又被敲响，聂廷昀烦躁地皱了皱眉，说了句“来了”，匆匆凑近她摸了摸侧脸，说道：“等我回来，你乖一点儿。”

她无言——她在他面前什么时候不乖了？何止是乖，完全可以用言听计从来形容。

聂廷昀转身开门出去，庄闫安抬手要捶他，一眼瞥见里头脸颊红透的女孩，立刻明白这小子刚刚在忙什么，摇头在心里感叹，禽兽啊禽兽。

什么时候连聂廷昀这么一座冰山也堕落了？果然，男人没一个好东西。

为避免小丫头尴尬，庄闫安扯着聂廷昀立刻去前台，年轻的男助理要进更衣室，被他一把拽回来了，道：“看什么看！马上开始了！”

等门口的人都走光了，崔时雨才小心翼翼地走到镜子前，打量了一下自己的衣服。

她今天难得穿得正式，一袭纯黑香风外套，脚踩短靴，长发披散在背后，被化妆师揪着化了淡妆，却因某人无耻的行径，口红都被蹭没了，原来的唇色反而变得更鲜艳，恍如画报女郎。

发布会侧排为她留了位置，她迟迟才到场，并未引起记者注意。坐定后，她便一直望着台上。

聂廷昀在阐释“动愈”的经营理念。

他西装笔挺，又是从前气场夺人的冷峻模样，立足自己倾注了心血的事业，侃侃而谈。大屏幕将他的近景投映出来，仅一个侧脸就引起台下媒体人的惊叹。

她想起宋佳言形容聂廷昀的用词：天之骄子，睥睨凡尘。

崔时雨攥紧手掌，有些恍惚。

他们在一起……有多久了呢？为什么直至此刻，她都觉得好像是一场梦？

不知不觉，媒体提问环节进行到了尾声，最后一个问题问的是庄闫安。

“请问安宁资本为什么选择‘动愈’？”

“我可以先给一个官方答案。首先，体育健康化是我们看好的大方向；其次，康复方面的潜在需求人群太大了，‘动愈’这样线上线下兼容的设计，符合我们对更大众化内容和产品的期望。”

记者又问：“难道还有非官方答案？”

庄闫安一脸神秘莫测，道：“当然。”

聂廷昀困惑地皱了一下眉，看向庄闫安——这个问题在流程里对过，但庄闫安并没有和他讲过另一种答案。

庄闫安望向台侧的女孩，短暂地与她四目相对。

崔时雨愣了一下。

庄闫安笑笑：“暂时保留这个秘密，未来某一天我可能会揭晓。”

他卖了一个关子，半真半假吊人胃口，记者们只当庄闫安在开玩笑。

下台时，聂廷昀抬手搭住庄闫安的肩，问道：“你刚刚想要说什么？”

庄闫安回头，忽然扯唇道：“阿昀，你知不知道人这一辈子，是很难做到事业爱情两得意的。”

聂廷昀神色渐渐寒凉，没有应声。

庄闫安笑容不变，抬手拍了拍他，说道：“可能过段时间你会明白。”

聂廷昀站在原地，看着庄闫安走远。

一个长相年轻的寸头青年走过来问：“聂先生，您要先去换衣服吗？”

寸头是郁令仪特意从自家公司给他选的助理，是个华人，说中文有点儿蹩脚，名叫文森。他眨着圆乎乎的大眼睛瞧着聂廷昀，看出老板似乎心情不太好。

聂廷昀走了两步，问：“崔时雨呢？”

文森说：“我看到她接了个电话就出去了。”

发布会大厅外，记者已陆续散尽。隔着一条街是滨江北面，与南面滨江大道建筑鳞次栉比、灯火辉煌不同，这一侧栏杆环围，只有江水奔流。

一辆纯黑的轿车靠江停着。

庄芷薇的手从方向盘上落下来，对刚刚上车的女孩眨了眨眼睛：“又见面了，时雨。”

崔时雨颔首：“你好，庄……”

“我大你三岁。”庄芷薇含笑打断她，“你叫我欧尼吧。”

崔时雨茫然：“欧尼是什么？”

庄芷薇大笑：“你都不看韩剧吗？”

见她仍是呆呆的，庄芷薇摇头叹道：“真是——可爱。”接着她又轻声说：“你好像过分相信我了，崔时雨。”

一个电话就能叫出来，带她去哪儿就去哪儿，说什么就信什么……庄芷薇出身高门大户，自小阅人无数，什么妖魔鬼怪、烟视媚行的没见过，却头一回遇上这么没心没肺的情敌。

有没有点儿情敌的自觉？

遇上崔时雨，也是够衰的，害她十八般武艺无处施展。

庄芷薇沉默了一会儿，才说：“我守着看完直播才过来的，聂廷昀在镜头里人模人样的时候还挺帅，是吧？”

借着透过车窗的夕阳，庄家三小姐侧颜精致，像是艺术家笔底下的完美之作。

“完美之作”从烟盒里抽出一支烟来，大大方方地咬在嘴里，没点着。

这习惯与聂廷昀如出一辙。

崔时雨的平静终于裂了一个口子，听到心里“扑通”一声，有什么掉下去，砸得心湖涟漪不断。她再也维持不了占据高地的平和。

那些郎骑竹马来，绕床弄青梅的过往她全部没有，于是失了敌不动我不动的从容，脱口问：“你找我有什么事？”

庄芷薇咬着烟转头迎上她透彻的眼，不躲不避，说道：“阿昀他爸出事了。”

崔时雨皱了下眉。

庄芷薇一笑，接着说：“你可能不明白他家里的那本烂账。”

她简单地说了说郁令仪和聂恕之间的恩怨情仇，然后讲起重点：“聂恕前段时间的收购案失败，合伙人不满决策，揭了他老底，牵连出一堆陈芝麻烂谷子的违规操作。行政处罚已经下来了，天价罚没金。接下来聂恕要么跳楼，要么一辈子还债。”

庄芷薇语气略带苍凉地说：“第二个选择对他来说可能还不如跳楼。”

崔时雨听得不是很懂，却明白“跳楼”和“还债”两个词。

这些都太遥远了，她怔了半晌才问：“为什么告诉我这些？聂廷昀知道了吗？”

庄芷薇略烦躁地沉默了片刻，终于忍不住掏出一只银色的打火机，将烟点着，甚至没问崔时[illegible]介不介意。

她现在心情糟透了[illegible]她可是庄芷薇，什么时候不是高高在上，视凡人如蝼蚁？这一刻，在[illegible]个小丫头面前，她却突然有了向别人讨要东西的卑微感。

她憎恶这种感觉。

庄芷薇狠狠地吸了[illegible]口烟，说道：“我先回答你第二个问题，聂廷昀还不知道。处罚公告[illegible]没正式下，我得到的是内部消息，大家都在瞒着他。我想，聂恕也不[illegible]想在他儿子创业正风生水起的时候说这些。”停顿片刻，庄芷薇接着[illegible]：“然后，我再来回答你的第一个问题。”

崔时雨心里忽地生[illegible]某种预感——某种冰凉、残酷的东西，正毫不留情地戳破她的象牙塔。

庄芷薇吐出一个烟[illegible]，没有看她。

“郁令仪绝对不会[illegible]聂恕，但聂廷昀会救。所以他一定会找到我哥，甚至找到我。”顿了一[illegible]，她加重语气，一字一句道，“不惜一切代价。”

崔时雨猛地屏住呼[illegible]。

烟灰落在脚下的[illegible]毯上，庄芷薇仿若未觉，只缓慢地偏过头，望着崔时雨苍白的脸。

她知道以崔时雨[illegible]前的阅历很难理解这一切，小丫头甚至可能想象不到，她口中的“债[illegible]远不止九位数。聂恕受到的是数罪并罚，是证监会做出的最高罚没。[illegible]般情况下，涉案自然人终身禁入市场。对于和资本打了大半生交道的[illegible]恕来说，无异于断了生路。

庄芷薇将烟头信[illegible]丢在地毯上，毫不吝惜地用高跟鞋一碾，歪头笑了：“小妹妹，你不[illegible]到现在还看不出来我喜欢聂廷昀吧？”

“你想让我怎么[illegible]？”

“我不想你怎么做。我只是来告诉你，我会怎么做。”

崔时雨平静地抬眸问道：“你会怎么做？”

庄芷薇凝视着她，慢条斯理地开口：“我会用这件事要挟他。”顿了一下，她接着道：“所以……如果他哪天和你提分手，那不是他的问题，是我的问题。”

庄芷薇以为小丫头会愤怒，会怨恨，或许还会质问，你怎么能用这种手段来得到爱……

可崔时雨只是沉思了片刻，说道：“那他呢？他会开心吗？”

庄芷薇错愕一瞬，才答："他不在乎开不开心，他只要选择正确，回报值得。"

崔时雨摇头："他在乎的。"

庄芷薇无言地蹙起眉，崔时雨却头一次轻轻地笑了。

"他在乎的。"她低声说，"他虽然在别人看来凉薄寡淡，凡事都权衡利弊，但……我知道并不是这样。他把自己藏得很深，你要在他心里走一段路才能窥见端倪，再走远一点儿，才能触碰到温度，然后发现，喜、怒、悲、欢……他的每一个情绪都非常炙热。"

庄芷薇两颊渐渐失去血色，哑声道："你炫耀爱情的方式……还真是别出心裁。"

"你就当我是在炫耀吧，我只希望他高兴。"

庄芷薇不以为然："你不明白，我们这种人……想称心如意地活着，只是奢望。"

兜里的手机振动了无数次，崔时雨知道聂廷昀一定急着找她，说："我要走了。你不去见见他吗？今天对他来说是很重要的日子。"

庄芷薇眯起眼："我还轮不到你施舍这点儿甜头。"

见小丫头被怼得说不出话，庄芷薇又放软口气道："开玩笑的。"她开了车锁，说："好啦，你走吧。"

崔时雨推开车门，又回头说："多谢你告诉我这些。"

崔时雨穿过人行道。

离发布会所在的建筑越近，一切就越发清晰。

她看到站在石阶上、大厅门口的文森，以及他身旁脸色阴沉的聂廷昀。

崔时雨快步上前，未及抬脚迈上台阶，他已经走下来，抬手用臂弯揽住她后颈。

"你……"她吃痛地叫出声来。

紧实的肱二头肌在颈后压出不痛不痒的力道，崔时雨连声道歉，又被他顺势锁进怀里，大庭广众之下，咬了一下耳垂。她视线越过他的肩头，看到文森正慢慢地侧过身去，假装什么都没看见。

崔时雨一张脸早已红透，手撑在他胸口要推开，却没推动。

"别动——"聂廷昀在她面前不做人已久，兽皮穿上就不打算脱下了，额头抵着她的，逼迫地问，"跑去江边干吗了？"

"随便走走。"她眼都不眨。

聂廷昀盯了她一会儿，没看出什么来，只得眯了眯眼睛说："放你一马。"

回华尔道夫的路上，崔时雨接到了尹楠的电话，表情平淡地应了几声。

聂廷昀与她并肩坐在后排，问道："你妈妈打来的？"

崔时雨点点头，如实报告："她说过年忙着准备晚会，赶不回来了。"

她习以为常，语气里并没有任何失望。

聂廷昀握住她渐渐柔软起来的手，没说什么。文森去地下车库停车，他和她乘电梯上楼。

崔时雨看着闪烁的数字，心想堂姐也要忙台里的事情，今年八成又要去杭市和父亲一块儿过年，但是崔崇年有女友，她并不想当电灯泡。

电梯门打开，聂廷昀突然说："我过年回杭市老宅。"

崔时雨困惑地看了他一眼。

聂廷昀握紧她的手，仿佛不经意地问："你和我一起回去？"

指骨被攥得有些发痛，她却无知无觉，兀自出了神。

他和她还能一起过几次除夕？就当是最后一次。

她任性地想，最后一次。我知道庄芷薇说的都是真话，我知道你将有的选择，我预料到你的痛苦，也看到如今卸下盔甲的我的痛苦。

可我的痛苦无关紧要，我在乎的是你。

请原谅我这么久以来，贪享着我本不配的所有。

走近你，接受你，是我做过最自私，也最勇敢的事。

无论得到你，还是失去你，痛苦都种在我心里，什么也无法阻挡它生根发芽，长成参天巨木。而我之所以愿意承受这些，是因为能看见你得偿所愿。如果你不能，我忍受这些将毫无意义。

崔时雨安静地跟他走进房间。回身关门之际，她自身后抱住他，罕见地如此主动，如此用力。

聂廷昀整个人僵住，手抬起，覆住她交握在他腰间的手背，说道："时雨？"

"带我回杭市吧。"她低声呢喃，"带我一起吧。"

"就为这个？"他掰开她的手，转身将人搂住，在鬓边吻了吻，道，"乖，会带你回去的。"

第十四章
凭岁约

发布会后，聂廷昀几乎一直在工作。线下门店等反馈，线上软件要管监测，媒体方面等着宣传，国外的知名康复师等着他来敲定合作事宜……事情忙成一团毛线球，等他一一理顺了才发现，小丫头最近很少和他联络，有些神出鬼没。

暮色降临，他推门走出办公室，看到程工一双布满血丝、满怀期待的眼睛。他终于大手一挥："放假，年后见。"

欢呼声顿时此起彼伏。

聂廷昀拿起外套，放文森下班，亲自开车走。路上他给崔时雨打了个电话，没人接。

聂廷昀心里莫名有些不安，来自这大半年他们近乎朝夕相对的直觉，或许还有埋藏在心底始终未敢正视的忧虑。他沉思片刻，忽地掉头。

寒假期间，体大的训练场馆还对备赛的选手开放。

他驱车驶进去，停在灯火通明的道馆前。

道馆内，一轮爬带训练刚刚结束。

苏敏气喘吁吁地在原地拉筋，准备接下来的实战对练，身后却传来几不可闻的"嘶"的一声。

回过头，宋佳言正拽着崔时雨的手掌皱眉："我帮你挑了吧，这多疼啊？"

隔着一两步，苏敏瞧见崔时雨掌心通红的血泡，不由得心中冷嗤。

这大约是放松训练的代价。

用几年光景练就的一双铁手，短短月余便能在细心照料下纤软如柔荑。因此，磨泡、化脓、流血、结痂、成茧的苦楚，须得从头来过。

崔时雨抬眼，不经意地迎上苏敏的视线，对方似笑非笑，转回身去。

冯媛西拍手让大家打起精神，说道："苏队，念一下分组，我们开始对练了！"

崔时雨手心的泡来不及处理，就忙着准备接下来的训练。

苏敏慢悠悠地走到她跟前。

"崔队——啊，我忘了你现在不是队长了。"苏敏弯唇一笑，"咱们试一把？这么久了，和你交手的次数也不多。"

崔时雨困惑地皱了一下眉。

交手的次数……当然不多。

她们根本不是一个重量级，更何况苏敏只擅长下盘动作，而崔时雨以"技术华丽"著称，可以说是全能型的选手。就算让苏敏给她陪练，不用她开口，冯媛西都会嫌不够格。

但现在……崔时雨面不改色地紧了紧腰带，和她面对面鞠躬："……请指教。"

半分钟后，苏敏被崔时雨以一个干脆利落的大外刈摔倒在地。

众人吓了一跳，纷纷循声望去。

苏敏狼狈地瘫倒在地，头晕目眩，半晌没缓过神来。而崔时雨衣着整齐，朝她伸手，摊开手掌。

苏敏蓦地别过脸去，自己从地上站起，说道："背心湿透了，我去换一件。"

崔时雨怔了一下，目送苏敏出去，转过头，正和冯媛西四目相对。

冯媛西若无其事地收回眼神。

三十秒内一本胜。崔时雨这丫头……最近实力恢复得不错。

"时雨，陪我打一场。"宋佳言在后头喊她。

崔时雨依言走过去，刚摆好姿势，计时器还没按，就见宋佳言露出怔忪的表情。接着，那些习以为常的"嘿""哈""呀"之类的声音忽然没了，仿佛被按了静音。

崔时雨顺着宋佳言的视线望向门口。

聂廷昀着一袭修身的黑色大衣，抱着双臂斜倚在门边，正静静地注视着她。

冯媛西把他当空气，喝道："都没吃饭？这就打不动了？"

崔时雨下意识地朝他走近，听到冯媛西的冷哼，脚步一顿。

踌躇间，他已经慢条斯理地到了跟前，垂首在她鼻尖一吻。

鼻尖有细密的薄汗，她没躲开，皱眉低声说："脏。"

他只是牵过她的手，和冯媛西道："人我先借走了？"

冯媛西恍若未闻。

聂廷昀心知因为崔时雨的事，自己多半上了冯媛西的黑名单，只好笑笑，径自扯着人走出去。

更衣室门外，聂廷昀等她出来，若有所思。

半晌，小丫头换下柔道服出来，就被他拽住，转身之际，将她围困在两臂和墙面之间。

聂廷昀垂眸，不紧不慢地审视她："我最近忙着公事，忽略你了。"

她连忙摇头："没有忽略，没关系的。"

这回答里，没有一个字符合恋爱模板。

撒娇、埋怨、小脾气……在她这里通通不存在。这大约也是小丫头的魅力之一？

聂廷昀挑了下眉，问道："但你好像比我还忙？"

她听出了兴师问罪的意思，在他的调教之下，已有长进，揣摩着道："对不起，我应该……多主动找你。"

聂先生果然颔首，奖励似的在她唇际一吻，撤开距离。

她松了一口气，又听他问："最近乖吗？不会阳奉阴违报了比赛，所以刚刚才在做对练吧？"

小丫头脸色不变："当然不会。"

聂廷昀定定地看她半晌，嘴角的弧度倏然消失，他扯过她的手，慢慢地翻开掌心。

新伤斑驳，罪证俱在。

崔时雨的脸色一刹那变得如白纸一般。

"非赛时，不用减重成你现在这个鬼样子，爬带训练也不用做到这个强度。"

她喉咙发干，张了张口。

"崔时雨，我再问你一次。"他放轻了声音，像是诱哄，又像是威胁，"你这段时间在干什么？"

走廊拐角处忽然传来一声轻笑。

“时雨在努力备赛呀。年后的比赛，时间很紧呢。”苏敏走出来，看了他们两人一眼，“我听人传谣说，聂神不许我们时雨打比赛，肯定是假的吧？”

苏敏听了半天墙根，大约猜到了崔时雨为什么会突然在冯媛西那里“失宠”，可她分明记得，来年某个预选赛名单上有崔时雨的名字，所以故意出面揭穿。

两人分手是万众期盼，没人觉得清汤寡水般的崔时雨会留住聂神。

苏敏同其他女孩一般，对聂廷昀仍存侥幸。

听到苏敏的话，聂廷昀却并没有回头。

崔时雨始终被他幽邃的眸光笼罩，感知到愠怒，忽然害怕他会当场发作。她是说谎的惯犯，从头到尾就没想过告诉他真话，但也没料到会跑出一个苏敏来坏事。

聂廷昀垂落的手微微抬起。

崔时雨吞了口口水，下意识想往后躲，又意识到后头是墙壁。

他……是不是想打我？万一他打我，我能还手吗？

要不就先挨着吧，说不定能让他消气？

谁料，那只手最后落在她侧脸，轻柔地捏了捏，语调一如既往淡然：“减重几天了？今天带你吃点儿东西，瘦成这样。”

什么走向？天山寒冰一朝化身情癫大圣？

聂廷昀好像完全不把被骗当回事，甚至被骗得甘之如饴。接着，他体贴地接过小丫头手里装柔道服的袋子，牵着人直接走了。

崔时雨茫然回头，看了苏敏最后一眼。

昏暗的走廊里，对方脸色一阵红一阵白，无法掩饰地任难堪布满眉眼。

上了车，崔时雨才在越来越快的车速里意识到，聂廷昀只是在人前给她面子，这件事并没有翻篇——他生气了。

风驰电掣中，她仿佛听到车窗外凛冽的风声，心突突地跳起来。

“聂廷昀……”

“闭上你的嘴。”聂廷昀心平气和地说道。

崔时雨立时噤声。

电话在这时响起。聂廷昀怔了怔，按捺情绪接通，只听了几句话，脸色一瞬间变了。

车头猛地掉转。

崔时雨脱口问道："去哪里？"

聂廷昀眉宇间露出一丝疲惫，声音沙哑地说："医院。"

文森坐在病房外，听到电梯的声响，朝走廊尽头望过去。

聂廷昀面无表情，疾步走过来，问："现在情况怎么样？"

文森收回视线，斟酌着说："幸好发现和处理得都很及时，目前没有生命危险。医生说因为服用的安定剂量较多，洗胃后昏迷时间会长一点儿。"

聂廷昀手攥成拳，问道："吃了多少片安定？"

"去打扫的阿姨说剩下的半瓶都没了。"顿了一下，文森又小心翼翼地补充道，"是不是故意吃多了，现在还不知道。阿姨说他近来失眠，用药本来就在慢慢加量，所以不一定是……"

聂廷昀打断他，捏了捏指骨，推开门。

崔时雨没有跟进去，只透过门缝看到床上躺着的人的侧脸。

那侧脸和聂廷昀极为相似，是聂恕。

——"聂恕要么跳楼，要么一辈子还债。"

——"第二个选择对他来说可能还不如跳楼。"

崔时雨回想起庄芷薇的话，背脊发凉。

她看到结局即将来临，无论是心中一直预想的那场分崩离析，或是庄芷薇口中的"选择"，于她都是末路，或许更是解脱。

文森说："崔小姐，坐一下吧，你看起来脸色很不好。"

她坐在长椅上，试图让自己平静，身体的每一寸肌肉都因过度紧张而疼痛。她感到窒息，又强行控制呼吸的频率，让自己镇定下来。

片刻后，聂廷昀疾步走出来打了个电话，接着转头质问文森："你瞒了我什么？"

文森避开那阴郁的视线，说道："……是郁总不让我透露内部消息，她说处罚决定下来后你自然会看到。"

聂廷昀倏地露出一丝浅笑，几不可见。

是，这才是他母亲的手段。郁令仪狠下心来，什么不能连根斩断？她不肯救的人，也绝不肯别人救。因此事发这么久，从庄闫安到郁泽闵，从身边的文森到圈子里的业内人士……没有一个人和他透过半点儿风声。

等处罚决定下来？

笑话。等到新闻铺天盖地的那天，什么都晚了。就算他知道了，又来得及做什么？

“罚没多少？”

“罚一没五，十二亿。”

领带骤然松了，文森连忙退开，惊惶地抚着喉咙大喘气，抬头却看到聂廷昀站在原地，一动不动，心里忽然很不是滋味。

崔时雨站了起来。

他的脊背像是一道墙，遮蔽住她的视线，却从肩头透出微光。

原来聂廷昀也会有这样绝望颓唐的背影。

呼吸一点点哽住，她心里有股说不清的酸涩蔓延开来，上前自身后将他轻轻抱住。

他的心跳依然不曾昭示波澜起伏，可她知道他也会痛。

“聂廷昀。”她哑声说，“聂廷昀。”

他终于动了一下，仿佛自噩梦里惊醒，回过身，将她搂住。

“我没事……别怕。”他哑声说。

她一下子红了眼眶。这个时候，他却还在安慰她。

崔时雨，够了。借来的，亏欠的，都够了。

该是偿还的时候了。

二月初，动元资本清盘，聂廷昀替医院里的父亲主持了员工遣散大会。

聂恕个人资产强制执行破产流程，连房子和车子也失去了。聂恕出院后，暂时住进了华尔道夫，每天只钻研棋谱，几乎不开口说话。聂廷昀怕有意外，找了护工专门照顾他。

除夕前夜，聂廷昀要赶回杭市。聂恕看着他走到玄关处，才低声问道：“回杭市？”

聂廷昀回身，凝视父亲片刻，解释道：“初一会回来。”

从前每年这个时候，聂恕也是必须陪郁令仪回老宅的，这成了惯例。

聂恕摆了摆手，表示没关系。

等儿子推开门，他忽然开口道：“我没想死。”

聂廷昀背对他静默片刻，说道：“我知道。”

父子俩再没说什么。

聂廷昀走出去，回手关上门。

他走到地下车库时，崔时雨已经等了有一会儿了。

他瞧见裹在鹅黄色大衣里的小丫头，阴沉的眉微微舒展，替她打开门："走吧。"

崔时雨乖乖地坐上车。

从上高速开始，一切都变得光怪陆离起来。

杭市突然下了一场大雪，雪花纷纷扬扬，她扒着车窗向外看，觉得很惊奇。

"很久没见过雪了。"她喃喃道。

开车的人偏头看她一眼，"嗯"了一声，有些心不在焉。

"紧张吗？"

"紧张什么？"

他笑了一下："见我家人。"

崔时雨想了想，如实道："有点儿。"

聂廷昀落下一只手，目不斜视地朝她伸过来，她顺从地把手递过去给他牵住。

带薄茧的掌心漫不经心地包裹住她的手指，他说："别紧张。"

她静默半晌，问道："聂廷昀，你还好吗？"

周遭倏然变得寂静，有什么定格了，包括他微微抿起的唇。

她一颗心忽上忽下，读不出他刻下的情绪，示弱地用两只手拢住他的一只手，轻轻一摇。

他终于开口："不用担心，我还好。"

这些天发生了太多事，聂恕破产的新闻随处都是，她再次确认道："真的？"

"时雨，这些不是你该担心的事。"他放柔语气，"听着，我希望你什么都不知道，风雨都有我在前头挡着。况且这些麻烦与你无关，相信我，我会解决，不管什么时候我都养得起你，不会让你饿着。"

崔时雨本能地想反驳他打算养她这件事。可仔细回忆她和他在一起的时日，他不是养着她是什么？于是她讷讷的不开口了。

聂廷昀也陷入了思索。

他羽翼未丰就独自出来闯荡，很大程度上是为了不受家族掣肘，能够自由选择自己的人生与爱情。这年他二十二岁，以为她是掌中之物，随他任意翻覆，总归逃不脱他的人生。

他以为就算失去一切从头来过，她也一定会陪在他的身旁。

“所以你只要一直看着我，陪着我，爱我。”他抬手在她侧脸上轻刮了一下，问道，“可以吗？”

崔时雨垂眸，说道：“当然。”

车一路开上半山，才望见隐蔽在草木清华里的大宅。

那就是郁家。

一入郁宅，仿佛走进一个园林景区，葱茏的绿意沿长径铺陈开来，移步换景。

崔时雨被聂廷昀牵住手，亦步亦趋地跟在他身侧，望向设计古朴的独栋五层建筑，不禁失神。

聂廷昀介绍：“后面有山，半环着宅邸一侧，山心刚好有湖，回头带你去那边坐坐，空气不错。”

她举目望去，的确瞧见远处山脉蜿蜒，甚至有云雾飘浮。

他们一路往里走，一路有不认识的人唤“聂先生”，聂廷昀不过微微颔首。

直至进到一楼大厅，她才见到一个熟面孔——曾经将她送回海市的司机，张伯。

“少爷回来啦？”张伯迎上来，一眼瞧见他身后的女孩，心说，这不是上次半夜把他叫起来送回海市的那个小姑娘嘛。

崔时雨低声道：“张伯好。”

张伯视线掠过两人交握的手，眯着眼笑道：“女朋友？”

“嗯。”聂廷昀答得随意，“郁……母亲呢？”

他在家反倒规矩，不再直呼姓名。

张伯道：“她还在公司，可能晚点儿回来。不过泽闵他们都在，守岁也是你们几个凑一处玩，就别管她什么时候回来啦。”

他拽着她乘电梯，说道：“休息一下。累了。”

聂廷昀的卧房在五楼，占据整个大平层，乘电梯上去，古朴气韵荡然无存，只剩下极简的朴素色调。灰、白与原木色交杂，从顶棚到地板，无不是和聂廷昀如出一辙的冷峻味道。

在崔时雨面前，冷峻只是面具，可以随时撕下来不要。

“你……”聂廷昀吻住她时，她只来得及吐出这一个字。

崔时雨背抵着冰凉的墙壁，手摸索到一侧巨大的画框，紧紧扣住，以抵消热吻带来的炙烫和痛觉。

大衣掉落在地，被他踩了一脚，不管不顾地贴近。凉意沿着被掀起的卫衣下摆钻进去，激起腰腹的战栗，他触到轮廓分明的马甲线，再向上，却被抓住手腕。

她甚至不敢看他一眼，倾身投进他怀里，不让他再做什么动作。

“……天还没黑。”

他垂首在她纤弱的脖颈边，问道：“有什么关系？”

她忽然仰面望他，带了点儿固执地问道：“你喜欢我吗？”

他皱了皱眉：“发生什么了？”

聂廷昀飞速地在脑海里回顾这段时间发生的一切。

她私自报比赛的事，他不再追究。

他不曾与人有暧昧，又带她回家过明路，何曾给过她半点儿不确定？

小丫头哪根弦不对，非得问这句话？

可不管她要什么，他给，总不会错。

“喜欢。”

聂廷昀想不出个所以然，只得拥着人吻在眉心、鼻尖，再落回唇上。

他每吻一下，呼吸里都泄露一句：“喜欢。”

崔时雨平生第一次收获这么多坦然告白，坚固的城墙在连续轰炸之下，再也无法坚守。

她仰面道：“聂廷昀，我……”

她想说，我把我自己给你好不好？

电话声忽地响起，两人的动作静止片刻，聂廷昀低笑：“我去洗澡。”

崔时雨满脸通红，看他离开后，才俯身去翻大衣里的手机。

看到来电，崔时雨面上的红晕倏然褪去，冷静地转身走到露台，接起电话。

“骆先生？”

骆微城道：“你给我打过电话？”

“是。”

“我不太明白，崔小姐，你改变主意了？”

“如果没有聂廷昀拜托，你会想签我吗？”

骆微城立刻抓住了重点，问道：“你想确认自己的价值？”

崔时雨默认。

骆微城肯定地道：“会。但不会是我出面，本该是KOL部的康总监来找你。”

崔时雨松了口气，问道：“那……你们还愿意签我吗？”

“崔小姐。”骆微城委婉地说，“你现在的舆论形象不怎么好，但也并不是没有转机。我相信，只要你打赢一场国际比赛，就能很大程度上改变现在的情况。”

“我会的，年后我会去日本，参加一场国际柔道公开赛。我……会努力。”

“那等你比赛后再谈？”骆微城笑了笑，“我是个商人，崔小姐，得先看到成绩才行。”

崔时雨踌躇片刻，说道：“如果我赢了……”

骆微城道：“我们就立刻来聊签约，或许……你有什么其他条件吗？”

这次，崔时雨沉默了很久。

“第一，我希望公司最大限度上不干涉我打比赛。”她停了停，艰涩地开口问，“第二，我需要预支一笔薪水。”

那头沉默良久，说道：“我等你的比赛成绩。”

“还有最后一个要求，也是最要紧的。”崔时雨低声道，“不要让聂廷昀知道。”

除夕夜。

郁家女儿颇多，郁令仪上头有两个姐姐，又都有各自的丈夫儿女在。吃过年夜饭，长辈们聚在一楼沙发区开起茶会话，郁令仪倒成了幺妹，乖乖地给两个姐姐倒酒。

小辈们被驱赶到后院廊下放烟火，挤挤挨挨三五成堆，热切地聊着这一年的趣事。

他们与聂廷昀年纪参差，有的甚至更小，开口闭口却言及股价、收购、画廊之类。

湖边一簇焰火升空，发出“砰”的一声，郁泽闵跑回来道：“太吓人了！我不点了，你们谁爱玩谁玩！”

崔时雨站在布菲台边，端着一块芝士蛋糕，没吃。

聂廷昀在另一侧的茶桌边坐着，和郁家几个堂兄妹聊着什么，神色严肃。

她偏头望了一会儿，把蛋糕放下了。

可惜还得减重，没多少时间了。

“真没想到阿昀会带你回来。”

她一抬头，见是刚才吓得半死的郁泽闵，此刻抱着双臂和她挤在一处，拿起她放下的那块蛋糕，毫不客气地叉了一叉子送到嘴里。

她脸上出现一点儿无辜的困惑。

郁泽闵盯着她，含混不清地说：“你不觉得你和我们不是一路人吗？”

“觉得。”

郁泽闵一时语塞，手中的纸盘忽地一歪，半块芝士蛋糕砸在了她身上。

两人谁都没动，四目相对片刻，郁泽闵说：“你别这么看着我，我也不是故意的。走，我陪你去换衣服。”

崔时雨有些迟疑地摇头：“不用了，我自己去就好。”

郁泽闵笑道：“你确定？要路过大厅，你想被那群长辈抓住做人口普查？”

除夕饭桌上多了她这名不速之客，也只被聂廷昀以“女友”一句话带过。郁令仪不先开口，其他人自然不便盘问她的来历，郁家人桌上极守礼仪，几乎不言不语，她这才逃过一劫。

但要是她一个人走过去……就说不准了。

崔时雨下意识地望向聂廷昀，见他聊得认真，又忽然意识到自己对他过于依赖。

从什么时候起，她连这点儿小事都想征求他的意见？

郁泽闵拉了下她，说道：“走吧，我把我姐的衣服找给你。”

等崔时雨换了一件米色大衣下来，郁泽闵已经先走了，她从电梯出来，直面在沙发那儿攀谈的长辈们，不禁心里打鼓。

电梯“叮”的一声打开，正热聊的大人们果然接二连三地朝她望过来。

“那是阿昀的女朋友吧？”

不知谁先起了头，她便被叫过去坐在了长辈中间，捧着姜茶，低垂眼眸聆听问询。

郁令仪的大姐郁倩文打趣道：“哦哟，阿昀刚才在桌上一副不好招惹的护食相，都没敢问你，多大啦？”

“十九。”

周遭静默片刻，郁倩文笑了两声：“有点儿小啊。”

又聊了半天家住哪儿，父母做什么……等问到两人相知相遇时，郁令仪喝了一口茶，打断谈话：“行啦，让人出去玩吧，别再把人吓着，回头那小子还得赖我身上。”

崔时雨如蒙大赦，朝他们欠了欠身，依言走了。

她才一离开，郁倩文脸上的笑意便散去，问道：“阿昀是不是知道了聂恕的事，故意拿这小丫头气你？”

郁令仪摇头：“我儿子不玩这种幼稚把戏。”

言下之意，聂廷昀是真喜欢这姑娘。

郁倩文没再说话，神态却是不满的。

人世若是狼窝，这丫头就是只羔羊，得要聂廷昀倾身护着。可活着本就艰辛，谁又有余力护谁到最后？

搁下茶碗，郁令仪轻轻地笑了笑：“也别担心。用不着我开口，他们……成不了。”

崔时雨走回后院时，廊下已不见聂廷昀。人不知散到哪里去了，湖边有工人在收拾焰火留下的垃圾。回廊拐角处，有烟气丝丝缕缕。

“所以？”是聂廷昀。

他在和谁说话？

崔时雨站住脚，背靠窗棂，一动不动。

“你自己考虑。”庄芷薇说，“我知道你找到了买家，但我给的价格绝对要优于别人。”

“附加条件是？”

庄芷薇沉默了几秒，半是玩笑道：“要你以身相许怎么样？”

“……荒唐。”

“想想聂恕。”庄芷薇打断他，语气变得稍稍郑重，“我知道我是乘人之危，阿昀，我不觉得丢脸，你也不该觉得。”

聂廷昀沉默。

庄芷薇接着道：“年一过，上头就会下达处罚决定书，我调查过聂恕的资产状况，他倾家荡产加上你把‘动愈’卖给我，罚没还剩下一亿的窟窿要堵。这一亿聂恕无能为力，郁家也不会出手，但我会以私人名义帮你。”

聂廷昀道：“这样我就只欠你一个人的。”

庄芷薇笑了一下：“欠我不好吗？你知道我不在乎你还不还。”

四下陷入沉寂，只有雪落下的沙沙声。

半晌，庄芷薇的声音再度响起："什么时候给我答案？我还要赶回去。"

聂廷昀并没有拒绝："我考虑一下。"

窸窣声响起，接着是谁仓促后退的脚步声，踩了两步又止住。

聂廷昀不悦地低斥："芷薇！"

"这是我第一次和你接吻。"

庄芷薇无视他的愠怒，温柔地说罢，转身走了。

几秒后，聂廷昀的脚步声也渐渐远了。

崔时雨挪了一下冻僵的脚，准备回去，一转身，却见郁泽闵在几步之外吞云吐雾。

郁泽闵懒洋洋地问："你猜阿昀会不会答应芷薇？"

"不会。"

"那你还真是不够了解他。"

崔时雨勾起一边嘴角："是吗？"

"他会。"郁泽闵慢条斯理地掐了烟，说道，"而且会瞒着你。他会等到自己有余力反击的时候，摆庄芷薇一道，拿回掌控权。但在此之前，他会把该吞的红利都吞掉，你呢，他也不会放手。也就是通俗意义上的……脚踩两船。"

"闭嘴。"崔时雨蓦然扬起脸，目光平静。

郁泽闵噤声几秒才反应过来，说道："你敢叫我闭嘴？"

崔时雨一步步靠近，抬手，悠悠地揪住他衣领。

郁泽闵抬眉，心道，我还能被个丫头欺负到头上来？他伸手要把她的手掰开，居然没掰动！

他脸色瞬时变了：怎么忘了这丫头是打柔道的！

"他就算道德上会有瑕疵，也轮不到别人预告。"崔时雨脸色苍白，语声轻柔仿似羞赧，眼神却寒凉，"你和我说就算了，只此一次。但记得，别在外面坏他的名声。"

停了停，她看着郁泽闵铁青的脸色，低声请求："可以吗？"

没等来回答，她松开手，微微颔首，与他擦身而过。

郁泽闵在原地发呆良久，缓过神来，才发现脊背出了一层冷汗。

他刚刚，感受到了武侠小说里才有的……杀气。

夜里一点。

这半山里不曾有过俗世喧嚷的热闹，此刻更是寂静。大厅的茶话会散了，各家要么打道回府，要么上楼睡觉。崔时雨回到顶楼，只有昏暗的壁灯照着她寻到客厅的长沙发。

聂廷昀背对着她，头发微湿地坐在那里，戴着蓝牙耳机，膝上的电脑屏照亮轮廓。

“报价多少……嗯，先把文件给文森，我大概后天回去……”

她无声无息地拿了毛巾过去，站在沙发背后要给他擦头发。

毛巾刚及头顶，就被他闪电般扣住了手腕，倏然回头，瞧见是她，眼神才收敛锋利。

“去哪儿了？半天瞧不见你。”

他关了电脑，说句“先到这儿”，就摘下耳机。

毛巾盖住他发顶，一下下擦着，她低声答：“和你家人聊了几句。”

他闻言一笑：“查户口了？你怎么答？”

“照实说。”

他抓住她的手，她停下动作，居高临下地望着他。

聂廷昀问：“发生什么了吗？”

崔时雨微微一愣，没答话。

“你看起来有点儿难过。”

崔时雨摇头：“我只是……不知道能为你做什么。”

聂廷昀将她的手拉到唇边，吻了吻，说道：“怎么会突然这么想？是不是这几天我家里的事吓到你了？”

她只是摇头。

他在她脸上找不出任何蛛丝马迹，除了眼里隐约的酸楚，这戳得他心尖生疼。

“拿你没办法。”他揉捏她手心的新茧，眼神又渐渐变得无奈，“那场比赛，你坚持要打？”

这次崔时雨凝视他良久，不闪不避地点头。

她觉得手上一痛，是他没留神捏得用力。

“最近烦心事正多，你非要在这件事上跟我唱反调？”

“聂廷昀。”她终于说出这么久以来都不敢开口的一句话，非常平静地说道，“你想控制我。”

我不是你的玩偶。我对你予取予求，不过因为我心甘情愿。

可在柔道上，我不愿意，你知道吗？

聂廷昀早料到他们之间粉饰太平这么久，会有此一问。只是他没料到她真的有胆子阳奉阴违，有胆子当面开口。

他了解自己的掌控欲，所以不能容忍她的片刻脱轨，哪怕是背负上冠冕堂皇的梦想。

有几秒，他眼神冻结成冰，接着松开她，合上电脑，一言不发地走进卧室。

她站在原地，叹了口气。

洗完澡出来，见卧室的门半掩着，崔时雨轻手轻脚地走到门口。

他没有睡，正安静地坐在床边，仿佛在沉思。

昏黄的灯光将他侧影映成画，她凝视了一会儿，赤着脚靠近。

聂廷昀转头，看到她清澈的眼瞳。

她缓缓蹲身，跪坐在他膝旁，拉过他的手翻开，将脸枕在掌心。

他不禁动容。

她总是这样示弱，在他面前从不惜放下自尊，且坦坦荡荡，毫无怨言。

他抬手摩挲她后颈，放柔语气道："成什么样子，起来。"

她不动，仰面看他："我在请求你许可。"停了停，她低声道："就这一场比赛，好不好？"至于往后……或许那时候，她已经与他无关了。

所以现在，她哪怕说谎也不愿他生气。

他冷着脸，几次要将她抱起，想及她一身新伤又忍住了，无声叹息。

"崔时雨，你真的擅长用这副姿态绑架我。"

她眨了眨眼睛，露出天然的、无辜的神态，说道："我没有……"

下一刻，他俯身吻住她，推着她慢慢压向地毯。

"还说没有——"

他惩戒般在她锁骨上留下痕迹。

深棕色的地毯隐隐有不知名的纹络，她带了伤痕的皮肤映衬其上，呈现出别样的视觉冲击。他的吻落在疤痕上，纪念旧痛，抚慰新伤。

他的手是烫的，所经之处无不掀起燎原之火，她想将自己蜷成极小的存在，一块石，一粒尘……却只是惹他更放肆。

"除了我，不准跪在别人脚边。

“不准把姿态放得这样低。

“不准总是道歉。”

崔时雨抓着他的衣襟躲开缱绻，喘息着道：“你是教练？”

尾音又瞬时被他吞没，厮磨一番后才接着例数禁令。

“不准对别人言听计从。”

崔时雨无暇应答，他却忽地停下所有的动作。

她脸色绯红，发出带着疑问的“嗯”的一声，音调软糯。

他用教练的语气肃然问道：“要是别人像这样两膝压住你下盘，你要用什么招式？”

崔时雨咬着下唇，眼睛雾蒙蒙地看他，居然一本正经地答了：“比赛时这样压住腿是犯规的。”

他炙烫的呼吸散在颈侧，说道：“……我犯规了，那怎么办？”

“裁判会给一个处罚。”

“哦——”他在关键时刻道，“可我还要继续犯规，你会给我吃处罚吗？”

空气凝滞，他与她在极度紧密的时刻僵持着，而后，她缓缓地摇头：“不会，没关系的。”

他再度确认：“……我希望你不是为了比赛在和我做交换。”

她忽然智商在线，反问：“你认为这和比赛等价，可以交换？”

他失笑，头一次被她问得哑口无言。

“聂廷昀，我想给你我能给的全部。”停了停，她温柔地望进他眼睛里，“You have my word.”

聂廷昀愣住了。

第一次送她回家那天，他说过这句话，半真半假，连自己也忘了是否有真心。

——打开我的门，我就给你看其他的东西。

——You have my word.

而现在，换作她承诺。他相信她十足诚挚，满怀真心。

他抬手抚过这双未曾变过的、始终望向自己的眼睛，吻了下去。

一晌贪欢，恍如旧梦。

第十五章
那堪相绝

四月初，崔时雨赴日本集训备赛。

彼时，证监会处罚已下，宣告聂恕风光无限的前半生就此倾颓。郁令仪终于找准时机反将一军，如愿拿到签字的离婚协议书，和聂恕划清界限。

在郁家的施压之下，没人敢为聂恕雪中送炭，而聂廷昀作为郁家的长孙、聂恕的独子，他是唯一一个敢出面收拾残局的人。

聂廷昀独自忙前忙后，四处筹钱缴清罚没金，眼看期限将至，有些焦头烂额。

庄闫安三番五次暗示过，钱不是事儿，只要聂廷昀肯向庄芷薇低个头。

聂廷昀对此沉默以对。

庄闫安困惑："为崔时雨？"

"不为谁，我只是做了选择。"

"你的选择是错的。"庄闫安从他办公室的沙发上起身，脸上难掩失望，"你到底是当我们庄家是外人，还是怕和我妹妹纠缠不清？"

门被摔上，聂廷昀的视线从电脑前移开。

其实不单是庄闫安，几乎所有知情人都在等着他低头。

在崔时雨出国后，庄芷薇又找过他一次。

那天，庄芷薇亲自等在华尔道夫门口，看到聂廷昀从走廊那头过来，一字一句说："我来雪中送炭，只要你一句话，阿昀。"

聂廷昀站在她跟前，不带表情地望进她眼睛里。

他想说：芷薇，你从来不屑乞讨爱情，即便是我也不应该。

话到嘴边，却化作几不可闻的叹息。

她才丧母，他什么重话也不忍心出口。

聂廷昀的视线掠过她，开门进去。

庄芷薇抬手挡住门跟进去，看到他脱了外套，走进书房继续处理未完的公务，钢笔在纸页上不时发出沙沙声。他在全神贯注地看一份文件，笔尖停在某行条款上，思索几秒，画了个圈。

庄芷薇站在书房门口，没有离去的意思。

“聂廷昀，你别告诉我，你真的遇到了爱情。”她嗤笑一声，“我不信。”

这一次，钢笔尖在行末停顿的时间延迟了几秒，晕出一个明显的墨点。聂廷昀终于抬眸看她：“的确，我不懂什么爱情。”

庄芷薇了然地耸了耸肩，说道：“既然如此，你也不是非她不可。”

潜台词是：既然不懂爱情，为什么不考虑我？

“我很自私，芷薇。”他搁下笔道，“当然，你也一样。你和我都习惯用最直观的方式看这个世界。再错综的纠葛，说穿了都是资本，再浪漫的表象，背后也只是利益和价值。我们生来如此，‘残酷’两个字长在骨子里，所以我们看谁都是尔耳，做什么都像是程式。”

庄芷薇张了张口，咬住下唇。

聂廷昀站起身，缓步走到她面前，拍了拍她的肩，又径自朝露台走去。

夕照将烟圈晕出金黄的色泽，她跟到他身侧，他递来一支烟，她接过来，踌躇几秒，没点，只是愣愣地看着他。

聂廷昀罕见地点着了烟，一点儿微光在黄昏里明灭闪烁。他的手肘撑在露台的栏杆上，深深地吸了一口，仿佛可以直入肺腑。

“活成个样本——那迟早得把我逼疯。所以十五岁那年，我选择去打柔道。”他接着说下去，偏头淡淡勾唇，“你和泽闵开玩笑，说郁家出了个百年不遇的体育人，是祖坟冒错了烟，不是青烟，是黑烟。”

烟草味随风经过她鼻息，庄芷薇点点头，说：“你需要……找点儿真切的、有血有肉的事来发泄。”

聂廷昀不置可否，反问：“你知道当崔时雨第一次向我告白的时候，我是什么感觉吗？”

庄芷薇明显一愣：“她向你告白？”

她一直以为是聂廷昀带坏了小丫头，谁知道事实居然是反过来的？

顿了一下，她又抓住一个重点，问道：“第一次？她向你告白过很多次？”

“嗯。”聂廷昀挑了下眉。

这超出庄芷薇的想象，她一时哑然，半天才想起来追问：“她第一次向你告白……你什么感觉？”

聂廷昀稍稍直起身来，风将他的白色衬衫吹得稍稍鼓起，隐隐可见骨骼的轮廓。

庄芷薇偏头凝视着，不经意红了耳郭，收回视线，下一刻他的声音便响起，带着罕见的温柔。

“我感觉我像神，她虔诚地看着我，每个字都是祷祝。没人能拒绝那种虔诚——如果你见过的话。”

他目视前方，看江流潋滟，听游船鸣笛，仿佛失了神。

“我不知道那算不算爱情。但我听到自己的心在跳，血涌上来，让我想到最原始的占有，可她太虔诚了，甚至不让我走下神坛，我什么都不能做，只能布满陷阱等她朝拜过来。

“我第一次相信黑塞说的‘伟大的力量’。我没听到巴赫，没听到托塔卡，我听到世上最天然的、没有杂质的爱慕，我知道那个时候，有什么正在降临。

“你可以说那是爱，也可以说那是别的。”

聂廷昀指间的烟慢慢燃成灰。

他轻轻抖了抖，烟灰飞扬起来，他转过身望着庄芷薇道：“我不知道那是什么，但我知道那是二十年来最让我心动的东西。

“芷薇，在我们这种人的身体里，从来没有过那么虔诚的部分。”

他安静地望着她，不带情绪，眼里却有宽和及悲悯。

庄芷薇屏住呼吸，才能拼命抑制住将要流出的眼泪。

她极力从容地挤出一抹不失动人的笑。

“没错。”她停了停，说道，“我给不了你这个。我们都想要做主宰，又都需要别人臣服。”

她转身说：“我该走了。”

聂廷昀送她到地下车库，庄芷薇看着他的背影，蓦地降下车窗。

“阿昀！我的爱是本能。它可能没那么虔诚，甚至自私。但爱没有高低贵贱之分。”她红着眼睛，扬声道，“如果有可能，我还是会寻找机会抓住你。”

聂廷昀没有说话，安静地回望。

“我知道我会有机会。”

聂廷昀在原地站了片刻，没来得及想明白这句话的意思，庄芷薇的车子从他身边呼啸而过。

与崔时雨失联的第十三天，聂廷昀坐在办公室里看着再次无人接通的电话，皱起眉。

不管是比赛还是封闭集训，不可能连对外联络也禁止。

聂廷昀拨给文森：“查一下四月底阪城的柔道比赛，订最早的机票……”

“聂先生……在罚没款偿清之前，您是被限制出境的。”

聂廷昀忙得忘了这件事，“嗯”了一声。可紧接着，电光石火间，他没来由地心里打了个突。

他抓着电话的手开始不自觉颤抖，连挂回去的动作都重复了两次才完成。他站起身，徘徊在落地窗前，困兽般打转，又猛然停下。

拨给崔念真的电话隔了很久才接通，对方正在忙，不耐烦地回答说崔时雨要签约了，所以会有国外比赛的行程，希望他别搅了堂妹的前途。

第二个电话拨给骆微城。对方沉默了一下，不否认地说：“是，我帮她牵线签约了。”

放下手机时指尖冰凉，他开始强迫症似的，反复回想她离开前的每一个细节，每一句话。

“你喜欢我吗？”

“我只是……不知道能为你做什么。”

“就这一场比赛，好不好？”

“我想给你我能给的全部。”

然后，在他限制出境的微妙时期，她借公司之便以比赛名义出国，自此杳无音信。

真是天衣无缝。

他的手越攥越紧，下一秒，电话“砰”的一声砸向门板，四分五裂。

日本阪城，青少年国际柔道公开赛落幕。

采访区后台，女孩穿着红白交错的运动服，脖子上挂着沉甸甸的一枚金牌，正坐在昏暗处看手机。若仔细分辨，就会发现她实际上看的是锁屏。

锁屏画面乍看去一片素白，像纯色的布料或背景。

她就对着这一片奇怪的空白看了良久，而后伸出手指，按住屏幕不动。

突然，那片素白动了——原来是雪白的被子。

随着图片变化，被子被一只修长的手掀开，露出男孩漂亮而冷峻的侧脸。

下一秒，长睫颤动，眼帘掀起，晨光下，他略浅于琥珀色的瞳仁闪耀出奇异的色泽，只朝镜头望过来也足以勾魂摄魄。这一望的同时，一切静止，而后画面从头开始。

她就这么将手指按在上头，让动图如是循环，呆呆地看了很久，连有人来也没发现。

“崔小姐。”

崔时雨下意识地反扣手机，抬起头。

骆微城穿着同样款式的赛会中方运动服，双手插兜，站在她面前微笑：“久等了。”

两人并肩往外走，骆微城说：“这次你的成绩很好。”

上车后，骆微城探手拿了放在后座的礼物，说道：“给。”

崔时雨接过纸袋，抬眸。

骆微城启动车子道：“打开看看。”

是日本特有的蓝标巴宝莉方格围巾，可惜崔时雨不懂，只摸了摸柔软的表面，说了声“谢谢”。

兜里的电话振了几声，随即安静，她拿出手机看着，半天没动。

骆微城扫了她一眼：“他？”

“嗯。”崔时雨迟疑道，“出境限制解除后，他很可能会来找我。”

骆微城“嗯”了一声：“你是怎么打算的？”

“我不能回队里安排的酒店，他会查到。”

“我在阪城有栋别墅，你可以暂时住那里。不过恕我直言，崔小姐，”骆微城道，“不辞而别是最糟糕的分手方式。”

崔时雨低下头，说道：“再糟糕也早晚会过去。”她不那么重要。

骆微城叹了口气，摇头：“我不太理解你的想法。”

她做出常人无法想象的牺牲，就为了给聂廷昀人生里绝对的选择自由。

现在麻烦告一段落，本该是皆大欢喜。偏在这个时候，她忽然宣告他的皆大欢喜与她无关，拍拍衣袖转身走了——换谁都得傻掉。

可没人知道她心里早已经历过旁人无法想象的崩塌。她换上平静的假象，骗过了所有人，甚至是自己。

崔时雨闭上眼睛，眼帘遮蔽的世界那么光怪陆离。

她看到聂廷昀从黑暗深处走来，站在她面前。

有时她会像现在这样，和心里的聂廷昀对话。

此刻，他会说什么？对了，他会问："你为什么走？"

她局促地绞着手指，抬头直视他，心里的声音一字一句浮现。

因为，因为……因为我没什么可以再给你的了，聂廷昀。我已经给了你我的所有，当再给不了你什么时，我能做的只有离开，否则对你而言，我的存在将毫无意义。

我怕对你有痴心妄想的独占欲，我怕开始厚颜无耻地要求你，我怕因此变得丑陋，在你面前仪态尽失……那该是你最厌恶的样子吧。

你喜欢我是臣服的，怯懦的，温顺的。

你说你和柔道，于我不能两全。

我太害怕了，怕和你走向更加不堪的结局——我知道我们一定会。

就停在一切刚好的时候，趁我还保有体面，趁你还有那么一点儿爱我。

我怎敢妄想再拥有你多一秒。

如果要让梦醒来，那不如就是这一刻吧。

离截止日期还有三天，如庄芷薇所预料的那样，聂廷昀倾尽聂家所有，也仍剩下一个亿的窟窿要填。

庄芷薇没有再找过他，似乎知道他早晚会走到如今这个死胡同。

下班后，聂廷昀拿着车钥匙下地下车库，正要上车，不经意间一瞥，看到一辆紫银色劳斯莱斯停在不远处。

他缓步走过去。

车后门打开，郁令仪说："上来。"

聂廷昀迟疑了半秒，依言上车，低声唤道："妈妈。"

郁令仪袖手旁观儿子为救聂恕所做的一切后，终于大发慈悲。

"我知道你打算把'动愈'卖掉。"郁令仪道，"卖给我，我以高于市场价的价格收购你剩下的百分之二十七的股权。"

郁家的均宁集团做民航起家，一直以来偏重实业，做出这个决策没道理。聂廷昀很直接地说道："我不明白，据我所知，均宁目前没有涉足体育产业的想法。"

郁令仪无声地凝视他。

慢慢地，他在郁令仪眼里看到了不曾料想过的严肃。

"我明白了。"他眉眼平静地问，"你希望我怎么样？"

"去英国读 PPE（政经哲专业），回来后进均宁做事，届时，我会把'动愈'物归原主，再把整个风投部交给你。"

他低笑一声，说道："我对聂恕从前做的事没兴趣。"

"你对体育有兴趣，我知道的呀。"郁令仪抬手，温柔地抚了抚他的侧脸，"可你得明白，你的人生不只有喜欢，还有责任。你为什么要忙前忙后把自己搞成这副鬼样子帮聂恕擦屁股？因为你知道你对他有责任。"

顿了一下，她继续说："那我呢？你对我没有责任吗？"

聂廷昀欲言又止，郁令仪已接着说下去。

"我放你自由了二十多年。这些年你想做什么就做什么，我从无二话，你要上天入地，要交什么样的女朋友——甚至是那个打柔道的小丫头，我有没有多说过一句？

"你以为我对你没有任何要求，怎么可能？我姓郁，你归根结底是半个郁家人。"郁令仪握住他的手，"……自由，自由都是标好了价码的。"

聂廷昀绅士地牵着母亲的手，放回她膝头。

郁令仪脸色微微变了："阿昀……"

"我不能走，也不想走。"

他准备下车，郁令仪却低声说："我不是在和你商量，你说这是通知也好，威胁也好，你没的选。"

聂廷昀顿住，摇头："我已经为'动愈'找到了买家。"

"卖给别人，你再也拿不回来了。"

聂廷昀表情淡然："我知道。"

"你是为了聂恕，还是为了那个小丫头？"郁令仪放轻语气试探着问道，"你宁可放弃自己的心血也要留在她身边，但你知不知道她正在国外享受她的自由，半点儿没把你放在心上？"

"你查她了？"他语调上扬，有些出乎意料。

“你最近联系不到她，所以急着解除出境限制，不是吗？”

聂廷昀漠然半晌，表态道：“这是我的私事。”

面对儿子的强硬态度，郁令仪略一偏头，露出明丽的侧脸，明显带了一丝落寞。

“别动她。”聂廷昀说，“我的决定和她并没有任何关系。”

郁令仪摇头：“如果你打算这么疏远郁家，我不能答应你，阿昀。”

她心知儿子对家族的疏离。

事业他不稀罕，亲情连她自己都罕有，所以她才想过用庄家的婚约将他拉近。在崔时雨出现之前，郁令仪从没生出过要勉强他的想法。可就在这一刻，她忽然很恐惧。

他长大了，他视高门如无物，对母子的羁绊只有责任，却没有情感。她看着他独自跋涉，越走越远，她知道他一个人也能越走越好。

可然后呢？

她这半生，被爱过也被辜负过，最后连这点儿亲情的温暖都留不住。

郁令仪叹了一口气。

就在这时，聂廷昀的手机响了，是文森来电。

“聂先生，银行方来电告知，罚款缴清了，现在财政汇缴专户已经封存。”

所有难题就在意想不到的时刻迎刃而解。

聂廷昀却并无喜色，他反常地沉默了很久，问道：“查到补足罚款的汇款方是谁了吗？”

文森迟疑了几秒，说道：“是汇丰银行直接拨款入账，查不到其他记录。”

他平静地说：“知道了。”

郁令仪并没有听到电话那头的内容，她一动不动地盯着聂廷昀，却见他一言不发地推门下车。

聂廷昀步履匆匆，没有回头。

骆微城回国后，天英 KOL 部总监康敏则在夜里抵达阪城。

康敏看着自己一手发掘的小丫头，眼睛里几乎要冒出桃心。

这个崔时雨啊，本人比照片上还要纯天然无公害啊。

“时雨，你好，我是你经纪人康敏，以后你的人生就归我负责了。”

康敏朝她伸手。

崔时雨愣怔了一下，把手递到对方掌心，算是结下盟约。

康敏为她定制了“出口转内销”的走红路径：先在日本打职业赛，再宣传回国内。

崔时雨签约一事对冯媛西来说是先斩后奏，康敏让她留在海外的计划也遭到冯媛西的反对，后来崔时雨瞒着康敏给冯媛西打了个电话，才勉强说服她。

此后，崔时雨一切赛事交由康敏全权负责。

日本是柔道发源地，崔时雨训练了一段时间，渐渐回到“武痴”状态，心无旁骛，唯有求胜。

她的生活几乎三点一线：出门去附近的道馆训练；训练完，康敏准时接她去吃饭；吃完饭回家休息，听康敏安排她此后的人生。

——此后，她将活在每个行程表里。

“这次比赛后，你的舆论形象恢复不少……公司在筹备明年 Q1 的一个上星节目，是运动员和艺人之间的对决……时雨！”

“啊？”崔时雨蓦地扬起头。

康敏隔着一张木几，坐在她对面，看着她一脸无辜的样子，想发火又发不出来，问道：“你到底有没有听我说话？”

“我有的。”像是为了说服自己，她加重语气，“真的。”

康敏盯了她一会儿，合上电脑，生着闷气起身道：“行了，你去休息吧。”

崔时雨顺从地去洗澡，回卧室，躺在床上。

微信的提示音一直在响，崔时雨点开宋佳言的对话框。

宋佳言问道：“时雨，你看到这个新闻了吗？”

她戴上耳机，点开链接。

“庄先生，安宁资本目前重码注资的创业公司是‘动愈’，您对‘动愈’CEO 之前要接受其他方收购的传闻是怎么看的？”

“聂总不是这么容易放弃自己骨血的人。所以不用担心，‘动愈’只抱我们安宁资本的大腿。”庄闫安笑了笑，对记者说，“聂总呢，最近是遇到挺多糟心事，不过就算他迈不过这道坎，看在我俩的关系上，我也得伸手帮一把，是不是？”

记者追问：“是。听说你们是发小对吧？”

“不不不。”庄闫安神秘兮兮地挑眉，“准妹夫更恰当。”

如果分秒时间能够在位移上有维度，于她而言是极细微的来自骨骼的震颤，“嘎啦”一声，清脆地在脏腑里响起。

这才是对的，这是他人生该有的正确的轨迹。

如果那天她没有去赴那场聚会，她仍会在他不曾知晓的地方，祝福他的爱情，他光明的以后，看着他结婚生子，然后垂垂老矣，让平行线回到平行线。

他和她仍是遥远星系里，维持着洛希极限的距离，无法靠近对方的两颗行星。

她非常平静地关上视频，给未接列表里那个密密麻麻的号码编辑短信发过去：“我们分手吧。”

几秒后，系统提示，短信发送成功。

她愣愣地盯着屏幕，很久很久，界面上始终没有回音。

崔时雨关掉手机，闭上眼，可是无法入睡。

她麻木地抬手，狠狠地给了自己一个耳光，“啪”的一声。

康敏敲门道：“时雨？你在干吗？”

崔时雨平躺着，眼睛看向天花板，张了张口，觉得连开口这件事都令她如此疲惫。

不管门外人说什么，她只是闭上眼，迷迷糊糊地睡过去了。

这一睡，再醒来居然是隔天晚上。

康敏说自己快被她吓死了，扯她去医院检查，并没有任何问题。

可是十天不到，崔时雨以肉眼可见的速度消瘦了下去。

冯媛西发视频过来，询问她目前的体重，听到她的回答后吓了一跳：“再减下去就打不动了！”

她只是笑一笑：“好。”可是依然吃不下什么东西。

康敏渐渐地觉得崔时雨和想象中的不太一样。

她看过崔时雨很多场比赛，小丫头在赛场上镇定、果决，眼神很少出现犹疑和不确定。一本胜时意气风发，像个拿到漂亮糖果的小孩子。

骆总用“沉默寡言”来形容崔时雨时，她还当是玩笑，现在她才相信骆总的话。

赛场下的崔时雨，像一尊石佛，好像没有情绪。

康敏只见崔时雨笑过一次。

那天她去道馆接人，崔时雨的柔道服还没换，她便听到教练在用日语和崔时雨讲话，她听不懂，只见小丫头若有所思地扬起嘴角，点头说“はい（是的）”。

上车后，她若无其事地问起和教练聊了什么，崔时雨摇摇头说：“没什么，教练问我的柔道服是不是美津浓的。”

康敏不懂，脱口道：“这是柔道服的牌子？有什么特别的吗？”

崔时雨怔了一下，说道：“其实，也没什么特别的。”

除了特别贵，没什么特别的。

对她来说，唯一特别的或许是……这是聂廷昀送的。

现在想想，其实聂廷昀没有送过她什么东西，送别的，她也不懂，她只懂得柔道。

送她柔道服那天，他还在做她的陪练，交手几回合后，他的左腿旧伤又开始复发，她到了华尔道夫才发现，连忙要给他敷药，他却让她去柜子里找药箱。

药箱自然是没有的。

她打开柜子，看到整齐叠放的一沓包装都未拆的全新的柔道服。

她私下里把这件事说给宋佳言听时，对方狂笑不止。

“我真是不懂习武之人的世界！我可能打了个假柔道吧，哈哈哈……”

她和他都不晓得什么是浪漫。

他送她这个，也不是为着浪漫。

他做什么都有明确的目的，先给了她甜头，在她的装备上煞费苦心，最好的柔道服，最好的药品，最好的减重餐……甚至给了她最好的陪练——他自己。

她那么笨，都不懂他设了个天大的套等着她钻进去。

他为她低声下气做了一切，赚足她的愧疚，再和她说，我不想你受伤。

她只能妥协。

她丢掉自己，满心只想着他，想着他周围有那么多好过她千万倍的选择，想着他的好出身带给她的卑怯，想着他那么耀眼，而她一无所有。

你看——聂廷昀，我又在想你了啊。

一晃到了月底。赛前，崔时雨再次收到宋佳言的八卦链接，点开是微博热搜界面。

热搜第三：聂廷昀的订婚对象。

没有图片，没有视频，只是某融创杂志的青年创业家板块，出现一段文字采访内容。

编者：您今年才二十二岁，事业上已经有这样的成就，那感情方面呢？有理想型吗？对婚姻是否有过构想？

聂廷昀：我已经订婚了。

编者：方便透露对象是谁吗？

聂廷昀：不方便。

短短几行字，一夜间掀起全民大猜想，最终扒出庄闫安的视频，“印证”了官方妹夫的说法，庄芷薇自此浮出水面。

崔时雨平静地删去网页，打开与聂廷昀的短信聊天界面，并无回复。

她再打开微信，与他的上一条聊天记录还是一个月前的视频通话。

他们都不是话多的人，要么视频，要么打电话，打字只说重点，调情更罕有，干巴巴的记录里，只有一条又一条的系统文字，连缅怀的痕迹都少得可怜。

她实在是乏味又无聊的一个人。

这样的她，竟也有幸被他珍视过。

“时雨！”康敏的声音从赛场休息间外传来，“比赛马上开始了！快过来！”

她把手机放到衣兜里，脱掉外套，露出里面的柔道服，走出门，一步步穿过喧嚣的走廊，来到赛场入口。透过工作人员肩膀的空隙，她看到四周密密麻麻的观众，心剧烈地收缩了一下。

康敏说：“时雨，放轻松，这场比赛是开启你崭新人生的第一步。”

教练藤田在一旁抓紧时间做最后的战术指导，急促的日文入耳，她恍恍惚惚听不分明，只是点着头转身，奔赴赛场。

直到很多年后，崔时雨都很诧异。

千万人里，她举目望去，怎会一眼看到他的所在。

赛场正对着她的观众席头排，聂廷昀穿一身海藻绿的运动服，抱臂坐在那里，朝她望来。十米左右的距离，她只能看到他的轮廓，却连每个姿态的细节都谙熟于心。

他怎么会在这里？

她四肢僵硬，手脚发凉，胸腔里唯一温热的东西在剧烈跳动，似乎要跃出喉咙。

鞠躬，退步，计时开始。

对手朝她走过来，她下意识退了一步——我不能受伤，他在看着。

可某种挣扎的痛楚漫上来，让她血液里的怒意悉数沸腾——我自己的人生，又凭什么不能受伤？

她开口说了分手，她先做了叛徒，一声不吭地潜逃。

这个时候，在他面前输给对手，太难堪了。

我要赢！

崔时雨发出一声中气十足的呼喊，朝对手进攻。

“有效！一、二、三——”

哨声响起。

崔时雨气喘吁吁地松开对手，站起身，随着计时再次开始，展开第二轮攻击。

赛场外，康敏皱着眉道：“时雨今天……怎么有点儿凶？”

下一秒，哨声响起，全场欢呼！

康敏回过神来，大声喊道：“一本啊！一本胜！”

藤田也高呼起来，两个语言不通的人拥抱在一起。

颁奖环节，崔时雨站上领奖台最高处，接过花束，戴上奖牌。

走下台时，她下意识地回身朝观众席那个方向望去，头排的座位却空了一个。

他不在。他去哪里了？

她站在原地，本能地要去寻找，不等直播镜头再次推进，就将花束交给场边的康敏，匆忙朝场外跑去。准备采访的记者举着话筒等在一边，刚要上前，却见一阵风呼地吹过。这名记者回过神，只看到冠军选手一个雪白的背影。

崔时雨赤脚奔跑在中央体育馆。

四月的春天还有丝丝寒意。风顺着凌乱的衣领，灌进单薄的柔道服，她一步步顺着走廊走到了体育馆外。她茫然四顾，没看到他。

有工作人员认出她，亲切地上前询问是否需要帮助，她心神恍惚地摇头，往回走。

一楼大堂，五彩的告示牌十分醒目，穿着各色运动服的人来来往往，让她看迷了眼。

她缓慢地踏出一步，踩在冰凉的地面上。

她明明才经过一场恶战，汗还在脊背流淌，浑身却在瑟瑟发抖。

接着，崔时雨忽然站住。

像是一镜到底的长镜头，越拉越近，晃动的人群里，他在熙攘中静止，定格。

她蓦地按住左边心口，试图压下浑身叫嚣的渴望。

周遭万物一点点模糊，唯他真切，连睫毛的细微颤动都能分辨清楚。

一步，两步，他靠近她，在她消失了这么久以后。

他再次与她面对面，在方寸之距站定。

“祝贺你赢了。”聂廷昀心平气和地开口。

崔时雨死死地捏着自己的虎口，用疼痛来维持清醒，声音从嗓子眼里挤出来，有些嘶哑：“谢谢。”

“还以为你学乖了。”他嘴角噙了浅笑，眼神却很冷，“要不是问到骆微城头上，我都不知道你能搞出这番阵仗，还让他也跟着你倒戈——真够有本事的。”

见她不吭声，他歪头确认她胸口挂着的奖牌，一扬下巴，说道：“合着就为了这个？早说啊，早说我亲自送你过来让你打比赛，绝对不多说一个字——在赛场上死了伤了和我有半毛钱关系？”

明明是讥讽，偏偏他口气温和，刺得她皮破血不流，不上不下地吊着，她倒宁愿他对她破口大骂。

“我倒是很好奇，你是怎么拿下骆总的，也用你现在这副楚楚可怜的表情？”

这一句醋劲儿十足，她再傻也听得出，艰难地动了动喉头，却只沉默。

全身的系统都因运行过载而宕机，只有眼睛在努力望着他，贪婪地看着，好像看不够一样，甚至忘记他正怒火中烧。

聂廷昀被她望得心软，低叹一声：“算准了我那几天焦头烂额，没余力管你……你倒是会浑水摸鱼。”

他朝她摊开掌心，无声地表示，玩够了就跟我回去。

一秒，两秒，十秒，一分钟——他的掌心始终空空如也。

手指一点点蜷起，握成拳，他不愿想，不敢想的，终究还是来了。

聂廷昀感觉到心脏在抽痛，想故作淡然地笑一笑，却连嘴角都僵住了。

而眼前的小丫头正直直地看着他，没心没肺地说："没有你，我才能赢。"

杀伤力全无的字眼凑在一起，竟化成利剑将他戳了个对穿。

这才是兵不血刃。

他额头青筋暴起，一下子咬紧牙关，抬起手，半晌不知道要落在她哪块肉上，最后只得握住她肩头，疼得她脸色发白也不敢出声。

"倒打一耙学得挺好！"他克制了半晌，低声道，"是你在乎我在乎得要死，是你自己意志力差，打比赛分心……现在怪我让你做不了常胜将军？"

时间静止了两秒。

"不能两全，聂廷昀，"她脸色惨白，一字一句地说，"这是你说的。"

有那么一刻，聂廷昀几乎不敢相信自己听到的。

不能两全，所以你选择的不是我。

他的手越收越紧，直到她额上冒出冷汗。

有保安试图走近，用日语叽里咕噜说了些什么，似乎想要将他拉开。

聂廷昀目不转睛地望着她的眼睛，猛地抬臂推开不速之客："滚！"

"别这样！"崔时雨一下子慌了，嘶哑着声音阻止。

随着保安跌倒，场面在一瞬间变得混乱起来，其他保安冲上来要拽住他，小丫头固执地挡在他跟前，一声声道歉，接着握住他的手，连拖带拽地拉着他离开大堂。

等走到停车场，聂廷昀反客为主，抓住崔时雨的手腕，将她按进车里。

车子疾速驶出体育馆，崔时雨手忙脚乱地系安全带，又试图给他系，却被他扣住手腕。

"坐好。"

"求你。"她声音里带了哭腔，"我帮你系上安全带。"

跑车"嗡"的一声再次加速，聂廷昀冷静地说："你不想和我一起死的话，坐好。"

崔时雨闻言，缓慢地坐回去，浑身还在克制不住地颤抖。

"你住在哪儿？"

她报了个地址，聂廷昀偏头冷笑了一下："骆微城的房子。"

"不是……"不是你想的那样。

她话到嘴边却又顿住。说与不说，已经没有意义了。

此后一路上，谁也没再开口。

直到聂廷昀将车驶进院子里，他才偏头注视她，问："你是什么时候做好离开打算的？"

"我……"

她的贪念和自制在打架，徘徊在真相和谎言之间，不知给他看哪个好。

"有胆做，没胆说？"他放柔语气，屈指刮过她光滑柔嫩的侧脸。

太亲昵了，肌肤相触的瞬间，她吓了一跳似的，猛然偏头避开，动作幅度之大，仿佛他是什么洪水猛兽。

聂廷昀因此被触怒，捏紧她下颌道："我现在碰你一下都不行？才多久不见你就换了别人献祭？谁？骆微城？"

她的脑袋嗡嗡作响。她知道他在问罪，他也该问罪。

可她刻下的伤心和绝望不比他少，不管是什么罪名，她宁愿放弃辩驳，只要能斩断一切，把她从痛苦里救出来。

见她不答，聂廷昀更加失望，面上泛起冷笑。

妒火将他整个人都淹没了。

骆微城，他的世交好友，究竟存了什么心思才会背着他帮她？骆微城和他是同一种人，心里一杆秤衡量得不着痕迹，怎么可能冒着和他闹翻的风险做这种亏本买卖？

还是崔时雨给了骆微城什么？她又能给骆微城什么？

任何事都经不起推敲，更何况崔时雨离开他身边的一个月，给了他足够的时间一再思量，将疑心、嫉妒酿成滔天之怒。

聂廷昀下车，打开副驾驶座这边的车门，动作粗鲁地将她拽出来。

和屋的拉门被"咣当"摔上，撞击后，又颤巍巍地弹开一条缝隙。

那是她的卧室。

她睡不惯榻榻米，地上摆了张床垫。

他松开手，惯性使然，她"砰"的一声摔倒在床垫上，头撞到了藤编的枕头，接着被他手掌揽起。

他就那样居高临下地压着她审视。

她分不清他眼里有什么，是愤怒、感伤，还是失望、憎恶。

"我说过，我只给你一次机会，崔时雨。"炙烫的、属于他的呼吸侵袭耳郭，她颤抖了一下，听他继续道，"错过了，就回不了头了。"

呼吸开始变得急促，胸腔因缺氧而剧烈作痛，她抬手，想要摸一摸他的侧脸，却被他猛地按住手腕压回床上。

“别的账我可以先不和你算，我只问一句话，你是留在这儿，还是和我回去？”

她看了他很久，久到他以为不会得到答案，然而她还是开口了，非常冷静，不留余地。

“我留下。”

他有一瞬的错愕。

这么久以来，他永远可以拿捏她的自信顷刻间荡然无存。他第一次意识到，原来崔时雨也会是不可控的，只要她决定放弃他。

她感觉到按在自己腕上的那只手在微微颤抖，她只在他腿伤发作时窥见过这种脆弱，而他是宁死也不愿将脆弱示人的。

她克制住心疼，很给面子地装作不知道，只是仰面望着他，可他眼里空无一物，她既看不到自己，也看不到他的情绪。

“你现在……根本不知道自己是怎么想的，也不知道自己在说什么。”他少见地露出不确定的神态，“先跟我回去，我们和费医生聊一聊……”

“他给我的建议是不与你发生关联，你忘了吗？”

聂廷昀一下子僵住。

“不是什么情结，我没有相信过那些。”崔时雨眼神平和，口气宽容，让他觉得自己的愤怒毫无道理，“聂廷昀，我也想创造自己的历史，可是在你身边，我只能是陪衬。”

他面无表情，研判地望了她片刻，哑声质问：“我碍着你当柔道名将了，是吗？”

她不闪不避地望进他眼底，让他没有办法怀疑她说出来的任何一个字。

“我只是发现爱自己比爱别人更重要。”

聂廷昀一刹那失声，陷入夹杂着震惊的沉默。

她仿佛意识不到出口的每句话都是在向他捅刀子。原来只要她想，凭言辞就能诛杀他。

他从来不知道她可以这么残忍。

“如果不是你，我现在已经踏进世界级比赛的门槛。如果不是你，我不必签这莫名其妙的合同，打对我职业生涯根本无益的比赛……你给我的人生，我已经用失去未来还给你了。你只是想控制我。”

她用手肘撑起上半身，朝他靠近，两人彼此呼吸可闻。

“你看不起我的热爱，我的人生，只因为我爱你。因为我爱你，所以你要我放弃，我就得放弃；你要我朝东，我就不能朝西；你要我走进你的人生，我就要走进你的人生做陪衬——哪怕我根本不愿意。如果爱意味着这种牺牲，那我后悔了。”

“你后悔了——”聂廷昀伸手捏住她的下巴，“你敢再说一次吗，崔时雨？”

“我后悔了。”他话音落下的同时，她的话已经无可挽回地出口。

他有一瞬间失掉力气，只觉连指尖都在颤抖。

她给了他独一无二的、最赤诚的爱，现在她说后悔了，要收回去。

是他做了一场大梦，妄想曾在她身上看到永恒。

那些失掉理智和冷静的词，一个个从他嘴里不受控制地蹦出来。

“崔时雨，你知不知道你虚伪极了？口口声声说爱我，带着目的跟踪我、靠近我，玩遍了花样吊着我几个月，现在玩够了，告诉我不玩了，哪来这么好的事儿？你算什么东西，敢和我玩这套？”

他按着她的肩头猛地压向地面。

“哐”的一声，她疼得闭了下眼睛，等痛意缓过去睁开眼，见他正冷漠地看着她，仿佛看着什么物件。

他牵动嘴角，眼底并无笑意：“你以为我是在挽回你？”

她一瞬脸色煞白，徒劳地动了动唇。

怒意烧得他只想到一件事——他有多疼，她就得跟着一起疼。

凭什么到了这时候，她还想独善其身？是她先招惹他的。

聂廷昀俯首，毫无预兆地吻下去。

她偏头，却避不开。他微凉的手探进她柔道服下摆，她终于恐惧起来，开始挣扎。可是没有用，她的力气与他差别明显。

从前她能侥幸摔倒他，只是他故意要惹她心疼，可现在他不必顾虑她的感受。

盛怒之中的人面色如霜，咬破她的唇，柔道服的领子早已在纠缠中大开。她踢到他膝盖，他终于僵硬了两秒，可她瞬间意识到这暂停之下酝酿着更无法原谅的背叛。

她连发誓要承包一辈子的腿都不在意了。

她仰面，眼眶通红地和他对视，等待他的再度爆发。

可莫名其妙地，他笑了一下，抬手擦去她无意识淌下来的眼泪，说道：“你要甩了我，我都没哭，你哭什么？”

他沉默地再度吻下来，温柔至极。

这一次，她没有躲开，闭上眼，抬手搂住了他的脖子。

几个小时后，康敏回来，拉开门正要质问她怎么敢没做采访就跑路，却因眼前的一幕闭上了嘴。

卧室一片狼藉，地灯和茶几倒的倒歪的歪，窗帘拉着……崔时雨裹在被子里，仿佛已经睡了。

康敏连忙掀开被子，却见崔时雨裹着柔道服，缓缓睁开眼。

她拉过崔时雨的脚，发现她脚掌上有细碎的口子，已经结痂，应该是血迹的来源。

康敏这才松了一口气。

“你就穿着柔道服光脚跑回来的？”

崔时雨眼睛毫无焦点地看着她，没说话。

下一刻，康敏僵住了，问道：“你……你哭什么？”

有泪珠顺着崔时雨的眼角流下来，很快洇湿了藤编枕头的纹理。

木色变得越来越深，好像染上了最浓的墨。

“时雨，你怎么了？说话啊！”

“没结果又痛苦的事，是不是该早些结束？”

康敏被问蒙了：“这哪儿跟哪儿啊？你在问啥？”她想了想，又说：“是这么回事吧。活着就算不高兴，也不能老痛苦呀。”

崔时雨闭上眼睛，说道：“我想睡一会儿，康姐。”

“那……我给你伤口上擦点儿药你再睡？”

康敏没等来她的回答。

崔时雨紧闭着眼，呼吸慢慢均匀，就这样睡过去了。

第十六章
归去缁尘

聂廷昀有些回忆不起来他和崔时雨“分手”时的最后一个画面。那个画面是朦胧的，旖旎的，潮湿的……空气里有八重樱的香气，窗外是属于阪城独有的霞光和夕阳。

榻榻米在她脊背上印出了纹路，他入侵到极致时一遍遍要她回答“是”，可她只字不言。

她承受他给予的一切甜蜜和痛苦乃至惩罚，但选择只字不言。

他的确自始至终不明白她在想什么，要什么。

他理解不了她，所以无法左右她的任何决定。

回海市后，他找过一次费难，费难凝视他良久，说了这样一番话。

“你或许可以认为‘约拿情结’是一个病名，但在通俗意义上，它只是我们每个人都会有的弱点。你认为崔时雨病了吗？从医学角度来说，她没有，她只是有些奇怪。

“你认为她有些奇怪吗？从人的多样性来看，她也没有。她只是一身反骨，选择不去做普世意义上的‘常人’。

“从你的描述来看，我认为她和你在一起时并不是那么快乐，她时刻被恐慌、痛苦、自卑所笼罩。这不是一个健全的人格。

“我相信在她提出这一切之前，一定经历了某种趋近自毁的痛苦，才决定与你划清界限。

“她对爱的感知和定义都是模糊的，你追问她，一定得不到想要的答案，而她对你的感情又是天然的，纯粹的，本能的。

“现在，她本能地想离开你，是选择柔道舍弃你也好，是她不爱你爱上了别人也好……你最好是让一切顺其自然。”

崔时雨在海外扬名的那一年，聂廷昀孤身前往英国。他失去父亲的光芒，遭遇家中破产，初创公司变卖，更被一心呵护的小丫头甩了，分手得半点儿余地都不留。

但这一切似乎并没能影响他，他依然是天之骄子。

人们原本以为聂恕将会遭受牢狱之灾，痛苦度过后半生，他的儿子却在紧要关头力挽狂澜，救回了这个家。

人们给了他极大的赞誉，认为他不愧是资本大鳄之子。

可聂廷昀此后没再有什么动作，很是沉寂了一段时间。

媒体将他即将与庄家联姻的消息炒得沸沸扬扬，却也不见他出来回应只字片语。等一切风平浪静时，没人知道，聂廷昀已做出了让人意想不到的决定——离开这里。

他的确不愿听任郁令仪摆布，可他已经失去留下的意义。

临走前，他联络了崔时雨最后一次，用文森的电话才勉强拨通她的手机。

平淡的遣词背后，是他平生第一次尊严尽失地恳求她说出挽留的话。

候机厅很嘈杂，聂廷昀坐在 VIP 室里，隔着一层玻璃，看到归人来客行色匆匆。

电话刚响了两声，对方就已接起：“你好？”

他从椅子上缓慢起身，走到落地玻璃窗前，哑声道：“是我。”

她先是困惑地发出声音，接着就意识到了他是谁。

他和她的默契全部用错了地方。

接下来一秒，他们同时开口，他说“别挂”，她说“对不起”。

聂廷昀揪心地期盼她迟疑哪怕一秒，而崔时雨在那头愣愣地顿住手。

他稍稍放下心来，像最初那样，不带侵略，润物无声地诱哄。

“听说你昨天回海市了？”这句话似乎没别的意思，像是在谈天气。

崔时雨不设防地回答：“是。”

“你现在已经是柔道名将了。”

“没有。”她小声说，“还差得很远，我现在只是赢了两场比赛。”

她一直羞怯于提及自己的成绩。

他沉默了一下，很认真地问：“高兴吗？”

那头良久没有回答。

他想她会是什么表情，困惑？怔忡？开心却隐忍？还是茫然地垂下眼，认真地思索答案？

他既想听小丫头说开心，私心里又希望她最好过得糟透了，能让他有借口将她重新圈禁在羽翼下。

崔时雨，你知道我坏透了。哪怕到了这个时候，我还是没法对你思想高尚。

半晌，他等到了她的答案——“我不知道。”

崔时雨对现状的不确定给了聂廷昀一丝希望，他开始思索着如何措辞能使她卸下防备。

“我要走了。”

应该是这一句。她会吓到，会从这一秒开始后悔。

他抛出这块石头，湖面却久久不见涟漪，更遑论“扑通”一声。

小丫头用很轻很轻的声音打破了沉寂：“我知道。”

聂廷昀一下子哑口无言，攥紧电话。

“是骆微城告诉你的？”

“嗯。”

聂廷昀绷紧了侧脸的线条，压低声音道：“崔时雨——”

可半秒过后，蓦地怒火散尽，另一个念头涌上心头。

“你是为了这个才从阪城回来的？”

没错，她一定是为他回来的。聂廷昀想。

电话那头是无尽的白噪声，他甚至辨不出她的呼吸，只能凭借本能猜测她刻下的反应。

可他无论如何都不会知道她在流泪。

崔时雨死死地握着手机，跪坐在空旷无人的柔道训练场中，用尽全身力气屏住呼吸。

紧接着，她抬手，用硬硬的柔道服袖口擦过眼睛，眼眶顿时被刮得通红。

“不是，我在国内安排了训练。”

他打断她：“崔时雨。”他不想再听她的谎话了。

每次他这样连名带姓地喊她，不是生气，就是要做交易。她咬住唇，静候下文。

“我食言了。我说过只给你一次机会，”停了停，他语气平静地道，“我现在……要给你第二次机会挽回我，你要吗？”

她不答。

“我的航班是九点四十五起飞。”

他不给她说话的机会，挂断了电话。

转过身，文森接过手机，迟疑地问道：“聂先生，她会来吗？”

聂廷昀面色沉冷，抿紧了唇，那一道平直的线条里，罕见地隐藏了些许仓皇和无奈。

半晌，他低声开口：“我也不知道。”

二〇一五年夏天，聂廷昀离开了海市，离开前，他没见到崔时雨。

二〇一七年秋，聂廷昀携海外投资团队归来，正式接管集团风投部，成立均宁资本。

自此，短短一年间，均宁资本在聂廷昀的掌舵下，几乎布局了崭新的体育资本版图。天英近年涉足领域过多，尾大不掉，骆微城力排众议，拿出天英体育这个香饽饽，和聂廷昀达成并购协议。

当晚的庆功宴上，骆微城不经意地提起了庄芷薇。

“你们订婚这些年了也没什么消息，这是拖着呢？”

“订婚是媒体炒的。芷薇要做品牌，说借我大树好乘凉。我算什么大树，让她闹去吧。”

有一点儿亮片随风垂落眉尖，聂廷昀信手拂去，漫不经心。

骆微城笑了笑，转而问：“叔叔最近怎么样？”

“挺好，进了个棋社，成天研究棋谱，上个月还把前国手请到家里来喝茶。”

骆微城和他碰了碰杯，跟着说了一句：“挺好。”

他俩站在人影幢幢的幕布前，安静地看了彼此一眼。

骆微城知道他有话要问，可临到走了，他也没问出口。

各自准备上车离开时，骆微城忽然拦住他。

“你见到她了吗？”她是谁，彼此心知肚明。

聂廷昀摇头，他只在娱乐新闻里见到过她，顿了一下，聂廷昀低声问：“她是不是……过得不太好？”

或许也不是不好，只是和他想象里成为一方柔道名将的崔时雨不太一样。

不，是很不一样。

她似乎不怎么参加正经的职业赛，只是参加一些颇具娱乐性质的企业冠名赛，但也打得十足认真，好像那是她这辈子最重要的事了。但其余时间，她做的事和一个艺人没多大区别。

某次“动愈”选新一届线下推广大使，竟然也有崔时雨的提案，聂廷昀直接否决了。

他开始困惑，这些年她到底在干些什么？小丫头割舍掉他，信誓旦旦说的梦想，就这么打了水漂？

没人能回答他。

回国之初，他实在忙得脚不沾地，只得将心内余烬尘封着，只怕一个不小心拿出来见了风，星火即刻燎原。

直到某天，文森将一通陌生的电话转到他办公室，并称是康敏来电。

他对此很是莫名其妙，问：“哪个康敏？”

文森答：“天英娱乐事业部总裁，以前是主管 KOL 部的。”

聂廷昀一头雾水：“所以呢？”

文森见老板实在不知道这个人，只好摊开了解释：“她是崔时雨的经纪人，想向您请示一下崔时雨的合约。”

聂廷昀便沉默了。

文森在电话这头咽了口口水，抻着脖子想透过磨砂玻璃看看办公室里老板的表情。

但很快聂廷昀就给了回答，非常冷静，好像处理再平常不过的一件琐事。

“你让她直接来见我。”聂廷昀看了看桌上的电子钟，补充道，“六点前我都在。”

康敏也是怀着疑惑来见聂廷昀的。

几个月前，崔时雨旧伤犯了，却还是坚持要打下一赛季比赛。可对康敏来说，以比赛成绩博人眼球的时机已经过去，现在重要的是赚钱。

虽然崔时雨也有过所向披靡、风头无两的时候，但由于伤势叠加，她已经不适合再进行运动，倒不如趁着这口青春饭还在，彻底转型做个艺人。

无奈崔时雨和她意见相左，康敏只好拿出合约来压人。崔时雨倒是让了步，但态度比较消极。

在这是否续约的关卡上，康敏也有点儿拿不准到底要不要留她。

留吧，她若不肯转型，是得不偿失。不留吧，看在这么多年的情分上，她又于心不忍。崔时雨去别的公司说不准要碰到什么乱七八糟的事情，可没人护着她。

康敏一个电话打过去问骆微城，谁料骆微城却打太极："问我做什么？崔时雨不是早就转到天英体育底下了吗？现在天英体育不归我管，你去问新老板。"

康敏压根不认识那位"聂先生"，她只听闻过这段时间他在资本界掀起的风浪，知道聂先生是个狠角色，怎么敢拿这点儿鸡毛蒜皮的小事去招惹大老板？

康敏想敷衍过去，谁料骆微城非常严肃地重复了一次："我说了，你去问聂廷昀。"

这会儿，康敏才觉出哪里不太对。她好像嗅到了八卦的味道。

下午六点整，康敏走进聂廷昀的办公室。

"你好，我是康敏。"

办公桌背后的人从电脑屏幕前移开视线，朝她望过来，示意她坐。

他不过稍稍扬起下巴，康敏三十好几的人，也好多年没见过这么正的帅哥了。

她自问跟随骆微城多年，又混迹娱乐圈，也算是见识过倾城之色，却没一个敢对她这样，漫不经心地扬一扬下巴，连话都懒得说，睥睨众生的姿态让人直想单膝下跪。

她坐下来，竭力让自己的眼神看起来正常一点儿。

"聂……先生。"

她想起文森提醒过他，聂先生不喜欢别人总啊、董的叫职称，所以大家都叫他"聂先生"。

康敏肚子里打了不少腹稿，得从哪儿开始说这件鸡毛蒜皮的小事，比起聂先生繁忙的事务，一个不知名小艺人的合约，实在是……太拿不上台面了。

谁料聂廷昀没给她机会开口，上来第一句就是："她现在住哪儿？"

……这是什么走向？好在康敏是见过风浪的，脑子里迅速地过了一遍，立刻确认了这个没头没尾的“她”指的是谁。

“您问崔时雨？”康敏说，“她住家里。”

顿了一下，怕他不知道，她又说：“就是北江滨那边的那个小区。”

聂廷昀垂着眼，手里把玩着一只银色的打火机，“嗯”了一声，没说知道还是不知道。

“你说正事吧。”

康敏松了口气，连忙将崔时雨合约的事情简单说了。

聂廷昀脸上始终没什么表情，听到康敏说这几年伤得太多时，神色才微微发生变化，问：“伤得很重？”

话到了这个份儿上，康敏还能不明白这两人有故事？

但到底是什么故事，她拿不准，说话颇有些小心翼翼。

“重倒是不重，但不适合再做运动了。”康敏字斟句酌地答。

聂廷昀说：“那就别排比赛。”

康敏犹豫了一下，说道：“但艺人的情况是……”

聂廷昀打断她：“合约续下去。”

聂廷昀始终垂着眼，这会儿忽然掀起眼皮瞥了她一下。

一眼倾国，康敏连呼吸都屏住了。

聂廷昀疲倦地抬手按了按额角，似乎是不想再聊下去的样子：“今天就到这里吧，我会让律师跟这件事。”

让律师从艺人身上找漏洞逼迫续约，这是顶不道德的事情。

但聂廷昀说要这么干，康敏居然不敢说半个“不”字。

崔时雨不明白公司的态度为什么会忽然强硬起来。律师和康敏出现在谈判桌对面时，她非常诧异。

在她的印象里，康敏一直是照顾她的，她从没想过，有一天她们会这样站到了对立面。

但无疑，康敏站得住脚。

那天，她签了续约合同，走出公司，站在秋日明晃晃的太阳底下，却觉得冷。

你恐怕再也没机会打比赛了，崔时雨，你已经成了一个废物。

她渴望的，好像一样都留不住。

隔天是一个彩妆品牌的站台活动。

崔时雨有良好的运动女孩形象，这个品牌新出的系列口红打着“健康色、运动系”的标签，是欧美色系的产品。崔时雨皮肤雪白，眉眼是典型的亚洲长相，但因轮廓明显，唇形圆润，涂上略带夸张的色系，也不显得突兀。

展台活动在商场一楼举行，粉丝与路人将这里围得里三层外三层。

喜欢崔时雨的大多是少男少女，肯为她线下追星。

她本身并不是偶像，照理说应该没有天然的粉丝黏性，谁料她凭借“天然呆”和“反差萌”属性，在一档真人秀节目大火后，竟有了流量艺人的待遇。

粉丝和媒体在底下不停地拍着照，崔时雨手中拿着一支自己生活里从来不用的口红，看着密密麻麻的闪光灯，太阳穴嗡嗡作响。

大家在喊她的名字，试图和她对话，可这一刻，她只想逃离。

我在干什么？

她恍惚地垂下眼，脑子里嗡嗡作响。

当晚，港岛的青奥团主席在海市办了一场慈善晚宴，为有贡献的因伤病退役的运动员筹款。崔时雨作为青少年圈的“明星选手”，虽逐渐退出职业赛场，但也在受邀之列。

当然，她是没钱拍任何东西的。

康敏和她一道过来，开玩笑道：“你随意举牌，到时候骆总会给你报销。”

崔时雨与她环绕圆桌坐在一侧，见四下没人听见，凑过去小声地问道：“真的？”

康敏叹了一口气：“当然是假的。你就一开始举一举，钓后面的大鱼出来就行。”

崔时雨便不说话了。

举牌并不是一件好玩的事情。

崔时雨一直在走神，常常是康敏给她一肘，她就倏地把牌子举起来，听到拍卖官大声喊她的名字：“崔时雨小姐！”后面再加上一个她根本支付不起的数字。

第一轮拍卖结束，台上开始有明星献唱，她跟康敏出去换衣服。

按康敏的话说，虽然没有钱，但不能输了排面，穿是要穿得好的。

更衣室里，崔时雨换上一条鱼尾裙，踩着约三厘米的高跟鞋，感觉自己不是个人，是条鱼。

推门出来，才扶着墙壁走了两步，她蓦地站住脚。

长廊拐角处，猩红底色的印花地毯上，有一长一短两个人影斜斜映出来。

她听到熟悉的声音，带着点儿醺然。

“你拿下天英体育，和她有关系吗？”庄芷薇背靠在冰凉的墙壁上，一只手夹着烟。

聂廷昀有点儿走神。

恍然是数年前，他们在杭市为郁泽闵庆生，他一出电梯就看到的模样。

那年，庄芷薇还天真烂漫，和张诚然并肩靠在走廊墙壁上，望向他的眼神里毫不掩饰恋慕之意。

只是现在，她身边没有张诚然，他身边也没有崔时雨。

走着走着，人们奔忙离散，何处如旧。

聂廷昀回过神来，轻描淡写地说道：“这里禁烟。”

庄芷薇睨了他一眼，扬唇一笑：“聂廷昀，你知不知道小丫头为什么想和你分手就能分手？”

聂廷昀不出声。

“因为你不是我。”庄芷薇深深地看了他一眼，说道，“我豁得出去和你互相伤害，但你豁不出去这样对她。”

聂廷昀想，这话错了，似乎也没错。

他豁得出去，但适可而止，所以他能逼她不打柔道，却不敢强留她在身边。

或许潜意识里觉得，他在她心里是高于柔道的，所以他给她带来的痛苦，总是要甚于柔道。

“话说回来，今天怎么来得这么迟？‘动愈’刚被你拿回手里，正是四处招摇撞骗的时候，这个晚宴你还嫌不够排场？”

聂廷昀习惯了庄芷薇说话夹枪带棒，不接话茬。

庄芷薇叹了一口气：“没意思，你还不如郁泽闵。他还能和我吵吵，你简直是不把我放在眼里，连理都不理。”

聂廷昀等到现在，有点儿不耐烦地说道：“抽完了没有？”

庄芷薇扬声道："干吗？你请我来做女伴，还这么大牌？"

"你抽烟太频繁了。"

"我难道不知道吸烟有害健康？"庄芷薇说着口气软下去，"妈走之后我一直精神不好，我哥也不太敢管我了，没人管，我就学坏了。"

她说着望向聂廷昀，很挑衅地扬唇道："不然你管管我？"

聂廷昀看了下手表，冷漠不应。

庄芷薇也不在意，自顾自地说下去："不过你这回也算够狠的，明知道小丫头欠着公司的钱没还完，还找律师挑她漏洞逼人家续约。这下她柔道选手是彻底做不成了，怎么，你还想捧个明星出来？这圈子可乱了，小心自己没得手，先让哪个脑满肠肥的大老板捷足先登……"

见她越说越没谱，聂廷昀转身要走，却听拐角处传来"咔嗒"一声，脚步登时顿住了。

庄芷薇皱了皱眉，将烟掐了踩在高跟鞋底下，说道："有人听墙角？"

聂廷昀说："没什么要紧。"

也没说什么商业机密，听就听了。

庄芷薇不依不饶："我烦这事儿。"

她绕过墙角，瞧见更衣室的门掩上了，伸手要推，却没推动，喊了一声："喂！"

聂廷昀攥着她的手腕要把人拉走："别闹了。"

庄芷薇明显是有点儿喝高了，逮着一件事没完没了。

"不成，这帮小明星，听了点儿八卦回头就挨个酒桌乱说，我得教育教育……"

聂廷昀没法子，拦腰把人扛麻袋一样扛起来就走。庄芷薇胃顶在他肩膀上，酒差点儿吐出来，狠狠地砸了他几拳："放我下来！"

聂廷昀没松手，可那拳头砸了几下，跟着她的尖叫一起停了。

"聂廷昀。"庄芷薇的声音一下子冷静下来。

聂廷昀站住脚，问道："怎么？"

庄芷薇说："你回头看看。"

聂廷昀怕她玩花样，维持着扛着人的姿态，转身。

小丫头裹在一袭黑色薄纱裸肩鱼尾裙里，长发披于身后，宛如二十世纪立在维多利亚港边的电影女郎。她小腿不似从前那般肌肉饱满，轮廓分明，变得纤细了。

她化着妆——他之前还从没看过她化这种全妆的样子，说是光彩盈盈，照人心底亦不为过。

他手心一下子出了薄汗，力道松了。

庄芷薇顺势跳下来，搭上他的手臂，朝崔时雨一笑，打破沉默："好久不见。"

崔时雨一只手扶着更衣室的门，张了张口，却发不出声音。

嗓子干得要命，身体里的水分好似一瞬间被什么吸走了，让她整个人烧起来。

因为几步之外，聂廷昀正挽着他的未婚妻，一动不动地凝视着她。

有人从扶梯上"噔噔噔"地爬上来。

康敏没认出聂廷昀的背影，只看到崔时雨傻傻地站在更衣室门口，遥遥道："时雨，下来吧，第二轮要开始了！"

她说"好"，然后一步步走过去——和聂廷昀擦肩而过。

那些话还回荡在脑子里：天英体育，拿下，逼迫，续约。

原来康敏倒戈，她打不成柔道……全是拜他所赐。

康敏在阶下牵过她的手："时雨，你是不是发烧了？出了一头汗，回头还得找化妆师补妆。"

崔时雨摇头，回握住康敏的手："康姐，我有点儿不舒服，能早点儿走吗？"

康敏看她脸色的确不好，想了想才道："等到三轮拍卖结束吧，放心，后面那些喝酒啊互动什么的我就不让你掺和了。"

崔时雨点点头，同意了。

聂廷昀他们那桌是主位，三轮拍卖结束，聂廷昀以"动愈"的名义拍了不少东西，成为当晚的慈善王。

崔时雨很怕一会儿康敏带她去交际，到时她免不了要到那桌敬酒。

她不知道要怎么面对他，刚才听到的那番话还在她的脑袋里盘旋。

他不想让她打柔道，他做到了。

可为什么到现在他还耿耿于怀？他不是有庄芷薇了吗？

她不敢细想下去，逼自己斩断妄念，和康敏携手出去。

公司的车从地下车库开过来要几分钟，崔时雨没穿外套，和康敏等在会馆门口。

片刻后，车子来了，却不是公司的车子，车窗降下来，崔时雨认出了对方的脸。

数年前那个略带青涩的华裔助理，现在已说得一口流利的普通话。

“康总，崔小姐，外面冷，不然你们先上车吧。”

康敏凭直觉，也察觉到一点儿内情，怎敢上去做电灯泡，立刻将崔时雨一推，说道：“你先上去，我等公司的车，到了给我报个平安。”

崔时雨无语地回过头，正要说话，下一刻，后排车门打开了，聂廷昀看着她，不带语气地说：“上来。”

崔时雨愣愣地和他对上视线。

她奇怪自己刻下心里的情绪，雀跃、紧张，带着一点儿疼，却唯独没有难过。

他带给她的痛苦，被时光消磨得一干二净。

那些都是即时的，不会堆积。甜蜜却堆叠成塔，让她无法用淡漠来面对他。

崔时雨被鱼尾裙禁锢住了步子，正踌躇着以怎样的姿势上车，视线里恰到好处地出现了一只手。

聂廷昀朝她摊开手掌，眉梢微扬：“再不上来，车里灌风了。”

她于是搭上他掌心，他一用力，她被拽上去，收势不及，跌进他怀中。

车门猛地关上，开走了。

温香软玉在怀，聂廷昀没迟疑，将前后排挡板的玻璃变成不透明的，彻底隔绝了文森的视线。

她手一撑，从他怀里出来，他并没有拦，十足有礼貌地扶了一把，让她在身侧坐稳。

她没问为什么让她上来，他也不说，好像在玩什么“谁先开口”的游戏。

还是崔时雨先打破沉默：“聂先生。”

聂廷昀的脸色有一瞬间变得非常难看。

可是她低垂着眼眸，没有看到，自顾自说下去：“您能不能……让我继续打比赛？”

聂廷昀语气淡然：“你以什么身份提这个请求？”

崔时雨一时语塞。

“如果是员工，我们照合同走。”

他偏头，凝视她不敢妄动的侧脸，缓缓抬手，虚碰了一下她红透的耳垂。

“要是前任，你甩了我，我更没理由以德报怨。”

崔时雨想躲，可他偏又没真的碰到她。

她目光游移不定地眨眼，维持着垂首的姿态，露出一段漂亮的颈弯。

他低低道：“别的，我反倒可以考虑。”

崔时雨也算在娱乐圈里混的，形形色色的暗示听了太多，早就油盐不进，只没想到现在这暗示是从聂廷昀嘴里听到的。他是认真的？还是羞辱她？

又或者经过这些年他也变了，仗着权势会随意对人说这种话？

她觉得挺荒唐，扯唇笑了一下。

下一刻，他手指触到实处，捏着她下巴迫她转过脸来，问道：“你觉得我在开玩笑？”

崔时雨的眼睛仍旧清明，迎上他深邃的眼眸，不闪不避：“没有，就是听多了……觉得有趣。”

聂廷昀唇抿成一条线，半晌才问：“什么叫听多了？”

你还听谁说过？谁敢对你说这么浑蛋的话？

他心里如是想，没留神把自己也骂进去了。

崔时雨似乎不知道怎么回答，露出为难的样子。

聂廷昀盯了她一会儿，没再逼问。

车子驶进她家小区，他送她，竟又送回到最初的地方。

直到她下车，他都没回应她之前的请求。

她立在门边，眼神慢慢暗淡下去，低声说：“谢谢你送我回来。”

转身之际，他终于开口。

“不行，崔时雨。”他低声说，“唯独这件事不行。”

崔时雨回过身看着他，他眼里有凛冽，也有挣扎。

她试探地问：“如果我再来求你呢？”

“我不会见你。”

“那我就想办法让你见我。”

“崔时雨！”聂廷昀终于没按捺住怒意，道，“你这辈子不打柔道会死？”

小丫头被吼得傻了片刻，然后慢慢地垂睫，遮住红了的眼圈，好像他才是无理取闹的那一个。他没了法子，本能地想去哄一哄，却没办法在几秒间将暴怒骤然化作温柔，傻子一样愣了几秒，她已经替他关上车门，走了。

崔时雨头也不回地往家走，进了电梯才脱力般靠在扶手上，闭上眼睛。

她哽住喉头，难过地想，我还爱他，像他说过的那样，非他不可地爱他。

可是……谁都可以不明白柔道对我意味着什么，聂廷昀，你怎么能够不明白？

那之后一段时间，崔时雨屡次求见都被拒之门外。

直到聂廷昀下了狠心回到杭市。

那是年关前后，他将攒了一年的假期全部用掉，带着文森回到伍公山上的别馆赏雪休假。

几日后，有罕见的暴雪来袭，谁知崔时雨居然就挑这个时候不要命地上了山。

聂廷昀提出三个条件作为缓兵之计，成功诓走崔时雨。

他知道她仍爱他，眼神，心跳……通通骗不了人。

他不信他在她心里没有一席之地，他不信自己动摇不了她的一根筋。

可是现在，他心头揣着太多困惑。

当年骆微城为什么会帮崔时雨离开自己，他们做了什么交易？

崔时雨为什么会欠公司钱？她离开他的背后，有隐情吗？

第十七章
还复敧枕锦幄残雪

上京，夜雪初积，四合院里的铜皮火锅冒着热气，汤几乎已经烧干了，桌上杯盘狼藉。

“我记得你以前不怎么喝酒。”骆微城穿着一身藏青色的毛衣，面皮冷白，眉眼漆黑，正将最后一点儿白酒倒进小小的酒盅里。

对面，“不怎么喝酒”的聂廷昀正干掉一杯威士忌。

他一身英伦绅士打扮，衬衫、毛坎肩、灯芯绒西裤皆一丝不苟；袖口却大大咧咧地半挽着，搁下酒杯时，露出凸出的筋脉，以及线条紧绷的小臂。

两人喝的酒真是八竿子也打不着，偏偏凑到了一桌。

“以前有腿伤。”聂廷昀说。

骆微城“哦”了一声，问道：“现在好了？”

腿没好，可是承包商跑了。

聂廷昀一扯嘴角，放下酒杯。

之后两人静静地坐了半晌，聂廷昀忽然没头没尾地说：“去年回国前，一个表妹请我去立陶宛听新曲演奏会。”

骆微城眼波一动：“哪个表妹？”

聂廷昀说：“郁翡。”

骆微城捏紧酒盅，合了合后槽牙。

“我想了很久，以你我的关系，你怎么会倒戈帮小丫头跑到国外去。”聂廷昀漫不经心地看着手里的空酒杯，彩色琉璃触手冰凉，说道，“演奏会结束后，我到后台见了阿翡，然后，我突然明白了……”

在此之前，聂廷昀对郁翡的印象还停留在她十岁那年。那时，她只是个被姨妈郁倩文带回家来的毛丫头，一晃十几年过去，已成了小有名气的作曲家。

聂廷昀捧着鲜花坐在后台休息室，门“嘎吱”一声开了。

第一眼，他看到她轮廓分明的侧脸，有些恍惚，几乎以为在这个地方见到了根本不可能见到的人。

“时雨？”

可当她转过脸来，他就立刻意识到那是错觉。

眉眼口鼻，她们没有一处相似。

郁翡气质带着某种温软和甜美，她接过他手里的花，微笑着唤他表哥。

那么一瞬间，他忽然想起那年他怒气冲冲地打电话给骆微城，质问他怎么敢擅作主张帮崔时雨离开。骆微城沉默很久，答了句莫名其妙的话。

“我狠不下心拒绝她。”

聂廷昀见到长大成人的郁翡后，终于得到了答案。

刹那间一点儿错觉，在骆微城心里酝酿出百转千回，但他也只得装作波澜不惊。

聂廷昀听说过他们的故事。

那些真假难辨的纠葛，辗转过许多人的口耳，到他这里时，除了简短的陈述，只剩下一声叹息：“其实骆微城心里挺苦的。”

刻下，聂廷昀看着好友的脸色，并没去揭他的伤疤，只是说：“事情过去这么久了，我也不是这个时候才要跟你兴师问罪。”

骆微城有些走神，愣愣地“嗯”了一声。

“我只是挺好奇，这些年，崔时雨都干吗了？”

骆微城回过神来，脸色忽然变得凝重：“你确定要知道？”

聂廷昀“嗯”了一声，他这会儿酒意有点儿上头，眼睛里弥漫着雾气。

微雪窸窸窣窣飘落，四下皆白。

这天，他和骆微城聊了很久，离开时雪停了，他迈过高高的门槛，沿着胡同往外走。

巷子很深，瞧不见尽头，只觉得寒意逼人。

他打电话叫文森把车开到巷口来，上车后安静地坐在后头。

文森问了两句“去哪儿”，没听见回应，一回头才发现老板睡着了。

聂廷昀眉头紧紧锁着，眉心便有细细的纹络，像是在做一场悠长的梦。

要是在梦里就好了，什么都还来得及。

崔时雨从杭市回来之后，大病了一场。

康敏得知她竟然私自跑上伍公山找聂廷昀对峙后，把她臭骂了一顿，最后说道："你万一出点儿什么事，我怎么跟人交代？"

崔时雨窝在被子里，终于露出眼睛来盯着康敏，反问："跟谁交代？"

康敏憋得难受，终于把那层纸捅破了。

"你什么时候和聂先生搞在一起的？"

"……别说得这么难听。"

康敏摆好冷脸要让她从实招来，提醒吃药的闹钟就响了。

康敏没办法，只能给崔时雨拿水拿药，看着她咽下去了，才接着审问："你招惹谁不好，招惹这么尊大佛？现在人家还愿意给你好脸，等他不愿意的时候，你都不知道怎么死的！"

天英是娱乐圈的中流砥柱，签进去的人哪个不是被调查得七七八八。

康敏签下崔时雨也一样。

可经过调查后，只知道她在学校里有过一个绯闻男友，最后不了了之。

这样干净的一张白纸，怎会和郁家少爷扯上关系？

崔时雨原本欠着公司的钱，其实也算是欠着聂廷昀的钱。如此，相当于崔时雨人就在聂廷昀的砧板上，横切竖切都不用知会一声。

康敏心中三分困惑，七分担忧，认真地问："时雨，他有没有……对你做什么？"

药劲儿上来，崔时雨困了，手抓着被子边缘，摇头："没有。"

她脑子里却蓦地冒出来他毫无来由地吻她的画面，耳后不由得发烫。

康敏没办法，无奈公司有事要忙，她起身说走了，又打给助理郑雅，让她过来看着崔时雨，怕晚上又烧起来。郑雅打包了潮汕海鲜粥过来，路上袋子坏了一个，只能手忙脚乱地捧着塑料粥碗，好不容易出了电梯，就猛地站住脚。

崔时雨家是旧小区，却是一层一户，电梯口的空间很狭窄，迈两步出去就是家门口。

因此，郑雅一眼就瞧见门口站着一个不认识的男人，长得和明星似的。

但郑雅绝对没有蠢到认为眼前这帅哥是演艺圈的，气质不像，衣着也不像。

男人轮廓极深，黑发浅瞳，西装笔挺，大衣搭在小臂上，一双眼睛在檐灯的映照下显得幽沉而深邃，只是面上无半点儿表情。

“换门了？”他抬眼淡淡地扫过她手里的粥。

在气场的压迫下，郑雅下意识地应了声“是”，接着又愣住。

对方怎么知道门换过？

以前的密码门被人按开了，差点儿出事，后来干脆换了更高级的，密码位数更多。

郑雅根本不敢把眼前这男人往坏人那方面想，一句“您是谁”还没出口，男人又说：“敲门没人应，你来开。”

“先生……您是这里业主什么人？找她有事吗？”

聂廷昀皱了下眉，没掩饰脸上的倦色和不耐烦。

郑雅抖了一下，吞了口口水，接着，门从里面打开了。

崔时雨穿着宽大的T恤，玩下衣失踪，光着脚站在门口，一面揉眼睛一面问：“郑雅姐，你和谁说话呢？”

空气一时静止，没人回答。

崔时雨放下手，终于察觉到面前的不速之客，猛地朝侧方转头：“……聂先生？”

郑雅刚要告状，听到这仨字，顿时愣住了：难道是她想的那位聂先生？不是吧？

聂廷昀和郑雅一前一后，沉默地进门。

崔时雨脸色如常，打过那声招呼后，没看聂廷昀一眼，就回身进卧室了。

郑雅站在餐桌旁，不慌不忙地把粥倒进碗里，重新放进微波炉加热，等着的时候，拿出手机搜了搜“聂廷昀”三个字。图文显示，面前这位的确是聂先生。

郑雅陷入了对人生的怀疑：大佬为何青天白日出现在崔时雨家门口？这两人什么关系？

崔时雨头晕得厉害，不管不顾地躺回床上。

卧室门半掩着，聂廷昀推门进来，站在床边，居高临下地看着她问道：“照片呢？”

崔时雨软软地伸出手，指了指杂物陈列柜。

聂廷昀偏头，看到了搁在一个方格子里的相框，拿在手里，仔细看了很久。

崔时雨快要睡过去的时候，听到他问：“你当时是不是很害怕我拒绝你？”

她“嗯”了一声，静了片刻又说：“现在也怕。”

半梦半醒间，她听到窸窣的脱衣服的声音，接着，床侧一沉，裹着热气的低音响在耳边：“过去点儿。”

她自觉地挪了挪地方，他带着凉意躺上来，隔着被子把她搂住了。

像这样相拥而眠的画面，对两人来说，已暌违了千百个日夜。

崔时雨空茫了一路的心踏实起来，在被子里动了动，转身背对他。

他的手伸进来，环着腰将她搂进怀里，胸膛贴着脊背，严丝合缝，像从前他们一起度过的无数个长夜那样。

聂廷昀收紧手臂，深吸了一口气，才克制住发颤的喉头。

恍惚间，他几乎以为什么都没有变过。

聂廷昀是被烫醒的。

怀里的人和烧着了一样，他起身，发现天色已经暗下去，看了看表，晚上九点。

这一睡竟是几个小时。

他推开卧室的门，发现郑雅在沙发上等得快睡着了。瞧见他出来，她连忙站起身，轻声说：“聂先生，您醒啦。”

郑雅说话的时候不太敢看他的眼睛，更有点儿窥见了老板秘密的不好意思。

几个小时前，她热完粥，去叫崔时雨，一推门，却瞧见聂先生搂着小丫头在床上睡觉。

字面意义上的睡觉，规规矩矩地睡觉。

真是稀罕事。

郑雅回过神，听到聂廷昀说：“她发烧了。”

她紧张起来，说：“时雨烧了好多天了，康姐说今天晚上再烧就得去医院。”

聂廷昀闻言没说话，脸上看不出什么表情，过了好一会儿才问：“烧了好几天，怎么今天才想起来去医院？”

话音才落，他就想起伍公山上的那场暴雪，意识到崔时雨现在的这场病多半和他脱不了干系。

聂廷昀虚虚地握了下拳头，脸色忽然变得很难看。

郑雅只当他是在问责，嗫嚅道：“之前是低烧，时雨又坚持不去医院打吊针。”

小丫头怕打针。

聂廷昀垂眸静了几秒，说：“我问问看。”

崔时雨被叫醒时，浑身冷得发抖，看见聂廷昀坐在床边，下意识地伸手要抱着他，忘了今时早已不是往日，也忘了眼前的人早已不是几年前的聂廷昀。

恍惚是在华尔道夫的每个清晨，他叫她起来，威胁着：崔时雨，再不起来就赶不上晨训了。她便半梦半醒地坐起身，摸到床边的人，无意识地抱着。等清醒过来，她又感到难堪，松了手要逃走。他便将她紧紧地搂住，压回去吻遍通红的颈侧。

聂廷昀接住这个猝不及防的投怀送抱，浑身僵硬了几秒才放松下来，轻声开口哄劝：“起来穿衣服，带你去医院。”

她摇头，额发一下下地擦着他小臂，说道：“不去。”

“不给你打针，只是去看看。”

她一身冷汗，还强撑着轻声道：“你骗我。”

聂廷昀半天没说出话来，看她这副样子，颇有点儿手足无措，干脆保持着搂着人的姿势，抬头朝郑雅说：“把手机递给我。”

郑雅一直侧着身和自己说“非礼勿视、非礼勿听”，冷不防被叫到，没反应过来。

聂廷昀说：“在我大衣口袋里，手机。”

聂廷昀抽出一只手来，打了个电话让私人医生直接过来，然后把手机递回去，重新抱住崔时雨，和她一块儿躺回去了。他将被子小心地掖好，在小丫头汗津津的额头上吻了吻。

崔时雨难受地说：“冷。”

他将嘴唇贴在她的眉上，把人抱紧了一点儿，将她置于暖烘烘的怀抱里，才说：“我抱着你，不冷了。乖。”

都不用他开口，郑雅早就悄无声息地退出去了。

崔时雨再次醒过来的时候，发现自己侧躺着，后头暖烘烘的胸口贴着脊背，长手搭上来，扣住她的手腕，似乎把她固定住了。

她定睛一瞧，才发现手背上扎着针，吊瓶挂在床边。

热度不知什么时候退下去了，浑身只是黏糊糊的，她嗓子干得难受，忍了忍，还是咳出声音来。

一开始是闷着的，后来幅度越来越大，牵动整个身体。身后那人的手绕到她胸口，帮她顺着气，声音沙哑地贴着她的耳朵问：“喝水？”

没等她回答，他又下床出去拿了热水过来。

崔时雨坐起身，正想把针拔了，哪知他推门进来被抓了个正着，讪讪地低下头。

“我叫人来拔，别自己乱动。”他罕见地没生气，坐过去把水递到她的嘴边。

她就着他的手喝了一口水，热乎乎的温度浸透了喉咙，才发出声音：“嗯。”

医生过来拔了针，查过体温，说烧退了，已没大碍，就被打发走了。

聂廷昀送完医生回来，发现小丫头坐在床上抱着被子，神情呆滞，觉得好笑。

“想什么呢？”他问。

崔时雨缓慢地抬眼看他，半天没说话。

她嘴唇干燥得要命，让人忍不住想去润一润，聂廷昀这么想，也正要这么做。

小丫头忽然问：“郑雅姐呢？”

他坐到床边，抬手将她勾近，说道：“让她先回去了。”

她根本不反抗，歪歪斜斜地躺倒在他的臂弯里，仰着脸说：“哦。”

他吻下去，她紧闭着眼睛，睫毛颤抖，像被吓到了一样，屏着气。

“呼吸。”他身心通透，自然有了揶揄的兴致，忍笑吻开她眼睛，“蠢死了。”

她抓着他皱巴巴的衬衫襟口，睁开眼睛急促地呼吸，突然问：“这算你第二个条件吗？”

他听了，情热一瞬间凉透。

聂廷昀沉默地握着她的肩膀，望进那双近乎透明的眼睛里，徒劳地张了张口。

与生俱来的骄傲让他无法说出“我在挽回你，我们重新在一起吧”这种话。

哪怕在最难以割舍的几年前，他能说出的也不过是一句高高在上的“给你第二次机会挽回我”。

几年后的今天，他连故作施舍都欠奉。

该死的口是心非一瞬间占领高地，他脱口反问："如果是呢？"

她神色如常，轻轻地说："我答应的。"

聂廷昀目不转睛地看了她很久，掰开她的手，起身淡笑，语气温柔："对着病秧子，我没心情。"

崔时雨怔了一下，看到他摔门出去，慢慢裹紧被子，咬住唇。

病去得很快，崔时雨第二天就能照常出通告。

那是个极速竞跑运动的发布会，崔时雨签了几期飞行嘉宾，站在一众明星里当摆设。

活动结束时已经是傍晚，她跟着郑雅到地下车库找保姆车，见到了文森。

"崔小姐。"文森似乎等了很久，疾步朝她走过来，"聂先生说有东西落在你那里了。"

崔时雨愣了一下："什么？"

郑雅有点儿担忧地把崔时雨挡在身后，说："有什么事和我说吧，我送过去。"

文森踌躇了一下，很为难地说："聂先生说请您亲自送过去。"他看了一眼郑雅，把后半句"如果诚心求人的话"咽了回去。

事实上，并不用文森说完，崔时雨已经补全了下句。

现在是她在求人，她知道。崔时雨说："什么东西？"

文森说："一个相框？"他显然并不知道一个相框有什么值得亲自送过去的。

崔时雨眼睫慢慢垂下来，像在思索什么。

郑雅碍着"聂先生"三个字的威慑，并不敢插嘴。

半晌，崔时雨说："好，我知道了。什么时候？"

"越快越好。"

崔时雨想了想，偏头道："不如你送我回去取，再直接带我过去见他。"

她说着，朝不远处的一辆车走过去，刚刚文森就是从这辆黑色道奇上下来的。

文森看了郑雅一会儿，颔首略微示意，回身追了上去。

崔时雨已经毫无阻碍地拉开了车门。

聂廷昀坐在后排，头靠在一侧，像是睡着了。他听到声响又立刻睁开眼睛，看到是她，皱了下眉。

文森赶过来的时候，崔时雨已经坐到聂廷昀身侧。

聂廷昀哑声道："谁让你上来了？"

崔时雨没看他，低眉顺目地说："那我下去？"

聂廷昀一口气哽住，被噎得半天没说出话来。好在文森及时发动车子，缓解了尴尬。

小丫头会顶嘴噎人了。

聂廷昀乏得厉害，一脸别人欠他钱的表情，也不理她，重新闭上眼睛。

没多久，崔时雨听到身侧传来均匀的呼吸声，接着他的头歪过来，梦里却仿佛也有自制，歪到一个轻微的角度就停住不动。

崔时雨盯着他看了一会儿，虚虚地抚过他微蹙的眉心，然后坐近，扶他慢慢地躺倒在自己的膝头。

聂廷昀动了一下，她要理顺他额发的手便僵住了，以为他醒了。

谁知他脸颊在她掌心蹭了蹭，不久呼吸绵长起来。

少顷，文森轻声说："聂先生很久没有睡这么沉了。"

崔时雨垂眸看着眼前的男人，眼神专注，像是听见了，又像是没听见。

文森并没有真的傻到开车带崔时雨回去拿相框，然后再绕一圈送聂先生回家。

车子直接停到南滨江的一处房子前。

这是中寰承建的楼盘，因为有郁家的股份，得知聂廷昀在海市，特意留出几栋给他挑。

聂廷昀选了一栋临江不远的，隔江能看到北江滨的华尔道夫酒店，开车过去要经过江浦大桥，也离得很近，约莫二十分钟不到。

车一停聂廷昀就醒了，发现躺在崔时雨的怀里，他也没有任何尴尬，就像躺在沙发上一样自然，起身下车。

崔时雨跟上去。聂廷昀一进门就解领带脱衣服，然后径自进了浴室。她在后头跟着替他捡起来挂好，摸着昂贵的西装面料，想起他以前总是穿着卫衣和运动裤的样子，莫名有些怅然。

房间很大，崔时雨有些局促，并没四处走，就坐在沙发上等他。

半个小时后，他换上宽松的卫衣和运动裤，擦着头发出来。看到她坐在沙发上，他扬了扬下巴，嘴里蹦出两个字："帮我。"

她呆呆的，脸莫名红了。

他略带不耐烦地指了指自己湿着的头发，她才恍然地“哦”了一声，起身去找吹风机。

他坐在沙发上看她跟无头苍蝇般进了几个房间又出来，偏偏不开口。

她也不去问，几分钟后，倒真让她找到了，招呼他到盥洗室来吹头发。

聂廷昀的头发又直又硬。她一面帮他吹头发，一面想。

吹干头发，她整理吹风机的线，他就站在旁边等。她刻意放慢动作，他虽然看起来很疲倦，但还是没先走。

她终于没忍住，问：“你在等我？”

聂廷昀说：“不然呢？”

线早就缠好了，再也没什么能拖延时间。

崔时雨跟着他走出盥洗室，走进卧房，看着他躺好，像是要睡了。她愣愣地站在床边，不知道要干什么。半晌，他才睁开眼睛说：“我说罚站了吗？去洗澡，洗完睡觉。”

崔时雨本来可以转身就走的，却没有。

洗完澡，她随便翻出他的 T 恤穿上回来，他仍是闭着眼睛，好像睡着了。

她小心翼翼地关了灯，爬上床，在空着的另一侧躺下。

过了一会儿，黑暗里响起他沙哑的声音：“离我那么远干吗？”

她便窸窸窣窣地往左边挪了几厘米，没等挪完，他手就伸过来把她拉到了怀里。

有点儿近。不，是很近。

她的手下意识地揪住他的衣襟，脸颊抵在他肩颈处，仰起头就能吻到他的下巴。

他突然说：“你搬过来吧。”

“为什么？”

“你哪来那么多为什么？”他又拿出那副“你在求人”的口气威胁她。

她很久没吭声。

聂廷昀感觉到自己的汗毛随着剧烈的心跳一齐震颤，等她开口的工夫里，他所有的意志力都用来克制呼吸，怕她发现他在紧张。

过了一会儿，又像是过了很久，崔时雨说：“哦。”

郑雅对于崔时雨突然搬到南江滨，还住进聂廷昀家这件事感到十分震惊和不解，她还偷偷地打电话给康敏请示："康姐，时雨这算不算被……被包养了？"

康敏静了半秒，问："给多少钱包的？"

郑敏手一哆嗦，把电话挂了——康姐关注的重点是不是不太对啊？

康敏不单这么问郑敏，还直接问到崔时雨。

"他给你多少钱？"

崔时雨正在中寰的高层公寓里，跪在地上整理行李，空不出手来，电话就开了免提。

她原本以为康敏是谈公事，谁料开口就是这么一个没头没尾的问题。

崔时雨顿住手，没反应过来："啊？"

康敏带着烦躁重复了一次："我说聂廷昀，你这么跟着他，他给你多少钱？"

脚步声渐渐靠近，接着卧室门被推开了。崔时雨抬头瞥了一眼，手忙脚乱要把免提关掉，谁知手机埋在杂物底下了，一时间竟然没找到。

康敏接着说道："我打听了一圈，说聂廷昀有未婚妻，身边没跟过人，保不准不知道行情让你吃亏。反正钱上你该开口就开口，别傻。还有，你自己小心点儿，要不是对方来头太大，我犯不着让你……"

崔时雨额头直冒冷汗，终于从衣服底下翻出来电话，直接挂了。

接着，她慢吞吞地抬头，见男人正抱着双臂靠在门口，面无表情地看着她。

"对不起。"她想了想，开口解释，"我经纪人不知道……"

聂廷昀打断她："你要多少钱？"

崔时雨怔住了。

这么久了，她和他之间，从来没有过关于"钱"这个字的谈话。

她看陌生人一样看着他，又蓦地低下头。

聂廷昀见她不答话，淡淡道："我给你开了副卡，欠公司的钱定期从卡里划过去，平时吃穿住都不用管，自己赚的就留着。"

她紧紧地捏着手里的一件衣服，没说话。

他似乎没看到她泛白的指节，平静地问："有问题吗？"

半晌，她抬起头来说："没有。"

他点点头，转身走了。

她慢慢地回过神来，松开手，抚平衣服的皱褶。

连着半个月，崔时雨录节目，聂廷昀出差，两人很少碰面。

录最后一期节目之前，崔时雨得了两天假期，窝在沙发里看比赛。

天不知不觉黑了，只有电视机的光在昏暗里闪烁，视频里是她喜欢的韩国选手李东炫，世界柔道排名第一，六十六公斤级所向披靡。崔时雨偶尔会反复看他的比赛，研究战术技巧。

因为看得太专注，她连开门声都没听到。

聂廷昀和文森进来时，崔时雨正站在沙发上比比画画。

文森愣在原地，憋笑憋得很辛苦，偏头，看到老板眼里露出一点儿几不可见的笑意，便搁下行李箱，小声告辞。聂廷昀一面走过去，一面脱下外套，随手挂起。

及至身侧，她才意识到有人，转身时一脚在沙发上踩空了。

惊呼声被她咽回去，她直接摔进他张开的双臂间，撞得他整个人往后退了半步。他还是没能抵抗住那么大的冲力，两人同时栽倒在地毯上。

她头晕目眩地磕在他胸口，听到一声闷哼，接着便觉天旋地转，上下翻覆。

他虚虚地环在她上方，撑起身，袖扣硌到手腕，有些许刺痛，被他忽略不计，就那么一动不动地看着她。

崔时雨被他看得屏住呼吸。

上回见面还是一周前，她录节目回来睡得昏天黑地，他进来搂着她。她再醒来时他已经去上班，等他回来，她又走了，只象征性地短信报备。

他后来倒是回了电话，语气冷淡，很勉强似的。

她后来想，他可能真的是在包养她吧。

刻下，聂廷昀的视线落在她的脸上，看她楚楚的眉，琉璃似的眼，玫瑰色的唇。

小丫头穿着宽大的T恤，领子歪斜，露出分明的锁骨。

她仰面，丝毫没意识到情势危险，带点儿愧疚地问："你没事吧？"

他想摇头，又及时顿住，道："有事。"

说着，他在她眼前扬手，他的腕上果然擦破了皮，在流血，将蓝色条纹衬衫染上一点儿淡红。

小丫头皱了下眉，屈起手臂要起身，却被按住肩头。

"聂廷昀？"慌乱之下，她忘了唤聂先生。

他心情莫名好起来，垂首在她嘴角吻了一下。

她一脸蒙，道："……让我起来。"

他没动。

她有点儿受不住他的眼神，垂着眼小声央求："我去拿药箱。"

他说："你吹一下就好了。"

这是哪来的邪门歪道？崔时雨意识到这人铁了心要流氓，干脆用了力推在他胸口。

他抬手覆住她的手背，轻轻攥住。她喉咙发紧，心中有点儿生惧，他却笑了一下，松手起身。她得救般站起来，一溜烟跑了。

聂廷昀坐到沙发上，将电视按了暂停，画面正定格在李东炫一本胜的瞬间。

他盯着那张英武的脸孔，良久，才面无表情地把电视关掉。

崔时雨提着药箱回来，习惯性地半跪在沙发边，去捋他袖口，却被反手握住。

她仰起头，有点儿困惑。

聂廷昀的表情很复杂，她莫名觉得他眼神里有难过。

可是无端地，他有什么好难过的？

"起来。"他低声说，"膝盖不要了？"

她怔了一下，掩饰似的低头，又很快扬起脸说："没伤得像你之前那么严重，不痛的。"

停了停，跟怕他不信似的，她又加重语气补充道："真的。"

聂廷昀沉默了片刻，说："不是这个。"

她感觉他像是要说什么的，有点儿害怕，又有点儿期待。可他最终只是张了张口，又淡然笑了一下，道："没什么。"

她垂下头，掩饰住心里的一点儿惆怅。

见他没再说话，她打起精神，小心地捋起他的袖口，认真地给他的伤口消毒，贴创可贴。

像从前每一次那样，她虔诚而珍视地待他，仿佛他是神祇。

那天晚上，他们迎来重逢后最平静的相处。温存后，他自身后将她揽进怀里，温热的掌心贴在她腰间，她脊背感知到他胸膛的震颤，扑通，扑通。

她迷迷糊糊地快要睡过去之前，听到他贴着耳后问："时雨，你有没有什么要和我说的？”

她恍惚地反问：“说什么？”

“你过得好不好？”

他没说是现在还是从前，抑或是他们早已成为陌路人的这几年。

她也没问。

沉默几秒后，崔时雨轻轻地说：“很好啊。”

身后一阵寂静，她等了一会儿，没等来任何回应，便闭上了眼睛。

半梦半醒间，她感觉有灼烫的吻印在肩头，仿佛温柔的烙印。

第二天，崔时雨醒来时已经是上午十点，身侧空空的，她想着聂廷昀肯定已经去上班了，赤着脚走出卧室，却愣住了。

聂廷昀正坐在沙发上看电视。

他头也没回地说：“早餐在桌上，去吃。”好像电视特别好看一样，他眼睛都不舍得移开。

视频里响起一阵欢呼声，李东炫固技有效，裁判吹响了哨子。

这正是她昨天看的比赛视频。她觉得尴尬，有点儿像偷偷追星的小孩被家长发现，没顾得上注意早餐，问：“你为什么看这个？”

他赏脸看了她一眼，说：“不为什么。”就又转回头。

她站了一会儿，慢吞吞地去吃早餐，然后进浴室。

再出来时，电视关了，客厅没人，她找了一圈，书房，露台，放映室……哪里都没有。

去上班了？

她回到卧室想睡个回笼觉，却发现有人比她更早一步。

她看着半躺在床头看书的人，半晌没说出话来。

这不是她记忆里的聂廷昀。

见她傻站着，他拍了拍身侧，示意她过来。

她实在困得厉害，爬回去掀开被子躺下。

过了一会儿，旁边传来放下书的声音，接着手臂从她肋下穿过，将她搂到怀里。

她动了动，尽量舒服地枕在他肩上，手搭在他腰间，闭上眼睛。

“累？”

她眼睛都没睁，点头：“上次录制两天没合眼。”

“明天走？”他说的是下次录制。

崔时雨又点头。他低头在她额发上亲了亲，没再说什么。

第二天，崔时雨起早赶通告，聂廷昀还睡着。

助理郑雅进来瞧见崔时雨小心翼翼的样子，自己说话也用气声。

她指指卧室：“那位没醒？”崔时雨“嗯”了一声。

郑雅拎着行李和她一起出去，上了车才松了一口气：“怎么样，和那位相处不太容易吧？”

崔时雨诧异地看她：“怎么会？”

郑雅吃了一惊：“他一看就是个不好相处的人啊。”

崔时雨皱了下眉，那表情却分明是在说，他怎么会不好相处？

郑雅欲言又止，最后只是闭上嘴。

她感觉自己和崔时雨见的聂廷昀，八成不是一个聂廷昀。

录制在杭市，从清晨开始，结束时已经是黄昏。郑雅让崔时雨等在酒店大堂，自己和司机开车过来。隔着车窗，她瞧见她和一个青年站在酒店旋转门外——居然是贺杞。

贺杞是为了救场临时来做飞行嘉宾的。如今他摆脱偶像光环，转型为实力唱作人，还开了自己的工作室，成绩有目共睹。

可郑雅怎么也没想到，贺杞和崔时雨是认识的。明明录制时，两人一副不熟的样子。

车子驶到近处，郑雅降下车窗，看到贺杞微微弯着腰，似乎在和她说什么。

自始至终，崔时雨只是听着，脸上没什么表情。

郑雅让司机按了下喇叭，崔时雨终于注意到郑雅，和贺杞点了下头告辞。

才上车，郑雅就迫不及待地问：“贺杞和你说什么？”

崔时雨抬头看了郑雅一眼，摇摇头：“没什么。”

郑雅脸色变了变，苦口婆心地道：“别和他走太近，听说之前他背后有主的。”她说着，看了眼小丫头的脸色，补充道：“这里头门道多着呢，总之能别沾上就别沾上。”

崔时雨垂着头，漫不经心说地“好”。

回海市的路上，崔时雨睡着了，醒来一看手机，两个未接来电，七点一个，九点一个，都来自尾号 0723。她松了松睡得僵硬的肩颈，回拨过去，没人接。

到家已经是十点，郑雅帮她把行李提到门口，开了门要给她送进去，却被阻止了。

“我自己来。”

客厅传来踢踢踏踏的脚步声，郑雅吞了口口水，嘱咐了几句就溜之大吉了。

玄关口，崔时雨换了鞋，伸手握住行李把手，他就靠过来了。

她被推到一边，看着他把行李拎到客厅，心想，他今天好像心情不太好。

她走进去，见他正把行李放平打开。

“你干什么？”

聂廷昀手上没停，掀起眼皮瞥她一眼：“要洗的衣服直接拿出来。”

“我自己会弄。”

聂廷昀没说行，也没说不行，让箱子就摊开搁在那儿，起身进厨房。

等崔时雨把衣服整理好，聂廷昀已经开始在厨房淘米，他一边接水一边戴着蓝牙耳机打电话，水声哗啦啦的，听不清他在说什么。

她走过去，接过他手里的东西，他甩了甩手上的水。

她把一旁的毛巾递给他擦干了手，他走到客厅专心致志地打电话。

再回到厨房，饭已经煮上了。聂廷昀颇有些意外，掀开电饭煲检查了一下，水量不多不少。他稀奇地看了她半晌，问：“想吃什么？”

她没看他，兀自翻冰箱，说：“没什么可吃的，炒个蛋吧。”

没听见回应，她关上冰箱转身。

聂廷昀正一动不动地看着她。

崔时雨很难形容那种眼神，带着一丝忖度，但更多的是试图以平静掩饰的愠怒。

她反省了一遍是否触到了他的逆鳞，却始终摸不到头绪。

良久才听见他开口：“你就没什么想和我说的吗？”

她干巴巴地说“有”。

他扬了扬眉，意思是让她说。

崔时雨如实道：“今天录节目见到了贺杞，他还记得我，向我打听你妈妈，问我有没有可能替他送一张他演唱会的门票给郁女士。”

聂廷昀没吭声。

她又想了想，说：“就这些，没别的了。”

这不是他想要的答案，她从他脸上只看到愠怒变本加厉。

她害怕起来，往后退了半步，撞到了冰箱。他伸手去扶，她下意识用小臂挡开，“啪”的一声，他的手偏向一侧，僵住不动。

崔时雨立刻有些慌了，在他冷然转身之前拽住他的手。

“我错了。”她近乎恳求地道歉，“对不起，我刚刚真的只是条件反射。”

他看着被她攥在手里的指梢，再三努力，终于狠心将手一点点抽出来。

“你知道我要听的不是对不起。”他说，“我想听的是你心里到底怎么想。”

她蹙眉，试图打马虎眼：“我什么都没想。”

他极其失望地闭了一下眼睛：“我让你住进来，让你有机会和我朝夕相对，你以为我是为了什么？”

崔时雨张了张口，什么也没说出来。

他近乎咬牙切齿地接着说下去：“你看见我的每一秒，都是我在给你机会，让你开口和我说清楚——”他顿了一下，在看到她脸色煞白的瞬间，怒意暴涨，却又克制在眉宇之间，显得十分阴鸷，问道：“那一个亿的债务是怎么回事？！”

他一步步靠近，呼吸间酒气袭来，诡异的沉默和再也无法遮掩的怒意得到合理解释。

给自己一场失控，他才肯摘下粉饰太平的面具质问她。

可小丫头的表情无懈可击。

“什么怎么回事？”到了这时候她还在撒谎，“我和公司签了对赌协议，拿了钱就得还——就是合同上写的那么回事。”

粗糙的指腹捏住她下颌，雪白的皮肤很快就被他弄红了。

但他不打算留情，也不打算松手。

“趁我还能好好说话，你最好讲实话，别装模作样想蒙混过关，没这个机会了。”

她眼里终于露出一点儿无措。

那是他很熟悉的神情，她做错事被发现时才会有的神情——她为他找丁柔的时候；她把自己从高处摔下来的时候；她瞒着他打柔道的时候……

“崔时雨。”他冷冷地看着她，语气却极致温柔，“说话。”

而她浑身冰凉，脑子里却只是近乎疯狂的冷静。

好吧——那一个亿，他知道了。

第十八章
总道是离魄凄魂

聂廷昀回想起上京的那个雪夜。

他饮尽杯中酒，问："我只是挺好奇，这些年，崔时雨都干吗了？"

骆微城反问："你确定要知道？"

聂廷昀不置可否。

世上没有不透风的墙，骆微城不打算隐瞒，却也不愿背诺。

他沉吟片刻，讲起崔时雨签约后曾有过的窘迫。

起初一切都很顺利，按部就班照着康敏预想的那样，海外扬名，宣传回国内赚足噱头，一度成为当红柔道新人……可从回国开始，噩耗接踵而来。

骆微城对那些困窘了解不多，只是偶尔听康敏三言两语带过。

或是因伤病中断比赛，或是因难以接受身份的转变患上恐慌症，或是险些被圈子里的潜规则所累，或是被竞争对手买通营销公司陷害，打了一年官司才找回清白……

这是必经之路，为了红，大把人甘心如此。

"可她是没有办法。"骆微城说，"她没有选择的余地。"

聂廷昀静默地垂着眼睛，脸上看不出表情来，只能从绷紧的侧脸弧线窥见他此刻并不如表现出来的那样从容。

骆微城笑了一下，问："你猜到了，对吗？"

聂廷昀没答。

他闭了下眼睛，再睁开时，浅色的眼瞳泛起了雾气。

怎会猜不到？

他逼崔时雨续约，自然早从律师那里知晓了合约内容。

她签了三年卖身契，协议里写明她前三年内必须赚够一个亿，还要有额外收入与公司分成。

她为什么要放弃选手生涯，以三年青春换取数额这样庞大的一笔钱？

聂廷昀抬手按住不停地跳动的太阳穴。

——“聂先生，银行方来电告知，罚款缴清了，现在财政汇缴专户已经封存。”

——“查到补足罚款的汇款方是谁了吗？”

——“是汇丰银行直接拨款入账，查不到其他记录。”

那时，他以为是郁家暗地里雪中送炭，免他真正陷入困境，所以在崔时雨离开后，他干脆遂了母亲的意。现在想想，简直错得离谱。

除了天英，除了骆微城，还有谁能做到不留痕迹。

骆微城说：“阿昀，你知道，下头的事我向来不过问，也不会为谁破例。”

聂廷昀沉默了很久，才说：“不关你的事。”

他想起之前审阅合约时，曾猜测崔时雨之所以会签约的几个原因，再一一推翻。

唯独一个原因，让他踌躇良久。

——她是为了他才签这样的合约，背上巨额负债。

她会吗？

如果会，她何必离开他？如果不会，又有什么人什么事能让她连柔道都抛之脑后？

为了打柔道，她冒雪上山命都不要。

她不是亲口承认他碍着她成为柔道名将吗？

聂廷昀百思不得其解。

他太好奇了，好奇她的脑回路究竟是怎样思考，又是怎样做出选择，所以他将她绑在身边，朝夕相对，期待她终有一日坦陈心迹。

可她没事人一样，仿佛这些不值一提，连开口的机会都不曾给他。

她只是无条件地顺从，比从前有过之无不及。

慢慢地，崔时雨的资料越来越多地陈列在他案头，他不在的这几年里，她的经历终于拼凑成了一幅完整的图案。

每一块或艰难或荣耀的拼图里都没有他，可又都是为了他。

聂廷昀不得不承认，推想是成立的。

这个没心肝的小丫头，是为了他背上荒诞的负债，豪掷千金般悉数赠予他。

同居以来，每一天他都忍不住想问，崔时雨，到底是什么让你对自己狠到如此程度？你想没想过，你这样会置我于何地？

可他开不了口。

这是不能以常理度之的崔时雨。

她宁愿转身就走，也懒得在他跟前邀功；她哪怕豁出命来，也不肯到他面前诉一句委屈。

他甚至能想到，假使他问出口，她会给出怎样的答案。

“我给你什么是我自己愿意，和你无关。”

可她从来没问过他愿不愿意要——她才是独裁、霸道又凉薄的那一个。

即便理解不了，可这就是她给的爱。

她摆出罪人的姿态，做着世上最愚蠢的人也做不出的赔本买卖。

她不求回报，自顾自掏空，只留一具行尸走肉，好像要用单方面的献祭来证明，她给他的永远独一无二。

她的离开没有隐情，只是为了成全自己的献祭仪式。

那不是他以为的爱，是深渊。

这深渊吞没的不单是她一个。

他不能逃，无处逃，也不想逃。

聂廷昀想，这一次，他不会再任她肆意妄为。

刻下，他和她站在冰箱前对峙。

这是一个挺荒诞的场景。

冰箱发出“嗡嗡”的低频震动声响，她脊背靠着冰箱门，心思急转，表情却维持冷静，与他四目相对，不闪不避。

而他在酒意的催发下怒到极点，有那么几秒，她几乎以为他要动手打她了。

好在没有。

崔时雨动了动唇，琢磨着如何开口才能大事化小，小事化了，突然听到“叮”的一声，饭煮好了。

真是绝妙的时机。

她清了清喉咙，在他“看你还能说出什么屁话”的表情里，带着点儿讨好地开口了：“我饿了……先吃饭？”

大约是她眼里的哀求神情太恳切，聂廷昀沉默了一会儿，说：“坐那儿等着。”

十分钟后——洋葱炒蛋，没肉。

崔时雨和他面对面地坐着，吃了小半碗饭，抬起头才发现聂廷昀正看着她，碗里是空的，没盛饭，筷子整整齐齐地搁在筷架上。

她低声问：“看我能饱？”

“能气饱。”

崔时雨不吭声了。

他想起之前的话头，问道：“不给我一个解释？”

她犯了错似的，低下头，沉默着。

他给出前所未有的耐心，一言不发地等着，好像天荒地老也能等下去。

见这一页实在翻不过，她只好深吸了一口气，慢慢地开口：“我也不知道为什么。”

她抬眼，看着他，眼神湿漉漉的。

“从小到大，每个人都问我，为什么不说话，为什么不喜欢和人待在一块儿，为什么这样，为什么那样……可我生来就这样，我不知道该怎么答。就像你问我这个，我也没法回答你。”她停了一停，眼眶有点儿发红，很认真地歪着头说道，“可能我生来就是为了爱你的。

“所以想让你高兴。想你要的都得到，喜欢的都在身边，想做的都有自由去做……不想看到你被人勉强。

顿了一下，她加重话音，用有点儿幼稚的语气强调：“任何人都不行，我也不行。”

他坐在对面，意味不明地咬紧牙关，牵扯得下颌微动。

崔时雨没有看到他细微的表情变化，轻声说下去：“我做的都是深思熟虑之后才做的，不是没脑子、一头热地去做了，包括离开你也是。”

听到“离开你”这三个字，聂廷昀颤了颤眼睫。

他花了很大的力气，才让自己的声音听起来如常：“做都做了，为什么还要走？”

崔时雨想了好久，才说：“我想，你应该是不爱我的吧。”

她连说这话时也是很温和的，可有一瞬，某种痛蔓延开来，让聂廷昀难以承受。

眼前的小丫头，却对他的痛苦无知无觉。

“你和人有婚约的时候，和我在一起。你不喜欢我打柔道，我就不能打。你喜欢我在你身边，乖乖的，所以你总是让我听话，也不关心我是怎么想的。我有时候觉得我是你的宠物，可是我连质疑的立场都没有，因为一切都是我自愿的。我不能一面爱着你，一面变成个一无所长的废人。我更不能一面爱着你，一面清楚地知道你永远不会爱我。”

她很小声地抱怨：“太疼了，聂廷昀，疼得我连靠近你都觉得是受酷刑。”

每一秒都溺在绝望里的滋味，他怎么会懂。

聂廷昀毫无反应地听着，过了一会儿才问：“那现在呢？我们又算什么？”

她困惑地歪头想了想，说：“你有未婚妻，不是吗？是什么都行。”

是情人还是什么……她已经无所谓了。

“你什么时候觉得可以了，我就搬出去，然后……你可以说你的第三个条件。”她近乎孩童的天真化成利剑，将他整个穿透，血肉模糊，却还不自知地继续说下去，“你总要结婚的，我们这个样子，庄小姐会难过。”

她说完，等了片刻，聂廷昀始终一动不动。

他想问，除了你，我还能和谁结婚？

他又想说，未婚妻都是你自己一个人想出来的，根本没那回事，你想了这么多，为什么在我面前一个字都不提？

他又想到几年前他从阪城离开她那天，她眼里逆来顺受的卑微，那一刻，他永远忘不了。

接着，铺天盖地的失望把他淹没了。

原来他曾经的努力全部喂了狗，原来她还是那个连爱都不敢期待的约拿，遇到事情只知道逃跑，妄自菲薄长在骨子里……

原来，什么都没变。

死寂让人发慌，空气静得太过，仿佛能听到彼此的呼吸声。

“哈。”面前的男人终于发出一声冷笑。

她抿紧干燥的唇，有点儿不安。

他哑然低下头，喃喃道：“我不爱你。”

崔时雨哽住喉咙，觉得他重复这句话的模样让人难过。她费力地按了一下很痛的心口，笑起来，还好心地安慰他：“也不能说不爱。

“你可能爱过我的爱情吧。”

她没有自我的、顺从如附属物的、不带任何目和矫饰的、全心全意而不求回报的爱情。

除了这个，她也没有别的了。

而聂廷昀被爱的资本是他自身。

在他面前，她有天然的劣势，这段关系从根本上就注定了不会对等。

聂廷昀神色复杂地望着她，半晌才点点头，像是纯粹地表示知道了。

他说：“原来你是这么想的。”

她怔了一下，他这句话没带语气，所以她很难判断到底是什么意思。

不像生气，却也绝对不是心平气和的样子。

聂廷昀离开餐桌，几分钟后穿戴整齐出来，手上还拿着车钥匙。

崔时雨不明所以地跟到了玄关口，忍到他换鞋，才怯怯地问：“这么晚了，你去哪儿？”

“加班。”他不看她，换好鞋子，像是急着走，可很快推开门的动作又停下，略微转着头说，“没有第三个条件了。”

崔时雨无措地跟到门口，一时没反应过来。

他按了电梯。

“你让经纪人排比赛给你。不用第三个条件了。”顿了一下，他头也不回地补充道，“还有，我希望我回来的时候，你能从这里滚出去。”

崔时雨木然地站在原地，以为自己听错了，却又很快意识到，他刚刚的确是在和她说话。

她的脸白得和纸一样。

招之即来，挥之即去，他待她一直如此。

电梯到了，他走进去，回身，随着电梯门关上，他面无表情地与她对视，眼神冰凉。

记忆里，她见过他这样看别人，他轻蔑而淡漠地俯视那些与他无关的，被他视作蝼蚁的人。

现在，她终于也成为其中之一。

不，或者她原本就是其中之一。

一秒，两秒……电梯门终于关上。

崔时雨浑身冰凉地站了很久，回身时，才发现门关了。

她赤着脚站在门口，穿着睡衣，钥匙和手机都没带在身上。她茫然地缓了一会儿，才从窒息感里挣扎出来，缓过一口气，忍住喉头的哽咽，抬手狠狠地擦过滚烫的眼眶。

他让我滚，我该滚了。

她这么想着，却挪不动步子。

紧接着，她的手不由自主地越攥越紧，某种屈辱将她淹没，连带着脑子也跟着清醒过来。

一个亿，她受了无数伤，遭过无数厄运，摸爬滚打偿还那笔数目惊人的钱款。

不是聂廷昀，这辈子她甚至不敢想象，她会和这样一笔钱扯上关联。

那对聂廷昀来说或许是九牛一毛。她相信就算不是她，他也总有办法渡过难关，只不过要付出代价。她心甘情愿地替他背上这沉重的负担，即使那对她来说是天文数字。

她不是为了让他回报什么。

她更不是为了重逢以来，他站在被爱的制高点，一再拿捏她如一个奴仆。

她终于感觉到委屈，以及不可名状的愤怒。

地下一层空旷阴冷，她循着指示标志边走边找，很快站住，黑色道奇停在熟悉的车位，车窗半降着，一星火光随着修长的手指搭出来，动作熟稔地抖了抖烟灰。

他还没走。

崔时雨哽住喉咙，咬紧牙关。

车窗完全降下来，聂廷昀咬着烟，眼睛里全是血丝，将她从上到下冷冷地扫视一遍："穿成这样跑出来干什么？"

她说："下车。"

聂廷昀皱着眉把烟掐了，说道："回去吧。"

"那你呢？"

他斜着眼睛看她，反问："你不是一点儿都不期待我爱你吗？问这么多干吗？"

崔时雨张了张口，被他问住了似的。

聂廷昀看出她有些生气的样子，皱了皱眉，不打算再开口，合上车窗。

她锲而不舍地敲了敲窗子，口型似乎是让他下来。

他没理。

发动机轰隆作响，车子前行，紧接着，就因挡在车前的小丫头而发出刺耳的刹车声，余音响彻地下车库，四下陷入某种让人心惊肉跳的死寂。

他手把着方向盘，隔着挡风玻璃与她受惊的眼睛对视，脊背冷汗涔涔。

如果他再晚一秒……

“你疯了是不是？”

他猛地推开车门，烟头一扔，将她擒小鸡一样擒在手里，拽离冰凉的车头，两眼发红。

阵阵后怕从骨子里渗出来，他垂首瞪着她，见她一副毫无悔改的倔强模样，怒从心起，猛地将她一搡，抬手给了她一巴掌。

四下陷入长久的死寂。

崔时雨偏着头，侧脸很快泛起触目惊心的红。

她维持着那个姿势没动，耳鸣嗡嗡地响了一会儿，这才后知后觉地回过头看他，接着，蓦地扬起手，却迟迟落不到他的脸上。

两人视线交缠，谁都没有移开。

他眼里几不可见的期盼一点点消弭。

腕上一重，他握住她的手落在自己颊边，低声问：“打回来，这么难吗？”

崔时雨咬了咬牙，说：“松手。”

他落下手的瞬间，脸上挨了一个响亮的耳光。

舌尖抵了抵口腔内侧，酥麻感绵延不去，他望着还了手反倒有点儿发蒙的小丫头，居然扯唇笑了。

崔时雨没看见他反常的表情，只是缩回手，看着通红的掌心，很久没有说话。

“你看，我不是神。”他哑声说，“我也会犯错，你要打我，我也会给你打。”

小丫头缓慢地抬眸，没吭声。

“你刚刚吓着我了。”他向前一步，手落在她后颈上，抵着她额头问，“下次别拿命开玩笑，算我求求你，时雨，答应我好不好？”

崔时雨愣了好一会儿。

她所知的聂廷昀一直是克制的，把自尊凌驾于一切之上，连挽留都居高临下。

他也有强于常人的自制力，按道理，他无论如何都不可能失控到打女人的地步。

可刚刚，她看到一个眼睛通红，暴怒得失了理智的陌生的聂廷昀。

他说“求求你”的时候，她几乎以为自己在做梦。

每一个表情，每一句话，每一个动作……全部不该是聂廷昀的。

可又明明都是聂廷昀。

她很难形容这个时候聂廷昀的样子，好像一点儿也没法忍受失去她，非常害怕她出事；好像万一她不小心死了，他会一辈子不好过。

这和几年前她说出分手时，仍旧自矜身份、高高在上的模样判若两人。

突然间，她很怀疑，也很动摇。

他会不会也有那么一些些爱她?

这个念头让她的心软得一塌糊涂，只顾磕磕绊绊地解释：“你喝酒了，我不想让你开车，我当时……没想那么多。”

他浑身僵硬了一下，吻在她滚烫的颊侧，很轻很轻地问道：“疼不疼？”

“有点儿。”她诚实地说，然后想了想，补充道，“但我已经打回来了，没关系。”

他很勉强地牵动嘴角，却不知道这抹笑容很难看。

“我都没说对不起，你怎么先说没关系？”

崔时雨很认真地看着他，看得他几乎紧张起来。

半晌，她沙哑着声音，轻描淡写地道：“你也没有对我说过‘谢谢’。”

他动了动唇，心里酸涩得要命。

是的，从头到尾，他只是与她争吵，逼她解释，对她说“滚”……

他没和她说过“谢谢”。

聂廷昀深吸了一口气。

“那你呢，你有没有考虑过我？”他攥着她的手好声好气地讲道理，“你砸一笔钱给我就转身走了，什么都不讲，我怎么知道你想要什么?你要‘谢谢’，我和你说‘谢谢’，你要我还，我拿什么还你都可以。但你不能这样，永远不声不响地站在那儿等着我一个人想明白。你当我是福尔摩斯还是上帝？崔时雨，没有你这样做事的。”

她怔了怔，辩解道：“我不是这个意思……我不是为了让你还我……”

“那你是什么意思？”

他将她问得哑口无言，趁她宕机的工夫，又说下去：“我还什么都不知道，你就单方面给我判了死刑，说我不爱你。我还要怎么做才叫爱你？要是嫌我不够明白，你告诉我，嗯？”

她歪着头想了好一会儿，总觉得思路被拐偏了，才要开口，又被打断。

“没有未婚妻。你自己听了流言胡思乱想，却不问。我以为你明白我怎么对你，却不知道你居然是那么想我的。”

说到这里，倒成了她的错，她偏偏无可辩驳。

“你什么都不敢问我要，你不要，怎么知道我不会给？让你开口问我一句庄芷薇是怎么回事，比你下定决心离开我还难？知道错了没有？”

她下意识要说，对不起，却又顿住，抬头道：“你又这样！”

说来说去，总是她不对。她甩开他的手，咬着下唇生气地想了半天，才憋出一句话来：“我忘了我要找你说什么了。”

他一时不知该气还是该笑，两人面面相觑了一会儿，他轻叹了一口气，将她按在怀里。

“你明明想要我的爱，想得要命。求你讲一句，我该怎么做，才能让你觉得我爱你？

“问我要吧，要什么都行。我都给你，只要你开口。”

她像是被天上掉下来的馅饼砸蒙了，半天不说话，只是僵硬地窝在他怀里，屏住呼吸，也不敢问一句“是真的吗？”。

他耐心地等了很久，才听到胸口传来的声音。

“我想要打比赛，你也给我吗？”

她仰起脸，用他喜欢的天真眼神，郑重其事地问：“可以吗？”

聂廷昀脸上的温柔慢慢消散，化为一点儿沉冷。

他很努力地掩饰住眼里的残酷，如平常般开口问道：“记得我们的赌约吗？就一场比赛。赢了，往后什么都依你。输了，你听我的。敢赌吗？”

崔时雨毫不迟疑地道：“敢。”

关于“一个亿”的争端就那么不了了之，好像没发生过一样。

崔时雨没搬走，聂廷昀也没再提过，只是有一天康敏让崔时雨去公司签一份补充协议，她发现债务没了，自己户头上多了九位数的钱，还为她准备了几场不错的比赛，等她来选。

崔时雨签了字，问："是聂廷昀的意思吗？"

康敏白她一眼："你干吗不回家去问他？"

她转着那支宝蓝色的钢笔，没和康敏说，聂廷昀已经很久没回过中寰的家了。

从她决定重新备赛训练开始，聂廷昀就没再见她。

像是很幼稚的赌气，也像是在表明态度。

她很怕聂廷昀会食言。

有时候，她根本分不清他到底只是缓兵之计，还是真的不再理会她要怎么折腾。

但如果她再多了解聂廷昀一点儿，就会确定他不是后者。

几天后，聂廷昀出差回来，路过中寰。文森回头请示了一下，没得到眼神，就知道还是回华尔道夫，于是开上江浦大桥。

聂廷昀打开手机看家里的监控。

崔时雨回来过三次。

七月十号，她回来拿换洗的衣服，很快就走了。

七月十三号，她很晚回来，似乎不太舒服，进玄关时有点儿跌跌撞撞的，然后进卧室，睡到第二天一早，郑雅来接她，应该是去训练的样子。

然后是昨天，她拿了一堆东西回来进了厨房。

那块地方的摄像头有死角，看不太清她在干什么。她鼓捣了将近两个小时之后，脚步不太利索地拎着一堆垃圾出来，郑雅扶着她，把她接走了。

他放下手机，皱着眉。

车快要进地下车库时，他突然说："回中寰。"

文森猛地踩了一脚刹车："啊？"

但见老板一副面无表情的样子，文森也没敢问为什么，只好艰难地掉了个头开回去。

家里没人，聂廷昀坐了一会儿，给康敏打电话，让她把崔时雨这两年所有的病历用邮件发过来。

文件比想象的大，下载花了一会儿时间，打开后，聂廷昀的脸色渐渐冷下去，看到最末一页，他缓慢地合上电脑，坐在书房，很久没动。

康敏再接到他的电话是两个小时后。

她还在胆战心惊，对方看了病历后，会不会迁怒于人，认为工作人员没有照顾好崔时雨。

谁料聂廷昀只是问："官方的决赛对战表排出来了吗？"

她答："还没有。"

聂廷昀沉默片刻，说："崔时雨不能赢。"

康敏心头一跳，小心翼翼地试探着道："您的意思是……"

他说："不管你用什么方法，她不能赢。如果她赢了，后果你们自负。"

电话挂了，康敏看着手机，挣扎地咬了咬后槽牙。

崔时雨最近都住在训练队里，本来没有回中寰的打算，但今晚她接到文森一个莫名其妙的电话，说聂先生不太舒服。

她强撑着几近脱水的身体回来，此时时针已经指向夜里十点钟。

崔时雨以为他已经睡了，谁知推门进来，客厅灯还亮着。

他似乎刚洗过澡，穿着宽松的睡衣，坐在沙发上百无聊赖地看一场柔道比赛，是她这两年打的那些纯粹娱乐性质比赛中的一场。

崔时雨觉得有些丢脸，走过来要去拿遥控器，却被他抢先一步，站起来高高举起，垂眼俯视。

她维持着一个瞪大眼睛的表情，似乎没想到他幼稚到这种程度，只好和他商量："别看了，打得很烂。"

他把拿着遥控器的手落下来背在后面，说道："我觉得打得不错。"

说这话时，他的表情似笑非笑："有名将之风。"

她知道他在嘲讽她，也不觉得难过，转移话题道："你不是不舒服吗？"

她仰头看他，发现他眉宇间有倦色，眼底有一片淡淡的青灰。她不太知道他每天都干些什么，但也从旁人口里或多或少了解到，他每日早出晚归，处在一个很累的位置。

他闻言，神色变得温和，任她摸索到手里的遥控器，关掉电视。

她回身，小声说："给你按一按好不好？"

他今天比往常好说话，很顺从地躺到卧室床上去。

她跪坐在床边，帮他按太阳穴，没几下手就被攥住了。

力气小得不像是她，甚至呼吸也在微微颤抖。他扯了一下，几乎没用力，她就趴到他胸口，浑身软绵绵的。

太轻了，好像没什么重量，他知道她这个样子应该是减重结束不久。

“聂廷昀？”她要起来，却没能，被他按着后背拥住。

他平静地问：“你以后也要一直这样吗？”

她艰难地在他锁骨处侧过脸看他，似是没明白，问道：“什么？”

“一年到头有三分之一的时间在减重，不能吃东西喝水，所以我们没办法正常地出去吃饭；备赛期一个月只回家三天，其他时间都泡在道馆，把自己搞得浑身是伤。这两年你只是随便打了些娱乐性质的比赛，每次比赛之后，身体也都会变得再差一点儿。而我什么都不能说，只要我说了，就是在操纵你的人生，阻拦你的梦想。”停了停，他用不是很严肃的语气认真地问，“以后和我在一起，你也想一直这样吗？”

崔时雨费力地撑起上半身，居高临下地望着他，抿了抿唇，不说话。

他笑了一下：“即使这么浑浑噩噩地打下去，你也不想面对，你根本没有顶级选手的天赋，你现在这个年龄，早就错过跻身国际赛事的黄金期。”

崔时雨的脸色一下子变得惨白，好半天不动，似乎无法消化他的话。

聂廷昀揭开她最不愿直视的真相，逼她看到梦想早就陨落，而她只是在苦苦挣扎的现实。

可他没打算给她逃避的余地。

聂廷昀扣着她的下巴，说：“除了爱我这件事你从头到尾清清楚楚，你生活里的其他部分都是一团糟，你得承认，崔时雨。”

她哽住喉咙，想求他别再说下去，可是她发不出声音。

他松开手，在她侧脸拍了拍，让她第一次真切地感受到羞辱。

聂廷昀唇边牵扯出一丝很古怪的笑，低声说：“否则你怎么会傻到陪睡都嫌不够，还要倒贴给我一个亿。”

崔时雨倏地挣出他的怀抱，站在床边，浑身微微颤抖。

仅有的一点儿自尊在试图将他拉下神坛，有那么一瞬间，她几乎动了说“滚出去”的念头，可紧接着又想起，这不是她家。

他恰好也要她滚出去过，崔时雨动了动喉头，在他平静而深邃的目光注视下，最终什么也没说，转身出去了。

他坐起来，看到她的脚步有些踉跄，动了动指节，最终还是没有起身。

七月二十三日是聂廷昀的生日，郁令仪在海市江滨以不菲的费用包下一个会所，给他办了一场派对，除了同辈亲友，公事上有瓜葛的人也都悉数到场。

前几天张诚然恰好回国，被庄闫安签进“动愈”做康复顾问，这天晚上便也作为同事兼好友出席。

聂廷昀对这场生日派对显得兴致索然，毫无主人公的自觉，吹过蜡烛就消失无踪，甚至避免了公事上的必要交际，罕见地让庄闫安替他迎来送往。

庄芷薇和张诚然躲到二楼露台聊天，聊到一半听到身后客厅里有窸窣的声音，开了灯才发现，聂廷昀睡在沙发上，地上搁着一瓶喝了大半的红酒。

聂先生衣着光鲜，容颜精致，明明没喝醉，一睁开眼睛，那神态却有些失魂落魄，好像无家可归的酒徒。

庄芷薇半天没想出用什么词来数落他，倒是张诚然开口问道：“这是和谁怄气呢？”

庄芷薇问道：“又被小丫头将军了？”

张诚然犹豫地问：“哪个小丫头？”

生日会崔时雨没来，张诚然以为两人早就没瓜葛了，毕竟当年崔时雨甩人出国一系列动作干脆利落，没给聂廷昀留半点儿面子，聂廷昀这么高傲一个人，怎么还肯吃回头草。

再者，两人身份地位也是天差地别。

庄芷薇斜睨他一眼：“还有谁？崔时雨。”

张诚然脸上一会儿震惊，一会儿高兴，一会儿迟疑，只顾着追问庄芷薇：“那你们订婚的事情是真的假的？”

庄芷薇“哎”一声，说道：“你说呢？我们聂先生好用嘛，现在我的品牌发展进入正轨，人脉也差不多搭上了，还和他担这个虚名干吗？好像我稀罕一样。”

两人一面说，一面往外走，走到门口却被叫住了。

聂廷昀一开口，才发现嗓子哑得要命。

庄芷薇回过身道：“怎么？我不给你提供情感频道服务的。”

聂廷昀没看她，躺在那儿看着吊灯出神，道：“找你的公关团队澄清一下。”

庄芷薇闻言僵硬了几秒，鼻头微微发红，心里像是有很多话想说，但到头来又只是笑笑：“你以为只有你着急？我还急着让人还我清白身呢……”

聂廷昀略有些不耐烦地打断：“芷薇。”

“好啦，我知道。”庄芷薇转过身继续往外走，边走边道，“我马上让人办，不会给你添麻烦的。”

张诚然瞧见她脸色不太对，踌躇地在原地站了一会儿，又回头看了一眼聂廷昀，最终还是追着庄芷薇下楼了。

四下恢复寂静，聂廷昀重新闭上眼睛，连灯都懒得关，就又睡过去了。

第二天中午，聂廷昀睁眼，发现自己被送回了华尔道夫。

枕边的手机一直在响，是文森打来的。他以为是最近并购案的事情，谁料却提到崔时雨，宿醉的头痛欲裂让他的理解能力直线下降，他昏昏沉沉地听文森重复了两遍，才明白对方在说什么。

崔时雨比赛出事了。

文森说话的时候，还生怕聂廷昀会怪罪他为什么到这时候才通知。

其实康敏通知他的时候，已经是今天早上，他收到消息后打了三通电话，到中午聂廷昀才接。

聂廷昀安静了好一会儿，只问了哪家医院就挂了电话。

聂廷昀到时，康敏坐在走廊里，朝ICU里指了指，说：“她堂姐在里头。”

他沉默了几秒，没有进去，他知道崔念真绝对不希望见到他。

康敏克制着哽咽，和他说昨天到今天发生的事。

“运动性哮喘引起的肺源性心脏病，昨天比赛时心脏骤停，抢救了一晚上，今天早上才脱离危险，转到ICU……可医生说还得过了今晚才能确定有没有事。”

聂廷昀浑身冰凉，这话入了耳，却迟迟理解不了是什么意思。

郑雅还在小声抽泣，说时雨这么好的女孩，怎么会差点儿猝死……

康敏回头瞪了她一眼，郑雅神色惶然，把嘴闭上了。

“猝死”两个字似乎刺激到了聂廷昀。

他有点儿站不住，背倚在墙上，攥紧拳头，脸上一点儿表情也没有。

康敏不忍地看着他。那种痛苦无论如何都装不出，她想崔时雨或许是遇到了真爱也说不准，这些身处高位的人竟也有真爱。

文森来电，这次是询问并购案的事，聂廷昀张了张口，却发不出声音。

痛攫住心脏，沿着四肢百骸蔓延到身体的每一个角落。

恐惧是真的会令人失声的。

他想，原来她于他而言，是这样不可失去的存在。

“聂先生？”文森还在唤，“聂先生，您什么时候到公司？”

痛上心头，摧心裂肺。

他几乎是从牙缝里挤出佯作平静的话语：“一个小时后。”

挂断电话，他在短短几十秒内变回那个泰山崩于前而色不变的聂廷昀，冷静地询问：“联系她父母了吗？”

康敏哑声道：“联系了，正从外地赶回来。”

聂廷昀“嗯”了一声，竟是转身往回走。

康敏和郑雅没料到他居然只是来了一下，连人都不看就走，惊愕地愣在原地。

聂廷昀路过ICU的玻璃窗口，看到她虚弱惨白的侧脸被呼吸机包裹，步子缓了缓，低声说了一句什么，便径自朝前走去，再也没回头。

郑雅在后头气愤地抹眼泪：“什么人嘛，万一今晚人就走了呢？他也不留下来陪着！”

康敏凝视着男人的背影消失在电梯里，没吭声。

郑雅没听见聂廷昀的那句话，她听见了。

男人的口气近乎严厉，带着无法形容的复杂情绪。

“崔时雨，我绝对不会陪你走最后一段路，绝对不会给你送终。你要是恨我气我，就活着回来。”

我绝对不会，崔时雨，你听好了，我绝对不会。

所以，请你回来。

他从未如此盼望过世上真的有神明，可以回应他此刻的祈祷。

第十九章
不许重泉别

那是一场必输的比赛，没有奇迹发生。

荒诞之处在于，除了崔时雨，每个人都知情。

瘫倒在地时，她恍惚听到很多人的声音忽远忽近地在耳边回荡。

她输了，她再也不能出赛了，他应该很开心吧。

在意识尽失的前一刻，她的视线仍不由自主地向观众席扫去，一遍又一遍地寻找那个身影。

没有，没有他。

一片漆黑里，医生在问："崔时雨，还能听见吗！崔时雨……大口呼吸！能做到吗？"

她不能。

胸腔内有什么正在分崩离析，窒息般一次又一次地攫住她的喉头。她仿佛听到有人在心底绝望地尖叫，那声响几乎要刺破她的耳膜。

他不会来的，崔时雨，你早就知道了不是吗？你死了也未必值得他缅怀！

刺耳的轰鸣声在脑子里来回撞击，像是将她的头穿透，再穿透。

救护车的声音响起。

"意识丧失，大动脉搏动消失，叹息样呼吸，对光反射消失，心音消失。

"联系家属，下病危通知！"

她看到自己正立在绝壁之前，深渊中浪涛汹涌，传来召唤。

下来，他不爱你，你也不配被爱。

下来，你就再也不会痛苦了。

极度缺氧的大脑让她失去判断力，她试探地朝前迈了一步。

“医生，心监显示心室停顿！”

“给肾上腺素一毫升静注！”

黑暗如潮退去，深渊漩涡消失，她猛地退回去，用力摇头。

不，我不要过去。即使不被爱，我也想尝试着站在光明里。

“目前心监室颤。”

“除颤，给双向波两百焦，加上胺碘酮三百毫克静注！”

思绪开始流动，在半梦半醒间发散。

如果我死了呢，他会不会为我流一滴泪？

不，流泪太浅薄。

他会不会……想起我的时候，稍微有那么一点点难过？

早在立赌约时，她多少预料到无缘柔道的结局。

她原以为自己会痛不欲生，可游离在无边无际的黑暗中时，她想的只是：这样的话，和他最后的牵连也终于被斩断了啊。

原来自她握住他的手的那一天起，她的肉身即使被保护在坚固的壁垒中，一颗心却也颠沛流离。

她曾赖以为生的那身柔道服，早在她明白之前，就已失去了作用。

来自电视的光线将客厅映得忽明忽暗。

聂廷昀坐在沙发上，看之前被她关掉的没来得及看完的那场比赛。

她赢了，满眼含泪地欢呼一本。

他沉默地坐着，喉头生疼。

手机在矮几上放着，他却怕在此刻收到任何消息。

他起身，在房间里如困兽般徘徊，随着夜色一点点降临，濒临绝望。

忽地，迟缓的脚步停在冰箱前。

冰箱上贴着一张便笺，粉红色的纸张，上面用圆体英文写着“生日快乐”，没有署名。

聂廷昀的手指停在那张薄薄的，承载着简短而真挚的祝福的纸上，僵住了。

三天前，监控里，她躲在死角里两个小时没露面，是在干什么？

他的手近乎颤抖地拉开冰箱门。

原本只有饮料和水的冷藏室被清空了中间，留出一大块地方，放置着纸盒。

那个纸盒的模样并不特别，甚至太过普通，让人看一眼就能猜到里面装的是什么。

他伸手，像是要将它拿出来，却在冰凉的冷气里顿住，而后决然关上冰箱门。

他想起七月二十二日那天。

七月二十二日，他拿到长长的病历，让文森拨了个电话诓她回来，在中寰等她。

她回来了，腿脚不是很利索的样子，整个人也瘦得厉害。

那都是些什么伤来着？肩袖韧带撕裂，脚趾错位，反关节韧带拉伤……

他满肚子质问，又都变成了心疼和愠怒。

她那么乖，累到筋疲力尽还要为他按摩，却不知道他满心怒火，因为她把自己搞成这副样子。

而她什么都不知道。

她或许还在找一个时机开口，提前祝他生日快乐，然后等着他什么时候打开冰箱，发现她前一天准备的惊喜。

可他呢？他冷冷地评价她：你没有顶级选手的天赋。

他指责她的生活只有爱他这件事干得不错，其他都是垃圾。

他高高在上地嘲弄她的付出，说她陪睡不够，还要倒贴一个亿。

这和辱骂她下贱无异。

他干脆忘记，她之所以在百忙中强撑着赶回来，不过是因为文森的一句“他不太舒服”。

他倚着冰箱，一点点地滑坐在地，抬手盖住滚烫的眼眶。

他发了狠地问自己，你都对她干了些什么？

零点之前，聂廷昀高悬的心终于安全降落。

康敏来电，说话的人却是崔念真：“时雨脱离危险，指征一切正常。”

他人已经在出门的路上，却听到她冷冷地说道：“别再出现在她面前了，聂廷昀。”

没等他开口，她接着说：“我知道了，那傻丫头卖身三年为了给你一个亿的事。”

电话那头忽地一片寂静。

崔念真哽着生疼的喉咙，心脏揪痛。

她从前不明白，这几年堂妹怎会突然不要命地跑通告，把自己累得人不人鬼不鬼，难道是为了赚钱？不食人间烟火的小丫头怎么会突然对钱感兴趣？

直到昨夜，康敏和她聊天，无意间漏了一句还债的事，看到崔念真一脸茫然，才知这笔巨额债务居然连亲属都不知道。可口风已然泄露，再想瞒是瞒不住的，于是在崔念真的追问下，斟酌着说了些实情。

联系前因，崔念真立刻就明白了这一个亿是为了谁，当下震惊至极，也愤怒至极。

她借来康敏的电话，满心都是让这个男人趁早和妹妹划清界限的想法。

聂廷昀沉默了一会儿，解释道："我也不知道她会这样自作主张，如果我知道……"

崔念真怒极，冷笑了一声："你想说的不是自作主张，是她心甘情愿对吧？聂廷昀，你要知道天底下免费的午餐，只有她这一个傻瓜才会给你，她傻不是因为她脑子坏了，是因为她知道，你就喜欢她这样！

"她有多少心甘情愿，你就有多少袖手旁观，你只是爱你自己，聂先生！"

他抿住唇，再度沉默。

"就算先撇开这件傻事不提……你知道她的病是怎么来的？她之所以得这个病，就是因为几年前精神紧张引起的几次假性哮喘。

"她还会为了谁紧张？为什么你一出现，她打比赛就出了这么大的事？"

聂廷昀只觉脑子里嗡嗡作响。

他有一肚子的"不是这样"，可偏偏又一个字都无法反驳。

最后她说："聂廷昀，你放过她吧。"

通话被忙音阻断。

聂廷昀笔直地站在门口，脚上是换了一只的鞋，他维持着这个略显狼狈的姿态，很久很久都没动。

"从目前的情况看来，以后都不能做剧烈运动。柔道是肯定不能再进行下去了。"

崔时雨醒来的第二天，已经可以撤掉呼吸机。大夫站在病床旁，和家属及护士交代医嘱。

“除此之外，只要小心不要劳累，正常生活不会有任何影响。”

尹楠听到女儿再不能打柔道，反而松了一口气。

崔崇年跟着长出了一口气，说道：“没事就行，柔道嘛，不打就不打了。”

康敏去看崔时雨，却见她蜷缩成一团，蒙住了脸。

崔念真连忙去掀被子，说道：“刚从鬼门关走一遭还没够？想把自己闷死？医生说你往后住的地方得注意空气流通……”

崔时雨浑身无力，指尖软软的拽不住被子，没几下就被扯下来，露出泪眼模糊的脸。

所有人都愣住了。

崔时雨把被子蒙回去，声音闷闷地从里面透出来：“你们出去好不好？”

没人开口，康敏打了个手势，大家默不作声地退出了病房。

几分钟后，里面传来压抑的饮泣声，紧接着，变为号啕。

崔时雨留院观察了三天，聂廷昀没再出现。

她只问过一次，趁父母不在，身边只有崔念真陪着吃午饭的时候。

“他来过吗？”

崔念真闻言凝视她，小丫头手里攥着一把瓷匙，南瓜粥喝了几口就喝不下的样子，眼睛低垂着，问这话的时候很犹豫，不太敢和她对视。

崔念真沉默了一会儿，说：“没来过。”说完，她盯着她的脸瞧，不敢错过一丝表情，怕这丫头会突然情绪崩溃。

但没有，什么都没发生。

崔时雨平静地喝了一口粥，说：“哦。”停了停，就问什么时候出院，好像根本不在意问题的答案。

出院后，崔时雨和康敏去了公司。

“你的债务已经清了，如果不想继续做这行，同意解约，不必支付违约金。如果你想继续做下去，我会重新为你规划转型，给你成立工作室，作为正式艺人挂靠回天英娱乐，和天英体育不再有瓜葛……所以，你可以放心，此后你对自己未来的发展是有绝对的掌控权的……”

康敏说了很多话，崔时雨坐在她面前，像是听进去了，又像是在走神。

A4 纸在她指间翻来翻去，永远停留在前两页，康敏疑心她根本没在看这份新的合约书。

康敏说到口有些发干，唤秘书进来送咖啡的当口，听见她平静地问：“这些是他的原话吗？”

康敏动作顿住，想起聂廷昀嘱咐这些时，脸上是一副从未见过的颓败神色，忽然不知道该怎么回答这个问题。

半晌，她清了清喉咙，说道：“这是公司的决策。”

崔时雨低眉顺目，突然说：“我不能再打柔道了，他一定很高兴。”

康敏想打断她，却又放弃了。

崔时雨哭了，没有声音，也没有动作，她只是低垂着脸，眼泪大颗大颗地砸下来，浸湿了那份合约书的第一页，很快洇出痕迹。

“以他的脾气，一定和你说过，无论怎样都不能让我赢这种话，他就是不择手段的一个人。”

康敏听得心头一跳——还没见过谁敢这么说聂廷昀，这丫头可能是神经错乱了。

可她毫无所觉，絮絮地说下去。

“佳言帮我查过他的星座，说他是控制欲超强的变态狂，所有事都得顺着他，受不了一点儿超出掌控的人和事，我那时候还觉得佳言是胡说八道。

“可这么多年我才发现……他真的就是那样。所以我就顺着他，什么都顺着他，他不爱我我也认了……那年逃去阪城和他分手，我是真的想放弃的，我想试试爱自己是什么滋味，可我连这个都做不到，我真是笨得要命是不是？我一直以为柔道是我的铠甲，现在才发现其实根本不是。我只是不敢爱他，所以拼命爱柔道。他早就脱了那身柔道服，我却还停在五年前的那一天，不肯往前走。我太害怕了，怕走着走着，梦就醒了。”

她带着困惑抬眸，压下哽咽，很轻很轻地问：“现在梦是真的醒了吧？不然为什么我连不打柔道这件事都顺着他了，他还是生气不肯见我？”

康敏猛地抬手抵住鼻尖，掩饰微红的眼眶，把纸巾盒递给她，什么都没说。

崔时雨失望地低下头，看都不看，翻到合约的最后一页，签了字，按下手印，转身出去了。

康敏拿起桌上倒扣的手机。

从崔时雨进门之初，便已接通的电话那头终于传来声音："她走了？"

"是。"康敏一开口，声音还有些沙哑，她颇尴尬地吞了口口水，极力平复语声，"她签了字。"

那头静默片刻，"嗯"了一声，随后电话便挂断了。

宋佳言在市队里累死累活地训练，午休时刷了会儿微博，刷出互关里唯一大V崔时雨的九宫格。

其中有一张是在爬山途中。崔时雨站在满地的红叶中，身后是古朴的山寺门庭，身侧有挂着木牌的石柱，木牌上写着"时雨"两个汉字。女孩站在柱子旁边，手指自己的名字，非常开心的样子。

配文是：箕面山红叶行，偶遇时雨。

下面的评论竟一致歪楼。

"什么鬼，拼命女孩休假了？"

"是病假吧？"

"有生之年能看到小姐姐出门游玩我就放心啦！"

"伤怎么样啦，时雨姐姐？"

宋佳言没忍住，给崔时雨拨去语音电话："你居然肯休假？谁陪着你，身体没关系吗？"

明明是大中午，小丫头却似乎是刚睡醒的样子，声音懒懒的："嗯。郑雅在呢，公司让我休息一个月，通告都往后排了。"

"你在阪城？"宋佳言顿了一下，想问那聂廷昀呢，可没等问出口，那头便没了动静，似乎又睡过去了。宋佳言把电话一挂，直犯愁，嘬嘴道，"睡睡睡，就知道睡！你是猪吗！"

崔时雨睡得迷迷糊糊的，听到郑雅喊她吃饭。

她把被子从脸上拽下来一点儿，露出眼睛，问："几点了？"

郑雅靠在门口说："晚上七点了，时雨，你都不饿吗？"

胃里空得难受，她摸了摸越发分明的马甲线，终于爬起来换衣服。

崔时雨不吃刺身，也不喜欢吃面，郑雅就带她去吃寿喜烧。

店面不是很大，正在饭点，居然没人排队等位。

崔时雨脱了鞋，赤脚走上榻榻米，猛地站住，下意识地要回头找郑雅，却见郑雅没有跟进来，只是朝她打了个手势，然后退了出去。

门口的风铃“叮当”响了一阵，安静下来。

她目不转睛地看着坐在矮桌后的男人，不知该向前还是向后。

好在他没给她思考的时间，若无其事地招了招手，就像本来他们就约好要在这里吃饭一样。

“站在那儿干吗？过来坐。”

她只踌躇了两秒，走过去，盘膝坐到对面。

香气扑鼻而来，他把搅拌好的蛋液递给她，说：“锅热得刚好。”他夹了牛肉放上酱油锅，很快，酱油将牛肉裹上鲜亮的颜色。

聂廷昀把肉夹给她，说：“尝尝。”

她垂着眼，不知在想什么，半天才拿起筷子。

现在不用控制体重，也不需要进行兴奋剂检测，外面的肉可以随便吃。她感觉自己这辈子没吃过这么饱一顿饭，牛肉在酱油锅里烤熟了，蘸上鸡蛋液，入口甜到舌根发软。

她在对方若有若无的注视下吃光两人份的肉，才抬头问：“你不吃吗？”

他笑了一下：“我以前怎么不知道你胃口这么大？”

崔时雨低头，咬着吸管喝杯子里的饮料。

可尔必思带着气，她满足地眯起眼睛，模样有点儿像小孩子。

聂廷昀垂下眼，接着烤肉，烤到一半听到她咳嗽，整个人忽然僵住，迅速起身，手忙脚乱地从包里翻出来平喘药，大步跨到她身侧，正要给她吸，却见她连连摆手。

“没事没事，就呛了一下，太久没喝碳酸饮料了。”

聂廷昀把平喘药搁在她嘴边没动，盯着她咳嗽完，才慢慢地放下手，额上出了一层冷汗。

他还保持着单膝跪在她旁边的姿势没动，视线紧紧地落在她脸上。

她呼吸平复，朝他望过来。

四目相对，她忽然道：“你现在的姿势……像求婚。”

他的眼神一下子深邃起来，忍了又忍，终于抬手落在她颊侧，很温柔地摩挲，拇指轻轻地按在她下巴的沟上，语气同样一本正经：“要真是求婚呢？”

她眨眨眼，很乖地闭上嘴，沉默了。

聂廷昀低下头，眼眶蓦地发烫。

他想起几个月前，她以为他的亲昵是在暗示关于第二个条件的交易，他压着恼火故意反问她：“如果是呢？”她只是平和又温软地说：“我答应的。”

细想想，她鲜少对他说“不”，仅有的那几次也是他逼人太甚。

可现在她对他沉默。

聂廷昀一直不出声地看着她，她觉得他的眼神有点儿危险，歪头追问：“所以是真的吗？”

他的手滑到她的头上，抚摸她的发顶，说道：“你想，就是真的；你不想，就不是。”

她垂下脸，说：“我不想。”

崔时雨感觉到他僵硬了几秒，抬眸，却看到他唇边一抹留着勉强痕迹的笑纹，不由得怔了怔。

“好。”他嗓音低哑地说，“那就不是真的。”

吃完饭，她问起郑雅，聂廷昀说郑雅帮他办点儿事。她点点头，不疑有他，跟着上车。回到住处，她才发现，聂廷昀不单知道房子的大门密码、房间门密码，还出入自如，一时非常震惊。

“郑雅说这是为了度假临时租的……”

坐落在富人区的二层别墅，能临时出租一个月，也就崔时雨这种傻瓜相信。

聂廷昀看她一眼，说：“嗯，租了我的房子。”

他脱了外套，发现身后没动静，回头一看，崔时雨站在门口抿着唇，一副若有所思的样子。

“换鞋。”他打断她的沉思。

崔时雨慢吞吞地看了他一眼，换了室内鞋进来。

房子比中寰的小上许多，却缩短了他和她的距离。她没几步就可以穿过客厅，从冰箱里拿出冰可乐来喝。

他偏头盯着她，想阻止，却没开口。

崔时雨喝了半罐可乐，盘膝在沙发前的地毯上坐下。

他走过来，把她放在一侧的可乐拿走放回冰箱，关门的工夫，身后冷不丁传来嘟囔的声音。

“我以为你不想见我。”

聂廷昀一下子就明白了这句话背后的质问、委屈、惊惧……

我徘徊在生死之间的时候，你为什么不在我身边？

你为什么一次都没有来医院？

我都不能打柔道了，一切如你所愿，你高兴了？

我什么都没有了，可你也在躲着我。

你为什么现在才出现？又想骂我什么？

他转身，看到她低垂的侧脸，柔和的灯光将她的影子淡淡地映在面前的木几上，随呼吸颤动。他心里一紧。

颤动的影子让他想起一些不太快乐的字眼，比如雨在消逝，比如云在漂泊。

聂廷昀坐过去，先是试探地碰到她的肩膀，然后把人整个自身后抱进怀里，胸口贴着脊背，掌心覆在她腰间。

他垂首，自颈后亲吻她耳垂，一声声诚恳地道歉："对不起，时雨。"

她把脸藏在他的臂弯里，滚烫的湿意很快透过衣袖传出来。

聂廷昀僵住了，先是不可置信地想去看看她的脸，可滚了滚喉结，最终还是没动，就那样抱着她。

他发现自己没有想象中那么了解崔时雨，或者说，他有点儿不太明白现在的崔时雨。

他不知道她像普通的小女孩那样喜欢喝碳酸饮料，还会咬吸管。

他不知道她可以哭这么久，有这样多的眼泪，哭得他心都跟着碎了。

他不知道她也能如此激烈地表露情绪，而不是什么都自己往下咽。

或许勘破生死后，她才懂得这些。

她哭够了，趴在他臂弯里，在袖口上擦了下眼睛，就立刻被他发现了。聂廷昀低斥了一声"脏"，伸手拿纸巾帮她擦眼泪。

她眼睛肿得像桃子，闭着眼，他总觉得自己像抱了只猫，小小的一只猫蜷缩在他怀里，任他摆弄。

哭过后的吸气一下接着一下，让他心惊胆战，他随时想冲过去拿放在包里的平喘药，又怕动作太大，反倒牵扯出未知风险。等她渐渐地平静下来时，他的脊背汗湿了一层。

"哭好了？"

她不吭声，过了一会儿掀开他的手爬出来，和他面对面地跪坐着，一动不动地看着他。

这是要好好聊天的架势。

这段时间，他打点康敏给她选择权，给她休假，收买了郑雅做间谍，将她的一切巨细无遗地向他报告……他背地里做了许许多多，却总是迈不出那一步。

他不敢坦然面对她的质问、失望，甚至是指责。

为了赢所谓的赌局，他排了一场必输的比赛给她，折断她一对羽翼，还害她险些丧命。

从濒死状态里脱身的那一刻，她会不会难过，会不会恨他？

在哪怕可能天人永隔的时刻，他也不曾来看她。

她知道的时候是什么心情呢？

一定很绝望吧。

他屏息，等着惩罚来临，无论怎样的怪罪他都做好准备全盘接收了。

谁料她问："对不起什么？"

聂廷昀怔了怔，哑声说："很多。"

她看起来不是很明白，迟疑了几秒才追问："比如呢？"

"比如……"他脑子一时空白，也不知拿什么来举例，只道，"我不该说你陪睡，倒贴。"

她垂下眼，手指在运动裤上蹭来蹭去。

聂廷昀动了动喉头，克制又急迫地抬手抚摸她的颈侧和脸颊，抵着她前额说："是我口不择言，时雨，对不起，你能原谅我吗？"

她认真地思考了一会儿，发自内心地道："你为什么会那么说我？因为我不拒绝你亲热吗？还是你真的觉得我付出的那些……是倒贴，很轻贱？"

他立刻要开口否认，又因她骤然扬起的眉眼而闭嘴。

"那一个亿让你生气，你在气什么呢？气我伤害了你的自尊心，还是气我自作主张，让你觉得我把你变成了一个坏人？连我这么笨的人都知道，对你来说那笔钱只是一时的困窘，你不会因为得到任何人的帮助而受伤；但你为什么就不能明白，对我来说，那已经是我透支都透支不了的全部了。"

他蹙着眉，嘴角抿成一条直线。

她继续问："还是你觉得，我在你面前就应该是一无所有，我是不配给你什么的？"

他露出罕见的痛苦神色，很艰难地开口说：“你怎么会不配？时雨，别说这种话。我怎么可能为了自尊生你的气？”

崔时雨忍不住抬手，用食指一点点抚平他蹙起的眉头，平静地说：“没关系，都过去了，你不用……”

他拿下她的手紧紧抓着，几乎弄痛她了。

“听我说完，时雨。”聂廷昀很认真地看着她说，“那天我看完你的病历，又见你那副鬼样子，实在是不知道要拿你怎么办。我当时太难受了，连自己都不知道说了什么。因为你看起来像是铁了心要赢那场比赛，可是你赢了，会不会像当年那样说走就走，我一点儿把握都没有，我甚至不知道你是不是还在乎我。

“三年前的那一天在我梦里重演了无数次，可我没有一次留得住你。”

他平静地说下去，像在陈述一个再普通不过的事实，但每个字又都像是从脏腑里头硬生生掏出来的，连着筋脉。

“我不想你再离开一次了。”

崔时雨嘴角向下，像是在忍住什么情绪，很快又偏过头低声说：“可是我快要死的时候你都没来。”

这一次，他沉默了很久。

崔时雨转头去看他的眼睛，他低着头不给看，半晌一言不发地松开她，迅速起身进了盥洗室。

水声“哗啦啦”响起，她在原地等了很久，他还是没出来。她只好追到门口，敲了敲磨砂玻璃的门，问道：“聂廷昀，你怎么突然洗澡？”

回头看了看，他的行李根本还没打开，换洗的衣服都没带进去。

“聂廷昀？”

她的心被夹杂着难以置信的酸涩包裹，心照不宣地停下敲门的手，直到水声停下，里面传来有些陌生的、发闷的语声。

“我不是神，崔时雨。我也会有懦弱不敢面对的时候。我没有真正强大到你以为的那样……什么都可以站出来扛着。”

隔着磨砂玻璃，她看到他的一点儿轮廓，像是坐在浴缸的边缘，脊背弯成一个她绝没有见过的、颓然的弧度，让她看了心口生疼。

门内，聂廷昀动了动哽得难受的喉头，说：“我也有心里一点儿底气都没有的时候。譬如，你要离开。譬如……生死。”

等她消息的那晚，他想了很多。如果当初他可以由着她做喜欢的事，至少能让事情发生在可控的程度内。或许当年她不会走，现在也不会受那么多伤，吃这么多苦，更不会死生未卜。

谁都知道死生面前无大事。但不到那个关头，没人能真正明白。

他想，他错过太多，也错了太多。

一开始，她就是跋山涉水带着厚礼来见他的，他只允她上门，也并没礼贤下士。等她走了，他怪她是贰臣，却不问问自己是否以国士待之。

他后悔了。可扪心自问，若是重来一次，他或许依然如此，他知道自己是个什么玩意儿。

可就算是这样，他也还是不想要放开她。

他的爱注定是在饱含占有与控制的土壤里生长，去掉哪一个，都不再是打着聂廷昀印记的爱了。

那晚他们的谈话没能进行到最后，因为聂廷昀不肯当着她的面出来。

她只好去另一间浴室洗澡。睡得半梦半醒时，才觉有人带着水汽躺上来，像往常一样将她抱住。她摸了摸搂在腰间的滚烫的手，想扭身去寻他的眼睛，却被他抓住手指吻了吻。

“别闹。”他声音哑得像哭过，她于是僵住了，听他道，“睡吧。”

温度不正常的呼吸散在颈后，她僵硬着脖子躺在黑暗里，干瞪着眼，胡思乱想了好半天，直到挨不住困意合上眼皮。

那天，崔时雨在梦里为自己举行了一场葬礼，聂廷昀来扶棺，棺木下葬后，聂廷昀像个小孩子一样，在墓前哭了很久很久，久到她想推开棺木说：你不许再哭了，很吵。

可是身上那么沉，墓里那么黑，说话外面都听不到，她又害怕又难过，忍不住跟着他一起哭。

一觉醒来，她才知道梦里为什么觉得身上沉。

他霸道地将她整个人锁死在怀里，压得她险些透不过气来。她花了点儿力气才把他的手臂移开，他被弄醒了，皱着眉用不快的表情盯了她几秒，又闭上，翻了个身背对她。

崔时雨呼出一口气，蹑手蹑脚地下床。

洗完澡出来，她正碰见郑雅拎着一堆东西进门。

瞧见崔时雨，郑雅露出一点儿尴尬的、间谍身份暴露的心虚表情，问道：“时雨，你醒啦？”

崔时雨没说话，接过她手里的东西翻了翻，都是一些生活用品。

“你昨天去哪里了？”

郑雅挠着头嘿嘿笑：“五星大酒店。”聂先生原话是让她别出现，挑个好的地方住，回头他给报销。她于是非常听话地找了个最贵的酒店。

崔时雨看了郑雅一会儿，问道：“那今天呢？”

她在阪城这一个月休假有游玩行程，要拍一些 vlog（视频）作为粉丝福利，因此前些天都是郑雅陪着她，但现在聂廷昀来了……

果然，郑雅说：“公司有事让我回国。”

崔时雨了然地点点头，从冰箱里拿出一盒木棉豆腐，用勺子一口一口舀着吃。

郑雅见她没再追问，松了一口气，把行程单拿出来，凑到跟前唠唠叨叨嘱咐了一番才走。

聂廷昀下楼的时候，崔时雨一盒豆腐还没吃完，他偏头多看了一眼，站住脚，想说什么，又没说，转身去准备简单的煎饺。

崔时雨知道他觉得自己吃法奇怪，她也是最近才迷上把豆腐当成冰激凌来吃的。

等她吃完豆腐，煎饺已经好了，她连筷子都懒得拿，用叉子戳着吃，一面吃一面问饭桌对面的人：“今天你给我拍 vlog？”

聂廷昀抽出餐巾纸给她擦嘴边的油，漫不经心地道：“嗯，今天我当你助理。”

聂廷昀说要给她当助理，这有点儿奇妙。

她走神地沉默，哪知他探身过来把她叉子上剩下一半的煎饺吃了，这才回过神来。

他一只手撑在桌上，很温柔地低头凝视她：“怎么，不信？又不是没伺候过你穿衣服。”

她耳尖发红，干巴巴地说：“我助理不做这个。”

他朝她微笑，装得很好脾气似的说道：“好，那就不做这个。”

她脸也开始红，蹙起眉把叉子放下，有点儿不知所措地起身，什么也没说就上楼换衣服去了。

终章
调寄雨霖铃

才出门，两人就发生了一点儿分歧。

聂廷昀理所当然地以为是自驾去京都，他拎着一堆东西准备放到后备厢里，才发现崔时雨没上车，站在旁边看着他。

崔时雨脸上带着不是开玩笑的表情问："你坐过电车吗？"

聂廷昀愣了一下，看了一眼还没放下的装满了东西的包，沉默片刻，说："没有。"

于是崔时雨也沉默了。

他用商量的口气说："今天先自驾？等回来我让人买好交通卡。"

崔时雨在他脸上看出了"我没坐过电车，也并不想坐电车"的潜台词，有点儿失望地低下头，说："好。"

就要开门上车，却听他叹了一口气，有点儿无奈地妥协道："好吧，我们坐电车。"

崔时雨抬头看他，觉得似乎哪里变了。

又或许，他这些变化是为了她。

是吗？她不敢肯定。

聂廷昀把东西重新收拾了一下，装到双肩包里，换了运动装和黑色飞行服外套，戴上一顶棒球帽，手持着 GoPro（运动相机），走在她身侧，一路拍，一路调整画面。

这身打扮让她有些恍惚，她一时有些弄不清现在的聂廷昀是几岁。

眼前的人和几年前那个陪她打柔道的聂廷昀几乎一模一样，好像什么都没变过。

她总是不由自主地偏头看他，像是在看镜头，视线却扬起，落在他脸上。

他在镜头后很专业地问：“今天去哪里？”

她怔了两秒，才反应过来这是在互动。他怎么连这个都会？难道郑雅还提前给他培训了？

崔时雨答：“今天要尝试坐电车去京都。”

说话间，来到售卡机前，崔时雨看着机器琢磨了一会儿，才开始点按屏幕。

之前一直有人照顾接送，她连张交通卡都没有办过，虽然语言不是问题，但在陌生的机器前还是有点儿无措。

聂廷昀隔着镜头看她专注的侧脸，笑道：“难住你了？谁说要坐电车的？”

不蒸馒头争口气，崔时雨不理会他的揶揄，乱按了半天，倒真的买好了两张交通卡。其间，她只向聂廷昀求助了一次，要投钱的时候，她不太情愿地朝他伸手道：“纸币。”

他把钱包给她，她翻了翻，都是一万的面额，皱着眉看了他一眼，投进去了。

乘地铁后转京阪本线电车，一路都是她查地图问路，他跟在后面尽职尽责地录影，心情很微妙。

这还是第一次，在陌生的地方，她走在他前头带路，打点一切。

等车的时候人多，她有点儿不安地回头牵住他的手腕，似乎怕他被来往的行人挤丢了。

他看着腕上素白的手，忍不住问：“你对这些很熟练？”

崔时雨莫名地转头看他：“哪些？”

哪些？他沉默地想：一个人查找路线，买交通卡，向陌生人问路……在他的记忆里，她是不怎么懂这些事的，甚至可以说是个生活白痴，社恐患者，他也从没给过她机会去懂得这些。

电车到京都要一个小时，开始她还罕见地露出兴奋之情，看窗外的风景，很快就困了，慢慢地睡了过去。他拍了一会儿她的睡颜，然后将GoPro关了，把人揽进怀里，让她枕在自己的肩头。

细碎的发丝软软地蜷在他颈间，她呼吸那样安稳，粉白的面上长睫低垂，唇色红润，他忍了又忍，才略略转头吻了吻她的额发。

他想起找到郑雅时，那小助理一面战战兢兢，一面暗示般讲述这几年崔时雨有过的难处。他猜到郑雅的心思，小助理怕他只是玩玩，怕他是这大千俗世里要再给崔时雨添伤疤的其中一个。

所以，他全程只是保持沉默。

郑雅说，崔时雨打舆论官司那年，商务问询全断了，公司的债务在那里催着，利息不是说着玩的。那段时间，崔时雨成宿成宿地睡不好觉，只能去看医生开药，才慢慢地挺过来。

之后，公司好不容易给崔时雨接了一个户外综艺节目，在里面做所谓“体能”担当，大约是太苦了，她录完还都没休整过来，就要连轴跑下个通告，几乎把身体拖垮了。

他问：“她为什么不找人帮忙？”

家人，朋友……或者他，再不济还有骆微城。

郑雅听了眼眶一红，说道：“她不敢让家人知道。她说这笔债务太夸张了，既然是她自己决定的，就得自己扛着。”

他看着肩头的人，深沉地凝视。那时候崔时雨在想什么呢？

她对他没抱过希望，没想过他能回来，没想过他还会爱她。她做好了后半生偿还这笔夹杂着眷恋和奉献的情债，像是祭奠此生唯一的也是最后的爱情。

那天，透过康敏的电话，他终于听到了她的真心话。

“我只是不敢爱他，所以拼命爱柔道。他早就脱了那身柔道服，我却还停在五年前的那一天，不肯往前走。我太害怕了，怕走着走着，梦就醒了。”

他心疼得无以复加。

车内的通知在说，到达三条，到达三条……

她迟迟在他怀中醒来，揉着眼睛，恰和他深邃的眸光对上。

“我们到了？”

他“嗯”了一声，没头没尾地说：“你没醒。”

“什么？”

“不是梦里，是活生生的现实。”他温柔地抬手，理顺她颊边纷乱的发，说道，“所以你永远不会醒。”

她似乎懂了，又似乎没有，只是有点儿慌乱地避开他的视线，站起身。

“下车了，走吧。”

一路上，GoPro 始终尽职尽责地跟随她，时不时和她说话互动。

聂廷昀的双肩包并不是摆设，里面放满了必备的东西，以至于崔时雨吃完小吃，下意识问他要纸巾时，几乎要以为拿着 GoPro 的人真的是她助理。

他拿出湿巾，没递给她，而是扬扬下巴示意她过来，帮她把手指一根根擦干净，好像她是个上幼儿园的小孩子。她呆愣了两秒，才感觉到不好意思。

他自然地问：“接下来去哪儿？”

她僵着手，愣愣地望着他走神，便没答出来。

天真的、孩童般的无措，令悸动突如其来。他放下 GoPro，上前一步，她下意识地往后退，背靠上爬满藤蔓的墙壁。祇园町的和屋那样安静，静巷里四下无人，于是打消他最后一点儿顾忌，另一只手抚上她的侧脸。

“想吻你。”

她困惑地侧着脸，像是要避开，又像是想看他。

他耐心地等了一会儿，说：“你不答，我当你同意了？”

崔时雨终于肯转过视线来看他，表情平静地说：“你记不记得在伍公山别馆里，你强吻我。”

旧账翻得莫名其妙，聂廷昀怔了好半天，心中有点儿七上八下，顺着她的思路答：“记得。”

“那时候，你怎么不问我同不同意？”

对上她充满真切疑问的清澈眼神，他一下子哑口无言，拿不准这问题背后是否还有其他罪行罗列。

他总不能说，我就是个滥人，那时候吃准了你迷恋我，所以肆意对待你也不担心后果。我就是习惯了高高在上地拿捏别人的爱，只管自己高兴，乐得看你为我九曲回肠、情迷意乱。

转念，他又忽然反应过来崔时雨到底在问什么。

——为什么你现在才肯在乎我的意愿和看法。

不只是他能不能吻她这一件事，也包括此外的每一件事。

他有些忐忑，又忽然松了一口气，甚至心中有些难以言述的喜悦。

她终于想要站在和他平等的位置，谈论这段关系里的彼此，而不是一味地顺从、奉献。除了柔道，她也开始追问其他的对与错。

他看着崔时雨的眼睛，很真诚地说："那时候我错了，以后我都会问你，好不好？"

他认错认得太快，她反倒一下子慌起来，感觉自己又幼稚又无理取闹，安慰似的伸手搭着他的小臂说道："我、我也……不是这个意思。"

她没有嚣张的天分，稍微露出一点儿质问的意识，自己就先愧疚了。

他失笑，还记得言归正传："可以吻你了吗？"

崔时雨推开他四下看了看，有游客远远地走过来，她一下子红了脸，说："不可以。"说完就转身走了。

聂廷昀笑了笑，重新举起GoPro，不近不远地跟在她后面，问道："接下来去哪里？"

女孩心情不错地转了转身，及膝的西瓜红色裙摆打了个旋，像只翩然的蝴蝶，朝镜头笑道："下一站，清水寺。"

他心头一热，放缓步子，很久都没从那笑容与翩然裙摆里回过神来。

这么多年来，他所愿也不过是她能如此天真无邪，粲然而笑。

他们回去时已是暮色四合。

电车抵达阪城时，GoPro的最后一块电池也电量告罄。聂廷昀看了看睡在怀里的人，将设备装好，轻声叫醒她，说："出站了。"

她迷迷糊糊地跟着他往外走，上了计程车，听他用不甚娴熟的日语报出地址，忍着笑拿过他的手机，想要重念一次日文，却看着记事本界面怔住了。

里面密密麻麻地记下了陪她出行的所有注意事项，中英文夹杂，昭示着这是他亲手打的字，不是郑雅事先准备好再给他的。

司机还在确认地址，她恍惚地报了一次，将手机还给他，又被他揽过肩头："还要半个小时，睡一会儿。"

她忽然心软得一塌糊涂，将脸埋在他的肩头，没再出声。

崔时雨忽然觉得心中没有那么多的不确定了。

她没有想过他是可以与她过"平凡生活"的人。就如年少的那场恋爱里，他与她也从未站在同一起跑线上，像宋佳言所描述的普通情侣那样约会、生活。

即便她被他宠溺地对待，也更像是来自上位者的关照，甚至是圈禁在属于他的保护圈里。从一开始，她就明白这个事实，并且不曾奢望过他可以放下身段。

可原来他也在试着改变，试着花心思亲力亲为，试着站在她背后处理好一切从前琐碎得令他不屑的小事。

崔时雨累极了，回家后洗过澡就躺在床上昏昏欲睡。没过多久，他便走进来，关掉灯，躺到床侧，伸手将她捞进怀里抱住。

聂廷昀很快就发现她并没有睡着，复杂的心绪随着她转过来面对他的动作一点点苏醒，他克制着，摸到她微凉的一双手，握在掌心里，尽量冷静地问："要不要开空调？"

阪城的秋日还很热，可她的身体永远有凉意，"冰肌玉骨"一样。

她在一片漆黑里凝视他的脸，几不可见地摇头，没头没尾地问："如果那时候我死了呢？"

心结重提，聂廷昀察觉到她表情的软化。他不知道这是不是代表他们可以重新来过，如果这是原谅的开端，她真正原谅的又是哪一桩，哪一件？

他们之间道不明的纠葛无法用一句简单的对错真正带过，因为归根究底只是爱的方式千差万别。

他吻着她的额发，很笃定地道："你不会死的。"

她追问："万一呢？"

万一她死了，他就连她最后一面都无法见到。他怎么敢就这么狠心不来见她？

聂廷昀沉默了一会儿，语气里有莫名的戾气："那就活该我一辈子都后悔没能陪你度过最后几分钟。"

崔时雨一下子屏住呼吸，没料到他会说出这样决绝的话。

"时雨，你信命吗？"他没等她回答，就继续说下去，"见到你之前我不信。可我总觉得，命运把你带到我面前来，是为了馈赠。你那么爱我，不会忍心我背着遗憾一个人留在世上。我当时想，你要是真那么狠心，就走给我看，你在地下也会后悔。"

他停下，很用力地抱着她，放轻了声音说道："幸好你没有。"

崔时雨心里好难过，一时不知说什么好，只能抬手回抱住他的腰。

他哑着声音问："这代表你原谅我了吗？"

"我不知道。"

他的心一下子悬起，张了张口，却听她的声音闷闷地从怀里传出来。

“我不知道你真正错的是哪一件，我要原谅的是什么……我就真的没有错吗？我觉得好难说清。”停了停，她接着说，“聂廷昀，我一直以来耿耿于怀的，是你总说我什么都不问你要，要了你都会给，可是你不明白，爱只能给，不能开口要的。”

她在黑暗里仰起脸看他，用幼稚园老师给小孩子上课的口气，非常严肃地说：“能要来的，就不是爱情了。”

他滚了滚喉头，垂眸隔着昏暗与她对视，相接的视线穿凿过近十载星月，每一瞬因她心动的画面都历历在目，也包括刻下，此时此夜。

能要来的，就不是爱情了。

分手的那几年，他有无数次机会查明她背负的苦难，伸手救她于困境，可他没有。回来后，他面前摆着无数种接近她、挽回她的方式，可他选择了最刺痛她的那一个。关于柔道，他有无数个回头问问她意愿的可能，却视而不见直至走到了无可挽回的地步。

直到现在她却还在自责，我就真的没有错吗？所以她觉得他不爱她。本来就是他给得不够多，而不能够怪她不开口要。

这么简单的道理，他却一直不明白。

可能在她心里，他也当了很久的傻瓜。

“时雨。”他竭尽全力才让声音不那么颤抖，“再给我一次机会，好不好？”

等了很久，她平顺的呼吸响在心口，竟是睡着了。

他要笑却笑不出来，只垂首在她发上吻了一下，无可奈何地合眼。

聂廷昀在阪城留了四天，就正儿八经做了四天助理，但他原就公事缠身，离开短短几天，均宁资本的所有人都望眼欲穿，恨不能下一秒老板就出现在办公室。

在文森第N次来电催促后，聂廷昀终于决定踏上回程，嘱咐郑雅立刻回来，临走还把冰箱填满，门窗、厨房都检查过才安心。

崔时雨坚持送他去机场。聂廷昀千叮万嘱不许她开车，让她打车回去，她听得漫不经心，只顾眼也不眨地看他，看得他慢慢闭了嘴，忍不住把人扣在怀里要亲，低头前还记得问一句：“可以吗？”

崔时雨用行动给了他答案。

他挨到快登机才不舍地和她分开，问：“我们算和解了吗？”

她觉得现在的聂廷昀很奇怪，总像个不懂事的女朋友一样，刨根究底问个没完：你原谅我了吗？可以吻你吗？我们和解了吗？

她不敢说“你好烦”，握着他温热的手，摩挲他掌心硬硬的茧子，敷衍地说声“嗯”，就催他：“你该进去了。”

没多久，崔时雨也从阪城飞回海市，很自然地回到中寰的房子。

聂廷昀最近很忙，每次回到中寰的家都是深夜时分，而崔时雨早就睡了。于是两人见面的次数还是寥寥无几。

又过了半个月，崔时雨也开始工作。

康敏组了工作室，挂靠在天英，每天带着团队和崔时雨开各种会，商讨接下来半年的日程。

有次会议开到傍晚，康敏带她去吃砂锅粥，崔时雨路上收到庄芷薇的短信，对方说让她加一下微信。她照着庄芷薇给的账号加了微信，对方秒速通过，然后发来一个网页。

她点开，是一个官方澄清文件，还附上了律师函。主要内容大概是说某高定品牌创始人庄芷薇现在是单身，会对绯闻造谣者保留法律追诉的权利。

她沉默了片刻，想了一会儿要怎么回复，可打了又删，说什么都觉得不对。

估计是看到她这边一直显示“正在输入”但又没有回应，庄芷薇就先发话了：“不是为了你，只是给聂廷昀一个交代。”

崔时雨笨拙地打字：“嗯。”

庄芷薇大约是被她的简洁气到，发了一个“翻白眼”的表情，还挺可爱的。崔时雨笑了一下，看到对方继续发来消息：“有时间聚吧，我和张诚然都回国了。”

崔时雨正要打字，庄芷薇发来气急败坏的“不许说‘嗯’”，附加一长串叹号。于是她绞尽脑汁地憋出三个字：“知道了。”

庄芷薇发来一串省略号。

崔时雨：“我又说错话了？”

庄芷薇：“没有，算了。”

对话到此结束。

她一抬头，见车已经停在地下车库里，难得当一回司机的康总监抱臂看着她发微信，大约是全程窥屏，到这会儿眯起眼睛问："你和聂先生和好了？"

崔时雨被问住了，想了一会儿才说："是吧。"

康敏摸着下巴说："你居然肯原谅他？"

崔时雨有些发怔："原谅什么？"

康敏露出见鬼的表情："你连柔道都打不了了，我的姑娘！你别告诉我你连这件事都不怪他？"

怎么会没有怪过？崔时雨沉默地想。

可最初那点儿怨恨、自怜，被时间酿成相思。起初她不过想质问因由，后来变成了想与他见面说清楚，再到后来，太久不见的痛苦大过失去热爱的绝望，她想的只是，他为什么不肯见我？

或许是巧合，聂廷昀因自责而不愿面对她的那短短光景，恰好给了她伤口愈合的时间，乃至于再见他时，连他道歉的因由都模糊了。

在他面前，她是记吃不记打的人，做不到对别人那样疾恶如仇，爱憎分明。所以面对康敏的质问，崔时雨点点头，承认道："可能吧。"

康敏无语，心说，爱情，这该死的爱情。

崔时雨逐渐接受了自己不再是"选手"的事实，可偶尔还是会忘记：吃饭的时候让郑雅点沙拉，出行会带着柔道服，下意识留意各大官网的赛季……

每次都是郑雅点醒她："时雨，你现在不是选手啦！"

她才猛地反应过来，怅然地"哦"一声。

正式的退役没有开发布会，只在官博发布了声明，许多粉丝都很支持，希望她在其他领域也能继续焕发光彩。之后，她接到了冯媛西的电话，问她有没有时间回体大看看。

她签约公司后，冯媛西有很长一段时间都在生她的气，她又忙着赚钱，便一直没找到正式和解的机会。

她想，去看冯媛西的时候，得带聂廷昀一起去。

这天会议结束得早，崔时雨到家才四点不到，点了个外卖之后，就打开电视看比赛，没多久就迷迷糊糊地睡着了。

门铃把她吓了一跳，她起身去开门，发现聂廷昀拎着外卖站在门口，说：“凉了。”

可能是外卖小哥来过一次，没把她喊醒，索性放在了门口。

她下意识地要伸手接外卖，他没让，越过她进来换鞋，把外卖搁在厨房，打开盒子检查。

崔时雨心虚地站在他身后等，生怕这顿水煮鱼泡汤。

平时聂廷昀不让她点外卖，家里有营养师定时过来准备三餐，但两人吃饭不太应时，忙起来又都不着家，再好的营养师也形同虚设。

聂廷昀回过身说：“不是说吃刺激性的东西对你的病不好？”

崔时雨狡辩：“这家的水煮鱼不是很辣……”

“乖，马上有人过来做晚饭。”

“我只想吃这个。”

聂廷昀充耳不闻，拎着袋子要扔。崔时雨急了，抱住他胳膊不让走，说：“你不能这么浪费粮食！”

他笑笑，说：“不能吃的东西，不算粮食。”

眼看着水煮鱼要进垃圾桶，她情急之下脱口道：“你扔！反正你也不是第一次浪费我的粮食！”

手一顿，他扭头看她，见她咬白了下唇，瞪着他道：“你怎么不扔了？”

水煮鱼安全放回料理台，她松了一口气，就听他说：“你做的那个蛋糕我没扔。”

崔时雨定格两秒，顾左右而言他：“怎么没给我筷子……”

“虽然丑了点儿，又在冰箱里放了两天，但我还是吃光了。”

那天是他这辈子最难忘的一天。

他枯坐在沙发上，无能为力地等候结局。

无非是，生或死。

简单的两个字原来可以让他这样备受折磨。

得到她安全的消息后，崔念真紧接着阻挡了他前去医院的脚步。

“聂廷昀，你放过她吧。”

他站在门口，像被点了穴一样，想着，崔念真说得不错，这个时候他不能出现在她面前的。

他不知道怎样才能避免她在这个脆弱的时刻再度陷入危机，于是怯懦而自私地选择逃避。

因为所有人都知道，他就是她的病因。

那个原本打算等她回来一起吃的蛋糕，或许在过期前等不到他们一起享用了。

他打开冰箱把蛋糕拿出来，极度沉重的心情一度变得复杂且微妙。

这是一个奇丑无比的蛋糕，奶油涂得歪歪扭扭，上面的水果已经变了颜色，他把水果挑拣出去，用刀切了一块，入口冰凉，甜得要命。

他试图揣摩她在厨房鼓捣这个蛋糕的时候心里在想什么。

她知道自己做的蛋糕丑吗？

是敷衍地完成了，还是失败太多次，不得不如此？

又或者她对食物根本没什么过高要求，能吃就行？

聂廷昀嘴里塞满奶油，仔细咀嚼这再平常不过的味道，渐渐地，眼眶发热。

她得回来。

他想，回来看看她做了这么丑的一个蛋糕，他还都吃了，他真是一个善良的好人。

她到底知不知道他很少吃甜品，口味又挑剔？

幸好她不靠做蛋糕谋生，否则卖这个出去，她该倒给客人钱。

聂廷昀一面嫌弃，一面吃完了整个蛋糕，当夜胃疼得辗转反侧，只好让郑雅拍崔时雨的视频给他看。

昏暗使画质变得粗糙。小丫头被呼吸器包裹，安静地躺在床上，那样子让他提心吊胆，一次又一次地向郑雅确认："她还好？她现在没事了吧？"

郑雅也是那时候才意识到，聂先生不出现在医院，并不代表不在意。

很多表面看起来的不在意，或许只是因为太过在意。

崔时雨沉默很久，问："蛋糕真的很难吃吗？"

这个关注点歪得超乎他的想象，他尽量委婉地说："还好。"

她叹了一口气："我特意抽时间去蛋糕工坊学的，但那个地方太远，那天来不及去了，就只好买了材料回家弄。"

"谢谢。"他忽然很认真地说。

崔时雨愣了一下。似乎……她还没听过他正儿八经说"谢谢"。

可是紧接着，她看着他的眼神，忽然就懂了。

那些他错过的，她徒劳的岁月，那些他明白得太晚的，她给了太多的付出……什么都不用说，她就知道他的"谢谢"不只是字面上那么单薄。

她没说“不用谢”“不客气”，因为她忽然明白，其实她和他之间从来就没有过真正极端的对错，或是恶劣的爱恨。

一切不过是两个不太懂得如何去爱的新手，在见习过程中一次又一次地对彼此犯下了微不足道的错，可因为不懂得，连最简单的“对不起”和“谢谢”都不知从何说起，积年累月，走到让两个人都不尴不尬，不清不楚的地步。

崔时雨面色平静，把眼泪咽回去，一双眼睛亮晶晶地注视着他。

“一声不够，还得好多声‘谢谢’呢。”

“用下半辈子慢慢讲给你听好不好？”

她吸了下鼻子，说道：“那我能吃水煮鱼了吗？”

“不能。”

回体大那天，聂廷昀和崔时雨一起。

冯媛西看到他们成双成对地来了，颇是唏嘘感慨。

原来没有看好过这一对，却兜兜转转数年又走到一块儿去了。

体大的道馆还是很热闹，新选手能人辈出，冯媛西颇得意地和崔时雨说起如今的爱徒，忽然接了个电话，让崔时雨帮她去教务室拿文件。

一时现场只剩下聂廷昀和她。

冯媛西没看他，背着手带路去道馆后头的空地。

银杏叶子落了满地，石阶一级一级爬向常年不开的道馆后门。

冯媛西坐在台阶上，拍了拍身侧，聂廷昀便也坐过去。

“她看起来比以前好多了。”冯媛西说。

聂廷昀“嗯”了一声。

冯媛西偏头看着他：“我说的好多了可不是身体，是有人气了。以前总觉得是一个壳子，没情绪，不真实，也不知道她心里想什么。现在像个小女孩了，可是小女孩更脆弱些。”

聂廷昀说：“我知道您的意思。”

冯媛西闻言笑了笑：“我什么意思？”

他跟着扯唇：“警告我好好待她的意思。”

冯媛西拍了拍他的肩头，站起身道：“你明白就好。”

两人并肩往外走，冯媛西忽然道：“那时候我每天都盼着你什么时候和她分手，没想到，现在还没分成。”

聂廷昀没有搭话，冯媛西也不在意，接着说道：“你可能不知道，那时候她被你迷得神魂颠倒，连爬带训练都不怎么做。宋佳言问她为什么，她说怕手心的茧子厚，你不喜欢。”

他终于放缓步子，神色慢慢变了。

“她原来是我队里最不怕摔打的孩子，为了你，技术都不太敢用，就怕磕了碰了，尤其是耳朵……也不知抽什么风，每次训练完都看自己耳朵看半天，宋佳言偷偷地和我说，她怕和别人一样长饺子耳，她自己倒不在意，但男朋友会在意。”

“我从来没有……”聂廷昀下意识地开口，又忽然觉得没有意义。

冯媛西回眸，深深地看他一眼。

远处，崔时雨拿着文件回来，冯媛西上去和她笑呵呵地叙旧，他站在原地，看着夕阳斜照，映出女孩漂亮的侧脸，不由得勾起嘴角。

他曾经在意或不在意并不重要，重要的是，她以为他在意，在他不曾知晓的时候，已在热爱的柔道与他之间，做出了她所能做的最大妥协。

可他从来没有尝试着理解过她，他胁迫，诱哄，无所不用其极。

她正因输了比赛而痛苦时，他却上门来给了她致命一击，让她彻底放弃。

那个时候，他都对暗吞血泪的崔时雨说了什么？

他不愿意回忆。

电话响起，是庄芷薇打来的，说张诚然组了局要庆祝崔丫头大难不死，问他们什么时候有空。

他难得揶揄一句：“张诚然的局，怎么你来通知？”

安静了片刻后，庄芷薇耍起性子来，说道：“问那么多，关你什么事？爱来不来！”

他笑起来，忽然想到什么，问道：“泽闵快过生日了吧？”

庄芷薇也怔了怔：“是啊，今年这家伙怎么一点儿动静也没有？不如咱们再去杭市聚，你问问时雨方不方便。”

“我也很忙，妹妹。”

“时雨好歹是明星，你一个金融民工，能忙到哪儿去？”

没等他开口，庄芷薇已经挂了电话。

伍公山上，别馆景致如初，红叶如霞，将这处幽居之所掩映着。

聂廷昀一行人到达时，陈年指了指楼上，说郁先生昨天有酒局，乏得很，睡到现在还没醒。

庄芷薇失笑："别是醉卧美人膝吧？"

陈年摇摇头，笑而不语，又一眼瞧见跟在聂廷昀身侧的小丫头，怔了怔。

没认错，还是那个小丫头。

视线扫过聂廷昀，他正偏头凝视女孩的侧脸，似乎每时每刻都在观察她是否无恙，悬心不下。

大家坐下喝茶，等郁泽闵下来。

崔时雨用一盏龙井暖手，却没喝，四下打量，一切和她冬天来时没什么差别，只是壁炉没有燃着。

庄芷薇突然说："好无聊啊，时雨，陪我出去走走。"

她怔了怔，下意识想要看向聂廷昀，却又立刻觉得懊恼，起身牵住庄芷薇递过来的手掌，被带到院子里去了。

张诚然支着下巴，皱着脸想了半天，问："你就不担心？"

聂廷昀没说话。

张诚然摇摇头，感叹了一句："真是不懂你们有钱人的世界。前未婚妻和现女友，这不是修罗场吗？"

这次聂廷昀终于幽幽开口："也不是第一次拐我家小朋友出去了，一回生，两回熟。"

说完，他又忽地僵住，想起来什么似的，疾步追出去，找到徘徊在紫藤花架附近的两人，喊了一声："时雨！"

崔时雨有点儿诧异地回过头，见他走过来，却是对着庄芷薇说话："这个是平喘药，我怕……"

庄芷薇接了，立刻说："我知道怎么用，你放心。"

聂廷昀抬手抚摸了一下崔时雨的后脑，在她额上快而轻地一吻，转身走了。

庄芷薇道："真是瞎眼，这还是原来那个聂廷昀吗？"一转头见小丫头脸还红着，她又笑了："怎么你到现在还会害羞呀？难不成这么久都没上垒？没道理啊！"

崔时雨垂着眼道："你就要说这个？"

庄芷薇见她有点儿恼，更觉得好笑，现在的小丫头一颦一笑喜怒都分明，逗起来比从前好玩，于是抓着她的手有一下没一下地吃豆腐。

“他都怎么开始啊？这样？”

崔时雨耳根红透，要挣开，庄芷薇扯着手偏不让，打闹间，发顶微微凉，有窸窣的声响在花叶里蔓延，崔时雨仰面，愣愣地看着远处的落日，耳际是庄芷薇清亮好听的语声。

“下雨了。”

她们躲回檐下，铁马轻柔地叮当作响，没有狂风，没有阴霾，就只是山间连绵的微雨，沾衣不湿。

庄芷薇捉着她一只手没放，她也没再挣脱。

崔时雨想，庄芷薇找她出来或许是要说些什么的，但后来又没有，可能是发现说与不说都不再有什么要紧的。

可她明白。那些爱过的，痛过的，想念过的……她都明白。

她有天生的共情能力，足以敏锐到感同身受。也正因如此，她曾逃避每一分细微的情绪，将自己严严实实地包裹起来，为了免于敏感易碎的心因太易感知到自己或他人的痛苦而随之痛苦。

客厅里，张诚然喊道：“回来吧，泽闵睡醒下楼了！”

庄芷薇“嗖”地窜进去，棋逢对手吵嘴去了。

崔时雨站在檐下，望着远山重叠，云深雾重，心中是前所未有的一片澄明与宁静。

有人不知何时站到身侧，抬手，遮蔽住她额前细碎的雨滴。

她甚至没有偏头看，只是安心地靠向身侧，倚进熟悉的怀抱里。

“しぐれ（时雨）。”

“什么？”

崔时雨转头朝他笑了笑：“日语里，这种雨叫作しぐれ（时雨）。”

他难得放低姿态，向她讨教：“是什么意思？”

“这种雨，不知道什么时候就下起来，也不知道什么时候突然就停了。”

聂廷昀笑问：“这么任性？那你猜这场雨什么时候会停？”

“下一秒？”

“不……”“不信”两个字还未出口，远山霞光荡漾，云散风静。

她趁他震惊的当口，勾下他脖子，吻了上去，夹杂着呢喃。

“因为这一秒我在想你，没工夫下雨。”

番外
归途

崔时雨正式以艺人身份复出那天，vlog 也同步在微博和外网上线。阪城篇 vlog 一共剪了五期，每期十分钟。前两期的反响平平无奇，是一般的日常游玩，只有粉丝们在关注。

这是正常情况，也在工作室的意料之中。

没想到第三期就出事了。

热搜直接冲到第一的时候已经是晚上十一点，康敏的紧急夺命电话一个接一个，不管不顾地把崔时雨从被窝里捞起来，也不知道另一个被吵醒的脸色很臭的男人在旁竖起耳朵。

“崔时雨，你和我说实话，给你摄像那男的是谁？”

崔时雨要坐起身，却被男人拦腰箍住不放，只好躺着瓮声瓮气地反问：“摄像师？哪个摄像师？”

康敏怒道：“你别和我装傻！vlog 的摄像师根本不是郑雅！你别告诉我你也搞脚踩两只船那一套，聂先生对你那么上心，你可别得了便宜还卖乖！”

崔时雨一脸莫名，下意识地回头看身侧的男人，却见聂廷昀正皱着眉看手机，然后把屏幕凑到她眼前给她看。

热搜第一：崔时雨 vlog 自曝恋情。

热度已经到了“沸”。

崔时雨一脸蒙，那头康敏还在质问，她下意识地挂了电话，接过聂廷昀的手机点进热搜。

热度第一的微博是一个分析视频，将第三期 vlog 里的许多细节放慢、放大，再加上文字解释。

第一个片段分析是崔时雨背对着镜头走在去地铁站的路上，偶尔回头看，视线明显比镜头高，定格的画面截取了地上的影子，说明录影者是一个一米八以上的男人，但众所周知，崔时雨身边是没有男性工作人员的。

视频上打了个大大的问号，问道：“所以这个男人是谁？”

紧接着是第二个片段分析。

画面里，崔时雨侧对着镜头，在电车站台排队。

一群人横穿过来，她下意识地回手朝镜头伸过来，很急切地说：“小心。”

原素材留了这一段，本来是配了“暖心小天使”的花字，为了体现崔时雨的体贴和温柔。因为聂廷昀出声的部分都经过处理，根本分不出男女，只注明是工作人员。

谁料这个视频里，对镜头慢放，从角度分析这里崔时雨是牵了对方的手，制作者再次打上大大的问号：“什么关系，才会让崔时雨这么自然地牵对方的手？”

最引起争议的是给崔时雨用湿巾擦手的情节，剪辑人员留下这段，为了体现崔时雨“吃货”本质，和被照顾时的不好意思，有呆萌的感觉，花字也是如此解释。

但到了分析视频里，一切又变了样子。视频定格在一双手上，从轮廓、骨骼多种角度分析了给崔时雨温柔擦手的绝对是个男人，而且崔时雨当时的羞涩表情也十分值得琢磨。

如是种种，一时掀起轩然大波。

原本以崔时雨的名气，不至于到“沸”的程度，但这 vlog 的分析者因为“柯南精神”引起了广大吃瓜群众的兴致，一桩原本无奇的“恋情”也立刻成为群众的“犯罪现场”。

大家纷纷根据原视频展开分析，谁的逻辑和推理更厉害成了重点，崔时雨的所谓恋情反倒只是一个导火索。

但导火索的影响力也不容小觑。

崔时雨的粉丝里不乏极端者，怀疑她和工作人员恋爱，以公谋私云云，希望她能立刻出来给个说法。

崔时雨刷了半个小时微博，非常疲惫地往床上一躺，闭上眼睛，不知道在想些什么。

聂廷昀一方面不以为然，另一方面也有些不确定崔时雨是否在意这场意外。

他表情略带严肃地坐起身，翻着手机说："你不用担心，我和康敏解释一下，立刻做危机公关，你先好好睡一觉……"他说着偏头，见她还闭着眼睛，忽然想到什么，于是伸手推了推。

崔时雨下意识地拨开他的手，翻了个身背对他，发出均匀的呼吸声。

聂廷昀维持着手被她拨开的姿势，皱着眉，半晌都不知道该说什么。

崔时雨的手机还在响，他干脆按下关机，重新关了灯躺下，自身后将她重新搂进怀里，也接着睡了。

由于当事人和老板齐齐撂挑子，康敏当夜只关注舆论走向，没敢立刻安排公关团队发声明。

到第二天早上，郑雅上班，被康敏劈头盖脸一顿斥问，才非常无辜地喊冤："冤枉啊康姐，我怎么敢擅离职守？聂先生要我当天走，我敢多留一个小时吗？"

康敏的表情一时非常精彩："什么？"聂先生？这事儿和聂先生有什么关系？

郑雅立刻抓住了事情的重点："vlog的摄影师不是什么野男人！康姐，那是聂先生本人！"

聂先生……本人……给崔时雨当摄影师？还陪玩？擦手？当助理？这是什么恐怖故事？这两人的相处方式……原来是这样的吗？

康敏不像郑雅经常出入崔时雨家，见多了崔时雨和聂廷昀撒狗粮。

她见聂先生都是在正儿八经的场合，双方穿得如同谈判般正式，聂廷昀面无表情半天不说一句话，而她说一个字得想好半天。

郑雅一脸"他俩不就是这种相处方式吗"的表情，让康敏一波震惊接着一波，好半天缓不过来。

等到上午十点，崔时雨才姗姗来迟。她推门进来，康敏正要兴师问罪，一眼瞧见她身后的人，立刻憋回去了，换上一副职业微笑："聂先生也来啦？"

崔时雨很少见到康敏这副和善面孔，疑惑地看着她，一脸以为她被夺舍的表情。

康敏趁人不注意瞪了她一眼，请聂廷昀坐下，斟酌着汇报了目前的舆论情况，并请示要怎么处理。

聂廷昀和崔时雨并肩坐在沙发上，无意识地握着崔时雨的手在掌心把玩，看得康敏眼皮直跳。

他说："我不懂娱乐圈，恋情对她有影响吗？"

康敏道："影响是一定会有的。但崔时雨并非偶像，目前也尚未涉足影视，她自身的话题度在于曾是海外扬名的体育选手，这是她终生的光环，她的粉丝构成也因此相对健康，在恋情方面，在乎的也多半是她是否有了比较好的归宿。"

言下之意，是聂先生您这样的对象，是绝对不会对她构成负面影响的。

聂廷昀沉吟道："所以公关的处理方式是？"

康敏被问得一头冷汗，斟酌了半分钟才说："如果网上流传的视频分析不属实，那么我们可以诉诸法律，立刻声明否认。如果内容属实，那么大方承认反倒是比较好的做法。"

聂廷昀偏头看着沉默的崔时雨，问道："你怎么想？"

小丫头走了会儿神似的，迎上他的视线，欲言又止。

康敏马上嗅出端倪，和高门之后公开，怎么能三言两语草率决定?

于是康敏非常体贴地说："时雨，你可以回去考虑一下，和聂先生商量清楚。但最好不要晚于今晚给我回复，毕竟公关时间争分夺秒。"

回去是聂廷昀亲自开车，崔时雨一路沉默，直到聂廷昀将车停在均宁资本楼下，才怔了怔，恍然道："我忘了你要上班，那我自己先回去……"

他没说话，下车替她开了车门，拉着她的手进公司。

有认出崔时雨的人小声议论："她不是昨晚热搜上那个女明星吗？"

嘈杂声被他们交握的手、同行的步伐甩在身后，直到他们越过那些复杂的、质疑的、辨不清意味的视线，经过一排排办公桌，经过他公司里的下属，到达长廊最里面，他的办公室。

离办公室最近的文森眼睁睁地看着门被关上，接着百叶通通拉上，只有午后的阳光映出一对痴缠的影子，而后消失在办公室里侧的休息间，掩埋在墙壁之后。

有好事者凑到文森办公桌前问："正宫？"

文森头也不抬，肯定道："正宫。"

纠葛了这么多年，还不熬成正宫吗?

那人叹了一口气，替公司上下万千少女捂着心口走了。

休息室的床并不常用，比起家中的显得有些狭窄。崔时雨艰难地在上头撑起身，抬手抵在他胸口，另一只手扣住他落在她腰间，试图更过分的手，喘息着道：“你……疯了吗？”

他眸子深沉，只看着她，手丝毫没有移开的意思。

“康敏提到公开，我问你怎么想，你为什么不回答？”

崔时雨怔了怔，下意识地说道：“你的意愿比较重要。”

聂廷昀积郁满腔的不爽终于一刹那散尽，有点儿意外地问：“所以……你愿意公开？”

话说到这儿，崔时雨终于懂了他没头没脑生的哪门子气，发的哪门子疯，一时失笑，仰躺在床上，一双眼睛亮晶晶地看着他。

“我愿意啊。”她的笑意慢慢缓和，认真地道，“可你家里的情况……你说过有些复杂，我不知道……”

他单膝跪在她上方，俯身吻在她唇侧，说道：“别想这么多，只告诉我你愿不愿意。”

崔时雨感觉到腰间的手又开始不老实，于是道：“你先不要碰我。”

他盯了她一会儿，老老实实地移开手。她立刻坐起身，看着他，一本正经地问：“以什么名义公开？”这次他学乖了，不再诱哄她开口，自己先把路堵死，说道：“夫妻？”

崔时雨眨眼：“还不是。”

聂廷昀面不改色地道：“现在民政局就开着门。”

崔时雨有点儿踌躇地伸手，替他将乱掉的领带整理好，试探着道：“要不……先别这么冲动？”

聂廷昀露出一副“你竟然这样”的表情，说道：“你还要给自己留余地找下家？”

她理亏，磕磕绊绊道：“我没这么说……”

聂廷昀于是宽宏大量地拍板道：“那就各退一步，未婚妻。”

崔时雨看着他，半天没说话，总觉得哪里怪怪的，像被摆了一道，可想来想去也想不明白，踌躇着作势点头。下巴颏刚动了一下，就被肩头那只手按倒，吻随之而来，害她城门失守，溃不成军。

耳鬓厮磨中，她趁着唯一的喘息之机控诉：“你说过都要问我同不同意的！”

他堵住她的唇，呢喃声里倾泻出笑意来：“下次。”

当晚，工作室终于冒泡，声明崔时雨正在恋爱中，希望得到大家的祝福。

短短几分钟，评论里掀起骂战，指责这件事不清不楚，到底崔时雨对象是谁，是不是工作人员，希望工作室给个说法。但很快，崔时雨的个人账号就发出了一张泛黄的拍立得照片。

那大约是十几年前的体育馆，一切陈设都有着浓浓的年代感，包括背景里挂着的“柔道联赛”横幅。

十六岁的女孩，身穿黄带柔道服；十九岁的男孩，身穿黑带柔道服，两人生疏地隔着半臂距离，站在纷乱的赛场上。女孩眼神清澈，动作僵硬，似乎有些局促；男孩则大大方方地负手站着，少而俊迈，目光温淡。

配文是：“霭霭停云，蒙蒙时雨。安得促席，说彼平生。未婚夫，你好 @ 聂廷昀。”

吃瓜群众点进聂廷昀的主页，赫然发现简介只有“均宁资本 CEO”几个字。

这是一个新注册没多久的账号，几乎在同一时间发了同样的照片。

配文是：“停云霭霭，时雨蒙蒙。岂无他人，念子实多。未婚妻，你好 @ 崔时雨。”

这场公开让人着实猝不及防，键盘侦探们急于得知聂廷昀的身份，没多久就有人扒出了线索。

原来聂廷昀是郁家这一辈的长男，赫赫有名的高门之后，世家子弟。而天眼查上，聂廷昀名下公司有数家，身份更是复杂，包括安宁资本合伙人、均宁集团董事、均宁资本合伙人兼 CEO、动愈有限公司董事等。年少时更有体育明星、创业新贵等名头。简而言之，崔时雨的未婚夫是霸道总裁、斜杠青年，且帅绝人寰，并不是什么众人以为的根本配不上她的“幕后工作人员”。

于是舆论风向立转，楼很快就歪到另一个问题上去。

——“聂总为何甘愿给崔时雨亲自拍 vlog，难道他们有钱人出门不带助理吗？”

当然，众说纷纭里，聂廷昀和崔时雨再没回应过半个字。

倒是群众自说自话找到了答案：“霸道总裁也需要二人世界，也需要宠女朋友，也需要做小伏低。”

网友们集体从犯罪现场调查变成满地捡柠檬的孩子：“唉，又是别人家的未婚夫。”

有人酸溜溜地说道：“只有我在意的是他们十几岁就认识彼此了吗？年少相识，说彼平生，这样的爱情，没有人不羡慕吧。”

楼下跟着酸道：“盲生，你发现了华点。”

这场闹剧，在群众歪楼为歌颂爱情后，很快消弭于网络。

而事件的男女主人公，正在前往杭市的路上。

郁宅仍似从前一般静谧。

崔时雨和聂廷昀坐在湖边的摇椅上，安静地看云，看山，看雾。

他攥住她冰凉的手，问：“紧张了？”

崔时雨一言不发地点头。据张伯告知，离郁令仪回家还有两个小时。这是正儿八经的见家长，不同于几年前只是简单地“过”。

聂廷昀看着她的脸色，心下觉得好笑，却忍着没揶揄，好声好气地哄她：“别这么紧张，郁女士是个明白人，不会不喜欢你。”

她“嗯”了一声，脸色还是有些发白。他始终悬着心，怕她犯哮喘，不好容易等到张伯过来喊人，才和她携手走回别墅里。

郁令仪刚脱下外套不久，坐在大厅的一隅喝下午茶，手捧着姜茶，朝他们望过来。

聂廷昀刚要坐下，就被郁令仪找了个理由支走，崔时雨只好一个人坐在她对面，有些局促地握着茶杯。

她感觉到郁令仪的视线不着痕迹地落在自己身上，只是不卑不亢地垂着眸，任对方打量。

似乎过了很久，她才听到郁令仪将茶杯放下，轻声说：“你替他背债的事，我知道的。”

崔时雨不可置信地抬眸，望进那双暗藏锋芒的眼睛，张了张口，却不知该说什么，是承认，辩解，还是自谦。

郁令仪笑了一下，淡淡道：“这孩子当年查过一次账面，没查到，我就暗示他是郁家替他解了围。他信了，当时你又和他闹分手，他留在这里心里更难受，就干脆遂我的意出了国。”

崔时雨咬紧牙关，愣愣地看着眼前明丽的女人，只是“嗯”了一声。

“所以……你别怪他。他真的压根没往你身上想过。”郁令仪望着女孩雪白的小脸，好笑似的觑她，“就连我……在查到之前，也根本没想过会有人傻到这种程度。”

崔时雨动了动唇，眼圈微微有些红，却还是微笑：“……没什么的。”

郁令仪听她如此轻描淡写，不禁失笑，有些想不通，抚着额头道：“丫头，你到底明不明白，那笔钱对聂廷昀、对郁家来说并不算什么？就算在当时那种关头，他也总能等到一个法子渡过难关……”

崔时雨轻轻地打断她：“只要他肯低个头，是吗？”

郁令仪“哈”了一声，朝后靠，很稀奇地看着崔时雨，半天才开口：“在你心里，我儿子就矜贵到这种程度？让他和自己人低个头也委屈他了？”

崔时雨很平静，却也很固执地说：“我不愿意。”

郁令仪怔了怔。

崔时雨继续说下去：“我不愿意他受人掣肘。我不愿意他逼着自己和不喜欢的人担个虚名，我不愿意他心里一个人，身边是另一个人，我不愿意他人生里有这样的道德瑕疵……”

郁令仪一时无言，可崔时雨的语声是很温和的，并不让人觉得被冒犯了，也不觉得她是在冠冕堂皇地证明什么。

小丫头更像是在单纯地陈述一个事实，并且云淡风轻地总结道：“这可能也是我自私的地方吧。”

郁令仪无话可说，感到好笑且荒唐。

她见惯受利益驱使的芸芸众生，只觉眼前的小丫头既罕有又稀奇。她最初的确不喜欢崔时雨，可竟是在他们分手后，在她得知崔时雨为聂廷昀做了什么之后，她才意识到，即便作为一个母亲，她也再没有立场站出来对他们的爱情做出任何审判。

换作是她郁令仪，崔时雨做到的事，她绝对做不到。

她也很清楚地意识到，儿子这辈子再不会遇到这样的真挚爱情。

崔时雨不是高门出身，不是名媛淑女，可是郁令仪可以完全信任这个女孩在儿子未来的人生里绝对不会伤害他，不会背叛他，不会对他的苦难袖手旁观。

这就够了。

郁令仪看着难以掩饰紧张的小丫头，最后笑着站起身说：“我去休息了。”

崔时雨不明所以地起身跟了两步，说道：“您是同意我们……”

郁令仪略略侧身，竖起食指抵在唇边道：“嘘。你们要分要合，要结婚还是生娃，都是你们的事，逢年过节和我打个招呼就行，我不是你想的那种老古董，我也有我自己的日子要过。”

在崔时雨错愕的表情里，她微微一笑，仍是倾国倾城。

“上去找他吧。这小子估计在书房等得不耐烦了。”

崔时雨做梦一般寻到书房门口，聂廷昀先一步出来，看到她的脸色，颇觉好笑地捏了捏她略带一点儿婴儿肥的脸蛋，说道：“怎么，郁女士为难你了？”

崔时雨摇摇头，只是撒娇般将他抱住了。

她难得投怀送抱，聂廷昀心跳得很快，僵了两秒才伸手将她环住，放轻了声音道：“怎么了？”

“你什么时候见我爸妈？”

这问题让他猝不及防，聂廷昀却答得很快，几乎不假思索地道：“现在就可以。”

崔时雨从没这么期待过婚姻、家庭，可这一刻，她想和眼前的这个男人一起做许多许多事，有更多的未来，那些仿佛伸手触得到的以后，让她迫不及待起来。

她想到一出是一出，抬头道：“那就现在。我爸爸就在杭市，现在应该在家。”

聂廷昀按捺住心头的悸动，忍住笑意道：“那我得准备一下。”

崔时雨有点儿委屈，说道：“我也没有准备什么就来了，你是不是不想见我爸爸？”

聂廷昀见矜持过了头，连忙把线收一收，说道：“怎么可能？那就现在，等我去取车。”

崔时雨在他怀里笑道：“好。”

聂廷昀牵着她的手往车库走，心里的算盘打得噼啪直响。

郁令仪这关过了，一会儿见了崔崇年，还有聂恕、尹楠……对了，还有最难搞的堂姐崔念真……

但没关系。

他知道他们会携手踏过关山万里，迢递远方，一直走到云散月明的那一天。

往后余生，都只是他与她朝向彼此的归途。

后记
章名小释与一些闲言碎语

一、章名小释

章名乃每章重点之浓缩，删繁就简，连缀成词，调寄《雨霖铃》，格律用柳七之正格（经典的“自古多情伤离别”），韵从《词韵》之第十八部（入声韵五物六月七曷八黠九屑十六叶通用）。

写第一长篇时，我也为章名填了词，相较之下，这本书的章名词，我填得更困难一些，有时字斟句酌，不知要将每一章的哪个段落总结出来才好，最后索性由着词意，拣贴合的来用，即便这样，两片词填下来也觉得很辛苦，花去几个小时时间。

许是用不惯入声韵的缘故吧。

雨霖铃

云山寒彻。人寰逢晚，寄心如月。
争知蹀躞情怯，寻霭云处，非吾金阙。
忍见朱藤屑骨，共年少一瞥。
铸折铁、神悸心惊，黯黯情衷诉千劫。

而今梦断烛华灭，惘前尘踏错空啼血。
犹记刬袜香阶，凭岁约、那堪相绝。
归去缁尘，还复攲枕锦幄残雪。

总道是离魄凄魂，不许重泉别。

注释：

人寰：人世。

蹀躞（dié xiè）：徘徊。

朱藤屑骨：紫藤架粉身碎骨，此处意为崔时雨紫藤架下伤情。

折铁：古名剑（敝人挚爱剑名之一）。

神悸心惊：典出“病骨忧而怯暑，神绪悸而惊蝉”，形容这章崔时雨比较彷徨的状态吧。

划袜香阶：典出李煜之“刬袜步香阶，手提金缕鞋”，此处用为时雨与廷昀情浓写照。

重泉：黄泉。

二、约拿情结

这本书是我写文到目前最喜欢的一部长篇。

故事的构思始于一年多以前，只是断断续续，始终没有机会写完。

很幸运，现在能够完成它。

许多配角的后续在书中并没有交代，其实他们的故事都在我其他短篇里出现过。比如骆微城与郁翡的虐恋，郁泽闵和青年画家轩飞光的错过……但我想那都是另外的故事了，所在此文中不去喧宾夺主。

还是回到崔时雨和聂廷昀。

崔时雨在我心中存在的岁月长过我的记忆，出现的次数也超出我的想象。

写这个女孩子并不必耗费我许多力气去揣摩和塑造，因为女性天生是敏感、复杂的生物，每个女孩都有她这样细腻的共情，只要将它们摊开来，放大数倍，或许就是现在崔时雨的样子。

事实上，“约拿情结”也存在于我们每一个人的血脉深处。

聂廷昀是一个很自我很霸道的人，就像章名词的最末一句“不许重泉别”。

他是霸道到连崔时雨和他死别都不肯信，也不肯允许的人。即便心里再明白他无法左右生死，也固执地坚信她绝不会离开，因此不肯陪她共度惊心动魄的那两天。

他骨骼里有一种冷酷的狠绝，对坚信的事如此，对自己也是如此。

明知他是一个很自私的人，可我还是很喜欢他，因为他把身上仅剩的一点儿温柔东拼西凑都给了崔时雨，这对他来说已经是天大的难事，可他还是做到了。

爱情有时候何尝不是一种宿命呢？

崔时雨注定年少一瞥，跌进那个叫作聂廷昀的天罗地网里，无处可逃；聂廷昀注定归去缁尘后，仍有挽回的机会，共心爱的女孩欹枕、锦幄、残雪。

那应该是很美的画面吧。

最后，祝所有读者朋友，即便与那个他（她）人寰逢晚，仍能寄心如明月。

二〇二〇年一月十四日
夜里一点零三分
白玉京在马上 写于大阪